BASTEI
LÜBBE

Über die Autorin:

Katherine Sutcliffe wurde in Texas geboren, wo sie auch heute noch mit ihrem Mann Neil und ihren beiden Kindern lebt. Schon als Kind gehörten Lesen und Schreiben zu ihren größten Leidenschaften. Ihr erstes Buch schrieb sie im Alter von 13 Jahren. Von ihr sind u. a. bereits erschienen: *Dunkle Blüten der Leidenschaft* (Band 18188) und *Betört von deiner Liebe* (Band 18227). Mehr Informationen zu Katherine Sutcliffe finden Sie unter http://www.katherinesutcliffe.com.

KATHERINE SUTCLIFFE

Wenn deine Hände mich berühren

Roman

Ins Deutsche übertragen
von Susanne Kregeloh

BASTEI
LÜBBE

BASTEI LÜBBE TASCHENBUCH
Band 18 285

1. Auflage: Oktober 2001

Vollständige Taschenbuchausgabe

Bastei Lübbe Taschenbücher ist ein Imprint der Verlagsgruppe Lübbe

Titel der amerikanischen Originalausgabe: Hope and glory

Dieses Werk wurde vermittelt durch die Literarische Agentur
Thomas Schlück GmbH, 30827 Garbsen.
Titelillustration: Renato Aime/Agentur Thomas Schlück
Umschlaggestaltung: Beate Stefer
Satz: KCS GmbH, Buchholz/Hamburg
Druck und Verarbeitung: 56628
Sociéte Nouvelle Firmin Didot
Mesnil-sur-l'Estrée, Frankreich
Printed in France

ISBN 3-404-18285-5

Während ich nachts in meinem Studierzimmer sitze,
allein, auf einem bronzenen Stuhl,
entsteht eine kleine Flamme aus der Einsamkeit
und bringt etwas hervor,
das man nicht für eitel halten soll.

Wird der Zauberstab dem Propheten
in die Hände gegeben,
dann formt er aus der Wörterflut das Maß und den Fuß
seiner Verse;
Ängstliche Ehrfurcht lässt ihn erzittern
vor dem göttlichen Glanz,
das Göttliche lässt sich neben ihm nieder.

Den, den man jetzt Prophet nennt,
nannte man einst Seher.

Michel de Nostradamus

Prolog

England, 1164

Nie waren mehr Menschen in der Burg versammelt gewesen, nie war es in der Großen Halle von Wytham lebhafter zugegangen als an diesem Abend, an dem Godfrey de Gallienne auf die Nachricht wartete, dass sein Sohn geboren worden sei. Nicht einen Augenblick lang war es ihm in den Sinn gekommen, das ersehnte Kind könne ein Mädchen sein. Ein Mädchen – unmöglich! Welchen Nutzen hätte er schon von einer Tochter? Für ihn stand es außer Frage, dass die Frucht seiner Lenden nur ein männlicher Nachkomme sein konnte. Ein Junge, der zu einem fähigen Kriegsmann heranwachsen würde, dem er zeigen würde, wie man Wildschweine jagte, den er in der Beizjagd unterweisen würde, dem er beibringen würde, wie man ein Lehen verwaltete und führte. Ein Junge, der zu einem Mann heranwachsen und wie er selbst seinem König treu dienen würde, der, sollte es erforderlich werden, das Heilige Grab mit seinem Leben beschützen würde. Der die Seele seines Vaters vor dem glühenden Fegefeuer der Hölle bewahren würde, sollte es von ihm verlangt werden. Denn er, Godfrey de Gallienne, hatte seinen vor Ehrgeiz brennenden Blick mehr als einmal dem Teufel zugewandt, wenn er als Vasall für Gott und für seinen König auf den Schlachtfeldern gekämpft hatte, wenn es ihm angesichts einer drohenden Niederlage doch noch den Sieg hatte einbringen können.

Ungeduldig ging er mit großen Schritten auf und ab und

hielt jäh inne, als die Schmerzensschreie seiner Frau von den Wänden des Wohnturmes widerhallten. »Bei der heiligen Jungfrau«, stieß er hervor, dann warf er den Kopf in den Nacken, ballte die Fäuste und brüllte unbeherrscht: »Der Priester! Bringt den verdammten Priester her!«

Der Haushofmeister kam eilig herbeigelaufen, machte einen Kniefall und sagte entschuldigend: »Mylord, der Priester ist in der Kapelle. Er hat … andere Pflichten.«

Die Reaktion Godfrey de Galliennes bestand in einem Lachen, das selbst in seinen Ohren ein wenig verrückt klang. Es genügte jedenfalls, den schmalbrüstigen Haushofmeister vor Furcht erzittern zu lassen, als sein Herr ihn finster anstarrte. »Was meint Ihr damit – mein Priester hat andere Pflichten? Welche andere Pflicht könnte ihm wichtiger sein als die, seiner Herrin Beistand zu leisten?«

»Sire, auch die Frau Eures Schmieds kommt zurzeit nieder. Auch sie hat es schwer, das Kind zu gebären. Sie haben schon vor Stunden nach dem Priester geschickt, weil sie hoffen, seine Gebete würden die Qual der Frau lindern.«

Godfrey de Gallienne wandte sich von seinem Haushofmeister ab und trat an das Fenster, von dem aus er in den Burghof hinunterschaute. Unzählige Lagerfeuer und Fackeln erleuchteten den Hof taghell. Das Rufen und Lachen der Feiernden drang wie ein schriller Missklang zu ihm herauf und verstärkte den hämmernden Schmerz in seinem Kopf. Die Leute hatten bereits damit begonnen, ihre Geschenke vor der Türschwelle abzulegen. Waren ihre Gaben auch eher bescheiden zu nennen, so drückten sie doch die Ergebenheit und Achtung aus, die seine Vasallen ihm entgegenbrachten. Und sie waren ein Beweis dafür, in welch hohem Ansehen Alais bei ihnen stand, seine schöne und bezaubernde Frau.

Der Earl versuchte, seine Verzweiflung zu verbergen, als er an seine geliebte Frau dachte. »Bringt die Alte zu mir, Mann, und beeilt Euch ein bisschen damit«, wies er den

Haushofmeister schroff an. Als dieser schwieg, wiederholte Godfrey de Gallienne seinen Befehl mit harter Stimme, ohne sich zu seinem Diener umzusehen. »Die Alte! Bringt sie zu mir!«

»Vielleicht sollte ich stattdessen doch besser den Priester holen, Sire.«

»Ich will ihn jetzt nicht von der Frau des Schmieds wegholen. Soweit solltet Ihr mich kennen.«

»Wie Ihr befehlt, Mylord.«

De Gallienne wartete, bis der Diener gegangen war, dann wandte er sich vom Fenster ab und ließ den Blick durch das Zimmer schweifen. Die Wiege für den Säugling war schon vorbereitet worden und stand in der Nähe des Eingangs zu seiner Kammer. Im Kamin brannte ein Feuer, in dem darüber hängenden Kessel wurde das Wasser warm gehalten, in dem das Kind gleich nach seiner Geburt gebadet werden sollte. Alles schien für das freudige Ereignis vorbereitet: Die besten Laken waren herausgelegt, frische Binsen auf dem Boden ausgestreut worden. Die schönsten und kostbarsten Gegenstände aus seinem Besitz hatte man hervorgeholt und aufgestellt, denn der Sohn des mächtigen Lords und grimmigen Kriegsherrn de Gallienne sollte wissen, dass all dies eines Tages, beim Tod seines Vaters, ihm gehören würde. In den Schränken standen Pokale aus Gold und Silber, Gefäße aus Emaille und Elfenbein, kostbare gebundene Bücher. Man hatte alle Vorkehrungen getroffen, um Lady Alais die Entbindung so leicht wie möglich zu machen, doch bislang verlief die Geburt schwierig. In den vergangenen zwölf Stunden war die Wehmutter nicht von Alais' Bett gewichen. Immer wieder hatte sie den Leib der Gebärenden mit Salben eingerieben, die den Wehenschmerz lindern sollten, hatte ihr tröstende Worte zugeflüstert, ihr Mut zugesprochen.

Doch die Qual hatte Lady Alais nicht aus ihrer bösartigen, schmerzbringenden Umklammerung gelassen. Unter den Bewohnern der Burg verbreitete sich schon bald die

Kunde, dass das Kind sich störrisch zeige, und viele waren in die Burg gekommen, hatten vor Godfrey de Gallienne das Knie gebeugt und ihm angeboten, was an bescheidenem Beistand sie ihm zu leisten vermochten. Einer hatte vorgeschlagen, man solle alle Türen, alle Kommoden und Schränke im Wohnturm öffnen und alle Knoten lösen. Ein anderer hatte ihm ein Stück Jaspis geschenkt, von dem man glaubte, es könne der Kreißenden Kraft spenden. Sogar das getrocknete Blut und die rechte Kralle eines Kranichs waren ihm gebracht worden, weil diese angeblich einen raschen Fortgang der Geburt bewirken könnten.

Aber bislang hatte nichts geholfen. Nichts!

Wieder schrie seine Frau vor Schmerzen.

Beim Allmächtigen, auf dem Schlachtfeld hatte er Tausende von Männern getötet und er hätte dem Teufel jederzeit ohne Angst vor Vergeltung ins Antlitz gespuckt, doch die gequälten Schreie seiner geliebten Alais zerrissen ihn wie die Klinge seines eigenen Schwertes. Seit dem Augenblick, da er die liebreizende Kindfrau zum ersten Mal gesehen hatte, war er von der Liebe zu ihr hingerissen gewesen. Er hatte befürchtet, dass Alais, die Tochter seines Pairs Raoul de Cambrai und damals erst vierzehn Jahre alt, vor einem Mann von achtunddreißig Jahren Abscheu empfinden könnte. Doch sie hatte ihn von ihrem Pferd herunter so scheu angelächelt und war so anmutig errötet, dass er sich ermutigt gefühlt und keine Zeit verschwendet, sondern sie um ihre Hand gebeten hatte. Die Verbindung zwischen den beiden einflussreichen Lords hatte viel dazu beigetragen, die Zwietracht beizulegen, die in diesem Teil des Landes herrschte. Der junge König Heinrich war über die Verbindung zwischen diesen angesehensten seiner Lords, die zudem sein volles Vertrauen besaßen, höchst angetan gewesen. Deren vereinte Lehen würden sicherlich das neue starke Rückgrat seiner im Schrumpfen befindlichen Armeen bilden.

Aber Macht und Machtstreben hatten nichts mit der Zuneigung – ja, mit der Liebe – zu tun, die Godfrey de Gallienne in den vergangenen zwölf Monaten für seine Ehefrau empfunden hatte. Alais stand für alles, was gut und freundlich und ihm teuer in seinem Leben war, das von Krieg und Blutvergießen geprägt gewesen war, solange er denken konnte. Er hätte mit Freuden all das aufgegeben, was er einmal für wichtig gehalten hatte – Land und Einfluss und Reichtum –, könnte er ihr damit jeden weiteren Schmerz ersparen, ja, er würde sein eigenes Leben opfern, um ihres zu schonen.

Denn jetzt, genau ein Jahr nach ihrer Hochzeit, lag sie im Kindbett, von Schmerzen gepeinigt und dem Tode nah, und alles, woran sie dachte, war, ob sie ihm einen Sohn schenken würde.

Ein Aufschrei der Menge vor der Burg riss de Gallienne aus seinen Gedanken, und erst jetzt bemerkte er, dass er nicht mehr allein war. Er wandte sich ein wenig zur Seite, um die Frau anzusehen, die halb verborgen im Schatten stand. Sie hielt die Schultern vorgebeugt, das schwarze verfilzte Haar fiel ihr in langen Strähnen ins Gesicht. Ihre knotigen Hände hielten einen Lederbeutel umklammert, den sie an ihre Brust presste. Als de Gallienne sie schweigend anstarrte, begann sie zu lächeln und entblößte dabei ihre schwarz verfärbten Zähne.

»Sire …« Als sie pfeifend den Atem ausstieß, sprühte das Feuer im Kamin zu einem Funkentanz auf, dann zerstoben die Glutteilchen, fielen auf den binsenbedeckten Boden und verglommen dort. »Ihr wolltet mich sehen, Mylord?«

Er ging zu einem der Tische, die man aufgestellt hatte, ließ sich auf der Bank nieder und deutete auf den Platz ihm gegenüber. Ungeduldig wartete er, während die alte Frau herangeschlurft kam und sich setzte. Ohne de Gallienne eines Blickes zu würdigen, leerte sie den Inhalt ihres Lederbeutels auf dem Tisch aus und betrachtete lange die Anordnung, in der Blätter, polierte farbige Steine und Knochensplitter vor ihr lagen. Godfrey sah die Alte mit unverhüllter Abneigung an, als sie den Kopf schräg legte und die Augenbrauen hochzog. »Es scheint, dass ich Recht hatte, nicht wahr? Habe ich nicht vorhergesehen, dass Lady Alais Euch genau in der Nacht ein Kind gebären wird, in der sich Eure Hochzeit zum ersten Male jährt? Was wollt Ihr jetzt von mir wissen, mein guter Lord?«

»Wird sie leben?«

Bedeutungsschwer stand die Frage zwischen ihnen.

»Nun?«, schrie er, als sie schwieg. »Sag es mir, Alte, bevor ich dir die Zunge herausschneiden lasse! Wird meine Frau heute Nacht sterben?«

»Ich fürchte, Ihr werdet mir die Zunge herausschneiden lassen, wenn ich Euch sage, was Ihr nicht zu hören wünscht.«

»Du hast mein Ehrenwort, Weib. Und jetzt heraus damit. Wird meine Alais diese Nacht überleben oder wird sie sterben?«

Die Alte beugte den hageren Kopf über die auf dem Tisch verstreut liegenden Gegenstände. Sie hatte die Lippen fest zusammengepresst, als sie de Gallienne wieder ansah. »Die Zukunft wird Euch Kummer bringen, Sire. Großen Kummer. Ich sehe das Geschlecht der de Galliennes sich vor einem mächtigen König beugen.«

Sich zu ihr neigend, verzog Godfrey den Mund zu einem spöttischen Lächeln. Als er sich wieder aufrichtete, sagte er: »Der Teufel soll deine Seele holen. Godfrey de Gallienne beugt sich keinem König. Heinrich ist König und Heinrich ist mein Freund. Jetzt sag mir, was ich hören will, bevor ich wahr mache, was ich dir angedroht habe.«

»Hört mir zu«, krächzte sie mit rauer, drängender Stimme, »und achtet genau auf das, was ich sage, Sire. Habe ich Euch nicht vorhergesagt, dass Ihr auf den Schlachtfeldern von Chaumont siegen werdet? Habe ich nicht vorhergesagt, dass Ihr am Vorabend Eures größten Triumphes der Liebe Eures Lebens begegnen werdet? Und habe ich nicht vorausgesagt, dass Euer Sohn genau in dieser Nacht geboren werden wird?«

Einen Fluch ausstoßend erhob sich de Gallienne vom Tisch. Als erneut ein Schrei seiner Frau aufgellte, schloss er die Augen und fuhr sich mit den Händen durch das Haar. »Hexe, sag mir, was ich hören will, sonst lasse ich dich auf dem Scheiterhaufen verbrennen!«

»Ja!«, schrie die alte Frau wütend. »Ja, Eure Lady wird leben, sie wird es überleben, aber um den Preis all dessen, was Euch heilig und lieb ist.«

»Hör auf in Rätseln zu sprechen und sag, was du damit meinst.«

»Euer Sohn wird sie zerstören.«

Er biss die Zähne zusammen, und ein wilder Ausdruck lag in seinen Augen, als er die Alte ansah. »Aber du hast eben noch gesagt, dass sie die Entbindung überlebt!«

»Ja, so wird es auch sein. Aber der Sohn, dem sie das Leben gibt, der Kriegsherr, der er einmal sein wird – er wird Euch und ihr den Untergang bringen. Er wird Euer Weib vernichten und das Land ausplündern, und die Menschen, die er zurücklässt, werden bluten wie Schlachtlämmer. Er wird das alte Geschlecht der de Galliennes auslöschen, und sein Verrat wird den Fall Englands zur Folge haben!«

Der Earl holte mit der Hand aus und schlug der Alten so hart ins Gesicht, dass sie stürzte und zusammengekrümmt auf dem Steinboden liegen blieb. Sie hielt den dürren Arm erhoben, um sich vor weiteren Schlägen zu schützen. Blut tropfte von ihrer Lippe, als sie aus funkelnden gelbbraunen Augen zu ihm hochstarrte. »Ihr wolltet die Wahrheit wissen, Mylord, und ich habe Euch das gesagt, was ich sehe.«

»Du bist eine Lügnerin!«

»Nein! Die Frucht Eurer Lenden, Euer Sohn, wird als Ketzer geboren und er wird als Ketzer sterben!«

Mit einem Aufschrei zog er sein Schwert, um die Frau damit zu richten. Schluchzend und zitternd umklammerte sie seine Beine. »Habt Mitleid, Mylord Gallienne. Ihr habt mich doch aufgefordert, in Eure Zukunft zu sehen! So, wie ich es gewissenhaft schon viele Male zuvor getan habe. Ich habe Euch nichts als die Wahrheit gesagt! Mich zu töten wird Euer Schicksal nicht ändern. Die Sterne haben über Euer Los entschieden.«

»Ins Höllenfeuer mit deinen Sternen!«

Als er das Schwert in der Absicht hob, die Frau niederzustrecken, die seinen Sohn so verächtlich gemacht hatte, ließ ihn Alais' Schrei innehalten, der von unerträglichem Schmerz zeugte. Das Herz hämmerte ihm in der Brust, als er zur Tür starrte. Das Blut gefror ihm in den Adern, so schrecklich war dieser Schrei. Und dann …

Das klägliche Wimmern des Kindes drang an sein Ohr und er vergaß die Alte. Er lief zur Tür, riss sie auf und schaute vor Verzweiflung außer sich auf seine Frau – seine geliebte Frau, auf deren totenblasses Gesicht, auf die von Blut durchtränkten Laken.

»Godfrey«, rief sie schwach. »Mein liebster Lord und Gemahl …«

Er warf das Schwert auf den Boden, und der Nachhall des Aufpralls tönte von den Wänden wider. Er eilte an das Bett seiner Frau, kniete nieder und nahm ihre schmale Hand in seine.

»Das Kind«, flehte sie. »Sagt es mir, Mylord, habe ich Euch einen Erben geschenkt?«

Godfrey schaute kurz zu der Wehmutter hinüber, die die Nabelschnur durchtrennt hatte und nun den schreienden Säugling hochhob, damit er ihn ansehen konnte. Das Gesicht der Amme strahlte vor Zufriedenheit, doch in de Galliennes Herzen lag die Freude so kalt und so tot wie die Zukunft, die zu ihm in der Gestalt eines rothäutigen, weinenden Säuglings zurückstarrte, als er ihn betrachtete. Dieses Kind, das seiner geliebten Alais fast das Leben gekostet hatte, und das sich eines Tages daran machen würde, sie zu vernichten – sie alle zerstören würde, wenn er dieser niederträchtigen Wahrsagerin glauben wollte.

Für einen kurzen Moment schloss er die Augen, dann sah er wieder seine Frau an. Er nahm ihre zarte weiße Hand und drückte sie an seine Lippen. »Ja, Mylady. Ihr habt mir einen Sohn geschenkt.«

Die Tränen liefen Alais über die Wangen, als sie erleichtert lächelte, doch dann glitt ein Schatten über ihr Gesicht. »Beeilt Euch damit, ihn zu baden«, sagte sie mühsam. »Kleidet ihn an, und bringt ihn rasch in die Kapelle. Er muss getauft werden, ehe die Nacht vorüber ist.«

»Dafür ist noch Zeit genug«, beruhigte er sie.

»Nein, Mylord, nein! Ich sehe diese schwere Geburt als ein böses Omen. Reinigt seine Seele von allen Sünden, ehe es zu spät dafür ist. Vielleicht wird Gott wohlwollender auf unseren Sohn herablächeln, wenn er so rasch wie möglich getauft wird. Schnell – wascht ihn und bringt ihn zur Taufe! Befreit ihn von dem Dämon, der ihn heimgesucht hat, welcher auch immer es gewesen sein mag.«

»Aber, Frau, dafür müssen erst noch Vorbereitungen getroffen werden …«

»Dann trefft sie, mein Gemahl, denn ich werde unserem Sohn nicht ins Antlitz schauen, ehe seine Seele nicht im Namen Gottes und des Himmels gerettet ist!« Mit diesen Worten wandte sie das schweißüberströmte Gesicht von ihm ab. Er küsste noch einmal Alais' Hand und folgte dann der Wehmutter, als diese das Kind aus dem Zimmer trug. Er sah zu, als die alte Amme das schreiende Neugeborene in dem warmen Wasser badete, es danach auf den Tisch legte und seinen Körper sanft mit Salz abrieb. Dann rieb sie seinen Gaumen und das Mundinnere mit Honig ein.

Als de Gallienne aufschaute, bemerkte er den Diener, der abwartend im Schatten der Tür stand. Er winkte ihn heran. »Gibt es inzwischen Kunde von der Frau des Schmieds?«, fragte er ruhig.

»Ja, Mylord. Der Schmied hat einen Sohn.«

»Sind das Kind und die Mutter wohlauf?«

»Das Kind ist schwächlich, Mylord. Man sagt, die Nabelschnur hätte sich um seinen Hals gewickelt. Der Priester fürchtet, dass es die kommende Stunde nicht überleben wird.«

Resigniert schloss de Gallienne die Augen: »Diese schicksalhafte Nacht eint Herrn und Diener durch das Band der Geburt und zwingt beide auf die Knie.« Er schaute auf das weinende Kind. »Sag dem Priester, er soll sich sofort in der Kapelle einfinden und die Taufe vorbereiten«, wies er den Diener an. Als der junge Mann sich zum Gehen wandte, fasste de Gallienne nach dessen Arm und hielt ihn zurück. »Und sag ihm auch, dass ich meinen Sohn allein zur Taufe bringen werde. Die Paten werde ich ihm später nennen – morgen früh, bei der offiziellen Zeremonie.«

»Ich werde es ihm ausrichten, Sire.«

Nachdem der Diener die Halle verlassen hatte, wandte de Gallienne sich wieder seinem Sohn zu, den die Wehmutter inzwischen abgetrocknet, mit einem Kräuterbüschel abgerieben und in eine Windel gewickelt hatte. Als sie damit fertig war, legte sie das Kind behutsam in die Arme seines Vaters. Godfrey schaute auf das kleine, runde Gesicht herunter, auf den schwarzen Haarflaum, der das Köpfchen bedeckte, und er fühlte, wie ihm das Herz brach. »Geht und kümmert Euch um meine Frau«, befahl er der Amme mit rauer Stimme.

Sie knickste und ging. Godfrey de Gallienne war mit seinem Sohn allein in der großen Halle. Nachdenklich betrachtete er das Kind in seinen Armen und dachte daran, welch düstere Zukunft ihm die alte Wahrsagerin vorausgesagt hatte. Er wandte das Gesicht zu den rußgeschwärzten Dachsparren empor und schloss die Augen. Mühsam schluckte er den Schmerz hinunter, der ihn so schwach machte wie das Kind, das ihn durch die geschwollenen Augenlider ansah. So sanft er nur sein konnte, hob de Gallienne seinen Sohn empor, drückte einen Kuss auf dessen Stirn und schwor: »Im Namen unseres gnädigen Gottes, unseres Königs und meiner Frau … ich werde euch trotzen, ihr Sterne!«

Unter den Feiernden verbreitete sich rasch die Kunde, dass dem Earl ein Kind geboren worden war. Doch niemand wusste, ob Lady Alais einer Tochter oder einem Sohn das Leben geschenkt hatte. Ihre Ausgelassenheit schlug in erwartungsvolle Stille um, während sie zu den geschlossenen Türen der großen Halle hinübersahen und gespannt darauf warteten, dass Godfrey de Gallienne die Geburt verkündete, denn erst dann würde diese als offiziell anerkannt gelten. Leibeigene, Ritter und Lehensmänner standen dicht an dicht, jeder von ihnen hielt aufmerksam Ausschau nach dem Lord. Nachdem Minute um Minute vergangen, dann die volle Stunde verstrichen war, begannen Gerüchte zu kursieren. Man flüsterte einander zu, dass in der Burg nicht alles in Ordnung sei. Man habe gehört, dass die Wahrsagerin etwas über die Zukunft vorausgesagt hätte. Daraufhin machten sich einige besonders neugierige Dorfbewohner auf den Weg zur Hütte der Alten, die am Dorfrand stand, um selbst von ihr zu hören, was sie gesagt hatte. Als sie die Kate verlassen vorfanden, setzten sie diese in Brand, ehe sie in den Burghof zurückliefen, wo die anderen noch immer der Dinge harrten.

Das Nächste, was die Wartenden erfuhren, war, dass der Sohn des Schmieds kaum eine Stunde nach seiner Geburt gestorben war. Und ihr geliebter Herr war gesehen worden, wie er zum Haus des Schmieds geeilt war, um seinem hoch geschätzten Gefolgsmann sein Mitgefühl auszusprechen.

Die beiden waren zusammen aufgewachsen und seitdem durch dick und dünn gegangen. Und dies war nur einer der vielen Gründe, warum die Menschen ihren Lord so hoch achteten und verehrten. Er war ebenso freundlich und großzügig wie entschlossen und mächtig.

Zwei weitere Stunden vergingen, bis die schwere Flügeltür der Großen Halle aufgestoßen wurde. Soldaten wie Diener reckten gleichermaßen erwartungsvoll den Hals, der Widerschein der unzähligen Fackeln erhellte ihre Gesichter. Irgendwo schrie ein Kind und wurde von seiner Mutter beruhigt. In der Ferne kläffte ein Hund, der durch einen barschen Zuruf seines Besitzers zum Schweigen gebracht wurde. Niemand rührte sich, keiner sprach, bis Godfrey de Gallienne aus dem dunklen Inneren der Halle heraustrat und sich vor die Menge stellte. Groß und breitschultrig stand er da, auf dem sorgsam polierten Brustpanzer, den er angelegt hatte, reflektierte der Fackelschein wie goldenes Kerzenlicht. Zoll für Zoll war er der berühmte Kriegslord, dessen Siege auf dem Schlachtfeld in aller Munde waren.

Und doch gab es einen Unterschied, der keinem der Männer entging, die viele Jahre mutig an seiner Seite gekämpft hatten. Es war der seltsam irre Ausdruck in Godfrey de Galliennes Augen, deren Grau so kalt und tot wie Asche schien. Es war ein Blick, der ihnen das Blut in den Adern gefrieren ließ.

Girard de Roussillon, der ranghöchste Offizier nach Godfrey de Gallienne, trat nun rasch vor und stellte sich neben seinen Kommandanten, als dieser sein Schwert zog, es mit zum Himmel gerichteter Spitze hoch erhob und erklärte: »Es ist ein Sohn!«

Als die Menge in laute Begeisterungsrufe ausbrach, legte Girard die Hand auf sein Herz und sah in das ausdruckslose Gesicht seines Lords, als er ausrief: «Gott schütze Euch und Euren Sohn, Sir, der heute Nacht geboren wurde. Sagt uns, welchen Namen er tragen wird.«

»Sein Name wird Roland sein … Roland de Gallienne! Und nun feiert und seid vergnügt, denn heute wurde der geboren, der euer Lehnsherr sein wird. Es wurde der geboren, der die Farben eures Banners tragen wird, der euch prächtige Rüstungen und kostbare Pferde geben wird.« Er sah starr geradeaus, als er hinzufügte: »In fünfzehn Jahren wird mein Sohn ein Ritter sein!«

Der Jubelschrei, der sich daraufhin erhob, war das Zeichen für Ausgelassenheit und Fröhlichkeit. Nur wenige sahen, wie Godfrey de Gallienne langsam und mit hölzernen Bewegungen die Stufen hinunterging, bemerkten den stumpfen, glanzlosen Ausdruck in seinen Augen. Er nahm den Griff seines Schwertes in beide Hände und trieb die Waffe tief in den Boden.

Er wandte das Gesicht dem nachtschwarzen Himmel zu, und seine Augen füllten sich mit Tränen, als er flüsterte: »Es ist geschehen. Allmächtiger Gott, hab Mitleid mit unseren Seelen.«

1

Frankreich, 1189

Qui en Dieu a fiance il ne doit estre mas. Vertraue keinem außer Gott.

Höhnisch mutete Roland de Gallienne diese Inschrift auf seinem scharf geschliffenen, blutverkrusteten Schwert an.

Er hatte beschlossen, dass sie vorerst nicht mehr kämpfen würden. So lange nicht, bis ihre Wunden und Blessuren verheilt waren und ihr Stolz sich wieder erholt hatte. Sie würden an einem Ort Zuflucht suchen, an dem es keine Bedrohung durch den Tod gab. Aus diesem Grund hatte er seine Männer aus dem Kriegsgeschehen bei Poitiers abgezogen und hierher geführt – zur Abtei der Wunder.

Die Stadt Déols lag dunkel und still unter einer Decke aus Nebel, die sich beim Einbruch der Dämmerung grau und schwer über dem Boden ausgebreitet hatte. Weit über dem undurchdringlichem Nebel, der jetzt auch die Sterne einhüllte, schimmerte der Mond durch die Wolken und warf gespenstisches Zwielicht und dunkle Schatten auf die unwegsame Landschaft. Seit über einer Stunde folgte die desolate Armee nun schon dem Weg, der auf das berüchtigte Déols zuführte und sich in endlosen Windungen die Berge hinaufschlängelte. König Heinrichs Bataillon würde in der Abtei nicht willkommen sein. Vor zwei Jahren hatte Richard Löwenherz, bevor er sich in diesem kräftezehrenden Krieg auf die Seite Philip Augustus' geschlagen hatte, Châteauroux belagert und sein Heerlager während dieser Zeit in Déols aufgeschlagen. Seine Soldaten hatten die Stadt geplündert, und vor dem Abzug seiner Truppen hatte Richard seinen Männern befohlen, die Abtei niederzubrennen, damit diese nicht im Falle eines Angriffs auf Châteauroux als Stützpunkt genutzt werden konnte. Diese Freveltat war jedoch durch ein seltsames Ereignis vereitelt worden, das sich in jener Nacht zugetragen hatte.

Eine Schar verängstigter Bürger hatte sich um die Statue der Heiligen Jungfrau vor dem Südportal der Abtei versammelt, um deren Beistand zu erflehen. Die Söldner hatten damit begonnen, die Stadt zu plündern, bevor sie angezündet würde. Einige von ihnen waren auch vor die Abtei gezogen und verhöhnten die Betenden. Sie taten das auf ihre gewohnt gotteslästerliche Art, denn alle Männer, die gegen Sold kämpften, waren von der Kirche mit ihrer Exkommunizierung gestraft worden. Als einer dieser Söldner einen Stein auf die Statue warf, brach der Arm des Jesuskindes ab, und zum Entsetzen der Umstehenden begann Blut aus der Bruchstelle zu fließen. Der ruchlose Soldat fiel tot um. Als man in Châteauroux von diesem Ereignis hörte, bekamen es Richards Männer mit der Angst zu tun. Der Prinz widerrief daraufhin seinen Befehl zum Niederbrennen der Stadt und der Abtei. Am darauf folgenden Abend wurde beobachtet, dass die Statue sich bewegte und den Schleier der Heiligen Jungfrau zerriss. Richard war nach Déols geritten, um dieses Mysterium mit eigenen Augen zu sehen, und er war bleich und demütig in das Lager zurückgekehrt. Er war bereit auf das Heilige Sakrament zu schwören, dass dieses Wunder wirklich geschehen war.

Angesichts dieses Gotteswunders hatten sich die Könige Heinrich und Philip von zwei Kardinälen überzeugen lassen, dass die Zeit für einen Waffenstillstand gekommen sei. Die beiden Herrscher einigten sich darauf, die Waffen für zwei Jahre ruhen zu lassen. Noch vor Ablauf dieser Frist erhoben sich in Heinrichs französischen Besitzungen die

Truppen des Grafen von Lusignan, die Gerüchten zufolge auf die Unterstützung durch Philip Augustus zählen konnten, und besetzten diese. Der schwelende Konflikt eskalierte, als den in England weilenden Heinrich die Nachricht erreichte, dass zwei seiner Ritter auf ihrem Rückweg von einer Pilgerreise nach Compostela gefangen genommen worden waren. Dies wiederum war die Antwort darauf gewesen, dass Richard den Minister Count Raymonds, Peter Seilun, hatte gefangen nehmen lassen, weil dieser dem Count geraten hatte, Kaufleute aus dem Poitou entmannen und töten zu lassen. Im Juli des Jahres 1188 schließlich hatte sich Heinrich, König von England, dann gezwungen gesehen, noch einmal nach Frankreich aufzubrechen.

Der Krieg war wieder offen ausgebrochen. Was immer auch an Freundschaft und Vertrauen einst zwischen den beiden mächtigen Herrschern bestanden haben mochte, gehörte jetzt der Vergangenheit an. Und in diesem Krieg bekamen beide Seiten den kalten Hauch der Niederlage zu spüren.

Aber das Ende der Kämpfe stand kurz bevor. Roland war sich dessen sicher. Mit ein wenig Glück würde sein Freund Heinrich schon bald mit dem selbstherrlichen Philip Augustus an einem Tisch sitzen und Verhandlungen führen, die England und Frankreich hoffentlich den Frieden brächten. Und je eher dieser Vertrag zustande käme, umso mehr würde Roland das begrüßen, denn mochte er auch ein Ritter sein, so hatte ihn der Krieg über die Maßen erschöpft und ausgelaugt – die zahllosen Kämpfe für Gott und für den König, für all die tugendsamen Jungfrauen der Christenwelt. Nach drei langen Jahren der Abwesenheit von England und seinem Zuhause in den Midlands war Roland mehr als bereit heimzukehren. Und das trotz der gleichermaßen lästigen wie auch bitteren Verpflichtung, die dort seiner harrte – die Heirat mit der reizlosen und übellaunigen Hildegard, der Tochter Arnold von Cheswycks, des einflussreichsten und unangenehmsten Pairs seines Vaters.

Beim Allmächtigen, würde es seiner Seele nicht die ewige Verdammnis in den glühenden Feuern der Hölle bringen, er hätte sich absichtlich vor Philips Armee gestellt und die Soldaten aufgefordert, ihm einen Stich mit ihren besten Lanzen zu versetzen. Er würde lieber in das bleiche Gesicht des kalten Todes als in das seiner Verlobten schauen. Auch nicht für eine einzige Nacht. Bei allen Heiligen – sie war so hässlich!

Als spürte es die trübe Stimmung seines Reiters, warf Rolands großes schwarzes Schlachtross den edlen Kopf zurück und schnaubte. Es tänzelte zur Seite und geriet gefährlich weit von dem ausgetretenen Pfad ab, viel zu nah an den Abgrund, der sich im dunklen und undurchdringlichen Nebel verlor, jedoch in die tiefsten Tiefen der Verdammnis hinabzuführen schien. Roland richtete sich auf und warf einen Blick über die Schulter. Hinter sich sah er seine Soldaten, die ihm müde folgten. Er hörte das Stöhnen der Verwundeten und Sterbenden, das gespenstisch über dem Land widerhallte. Kein Ritter könnte treuere oder tapferere Gefolgsmänner finden. Diese Männer hatten ihn in den vergangenen Monaten begleitet, obwohl keiner von ihnen nach dem Gesetz verpflichtet war, länger als vierzig Tage im Jahr für seinen König zu kämpfen. Diese Festlegung war mit ein Grund dafür, warum Heinrich so oft gezwungen gewesen war, sich die Dienste von Söldnern zu erkaufen. Doch weil Roland sich entschlossen hatte, Heinrichs Befehlen treu zu folgen, waren diese Männer bei ihm geblieben. Wenn es nach ihm ginge, verdiente es jeder Einzelne von ihnen, heilig gesprochen zu werden. Nach seiner Heimkehr nach Wytham würde er dafür sorgen, dass jeder Ritter, jeder Gefolgsmann angemessen belohnt wurde.

Endlich sah Roland die Stadt und das Kloster vor sich, deren Mauern aus dem Bergkamm herauszuwachsen schienen, auf dem sie erbaut worden waren. Die massiven Mauern reichten bis hoch hinauf in den Himmel, und die Steine, aus denen sie errichtet waren, zeigten dieselbe Farbe wie der Fels. Hinter jeder der kleinen Fensteröffnungen sah man Lichter schimmern, die durch den trüben Nebel wie Leuchtfeuer Gottes zu ihnen herüberschienen. Die Häuser des Ortes lagen in Dunkelheit gehüllt, was daran erinnerte, wie weit die Nacht schon vorgerückt war. Ohne Zweifel würde ihre Ankunft in Déols Erschrecken unter den Bewohnern hervorrufen. Seine Leute würden gut daran tun, während des Aufenthaltes hier ihre Augen offen zu halten und niemandem den Rücken zuzukehren.

Das Wetter war noch schlechter geworden, als sie das Tor der Abtei erreichten. Der Nebel hatte sich weiter verdichtet, und es wehte jetzt ein schneidend kalter Wind. Obgleich die Soldaten Kettenhemden und Helme trugen, biss ihnen die frostige Luft mit grausamer Heftigkeit in die Haut und in ihre Wunden. Jeder der Männer musste seine Ungeduld zügeln, als sie an den abweisenden grauen Mauern hinaufschauten und Rolands weiteres Vorgehen abwarteten. Er war sich ganz und gar nicht sicher, ob die meisten seiner Männer sein Eindringen in die Abtei zu dieser späten Stunde billigten, andererseits wusste er, dass es viele unter ihnen gab, die begierig darauf waren zu beichten. Und die anderen, die schwer verwundet und dem Tode nah waren, verdienten es, die Sterbesakramente gespendet zu bekommen. Sie alle wussten um das angebliche Wunder, das sich hier ereignet hatte. Sie erinnerten sich auch an den Soldaten, der den heiligen Boden entweiht, und an den schnellen Tod, der ihn ereilt hatte. Von weit her, sogar aus Spanien und Italien pilgerten Tag für Tag die Menschen nach Déols in der Hoffnung, mit eigenen Augen die trauernde Heilige Jungfrau zu sehen. Und es kursierten noch andere Gerüchte: Gerüchte über eine wahrhaftige Heilige, die im Schutze der Abteimauern lebte, eine Heilige, der man Heilkräfte nachsagte, und die, wollte Roland dem Hörensagen glauben, über die Fähigkeit verfügte, mit verblüffender Genauigkeit die Zukunft vorauszusagen. Vielleicht, so dachte er, war er ja mehr aus Neugier und mit dem geheimen Wunsch hierher gekommen, seinen Glauben an derartigen himmlischen Segnungen zu festigen, und weniger aus dem Bedürfnis, sich auszuruhen und seine Wunden zu lecken, ehe er sich mit Heinrich in Le Mans treffen würde. Roland war sich seines schwindenden Glaubens wohl bewusst, und seinen Männern war dies nicht entgangen. Schließlich wussten alle, dass er sich weigerte zu beichten, ehe er in die Schlacht zog. Von einem Ritter aber wurde verlangt, dass er die Beichte ablegte, wenn er Dinge in Angriff nahm, die ihn das Leben kosten konnten, ganz besonders also eine bevorstehende Schlacht. Unter den Soldaten vertraten sogar einige die Meinung, dass eine solche Weigerung im Angesicht Gottes, nein, eine solche Beleidigung, ohne jeden Zweifel der Grund dafür war, dass die Armee in letzter Zeit nur noch Niederlagen erlitten hatte.

Vielleicht hatten diese Männer Recht. Doch vor einem Gott niederzuknien und zu beichten, an dem zu zweifeln er begonnen hatte, schien Roland ein Sakrileg zu sein. Wie konnte er anderes vorgeben, wenn er hatte mit ansehen müssen, wie so viele tapfere und gottesfürchtige Kameraden unter dem Schwert einen schrecklichen Tod erlitten? So wie sein junger Squire vor nicht einmal zwei Tagen. Das Blut des Jungen befleckte noch die Tunika, die Roland unter dem Kettenpanzer trug. Er hatte sich geweigert, sie zu waschen, und trug sie wie ein härenes Hemd, das ihn nicht vergessen ließ, dass der Krieg nur Zerstörung kannte, nur den Tod, dass er weder nach dem Alter noch nach dem Aussehen noch nach dem Guten fragte.

Roland wollte gerade Roger de Ferres den Befehl zum Absteigen geben und ihm auftragen, sich um Einlass in die Abtei zu kümmern, als einige seiner Ritter durch die Dunkelheit auf ihn zuhielten.

»Sir«, hörte er die Stimme eines jungen Mannes. »Warum

sind wir hergekommen? Jeder von uns weiß, dass man uns hier nicht mit offenen Armen aufnehmen wird.«

»Das ist auch meine Meinung«, pflichtete ihm ein Kamerad bei. »Um der Wahrheit die Ehre zu geben, so ist dies ein höchst beunruhigender Ort.«

»Und warum das?«, fragte Roland schroff.

»Es ist eiskalt, obwohl wir fast schon Sommer haben. Vielleicht wird Gott uns zürnen, wenn wir auf geheiligten Boden vordringen.«

Erschöpft nahm Roland seinen Helm ab und fuhr sich mit der Hand, die von einem Panzerhandschuh geschützt war, durch das zerzauste schwarze Haar. »Ja, das könnte sein«, entgegnete er ruhig. »Aber wir kommen nicht, um zu erobern, sondern um auszuruhen und unsere Wunden zu versorgen. Darüber wird Gott gewiss nicht erzürnt sein.«

»Aber, Sir ...« Der junge Mann rutschte nervös im Sattel hin und her. »Ich habe Geschichten gehört und ...«

»Was für Geschichten ...?«

»Über einen Engel. Die Pilger haben erzählt, dass er vor der Welt verborgen hinter diesen Mauern lebt und unter dem Schutz des Abtes steht.«

Roland bedachte den Mann mit einem freundlichen und verstehenden Lächeln. Es war dasselbe Lächeln, mit dem er auf den langen und oft gefährlichen Straßen Englands und Frankreichs so viele Freunde für sich gewonnen hatte – Engländer und Franzosen gleichermaßen; dasselbe Lächeln, dem auch schon manch hübsches Bauernmädchen erlegen war.

»Du musst die Abtei nicht betreten, wenn du es nicht wünschst, Albert. Es steht dir frei, draußen zu bleiben. Aber wenn du mich fragst, so riskiere ich lieber den Zorn des Papstes, als dass ich mein Schicksal einem Haufen wütender, mit Mistgabeln bewaffneter Bauern anvertraue.«

Albert Gozbert sah seine Kameraden unbehaglich an. Sie drängten ihn jedoch mit Blicken, ihr Anliegen nicht aufzugeben. Nach einem Moment des Nachdenkens stieg Albert vom Pferd und ging auf das Portal der Abtei zu. Er zögerte nur kurz, ehe er kräftig an die Holztür klopfte. Der Klang hallte dumpf im Nebel wider. Wieder und wieder schlug er dagegen, bis schließlich eine ärgerliche Stimme rief: »Wer wagt es, zu solch später Stunde die Ruhe dieses Klosters zu stören?«

Roland trieb sein Schlachtross näher heran und antwortete laut vernehmlich: »Es ist Roland de Gallienne, und im Namen unseres Königs verlangen wir Aufnahme in dieser Abtei.«

»Was?! Höre ich richtig? Sprecht Ihr von unserem König Philip?«

Rolands Mund verzog sich zu einem Lächeln. »Nein, von dem spreche ich nicht.«

Darauf folgte ein langes Schweigen. Dann: »Eure Forderung ist abgelehnt. Geht und lasst uns in Frieden.«

»Wenn Ihr nicht wünscht, dass ich meinen Männern bei der Suche nach einem Nachtquartier in diesem Dorf freie Hand lasse, müsst Ihr uns wohl erlauben einzutreten.«

Erneutes Schweigen. »Das müsste natürlich dem Abt vorgetragen werden.«

»Natürlich.«

Es verging eine gute Weile, ehe Roland und seine Männer hörten, dass die Sperrriegel des Portals zurückgeschoben wurden und die Tür sich öffnete. Im Nebel erkannten sie vage eine Gestalt, die auf sie zuzuschweben schien. Die sonst so unerschrockenen Hengste, auf denen sie saßen, hoben nervös den Kopf und begannen zu tänzeln, einige wieherten laut und stampften mit den Hufen, während ihre Reiter sich bemühten, dieses ungewöhnliche Verhalten unter Kontrolle zu bringen. Als die Gestalt schließlich bewegungslos vor ihnen stehen blieb, schwieg sie, bis die Männer ihre Tiere beruhigt hatten. Erst dann richtete sie das Wort an Roland.

»Sir Roland, was führt Euch nach Déols?«

»Seid Ihr der Abt?«, fragte Roland.

»Nein. Aber der Abt wünscht, dass ich Euch nach Euren Gründen für dieses Eindringen befrage.«

»Ihr könnt Seiner Magnifizenz ausrichten, dass Roland de Gallienne nicht die Absicht hat, in sein Kloster oder in dieses Dorf einzudringen. Wir wünschen lediglich, uns an diesem von Gott gesegneten Ort auszuruhen. Wir haben zahlreiche Verwundete, und unsere erschöpften Seelen sehnen sich nach Ruhe. Einige meiner Männer liegen im Sterben und verlangen nach der Beichte.«

»Aber wir haben gehört, Roland de Gallienne, dass Ihr und Eure Männer Ketzer und daher von der Kirche exkommuniziert worden seid.«

Roger de Ferres drückte seinem Pferd die Sporen in die Flanken, sodass es auf den Abgesandten der Abtei zusprang, doch die Gestalt in der Kutte mit der tief ins Gesicht gezogenen Kapuze verharrte bei diesem Wutausbruch des Ritters reglos.

»Das ist eine Lüge!«, rief Roger. »Wer verbreitet solche Verleumdungen über Roland de Gallienne? Ich werde demjenigen selbst entgegentreten und ihm die Zunge herausschneiden!«

Roland, der die schemenhafte Gestalt nicht aus den Augen ließ, antwortete weniger heftig, dafür jedoch mit größerer Autorität als sein Freund. Er wollte sichergehen, dass der Geistliche nicht bezweifelte, dass seine Verärgerung ebenso groß war wie die Rogers. »Roger hat Recht. Es ist eine Lüge, und könnte ich meinem Ankläger gegenüberstehen, so würde er es bitter bereuen, diese unwahre Behauptung verbreitet zu haben.«

»Sollte sich diese Behauptung als falsch herausstellen, dann bitte ich Euch um Verzeihung. Doch wie dem auch sei, ehe der Abt Euch einlässt, müsst Ihr ihm schwören, dass Ihr und Eure Männer, sobald Ihr diesen geheiligten Boden betreten habt, die heiligen Regeln des Klosters einhalten werdet, solange Ihr Euch hier aufhaltet.«

»Ihr habt meinen Eid.«

»Und welche Art von Wiedergutmachung habt Ihr anzubieten, wenn diese bescheidene Stätte sich Euren erschöpften Männern gegenüber gastfreundlich zeigt, Sir Roland?«

Roland lächelte kühl. »Natürlich unsere reuigen Seelen. Welch größere Belohnung könnte Gott von einem Haufen möglicher Ketzer verlangen?«

Die Gestalt schwieg einen Augenblick, ehe sie sich abwandte und im Nebel verschwand, der noch dichter geworden war. Das Knallen der zuschlagenden Klosterpforte hallte in der Dunkelheit wider.

»Wie es scheint, lässt der gute Abt nichts unversucht, den kärglichen Besitz der Seinen aufzubessern«, stellte Roland trocken fest.

»Zumindest sieht es so aus«, erwiderte Roger.

In diesem Moment wurde das große Tor aufgestoßen und eine Stimme rief: »Ihr dürft eintreten.«

Wohl wegen der späten Stunde ihrer Ankunft wurden sie nicht so willkommen geheißen, wie es dem Brauch entsprochen hätte: Weder die Mönche noch der Abt fanden sich ein, um die hochgestellten Gäste zu begrüßen. Stattdessen übernahm der Torwächter, ein weißhaariger Mann, der sich trotz seiner Beleibtheit erstaunlich flink bewegte, die Aufgabe, Roland und seine Männer zu den Dormitorien zu führen. Dort zeigte er ihnen, wo sie sich niederlegen konnten. An die vierzig Strohmatten lagen jeweils in einem Saal, von denen jeder über eine eigene Latrine verfügte. Roland wurde eine kleine Mönchszelle zugewiesen, die vom Schlafsaal getrennt lag. Das Bett darin bestand aus einer langen, breiten Mauernische, in der eine Matratze lag, die mit süß duftendem Stroh gefüllt war. Zusammen mit dem schroffen Hinweis des missmutigen Torwächters, dass die Messe bei Tagesanbruch gelesen würde, bekam er noch eine Kerze in die Hand gedrückt, dann war er allein und hatte Gelegenheit, seine Situation zu überdenken.

So zutiefst erschöpft wie er sich fühlte, würde er in dieser tristen Zelle kaum Ruhe finden. Aufgewühlt von den Gedanken, die ihm unablässig durch den Sinn gingen, lief er in dem engen, stickigen Gelass hin und her.

Drei Jahre. Drei lange Jahre waren vergangen, seit er sein geliebtes England, sein Zuhause das letzte Mal gesehen hatte – und seinen Vater. Vor knapp zwei Wochen erreichte ihn die Nachricht, dass sich der Gesundheitszustand seines Vaters seit ihrer letzten Begegnung besorgniserregend verschlechtert hatte. Und sollte er hundert Jahre alt werden, niemals, dessen war sich Roland sicher, würde er den Ausdruck des Wahnsinns in Godfreys Augen vergessen. Es war, als hätte er dem Teufel persönlich ins Gesicht gestarrt.

Doch schon damals, in jener schicksalhaften Nacht, war Roland das seltsame Verhalten seines Vaters nichts Neues gewesen. Als kleiner Junge, ehe sein Vater ihn fortgeschickt hatte, um in London am Hofe König Heinrichs als Squire zu dienen, war er des Öfteren Anlass für Argwohn, Furcht und gelegentlich auch unberechenbaren Zorn gewesen, wenn er sich in Gesellschaft seines Vaters befand. Sein ganzes Leben lang hatte Roland daneben gestanden und verwirrt zugeschaut, wenn Godfrey all seine Aufmerksamkeit und Zuneigung Harold schenkte, dem jüngeren seiner beiden Söhne. Und das, obgleich der übellaunige, mürrische und respektlose Harold jedermann, angefangen bei seinem Vater bis hin zum niedrigsten Leibeigenen, behandelt hatte, als seien diese nicht mehr wert als Pferdemist. Selbst König Heinrich, der in seinem Leben nur wenige Menschen wahrhaft geliebt hatte – und Godfrey gehörte zu diesen wenigen, denen der König sein Leben anvertrauen würde –, verstand nicht, aus welchem Grund Godfrey seinen ältesten Sohn so sehr ablehnte. Die Abneigung und das Misstrauen, die Godfrey de Gallienne seinen ältesten Sohn bei jeder Gelegenheit spüren ließ und die letztlich so weit gingen, dass er sich weigerte, ihn überhaupt zur Kenntnis zu nehmen, waren unerklärlich.

Einmal, Heinrich und Roland ruhten sich nach einer besonders harten Schlacht aus, hatte Roland laut über die Beziehung zu seinem Vater nachgedacht und neugierig versucht herauszufinden, wie der König über Godfreys Verhalten dachte. Doch Heinrich hatte nur mit den Schultern gezuckt und Roland mitleidig angesehen.

»Es ist schwer, die Gedanken eines Menschen nachzuvollziehen, wenn nicht einmal der Betreffende in der Lage ist, sie zu begreifen. Ich selbst bin der traurige Beweis dafür, dass das Band zwischen einem Vater und seinen Söhnen zerreißen kann, wenn es um Loyalität geht, mein lieber junger Freund. Denkt stets daran, dass Ihr der größere und stärkere seiner beiden Söhne seid, und werdet nicht müde, Eurem Vater zur Seite zu stehen, ganz egal, worum es geht. Geduld ist eine geschätzte Tugend und zudem eine, für die Euch der Himmel einst reichlich belohnen wird.«

Roland runzelte die Stirn, während er sich müde in der Mönchszelle umsah und über den Himmel nachdachte. Seine Gedanken wanderten weiter zu seiner Mutter. Er war sechs Jahre alt gewesen, als sie bei Harolds Geburt gestorben war, und er konnte sich kaum noch an sie erinnern. Er wusste, dass man sie davor gewarnt hatte, ein zweites Kind zu bekommen, weil schon die Geburt des ersten sie fast umgebracht und sie sich nie ganz von dieser Entbindung erholt hatte. Jeder in Wytham rechnete daher mit dem Schlimmsten, als auch bei Harolds Geburt Komplikationen auftraten.

Vielleicht lag ja dort die Ursache für Godfreys Zerrissenheit. Rolands Patentante Mary Goodmann, die Frau des Hufschmieds Royce, der gleichfalls sein Pate war, hatte irgendwann einmal beiläufig erwähnt, dass das seltsame Verhalten des Earls möglicherweise von einem tiefen Schuldgefühl herrühren könnte. Vielleicht machte er sich

Vorwürfe, weil er Alais' Drängen nachgegeben hatte, die ihm unbedingt einen Sohn hatte schenken wollen, für den er mehr Zuneigung empfinden könnte.

Roland dachte daran, wie er einmal, betrunken und berauscht von zu viel Wein, zur Hütte der alten Matilda getorkelt war und der Hexe eine erkleckliche Summe dafür gezahlt hatte, ihm wahrzusagen. Von ihr erhoffte er sich eine Erklärung dafür, warum sein Vater eine solche Angst vor ihm zu haben schien. Die Alte hatte mit ihren klauenartigen Händen nach den Münzen geschnappt und Roland dann mitgeteilt, dass Godfrey ihm die Schuld daran gab, dass seine geliebte Alais nie wieder zu Kräften gekommen war, nachdem sie ihn zur Welt gebracht hatte.

Und dann schließlich, in jener Nacht, war der Zwist offen ausgebrochen. Sein betrunkener Vater hatte Harolds unbezähmbarem Wunsch nach Krieg und Kampf nachgegeben und es seinem jüngeren Sohn erlaubt, gegen die benachbarten Lehen zu Felde zu ziehen, zu deren Earl Godfrey seit langem friedliche Beziehungen pflegte … bis zu diesem Zeitpunkt. Harolds Waffengänge waren erfolglos geblieben, und als Roland aufgefordert wurde, ebenfalls zum Schwert zu greifen und sie zu unterstützen, hatte er sich geweigert. Und er hatte die Stirn gehabt, sich seinem Vater in den Weg zu stellen.

Aber niemand durfte es wagen, Godfrey de Gallienne Einhalt zu gebieten – niemand, bis auf Heinrich Plantagenet, den König.

Vater und Sohn waren handgreiflich geworden. Genau genommen hatte Godfrey den ersten Schritt dazu getan, indem er sich eine der Keulen griff, die an der Wand hingen, und sie Roland über den Schädel zog. Der Schlag war so heftig gewesen, dass Roland das Bewusstsein verlor. Als er einen Augenblick später wieder zu sich kam, pochte ein dumpfer Schmerz in seiner Schläfe. Sein Vater stand über ihm und drückte ihm die scharfe Spitze seines Schwertes an die Kehle. In den Augen Godfreys lag jener Ausdruck von Wahnsinn, der ihm vor kurzem den Beinamen »der Verrückte« eingebracht hatte. Sein Vater sah aus, als wäre er bereit, einen Mord zu begehen. Hätte sich sein Pate nicht eingemischt und mit beruhigenden Worten auf Godfrey eingesprochen, wäre er vermutlich von seinem Vater umgebracht worden, davon war Roland überzeugt. Und die ganze Zeit über war im Hintergrund Harolds hysterisches Lachen zu hören gewesen, mit dem er seinen Vater noch angestachelt hatte.

Danach waren die Fronten gezogen gewesen. Godfreys Vasallen waren aufgefordert worden zu wählen, wem sie in Zukunft die Lehenstreue halten wollten. Viele der Jüngeren und Unerfahreneren hatten sich Roland angeschlossen. Die meisten der älteren Ritter und Lehnsmänner waren bei Godfrey geblieben. Dies geschah allerdings eher aus Loyalität und nicht, weil sie meinten, sein schändliches Verhalten ziemte sich für seinen Rang oder weil sie die starke Abneigung billigten, die Godfrey seinem ältesten Sohn gegenüber stets gezeigt hatte. Einige dieser Männer hatten Roland später eingestanden, dass sie eher aus Mitleid und einem Rest von Respekt bei Godfrey geblieben seien. Sie hätten viele Jahre an der Seite seines Vaters gekämpft, hatten den mächtigen Kriegsherrn verehrt, der so angesehen gewesen war wie sonst nur noch der König, dessen bester Ritter er gewesen war.

Müde hielt Roland mit dem Hin- und Hergehen inne, legte sein Schwert ab und zog das schwere Kettenhemd aus. Er beugte sich vor, um die Kerze zu löschen, ließ es dann aber. Aus Gewohnheit zweifellos. Er hatte während der langen Zeit im Heerlager stets am offenen Feuer geschlafen, und selbst wenn er einmal in seinem Zelt schlief, brannte dort ein kleines Licht – für den Fall, dass er bei einem nächtlichen Angriff rasch zu den Waffen greifen musste.

Ausgestreckt lag er dann auf seinem Bett und starrte an

die Decke. Als Roland die Augen schloss und auf den Schlaf wartete, glaubte er von weit her das Singen betender Mönche zu hören. Er spürte, wie sich sein Körper nach und nach entspannte. Heilige Jungfrau, wie lange war es her, seit er ohne die Angst vor einem Angriff eingeschlafen war? Auch aus diesem Grund hatte er seine erschöpften und verwundeten Soldaten in den vergangenen Tagen so unnachgiebig angetrieben, die Abtei zu erreichen. Hier konnten sie Leib und Seele Ruhe gönnen, während sie auf Heinrichs nächsten Befehl warteten.

Vage nahm Roland ein Geräusch wahr … Er wandte den Kopf, doch die schwere Hand des Schlafes hielt ihn umfangen und zog ihn tief hinab in seine Träume … tiefer und tiefer … bis aus seinem Unterbewusstsein verschwommene Erinnerungen auftauchten. Sie verursachten ein Frösteln auf seiner schweißbedeckten Haut. Dort, jenseits des grauen Vorhangs seiner Träume, bewegte sich etwas. Er konnte die Kreatur kaum erkennen, die wie ein Schatten vor der dunklen Steinwand entlangkroch, eine formlose diffuse Gestalt ohne Gesicht, die in ihrer weißen Hand einen hell funkelnden Gegenstand trug. Der Schemen schien an der Grenze zu Rolands Traumwelt zu zögern, dann schwebte er hinein und entschwand seiner Sicht wie Rauch, der sich im Wind auflöst. Sehr langsam floss das Etwas auf ihn zu. Roland glaubte, zwei schimmernde Kugeln wahrzunehmen, die wie Augen aussahen – Augen, die ihn mit solcher Eindringlichkeit anglühten, dass er meinte, die Hitze zu spüren, die von ihnen ausstrahlte. Aus einem weißen Totenschädel starrte ihm der Hass entgegen, der sichere Tod.

Doch wenn dies der Tod war – warum nahm Roland dann den schwachen Duft von Blumen wahr? Wo war der Gestank nach wurmzerfressenem Fleisch und nach Verwesung, der seine Sinne in letzter Zeit so oft gepeinigt hatte? Warum spürte er, dass dieser Vorbote des Leidens sanft und freundlich und … schön war?

Roland trieb durch diesen Traum, um ihn herum tauchten die harten, gramzerfurchten Gesichter seiner Männer auf, in denen sich Reue und Bußfertigkeit spiegelten, als sie in ihren blutbefleckten Kettenpanzern vor einem behelfsmäßigen Altar niederknieten. Schweigend gaben sie ihre Seelen dem anheim, der am Kreuz gestorben war. Roland stand abseits der Gläubigen und hielt den Blick auf das magere alte Weib gerichtet, das zu seinen Füßen kauerte und ihm die Hand entgegenstreckte, in der es eine Kristallkugel hielt.

»Nehmt Euch in Acht«, hörte er ihre heisere Stimme. »Seht her, Sir Roland. Seht her!« Mit gekrümmten Fingern deutete sie auf den glänzenden, schimmernden Stein, der heller und heller wurde und schöner erstrahlte als alles, was Roland je gesehen hatte. Gebannt starrte er in das Licht, bis er die Hand hochriss, um seine Augen vor der Helligkeit zu schützen.

»Seht her und nehmt Euch in Acht«, rief die Alte wieder. »Nehmt Euch in Acht vor diesem überirdischen Licht, denn Ihr werdet darin nichts als Verzweiflung sehen. Verzweiflung und Leid und Tod, mein junger Sire. Verzweiflung und Leid und Tod!« Die Frau warf den Kopf zurück und brach in schrilles Lachen aus, während das Licht in ihrer Hand noch gleißender, fast weiß wurde. Roland taumelte zurück. Seine Männer wandten ihm ihre Gesichter zu. Ihre Blicke verdammten ihn, ihre Münder öffneten sich zu einem Schrei: »Ketzer! Du bist aus der Hölle gekommen, in die Hölle wirst zu zurückkehren! Ketzer! Ketzer!«

»Mörder.«

Wie ein Atemhauch streifte der leise Klang seine Schläfe. Nebel hüllte ihn ein, er sah wieder die gestaltlose Kreatur vor sich. Sie hatte sich erhoben und schwebte über ihm, auch dieses Mal nahm er den verführerischen Duft wahr, der von ihr ausging. Hinter ihr sah er ein sternenförmiges Licht im Raum stehen, das wie glühende Kohle schimmerte, das in Orange, Gelb und Rot zu pulsieren schien und das Zwielicht der Zelle mit seinem Glanz erhellte.

Nehmt Euch in Acht vor dem unseligen Licht, denn es wird Euch Verzweiflung und Leid und Tod bringen. Nehmt Euch in Acht … nehmt Euch in Acht …

»Mörder. Gottloser. Sohn des Satans.«

Das Herz klopfte ihm wild in der Brust, er öffnete die Augen.

»Mörder!«, zischte die über ihm schwebende gesichtslose Gestalt, dann schoss das helle Licht wie ein Blitzstrahl auf ihn zu. Und ehe er auch nur versuchen konnte zu fliehen, fuhr es auf ihn nieder, und die Klinge grub sich in seine Schulter.

Roland schrie vor Schmerz auf und wollte die Gestalt packen, bevor sie noch einmal zustechen würde. Seine Hände griffen ins Leere. Hätte sich der Schmerz nicht so schrecklich real angefühlt, hätte Roland versucht sein können zu glauben, diese Attacke sei nur Teil seines seltsamen und quälenden Traumes gewesen. Doch der Dolch, der aus seiner Schulter herausragte, und der peinigende Schmerz der Wunde sprachen eine unmissverständliche Sprache.

Er biss die Zähne zusammen, als er die Hand um den blutverschmierten, juwelenbesetzten Griff des Messers legte und es aus seiner Schulter zog. Roland schluckte den höllischen Schmerz herunter, der einen nicht so hartgesottenen Mann wie ihn hätte laut aufschreien lassen. Er rollte sich aus dem Bett und musste sich hinknien, ehe es ihm gelang, auf die Füße zu kommen. Er stolperte zur Tür. Kalte dunkle Nachtluft umfing ihn. Im trüben Schein der wenigen Fackeln sah er gerade noch seinen Angreifer in die dunklen Schatten des Gemäuers fliehen.

Rolands Versuch zu rufen wurde im Keim erstickt, als der Schmerz ihn durchzuckte und ihm sekundenlang Atem und Kraft raubte. Er ignorierte den Schmerz und zwang sich, der verhüllten Gestalt so gut er konnte nachzustellen, lief über den baumgesäumten Innenhof, folgte dem Weg, der erst am Gemüsegarten, dann am Blumengarten vorbeiführte, umrundete das Badehaus und die Krankenstube. Wenn ihn seine Augen nicht täuschten, so floh die schemenhafte Gestalt die Wendeltreppe hinauf, die zu dem hohen Turm und den ihn umgebenden Mauern führte. Obgleich die Wunde in seiner Schulter wie Feuer brannte und er viel Blut verloren hatte, trieb der Wille Roland vorwärts. Er kämpfte sich die schmale Stiege hinauf, wobei er seine blutverschmierten Hände zu Hilfe nahm, von denen eine noch immer den Dolch umklammert hielt. Endlich erreichte er den obersten Absatz und ließ sich erschöpft gegen die Mauer des Turms sinken. Wenige Schritte vor ihm öffnete sich der Abgrund, der ihm wie ein bodenloser schwarzer Schlund entgegengähnte. Der Wind strich heulend um den Turm, nahm Roland den Atem, zerrte an seiner Tunika und trieb ihm die Tränen in die Augen. Die Wolken streiften seine brennenden Wangen und krallten ihre nassen, kalten Finger in seine Haut, ließen ihn am ganzen Leib zittern.

Die Dunkelheit war ebenso erdrückend wie der Schmerz, der so schwer auf ihm lastete, dass ihm die Beine zitterten und sein Denken sich zu verwirren begann. Der Wunsch, sich auf den kalten Steinboden zu legen und zu sterben, wurde in diesem Augenblick übermächtig. Doch die Vorstellung, sich der ewigen Nacht zu ergeben, ohne zuvor einem Priester seine Sünden gebeichtet zu haben, kam ihm plötzlich so verabscheuungswürdig vor, dass Roland über die Scheinheiligkeit seiner ketzerischen Seele lachen musste. Nein, er würde noch nicht sterben. Nicht, ehe er diesen feigen Verbrecher gefunden hatte, der sich als Mönch verkleidet und versucht hatte, im Namen Gottes einen Menschen zu töten.

Der Schrei hinter ihm erhob sich so plötzlich, dass Roland kaum Zeit blieb, um mit mehr als einer leichten Drehung darauf zu reagieren. Er taumelte zurück, als er seinem

Widersacher so unvermutet Aug in Aug gegenüberstand. Als die Gestalt versuchte, ihm den Dolch aus der Hand zu reißen, packte Roland deren schmales Handgelenk.

Sie verloren das Gleichgewicht und fielen auf den Boden. Roland prallte mit seiner verletzten Schulter auf und schrie vor Schmerz, während er die Finger in seine blutgetränkte Tunika krallte und versuchte, Schmerz und Verwirrung abzuschütteln und einen klaren Gedanken zu fassen. Er spürte eine Bewegung hinter sich, und zu spät realisierte er, dass er den Dolch hatte fallen lassen, als er zu Boden gestürzt war. Instinktiv rollte er sich zur Seite – genau in dem Augenblick, als dieser direkt neben ihm gegen den Stein prallte. Er tastete vergeblich nach dem Messer und spürte plötzlich, wie dessen Spitze seine Wange ritzte. Das Blut sickerte in einer dünnen, brennenden Spur aus der Wunde.

Noch einmal rollte er sich zur Seite, dicht neben seinem Ohr hörte er das Zischen der niederstoßenden Waffe.

Wieder und wieder sprühten in der Dunkelheit Funken auf, wenn das Messer auf Stein traf. Die in die Mönchskutte gehüllte Gestalt stieß zornige, wütende Laute aus, als sie Hieb um Hieb ausholte, um Roland den tödlichen Streich zu versetzen. Er raffte sich mit letzter Kraft auf, wich zurück, spürte, wie er auf seinem Blut ausglitt und gegen den Rand der taillenhohen Mauer stieß.

Ihm blieb keine andere Fluchtmöglichkeit als der Sprung in jenen Abgrund schwarzer Ungewissheit, der sich unter ihm auftat. Durch den Nebel konnte er die gespenstische Gestalt nur schemenhaft wahrnehmen, der blutbefleckte Dolch blitzte auf, als er ein Licht reflektierte, das Roland verzweifelt zu entdecken versuchte.

»Wer seid Ihr?«, rief er. Eine unbekannte Angst, die stärker war als der Schmerz seiner Verletzung, machte ihn atemlos. »Beim Barmherzigen, ich habe ein Recht zu erfahren, wer mich in diesem heiligen Haus töten will!« Der Dolch wurde erhoben und Roland beugte sich zurück … zurück ..

bis nichts mehr um ihn herum war als Leere ... bis er in einem letzten verzweifelten Versuch, den Sturz zu verhindern, die Hand ausstreckte und für den Bruchteil einer Sekunde die Mönchskutte zu fassen bekam, daran zog ...

Er fiel rücklings über die Mauer, versuchte Halt zu finden, seine Hände berührten die schlüpfrige Steinkante, packten zu, während er mit den Beinen strampelte und in der Mauer einen Vorsprung zu finden suchte, auf dem sein Fuß Halt finden könnte. Es war sinnlos. Sein Gewicht zog ihn nach unten. Als seine Hände losließen, schloss Roland die Augen. Er rutschte an der Mauer herunter, nahm unbewusst die scharfkantigen Steine wahr, die seine Tunika zerrissen und ihm die Haut zerschrammten. Er hörte das Grollen des Windes, das in seinen brennenden Ohren wie das Vorbeiziehen einer fernen Armee klang.

Er fiel ... fiel. Holz splitterte, etwas Spitzes drang in seinen Körper, Laub raschelte – lieber Gott, ein Baum hatte seinen Sturz abgefangen – er rutschte tiefer, tiefer, das laute Bersten brechender Äste durchdrang die Stille, sie fingen ihn auf, spien ihn wieder aus wie eine herabfallende Walnuss. Im Fallen tauchte die Klostermauer vor ihm auf. Er streckte die Hände aus – versuchte seinen Sturz abzufangen – und bekam etwas Glattes, unbeschreiblich Glattes zu fassen.

Woran auch immer er sich festhielt, es gelang ihm, die Arme darum zu schlingen. Er presste das schweißüberströmte Gesicht gegen die kühle, makellos glatte Oberfläche, die sich sehr tröstend anfühlte, und spürte, dass seine Knie auf einer Art wulstigem, hartem Rand ruhten.

Roland schloss die Augen und schöpfte tief und gleichmäßig Atem, als er spürte, dass seine Kräfte nachließen und ihm die Sinne zu schwinden drohten. Langsam lockerte er seinen Griff. Vermutlich würde er wieder fallen, doch das kümmerte ihn nicht. Nicht jetzt. Er war viel zu müde. Der Schmerz war viel zu groß.

Doch statt zu fallen, schmiegte er sich in eine Mulde, kühl und tröstend.

Schwärze umfing seine getrübten Sinne, er zwang sie ein letztes Mal zurück und öffnete die Augen.

Die Morgendämmerung ließ den bleichen Himmel purpurn schimmern und warf einen Strahlenkranz aus Gold auf die hoch über ihm aufragende Abteimauer. Roland wandte den Kopf und schaute in das Gesicht der weiß schimmernden Gestalt, die ihn hielt.

Die Heilige Jungfrau schaute auf ihn herunter, ihre marmornen Züge wirkten weich und sanft von Mitgefühl. Roland lag in ihrem Schoß, neben dem Jesuskind mit dem zerbrochenen Arm.

2

Das Refektorium wurde von den vielen Fackeln erhellt, die entlang den Wänden in eisernen Haltern steckten. Die Tische für die Mönche standen in mehreren Längsreihen in dem großen Raum, quer dazu, auf einer Estrade, stand der Tisch des Abtes. Auf der gegenüberliegenden Seite befand sich eine Kanzel, von der ein Mönch die *Edent pauperes* vorlesen würde, bevor mit dem Essen begonnen wurde. Er schickte sich gerade an, seinen Platz einzunehmen. Roland hatte seine Hände in dem großen Steinbecken gewaschen, und der Abt hüllte, den Regeln des Heiligen Pachomius folgend, ein weißes Tuch um die Hände seines Gastes und trocknete ihm diese.

»Mord?« Der Abt schnaubte. »Sicher scherzt Ihr, guter Ritter. Ein Mordanschlag in diesem Kloster? Das ist absurd! Wir sind Männer Gottes.« Der Abt, dünn und hochgewachsen, sodass er mit seiner Größe die meisten Männer überragte – außer Roland de Gallienne, der noch gut eine Handbreit größer sein mochte –, warf seinem Gast einen abweisenden Seitenblick zu. Dieser beobachtete die vielen Mönche, die in das Refektorium einzogen. Der Abt musterte die im Raum anwesenden Ritter, und sein Blick verriet, dass er deren Anwesenheit im Kloster offensichtlich missbilligte. Seine lange, leicht gekrümmte Nase und seine hohlen Wangen verliehen seiner Miene einen arroganten höhnischen Ausdruck, der besonders stark hervortrat, wenn er so beherrscht und gesetzt sprach wie in diesem Augenblick.

Mit ruhiger Stimme erklärte Roger de Ferres: »Die Gestalt stürzte sich wie ein Dämon auf Roland und rammte ihm in mörderischer Absicht den Dolch in die Schulter. Ihr könnt es Euch ansehen, wenn Ihr wollt. Die Wunde ist der eindeutige Beweis. Hätten meine schlechten Träume mich nicht geweckt, hätte ich den Hilferuf meines Lords ganz sicher nicht gehört. Ich musste lange nach ihm suchen, bis ich ihn endlich fand.«

Der Abt wandte den Kopf und betrachtete Roland aus dunklen, harten Augen. »Dafür seht Ihr aber durchaus wohl aus.«

Roland verzichtete auf eine Erwiderung und hielt stattdessen seine Aufmerksamkeit auf die Mönche gerichtet, die in langer Reihe nacheinander den Raum betraten. Jeder von ihnen ging an den ihm zugewiesenen Platz an einem der mit Leinen gedeckten Tische und blieb dort reglos hinter seinem Stuhl stehen. Sie alle hatten ihre Kapuze so tief in die Stirn gezogen, dass vom Gesicht nur wenig zu erkennen war, die Hände hielten sie unter dem Skapulier verborgen. Schweigend warteten sie darauf, dass der Abt das *Benedicite* sprach.

Der Abt wandte sich an Roland. »Würdet Ihr diesen verhinderten Mörder denn wiedererkennen, wenn Ihr in seht?«

Roland schüttelte den Kopf. »Vermutlich nicht. Sie sind ja alle gleich gekleidet – eine Kutte mit einer Kapuze.« Er deutete auf die Mönche. »Und natürlich hatte er die Kapuze weit in die Stirn gezogen, um sein Gesicht zu verhüllen.«

»Auf jeden Fall muss er sehr groß und kräftig gewesen sein. Seht Ihr unter den Anwesenden einen Mann, der ihm ähnelt?«

»Er war weder groß noch kräftig, um genau zu sein.«

»Aber um Euch so anzugreifen, wie Ihr sagtet, muss er …«

»Er hat mich im Schlaf überrascht. Einem sehr tiefen Schlaf übrigens, möchte ich hinzufügen. Inzwischen hatte ich Zeit, über alles nachzudenken, und würde schwören, dass ich unter dem Einfluss irgendeiner Droge gestanden habe. Eines Mittels, das Halluzinationen hervorrufen kann, sonst wäre ich vor diesem Überfall wach geworden.«

»Das ist auch meine Vermutung«, fügte Roger hinzu. »Ich habe vorhin mit der alten Hexe gesprochen und …«

»Mit welcher Hexe?«, unterbrach ihn der Abt.

»Ein altes Kräuterweib. Eine Wahrsagerin, die uns die Sterne deutet. Sie weiß viel über die Anwendung von Kräutern und deren Wirkung auf unser Bewusstsein. Ich habe mit ihr über meine Träume gesprochen.«

»Und was für Träume waren das?« Der Abt verzog den schmallippigen Mund zu einem Lächeln.

»Ich und meine Männer sind mit einem Brummschädel aufgewacht.« Roger de Ferres runzelte die Stirn und sah Roland an. »Die Alte hat mir gesagt, dass die Dochte unserer Kerzen vielleicht mit dem Ohrschmalz eines Hundes eingestrichen worden waren. Beim Einatmen der Dämpfe hat sich unser Verstand verwirrt, und wir haben uns als Tiere wahrgenommen.«

»Roger de Ferres«, erklärte der Abt in gelassenem Ton, »Eure Worte klingen, als befändet Ihr Euch bei einem Hexensabbat und nicht in einem Haus von Christenmenschen. Magier und Mörder? Nein, das glaube ich nicht.«

An einem der Tische brandete derbes Gelächter auf. Dort hatte inzwischen, abseits von den Mönchen, eine Gruppe von Rolands Soldaten Platz genommen. Die Ordensbrüder standen noch immer schweigend und abwartend da, und einige von ihnen wandten sich nun zu den Soldaten um. Sie schienen erschreckt und bestürzt über dieses wenig gottesfürchtige Benehmen. »Muss ich Euch an Euren Schwur erinnern, Sir Roland?«, mahnte der Abt.

»Welchen Schwur?«, fragte Roland geistesabwesend.

Sein Blick folgte dem Mönch, der gerade das Refektorium von der Küche her betreten hatte. Er war von zierlichem Wuchs und hielt den unter der Kapuze verborgenen Kopf tief gesenkt. Die schmalen Hände rafften die Mönchskutte in der Taille zusammen.

»Seit der Frühmesse ziehen Eure Männer lärmend durch die Abtei. Ihr Benehmen passt eher zu fahrenden Sängern als zu bußfertigen Soldaten.«

»Sie haben eine lange und ermüdende Schlacht hinter sich.« Rolands kühler, durchdringender Blick schien den Abt zu durchbohren. »Vielleicht empfinden sie diese Atempause von der steten Bedrohung durch den Tod wie einen Feiertag. Aber …« Sein Blick glitt zurück zu dem Mönch, der in der Nähe der Tür stehen geblieben war. »Ich werde sie an meinen Schwur erinnern. Und ich werde ihnen sagen, dass sie im Dorf vielleicht sicherer sind als hier wenn die Dunkelheit anbricht.«

»Jedermann weiß, dass mit der Dämmerung die Zeit der Gefahr beginnt, denn des Nachts geht der Teufel um.«

Roland dachte daran, den gebieterischen Abt darüber aufzuklären, dass der Teufel des Nachts und des Tags sein Unwesen trieb, zumindest war dies seine Erfahrung der vergangenen Kriegsjahre, doch er verzichtete darauf. Er war zu sehr damit beschäftigt, den Mönch zu beobachten, der noch immer zögernd an der Tür stand. Obwohl dieser nur das Refektorium zu durchqueren brauchte, um seinen Platz am Tisch einzunehmen, schien ihn irgendetwas davon abzuhalten. Er schien Rolands prüfenden Blick zu spüren, denn er wandte ihm stetig den Rücken zu. Roland beugte sich näher zu Roger: »Ich werde einmal mit dem Mönch dort drüben ein Wort reden.«

Wortlos stellte sich Roger vor die Tür des Refektoriums und versperrte diese mit seiner breiten Gestalt – für den Fall, dass der Mönch sich entscheiden sollte, in diese Richtung zu fliehen.

Trotz seiner schmerzenden Verletzung ging Roland mit weit ausholenden Schritten auf die kapuzenverhüllte Gestalt zu. Das Klirren seines Schwertes, das an seinem Gürtel hing, war der einzige Laut, der im Refektorium zu hören war, in dem es plötzlich totenstill geworden war. Soldaten und Mönche sahen gleichermaßen besorgt wie neugierig zu, wie er sich dem Mönch näherte.

Als nur noch einige Lanzenlängen sie voneinander trennten, fuhr die Gestalt plötzlich herum und lief durch die Küchentür davon.

»Halt!«, befahl Roland.

Mit zwei großen Schritten erreichte er die Tür und stürmte in die Küche. Es war eine weitläufige rauchgefüllte Halle, in der zahlreiche Dienstboten ihrer Beschäftigung nachgingen – Leute aus der Stadt, die in der Abtei Lohnarbeit verrichteten. Sie waren dabei, das Essen vorzubereiten, und hielten jetzt überrascht inne. Sie starrten Roland mit offenem Mund an, als sähen sie einen mit schreckenerregenden Zähnen bewehrten Drachen vor sich, der ohne jede Vorwarnung über sie gekommen war. Einige der Dienstboten knieten in Ehrerbietung nieder, andere wiederum grinsten ihn höhnisch an, und wie aus dem Nichts wurde er mit einer Hand voll Radieschen beworfen, die an seinem Kopf vorbeiflogen.

Eine Bewegung im hinteren Bereich des Raumes erregte Rolands Aufmerksamkeit. Es war der Mönch, der sich hinter einer Steinsäule versteckt hatte und nun weiterfloh. Dabei warf er einen großen Tisch um, auf dem Gemüse, Gerste, weißen Rüben und Wurzeln gelegen hatten. Leichtfüßig übersprang Roland das Hindernis und lief auf die Tür zu, durch die der Mönch verschwunden war. Als er sie erreicht hatte, riss er sie so heftig auf, dass sie gegen die Wand schlug und diese erzittern ließ. Roland stand in einem großen Raum, an dessen Wänden sich mehrere Feuerstellen befanden. Über den rot flackernden Flammen hingen riesige schwarze Kessel, deren Inhalt brodelte und kochte, von Zeit zu Zeit überlief und zischend in der Glut verdampfte. Auf Drehspießen staken mächtige Brocken Rindfleisch und Schweinehälften, das Fett, das aus ihnen herauslief, bespritzte Wände und Boden. Unwillkürlich fragte sich Roland, ob er die Tür zur Hölle geöffnet hatte, so infernalisch heiß war es hier drinnen. Die Hitze stand in wirbelnden Schwaden über den Feuern und trieb Roland zurück, der sich schützend den gebeugten Arm vor das Gesicht hielt. Er versuchte, im Kochdunst etwas zu erkennen. Es war einfach nicht möglich, dass der Mönch sich vor seinen Augen in Nichts aufgelöst hatte.

Ein Schrei gellte hinter Roland auf und ehe er reagieren konnte, traf ihn ein harter Schlag. Jemand packte ihn und trieb ihn auf das offene Feuer zu, über dessen züngelnden Flammen eine Rinderseite röstete. Immer näher drückte ihn der Angreifer an das Feuer heran. Roland umklammerte die heißen Steine der Einfassung der Feuerstelle. Der sengende Schmerz in seinen Händen ließ ihn den Kopf zurückwerfen und vor Pein laut brüllen. Mit aller Kraft warf er sein Gewicht zurück und schwang dabei den Ellbogen so hart er konnte gegen seinen Widersacher – er traf ihn, doch im selben Augenblick glitt er auf dem fettverschmierten Boden aus und stürzte. Er prallte so heftig mit der verletzten Schulter auf, dass er für Sekunden vor unerträglichem Schmerz wie gelähmt liegen blieb.

»Roland!« Es war Roger, der rief.

Stöhnend rollte sich Roland von der vernichtenden Hitze weg, die sich anfühlte, als würde sie ihm die Tunika mitsamt der Haut vom Leibe brennen. Er packte die Hand, die Roger ihm entgegenstreckte, und ließ sich von seinem Freund auf die Beine helfen. Sie stolperten auf die geöffnete Tür zu, neben der der Abt stand, und ihnen gleichmütig entgegensah. Er war von einer Schar Mönche umgeben, die das Geschehen mit großen Augen verfolgten.

Das Gesicht schweißüberströmt, Schulter und Hände vor Schmerz pochend, starrte Roland den Abt mit vor Wut verzerrtem Gesicht an. »Und jetzt leugnet, dass es einen Mörder in Eurer Mitte gibt, Abt! Ihr habt es mit eigenen Augen gesehen, dass ...«

»Ich habe gar nichts gesehen, Roland de Gallienne. Höchstens einen Ketzer, der seinen ureigensten Dämon verfolgt.«

Zornentbrannt trat Roger einen Schritt vor, wobei er die Hand um den Griff seines Schwertes legte. Roland gebot ihm mit einer Handbewegung Einhalt und sagte beherrscht: »Wollt Ihr damit sagen, dass mich mein Unterbewusstsein dazu getrieben hat, mir einen Dolch in die Schulter zu rammen? Dass mich mein Unterbewusstsein dazu gebracht hat, mich heute Morgen über die Mauer dieser Abtei zu stürzen? Und dass es mich gerade eben veranlasst hat, wie dieses verdammte aufgespießte Schwein dort drüben über dem Feuer zu rösten?«

»Ihr müsst Eure eigenen Schlüsse daraus ziehen, Herr Ritter. Schaut Euch doch um. Könnt Ihr irgendwo diesen Mönch entdecken, der sich unter seiner Kapuze versteckt und Euch zu ermorden versucht? Sowohl Euer Freund als auch ich können beschwören, dass dieser vermeintliche Übeltäter nicht durch diese Tür verschwunden ist, sonst hätten wir ihn schließlich gesehen, ebenso wie die Leute in der Küche. Wohin ist er also geflohen?« Er deutete auf eine geschlossene Tür am gegenüberliegenden Ende des Raumes, neben der die Brotöfen standen. Roger eilte mit großen Schritten darauf zu und rüttelte kräftig daran. Die Tür ließ sich nicht öffnen. Der Abt griff in die Falten seines Gewandes und zog einen Schlüsselbund hervor. »Jene Tür dort ist stets verschlossen, wenn die Brote und das Fleisch zubereitet werden. Ansonsten würden sich die gottlosen Ungläubigen des Dorfes hereinschleichen und uns das stehlen, was die Bäuche unserer heiligen Brüder füllen soll. Wie Ihr gewiss sehen könnt, Herr Ritter, werden die übrigen Wände von Feuerstellen gesäumt. Außer der Öffnung dort droben …«, er wies mit dem ausgestreckten Finger auf eine schmale Klappe in der Decke, » … gibt es keinen Weg hinaus. Glaubt Ihr etwa, dass diesem Mann plötzlich Flügel gewachsen sind und er dort hindurchgeflogen ist?«

Roland betrachtete die Öffnung hoch über ihren Köpfen und den dunklen Rauch, der zur Decke aufstieg. Schließlich sah er wieder den Abt an, seine Augen glitzerten wie kalter Stahl, um seinen Mund lag ein emotionsloses Lächeln. »Natürlich habt Ihr Recht. Ich erbitte Eure Verzeihung, guter Abt. Ich werde mich bemühen, meine Fantasie zu zügeln, bis ich wieder auf dem Schlachtfeld bin.«

Der Abt erwiderte seinen Blick, ohne mit der Wimper zu zucken. Er hatte den Mund zu einer festen Linie zusammengepresst und hielt die Hände ineinander verschränkt. Schließlich wandte er sich wortlos ab und kehrte in das Refektorium zurück. Einen Augenblick später verkündete seine Stimme das *Benedicite*.

»Benedicte, omnia opera Domini.«

O lobet den Herrn und alle seine Werke!

Roland blieb die meiste Zeit des Tages in seiner kleinen Mönchszelle. Seine Schulter schmerzte, und er war zu erschöpft, um sich seinen Männern anzuschließen, als diese die Abtei verließen und sich die Stadt ansahen. Die meisten von ihnen kehrten schon bald aufgebracht und in finsterer Stimmung zurück, denn Rolands Einschätzung, was den Zorn der Bürger über die Anwesenheit der Engländer in Déols betraf, war richtig gewesen. Abgesehen von ein paar wenig zimperlichen Schankmädchen, denen eine Münze wichtiger war als die Meinung der anderen, hatten die Menschen ihnen vor die Füße gespuckt und sich geweigert, ihre ohnehin kärglichen Waren an die Ritter zu verkaufen. Einige hatten sie sogar als Mörder beschimpft, als Ungläubige und Schande für alle Rechtschaffenen.

Letztlich hatte Roland sich gezwungen gesehen, selbst in das Dorf zu gehen, um ein wachsames Auge auf seine Männer zu haben, denn deren Nerven lagen blank. Auf der Suche nach Unterhaltung und Abwechslung von den langen, ereignislosen Stunden dieses ungewöhnlich warmen Tages waren sie durch den Ort geschlendert. Immer wieder wurde ihre Geduld dabei auf eine harte Probe gestellt, wenn die Dorfbewohner sie mit höhnischen und spöttischen Bemerkungen überschütteten. Auch Roland spürte, dass sich sein Geduldsfaden bis zum Zerreißen spannte, wenn ihm unflätige Worte hinterhergejohlt wurden. Als einer seiner Soldaten die Verhöhnungen satt hatte, wütend ein Wasserfass umtrat und einen mageren Bauernburschen mit dem Gesicht in den Matsch drückte, lachte Roland nur darüber und ging weiter, als hätte er die Missetat des Mannes nicht gesehen.

Im Ort hielten sich zahlreiche Besucher auf. Zumeist waren es Gläubige, die oft stundenlang unterwegs waren, um hierher zu kommen. Sie wollten die Statue Marias mit eigenen Augen sehen und hofften im Stillen, selbst Zeuge eines Wunders zu werden. Roland ging an der Statue vorbei und blieb in einiger Entfernung davon stehen. Er hielt die Arme über der Brust verschränkt, als er nachdenklich das blutbefleckte Gesicht der Heiligen Jungfrau betrachtete, die ihn vor Stunden in ihren Armen aufgefangen hatte. Der gute Abt hatte seinen Mönchen also noch nicht befohlen, Rolands Blut von der Statue zu waschen. Einen Augenblick lang erwog er, die gottesfürchtigen Andächtigen darüber aufzuklären, dass das Blut, das sie für wundersam und heilig ansahen, nur von einem Vasallen König Heinrichs stammte, dem man ein Messer in die Schulter gestoßen hatte. Dass es dem verachteten Sire gehörte, der ihren geliebten Philip Augustus vernichten würde, wenn er es könnte.

Als Roland ins Dorf zurückging, waren die Schatten länger geworden, und man war dabei, die Fensterläden des Alehauses zu schließen. Er bemerkte den Almosenpfleger der Abtei, der mit einem Karren voller Lebensmittel und Kleidungsstücke zum Kloster zurückkehrte, die wohl an die Armen des Dorfes verteilt werden sollten. In diesem Augenblick sah Roland die Menschenansammlung, die sich auf einem Platz eingefunden hatte, der von schmalen Häusern und einer gut mannshohen Steinmauer umgeben war.

Eine Menschenkette – Männer, Frauen und Kinder – zog sich bis auf die Straße herunter, die nach Déols führte. Roland ging langsamer, als er sich den Leuten näherte, und ihm fiel auf, dass sie sich in einem bemitleidenswerten Zustand befanden, der von ihrer großen Armut zeugte. Viele von ihnen waren alt und offensichtlich krank. Jeder hielt etwas in den Händen, das wie eine Opfergabe aussah. Ohne Zweifel hatten sie eine weite Strecke zurückgelegt, denn sie wirkten müde und erschöpft, dennoch spiegelte sich auf ihren Gesichtern neben ihrer Sorge auch Entschlossenheit.

Roland wandte sich an eine alte Frau und fragte: »Warum steht ihr hier?«

»Der Engel«, erwiderte sie mit gepresster, schmerzerfüllter Stimme.

Er dachte an die Gerüchte, die er und seine Männer auf ihrem Weg nach Déols gehört hatten. Als die Menschenkette sich weiterschleppte, beugte er sich vor und nahm der Frau die Kiste ab, die sie hinter sich hergezogen hatte. »Was hast du in dieser Kiste?«, fragte er.

Sie wandte ihm den Kopf zu und musterte ihn. Dann zog sie die dünnen Augenbrauen hoch und lächelte ihn dankbar an. Offensichtlich gefiel ihr, was sie sah. »Tuche«, erwiderte sie. »Aus Wolle und Leinen und der feinsten Seide, die in meinem Dorf zu finden ist, guter Herr.«

Roland sah ihre gekrümmten Hände, deren knotige Gelenke Zeichen einer schmerzhaften Entzündung waren. Er runzelte die Stirn. »Hast du sie gewebt?«

Sie nickte und schob die Hände in die Falten ihres fadenscheinigen Rockes, als wollte sie diese vor seinen Blicken verstecken. »Das habe ich. Das heißt, ich habe es getan, bis diese verfluchte Krankheit mir die Finger verkrüppelte und ich nicht mehr weben konnte.«

»Und deshalb hast du diesen weiten Weg auf dich genommen? Weil du hoffst, dass dieser vorgebliche Engel dein Gebrechen heilen wird?«

»Ich habe den festen Glauben, dass es geschehen wird«, erwiderte die Frau. »Wie Ihr seht, habe ich meine besten Stoffe mitgebracht, jeder davon ist gut genug, um selbst unsere himmlische Maria darin zu kleiden. Vielleicht wird der Engel dieses Geschenk als so kostbar ansehen, dass er mir die Heilung gewährt, die ich erbitte.«

»Ich bete für Euch, dass er es tut«, erwiderte Roland sanft. Er verneigte sich leicht und setzte seinen Weg fort. Er ging die lange Schlange der Wartenden entlang. Sie hatten die Schätze, die sie mitgebracht hatten, zu ihren Füßen abgestellt und harrten geduldig aus, bis die Reihe an sie kam, vor die angebliche Wunderheilerin zu treten. Als Roland die Mauer erreichte, nahm er gründlich Augenmaß, ehe er in deren Schatten glitt und an der steinernen Barrikade entlangging, die das Geschehen dahinter vor neugierigen Augen verbarg. Sobald er sicher war, unbeobachtet zu sein, legte er die von Brandblasen gezeichneten Hände auf den Mauerrand und hievte sich hinauf. Er hockte sich auf die Mauerkrone, eine Höhle aus Baumästen und wildem Wein schützte ihn vor Entdeckung. Dann richtete er seine Aufmerksamkeit auf das Geschehen unterhalb der Mauer.

Roland fluchte insgeheim, als er feststellen musste, dass ihm der Ausblick von der hohen Rückenlehne eines prächtig geschnitzten Stuhles verwehrt wurde, auf dem, soweit er es erkennen konnte, jemand saß. Geduckt bewegte er sich langsam auf der Mauerkrone weiter, seine Lederschuhe gaben ihm ausreichend Halt auf den glatten Steinen. Er achtete darauf, sich im Laub verborgen zu halten. Schließlich kam er nicht weiter voran, ohne zu riskieren, entdeckt zu werden.

Als Erstes fiel Roland auf, dass der Kämmerer der Abtei genau unter dem Torbogen stand und immer nur einem Pilger zurzeit erlaubte, den Innenhof zu betreten. Neben ihm stand ein Ochsenkarren, in dem die Geschenke gesammelt wurden. War der Karren voll, wurde der Wagen zur Abtei gefahren. Dies schien gerade wieder der Fall zu sein, denn ein Novize kam herbeigelaufen und trieb das Tier mit einer Birkenrute an, um es die holprige Straße zum Kloster hinaufzuführen. Langsam ließ Roland den Blick auf den Stuhl zurückgleiten.

Er konnte nur wenig von der geheimnisvollen Gestalt erkennen, die darin saß, denn die Kapuze der Kutte war – wie konnte es anders sein – tief in die Stirn gezogen und verdeckte den größten Teil des Gesichtes. Die Gestalt hatte ihre weißen schmalen Hände auf die Schultern des vor ihr knienden buckligen Mannes gelegt. Dieser hielt das Gesicht emporgewandt und schaute die mysteriöse Gestalt mit unverhohlener Verehrung an. In seiner Miene spiegelten sich unerschütterlicher Glaube und Staunen wider. Ein Junge, er mochte kaum älter als dreizehn Jahre alt sein, saß mit untergeschlagenen Beinen neben dem Stuhl auf dem Boden und schrieb in ein großes gebundenes Buch mit goldverzierten Seiten. Dabei tauchte er immer wieder seine Feder in ein Tintenfass. Das blonde Haar fiel ihm beim Schreiben in die Stirn, und jedes Mal warf er dann, ohne seine Tätigkeit zu unterbrechen, den Kopf zurück, um die lästigen Haare wieder an ihren Platz zu bringen. Eifrig fuhr er fort, das zu Papier zu bringen, was die Heilige mit leiser Stimme sagte. Ob sie zu dem Schreiber sprach oder zu dem alten Mann, der vor dem Stuhl kniete, vermochte Roland aus der Entfernung nicht zu erkennen.

Schließlich erhob sich der alte Mann mühsam und wandte sich an den Kämmerer, der ihm den Weg nach draußen zeigte. Die verhüllte Gestalt ließ sich, offensichtlich ermüdet, in den Stuhl zurücksinken und verharrte eine Weile reglos, bis der Junge seine Schreiberei beendet hatte und das Buch schloss. Er wechselte dann einige Worte mit dem Kämmerer, der daraufhin zu den Pilgern ging, die darauf warteten, vor die Heilige hintreten zu dürfen. Der Kämmerer erklärte ihnen, dass sie erst am folgenden Tag vorgelassen werden könnten. Roland beobachtete all dieses sehr genau, ehe er noch einmal zu dem Stuhl und der geheimnisvollen Gestalt in der Mönchskutte schaute. Der Junge war noch da, der angebliche Engel jedoch verschwunden.

Roland konnte nicht schlafen. In der dunklen Zelle lag er auf seinem Bett mit dem Polster aus süß duftenden Binsen und lauschte auf die Geräusche der Nacht. Er hörte das Gebetssingen der Mönche, das irgendwann verstummte und einer tiefen Stille Platz machte. Hin und wieder klang aus der Ferne das Gelächter seiner Soldaten zu ihm herüber, die sich beim Würfelspiel amüsierten, das am Tage zu spielen der Abt ihnen verboten hatte. Er ließ seine Gedanken wandern und versuchte, dabei nicht an die Zukunft zu denken und zu fragen, wie es sein würde, wieder Schwert und Schild zu tragen, um für Heinrich in die Schlacht zu ziehen. Ebenso vermied er es, darüber zu grübeln, dass irgendjemand in dieser Abtei versucht hatte, ihn zu töten. Doch heute Nacht lagen seine Waffen in Reichweite, schließlich waren er und der Tod während der vergangenen Monate ständige Gefährten geworden. Für Roland bedeutete das Sterben nicht das Ende eines Lebens voller angenehmer Begebenheiten oder gar den Abschied von geliebten Menschen – davon hatte es in den fünfundzwanzig Jahren seines Erdendaseins leider nur sehr wenige gegeben. Er sah den Tod eher als das friedvolle Ende eines von dunklem Aufruhr drangsalierten Lebens, eines Daseins, das ihm die Unschuld der Jugend geraubt und stattdessen die Saat von Ehrgeiz und Misstrauen in sein Herz gelegt hatte. Doch nein, heute Nacht wollte er nicht ans Sterben denken. Roland zwang sich, an die elenden und kranken Menschen zu denken, die er am Nachmittag im Dorf gesehen hatte, an deren Gesichter, die trotz allen Leids von dem Glauben beseelt gewesen waren, den er vor langer Zeit verloren hatte. Welch eine Ironie, dass er, der sich während seiner Zeit als Squire am Hofe Heinrichs heimlich nach dem Klosterleben gesehnt hatte, zu einem der einflussreichsten und gefürchtetsten Ritter geworden, der jemals für den König in die Schlacht gezogen war, um dessen Widersacher zu vernichten … und der die erste und wichtigste Regel des Ritterstandes gebrochen hatte: *Du sollst glauben, was die Kirche lehrt, und du sollst ihre Lehren befolgen.*

Roland verließ das Bett und stand einen Augenblick lang in der dunklen Zelle. Als er zum Schutz gegen die Kälte die Schultern hochzog, durchzuckte ein heftiger Schmerz die Stichwunde. Dreimal hatte dieses Phantom nun schon versucht, ihn zu töten, und jedes Mal war es danach wie im Nichts verschwunden. Schon vor Tagen hatte die alte Hexe ihn gewarnt, niemandem den Rücken zuzukehren, denn unter seinen Soldaten gäbe es einige, die seinen Abfall vom Glauben als böses Omen für ihrer aller Schicksal ansahen. Doch selbst wenn er es versuchte, konnte Roland sich einfach nicht vorstellen, dass unter seinen Männern jemand sein sollte, der eines solchen Verrats fähig wäre. Und der Mönch, der heute Morgen versucht hatte, ihn ins Feuer zu stoßen, war keiner von seinen Männern gewesen, sie waren allesamt groß und kräftig. Der Mönch war von schmächtiger Statur. Genau genommen, konnte er nicht größer sein als …

Das Heulen eines Wolfes lenkte seine Gedanken in die Gegenwart zurück. Er ging zur Tür und duckte sich beim Hindurchgehen, um nicht gegen den niedrigen Türsturz zu stoßen. Nur mit Tunika und Hosen bekleidet, trat er in die kalte Nachtluft hinaus.

Das Wetter war seltsam. Während des ganzen Tages war es übermäßig warm, fast stickig heiß gewesen, doch jetzt war mit dem Mond die Kälte gekommen, und zugleich war auch der Wind zurückgekehrt. Er zerrte an den Bäumen, deren Zweige und Blätter sich bogen. Die akribisch genau gepflanzten Hecken des Klostergartens raschelten laut, und die Blumen, die im Sonnenlicht hellrot geleuchtet hatten, schimmerten jetzt blass und farblos in der Dunkelheit. Auch sie wurden hin und her gepeitscht, und ihre fahlen Blütenblätter fielen wie Schneeflocken auf den Weg, über den Roland ging. Nach und nach legte sich der Wind, und mit ihm verschwanden auch die dichten Wolken, die den Mond verdeckt hatten. Plötzlich lag über allem ein heller Glanz.

In diesem Augenblick hielt eine verwirrende Stille alles in ihrem Bann. Kein Lufthauch war zu spüren, an den hohen Buchen, die den Pfad zur Hauptkapelle säumten, rührte sich kein Blatt. Die Grillen hatten noch nicht mit ihrer nächtlichen Serenade begonnen und verharrten still im hohen Gras. Roland blieb im tiefen Schatten des Pilgerhospizes stehen und schaute sich um … nach was suchte er? Eine seltsame Stimmung hielt ihn gefangen, die Erwartung, als stünde auf dem Schlachtfeld der Angriff des Feindes bevor. Roland spürte, dass alle seine Sinne angespannt vibrierten. Ein Frösteln kroch ihm den Rücken hinunter und er erinnerte sich lebhaft an die Vorahnung, die ihn in der vorigen Nacht gepackt hatte. Rasch kehrte er in die Zelle zurück und griff nach seinem Schwert. Ein klingendes Geräusch ließ sich vernehmen, als Roland es aus der Scheide zog.

Er verließ die schmale kalte Zelle und trat hinaus in die finstere Nacht. Er war bereit, sich dem Feind zu stellen – wer auch immer derjenige sein mochte, der im Gewand eines Mönches an diesem geheiligten Ort sein Unwesen trieb. Ohne zu zögern trat Roland aus dem schützenden Schatten in das helle Mondlicht, sodass er von der Brustwehr aus gesehen werden konnte. Langsam, sehr langsam erhob er herausfordernd sein Schwert.

Roland spürte die Gegenwart eines Wesens mehr als dass er es sah. Sosehr er sich auch anstrengte, in der mitternächtlichen Finsternis etwas zu erkennen, konnte er nichts entdecken, nicht einmal eine Bewegung. Und dann hörte er es: ein Lied. Gefühlvoll und bezaubernd schön klang der lateinische Gesang durch die Luft. Ein Engelschor schien zu singen, und doch war es nur eine einzige Stimme – die einer Frau. Verlockend und schmeichelnd, sich zurücknehmend und sich wieder emporschwingend schwebten die Töne wie vom Wind getragen dahin.

Unmöglich. Ausgeschlossen. In dieser Abtei lebten nur Mönche, keine Frauen.

Ave Maria …

Roland wandte sich zur Kapelle. Die hohe Vorderfront und das gewölbte Dach ragten dunkel vor ihm auf, im kostbaren Buntglas des Fensters spiegelte sich schimmernd der Schein des Mondes. Die Tür war unverschlossen – es kam Roland ungewöhnlich vor, denn der Sakristan musste die Tür schon vor Stunden verriegelt haben. Sie schwang auf, als er sie leicht anstieß. Leise betrat er die Kapelle und zögerte, als sein Blick auf den Altar fiel, der auf der gegenüberliegenden Seite des Mittelschiffes aufragte. Eine einzelne Kerze brannte dort und warf ihr sanft flackerndes Licht fast bis zu dem schattigen Eingangsbereich, wo er stand. Einen Augenblick lang, nur einen winzigen Augenblick lang, glaubte Roland, eine Gestalt zu sehen, die vor dem Tabernakel kniete. Doch sie war verschwunden, als er näher trat, Schritt um Schritt durch das Mondlicht ging, das durch das Fenster hereinfiel.

Dann hörte er wieder das Lied, leise und überirdisch, ein von Ehrfurcht kündender Klang, der die Nacht und die Finsternis erfüllte und im Innersten seiner gottlosen Seele widerhallte.

Ave Maria …

Angestrengt schaute Roland zum Altar hinüber. Und dort sah er das im Halbdunkel schimmernde Antlitz, den geneigten, von einer Kapuze verhüllten Kopf, die Hände, die wie Alabaster glänzten. Sie waren ineinander verschränkt, ob in tiefer Verzweiflung oder in ehrfürchtigem Gebet – Roland vermochte es nicht zu sagen. Er wollte auf die Gestalt zugehen, konnte es aber nicht. Wie erstarrt stand er da, als eine ungewohnte Furcht ihn beschlich, ihn mit kalter Hand berührte und ihn so stark frösteln ließ, dass die Spitze seines Schwertes, die er neben seinem Fuß aufgesetzt hatte, leise auf dem Steinboden klirrte. Er glaubte zu träumen, ein Traumbild vor sich zu sehen, das ihm das tief empfundene Schuldbewusstsein über seine Gottlosigkeit vorgaukelte. Doch dann bewegte sich dieses Traumbild. Langsam wandte es den Kopf. Die Kapuze glitt zurück.

Roland stockte der Atem.

Es war eine Frau, nein, ein Mädchen, dessen Gesicht in seiner Schönheit und Tragik ebenso faszinierend wie bestürzend war. Und die Augen, diese Augen – zwei helle Feuer, die kristallene Tränen weinten.

Nach und nach entschwand das Bild seinen Blicken und damit verstummte auch das Lied. Eine Lautlosigkeit, die ihm wie ein Misston in den Ohren schrillte, erfüllte das Kirchenschiff. Die Kerzenflamme flackerte auf und erlosch, undurchdringliche Dunkelheit umhüllte Roland, der reglos dastand. Der Wachsgeruch der Kerze lag schwer in der Luft.

Als Roland sich umwandte und die Kapelle verließ, nahm er kaum wahr, dass er außerstande war, sein Schwert zu heben. Es machte ein kratzendes, schrammendes Geräusch, als es über den Steinboden schleifte.

Schließlich stand er in der Stille des Hofes. Irgendwo jenseits der hohen Klostermauern heulte ein Wolf. Es war ein einsamer, klagender Ruf, der in der silberhellen Nacht widerhallte.

3

Der Junge saß mit übereinander geschlagenen Beinen auf dem Boden. Seine Glieder schmerzten vor Kälte, denn selbst das dicke, mit Zweigen und Gras gefüllte Kissen, auf dem er sich niedergelassen hatte, hielt kaum die Kälte ab, die vom Felsenboden ausstrahlte. Er hielt eine Schreibrolle auf seinem Schoß und wartete darauf, dass seine Schwester ihm zuflüsterte, was er aufschreiben sollte. Schließlich war er das Warten leid und rieb sich seufzend den Nacken. »Stimmt etwas nicht?«, fragte er.

Schweigen.

Stirnrunzelnd schaute er auf und betrachtete das Mädchen, das, das Kinn auf die Hand gestützt, blicklos in eine Kerzenflamme starrte. »Hope?«

»Still! Ich denke nach.«

»Träumen trifft es wohl eher. Ich fürchte, die Gedanken meiner Schwester beschäftigen sich mit etwas jenseits dieser Klostermauern.«

»Ich bin nur müde, Daniel. Das ist alles.«

»Und besorgt. Du bist unglücklich über die englischen Soldaten.«

»Sie haben hier nichts verloren.«

»Wir haben hier nichts verloren und sind dennoch hier.«

»Aber sie sind nichts als ein Haufen von Ungläubigen, Daniel. Allein schon ihre Anwesenheit besudelt diesen geheiligten Boden.«

»Es gibt noch andere Dinge, die diesen Boden besudeln, nicht nur Heinrichs Armeen, und wir beide wissen das. Es ist eine Weile her, dass ich die Fähigkeit verloren habe, zwischen Gut und Böse zu unterscheiden.« Er warf die Schreibrolle auf den Boden, eine Staubwolke wirbelte auf und hüllte seine Knie ein. »In den letzten beiden Jahren hat man uns gesagt, dass die Engländer die Teufel in Menschengestalt, dass sie Schlächter und bösartige Unholde sind. Aber ebenso haben wir einst geglaubt, dass ein Abt die Inkarnation Gottes ist.«

»Man muss nicht gleich den Baum fällen, nur weil einer seiner Äpfel schlecht ist.«

»Kann man das Gleiche nicht von Armeen sagen? Und von Königen?«

Hope zog die Augenbrauen hoch und sah ihren jüngeren Bruder vorwurfsvoll an. »Verteidigst du diesen Abschaum etwa, Daniel? Muss ich dich daran erinnern, dass sie unsere Mutter umgebracht haben? Dass sie Déols bis auf die Grundmauern niedergebrannt haben? Und dass sie auch uns getötet hätten, wenn es uns nicht gelungen wäre, nach Châteauroux zu fliehen?«

»Châteauroux.« Er spuckte auf den Boden, ehe er wütend aufsprang. »Ich würde den Kerker, in dem wir gefangen gehalten werden, kaum ein herrliches Paradies nennen. Wir leben wie die Würmer, Hope. Wie Maden. Und trotzdem entschuldigst du die Grausamkeiten des Abtes, weil er sagt, dass er Gott repräsentiert. Nun, was mich betrifft, so glaube ich nicht, dass Gott tägliche Prügel und das Hungernlassen seiner Schutzbefohlenen gutheißt. Mein Rücken schmerzt jetzt noch von den Peitschenhieben. Und du …« Er legte die Hand auf ihre Schulter und Hope zuckte zusammen. »Gott helfe mir, Schwester, aber ich würde ihn mit meinen bloßen Händen töten, hätte ich die Gelegenheit dazu. Wie dieser Teufel es fertig bringen kann, dich so skrupellos zu schlagen und zu misshandeln, geht über meinen Verstand.«

»›Der Delinquent muss durch Schläge dazu gebracht werden, von der Sünde des Ungehorsams abzulassen.‹«

»Das sagt der Abt.«

»So lautet die Regel, Daniel.«

Daniel zog einen losen Stein aus der Wand und versteckte sorgsam die Schreibrolle in der geheimen Nische. Dann schob er den Stein an seinen Platz zurück. Das Papier war perfekt versteckt. Er schaute seine Schwester an, die mit ihren strahlend blauen Augen zurückblickte. »Ich fürchte, du vergibst zu leicht, Schwester, zumindest dort, wo der Abt im Spiel ist.«

»Mein Schicksal ist vorherbestimmt. Die Bürde, die ich trage, muss dazu genutzt werden, Gutes zu bewirken, und nicht zu zerstören.«

»Keine Bürde, Hope. Ein Geschenk. Nicht vom Teufel. Sondern von Gott. Würde Satan es dir gestatten, ein Kind zu heilen? Würde er dir die Kraft geben, die Blindheit von einer alten Frau zu nehmen, die ihre Augen braucht, damit sie nähen und ihren Lebensunterhalt bestreiten kann? Der Abt will, dass du dich für schlecht hältst, damit er daraus für sich und für Châteauroux' Geldtruhen seinen Vorteil ziehen kann. Dank dir ist diese Abtei zur reichsten in Philips Königreich geworden. Das Letzte, was der Abt sich wünscht, ist, dass seine ›Heilige‹ sich auf und davon macht. Wie sollte er dann noch mehr Schätze anhäufen? Ich bezweifle, dass ihm die Vorstellung gefällt, wieder den Stachel der Armut zu spüren, ganz egal, wie karg zu leben man von einem Mönch erwartet.«

»Du redest zu viel, Daniel. Kein Wunder, dass der Abt dich schlägt. Denk daran: ›Durch Reden kann man der Sünde nicht entfliehen.‹«

»Leugne, dass ich Recht habe, und ich werde still sein … aber das kannst du nicht.« Er ließ sich auf das Kissen fallen und streckte seine langen Beine aus. »Du hasst ihn ebenso sehr wie ich.«

»Daniel!«

»Tut mir Leid. Ich vergesse hin und wieder, dass du zu Hass nicht fähig bist.«

Hope starrte wieder in die Kerzenflamme, sie beobachtete den dunklen Rauch, der in die Dunkelheit aufstieg. Plötzlich fröstelte sie. »Ich bin dazu fähig, Daniel. Etwas anderes zu glauben wäre dumm.«

»Ah ja. Was uns zu den Engländern zurückbringt.«

»Abschaum. Jeder Einzelne von ihnen. Sie stinken nach Heimtücke. Allein schon ihr Anblick erfüllt mich mit Abscheu.«

»So spricht meine Schwester! Lass deinen Zorn heraus, und ich schwöre dir, dass du heute Nacht besser schlafen wirst.«

»Ich werde gar nicht schlafen, solange sie diesen Ort besetzt halten.«

»Sie kommen mir eigentlich recht friedfertig vor. Fast freundlich.«

»Halte dich von ihnen fern, Daniel.«

Auf den Ellbogen gestützt, kaute Daniel an einem Grashalm, den er aus dem Kissen gezogen hatte, und sah Hope prüfend an. »Hattest du eine Vision? Wenn ja, erzähl mir davon. Ich werde sie in mein Buch schreiben!«

»Es ist keine Vision für das Buch. Sie hat nichts mit der Zukunft zu tun …«

Daniel richtete sich langsam auf. »Warum hast du mir nichts davon erzählt?«

»Ich habe gebetet, dass ich mich irre.«

»Wann hast du dich je geirrt?« Daniel ging zu dem Stuhl, der Hope gegenüber stand, und setzte sich. Durch die Kerzenflamme sah er sie an, dann ergriff er ihre Hand. »Hattest du große Schmerzen?«

Sie nickte.

»Wann ist es geschehen?«

»Vor fünf Nächten.«

»Was ist geschehen? Was hast du gesehen?«

Hope schüttelte den Kopf und holte zitternd Luft. »Es ist nicht gestattet, darüber zu sprechen, bis der Augenblick gekommen und vorübergegangen ist, sonst wird der Schmerz zurückkehren und noch heftiger sein als zuvor.«

»Hat es etwas mit den Engländern zu tun?«

Sie nickte und verflocht ihre Finger mit seinen, drückte sie heftig. Daniel zog die Augenbrauen hoch und flüsterte: »Hast du vorausgesehen, dass sie nach Châteauroux kommen?«

»Ja.«

Er betrachtete seine Schwester eingehend, ehe er sagte: »Sie sind gekommen. Sollte es dir jetzt nicht freistehen, von der Vision zu erzählen?«

Hope schloss die Augen und horchte in sich hinein, wartete auf das erste Anzeichen kommenden Kopfschmerzes. Nichts. Ihre starre Haltung entspannte sich, sie öffnete die Augen und sah angestrengt in das kindliche Gesicht ihres Bruders. »Ich war dabei, den Dreifuß vorzubereiten, und als ich den Kerzendocht anzündete ... die Flamme ...« Ihre Stimme erstarb, und Furcht spiegelte sich in ihren Augen wider. »Bruder, die Flamme flackerte hoch auf und war so schwarz wie die Verdammnis. Und das war noch nicht alles. Als ich sie in Furcht und Respekt berührte, zersprang sie wie Glas, und die Splitter fielen auf den Tisch. Wie Eis sind sie dann zu kleinen kristallklaren Tropfen zerschmolzen. In ihnen sah ich Soldaten, die das Banner Heinrichs trugen.«

»Brachten sie Krieg?«

»Nein.«

»Haben sie vergewaltigt?«

»Nein.«

»Geplündert?«

Sie schüttelte den Kopf.

Daniel sank auf den Stuhl zurück und atmete erleichtert auf. Dann zuckte er mit den Schultern und grinste. »Dann sehe ich nicht, warum du weiter darüber nachdenken solltest.«

»Aber was könnte es bedeuten?«

»Ich kann dir genau sagen, was es bedeutet. Diese Armee wird von einem Ritter geführt, der Schwarze Flamme genannt wird.«

»Der Ketzer!« Sie spie dieses Wort aus.

»Einige behaupten das. Aber ich bezweifle, dass diese Gerüchte wahr sind.«

Hope stand von ihrem Stuhl auf und ging in dem engen Gelass hin und her. »Verhasste Ungläubige. Ihre Grausamkeit wird nur noch von ihrem Hochmut übertroffen.«

»Von Hochmut habe ich bei diesen Männern recht wenig bemerkt. Mir kommt es viel eher so vor, als seien sie erschöpft und des Blutvergießens müde. Warum sonst sollten sie in einer von Philips Abteien um Aufnahme bitten?«

»Du verteidigst sie, als seien sie Helden, Daniel.« Hope sah ihren Bruder aufgebracht an. Als sie den träumerischen Ausdruck auf seinem Gesicht bemerkte, besänftigte sich ihr Zorn. Sie berührte sein Haar und lächelte. »Mir scheint, diese Soldaten füllen deinen Kopf mit Träumen über Ritterlichkeit.«

»Wäre ich frei, würde ich jetzt für Philip kämpfen.«

»Und Schwert und Schild gegen die bösartigen Engländer erheben?«

»Ist es nicht die Bestimmung eines Mannes, für seinen Glauben zu kämpfen? Für Ehre, Wahrheit, Freiheit? Sie kämpfen ebenso für ihre Überzeugung, wie wir es tun.«

»Du bist zu jung, um vom Kämpfen zu träumen.«

»Auf dem Schlachtfeld sind schon jüngere Männer als ich gefallen!« Daniel sprang auf, nahm sich die tintenfeuchte Feder vom Tisch und hielt sie hoch in die Luft. Auf Hopes Kinn und Stirn landeten einige Tintenkleckse. »*Mademoiselle!* Sir Daniel von Déols ist weit gereist, um Euch aus diesem düsteren Kerker der Verzweiflung zu befreien. Verhasster Feind, nimm dich in Acht! Schick mir deine beste Armee: Ich werde sie besiegen. Hetz deine gefährlichsten Drachen auf mich: Ich werde sie töten.«

Wie mit einem imaginären Schwert stieß er mit der Feder in die Luft, machte einige tänzelnde Schritte rückwärts. In diesem Augenblick wurde die Tür der Kammer geöffnet, und der Abt trat ein. Er trug einen dünnen Lederriemen in der Hand. Daniel eilte an Hopes Seite und stellte sich schützend vor sie.

Der Abt sah sie mit unbewegter Miene an. »Wie es scheint, hast du die Neigung zum Ungehorsam, Daniel. Hatte ich dir nicht befohlen, dich von deiner Schwester fernzuhalten, und sie nicht ohne meine ausdrückliche Erlaubnis aufzusuchen?«

»Und ich habe Euch erwidert, dass ich meine Schwester sehen und sprechen werde, wann immer ich den Wunsch danach verspüre.«

»Daniel«, wisperte Hope. »Schweig. Du machst alles nur noch schlimmer.«

»In der Tat«, bestätigte der Abt. »Ich frage mich gerade, wann unser junger Freund wohl lernen wird, die Regeln der Demut zu respektieren – eine der wichtigsten lautet, seine Zunge im Zaum zu halten und zu schweigen.«

»Niemals«, entgegnete Daniel. »Ich bin kein Mönch, und halte mich deshalb auch nicht an Eure Regeln. Ebenso wenig werde ich den Kopf gebeugt halten und den Blick auf den Boden richten. Ich diene nur einem Herrn, und das ist Gott.«

Der Abt kniff die Augen zusammen: »Eigensinn verdient Strafe, mein Sohn. Vielleicht bringt dich ein Monat im Verlies dazu, über deinen Ungehorsam nachzudenken. Das wäre ein Segen für uns alle.«

Hope trat zwischen den Abt und ihren Bruder. »Daniel will nicht respektlos sein. Die Unwissenheit seiner Jugend treibt ihn zu reden, wenn Schweigen angebrachter wäre. Er ist nur um mein Wohlergehen besorgt, und das ist doch löblich, nicht wahr? Das Wohlergehen eines anderen vor das eigene zu stellen?«

Der Abt zog eine Augenbraue hoch und sah Hope scharf an. »Der Junge ist alt genug, um die Verantwortung für sein Tun zu übernehmen, ganz zu schweigen von seinen Sünden.«

»Meines Wissens hat Daniel keine Sünde begangen.«

»Nein?«

Hope wich einen Schritt zurück, als der Abt näher trat. Noch immer stand sie wie ein Schutzschild zwischen ihm und Daniel. Sie hielt sich kerzengerade und hatte das Kinn eigensinnig erhoben.

»Verstößt es nicht gegen die Regeln, etwas in seinem Besitz zu haben, das nicht von mir gegeben oder gestattet worden ist?«, fragte der Abt.

»Behauptet Ihr, dass er sich eines solchen Ungehorsams schuldig gemacht hat?«

»Verstößt es nicht gegen die Regeln, sich etwas zu nehmen, ohne dass ich meine ausdrückliche Zustimmung gegeben habe?«

»Falls er das getan hat, dann sagt es mir.«

»Aus dem Scriptorium ist Papier gestohlen worden. Ebenso Federn und Tinte.«

»Was sollte Daniel mit Papier, Feder und Tinte wohl anderes anfangen als das, was Ihr von ihm verlangt: jede einzelne Spende niederzuschreiben, die Châteauroux von den Pilgern bekommt.«

»Ja, was wohl?« Der Abt legte den Kopf schräg und sein Mund verzerrte sich. »Vielleicht habe ich mich ja auch geirrt, als ich ihn für den Missetäter gehalten habe. Vielleicht steht mir aber in diesem Augenblick die wahre Schuldige genau gegenüber.« Er streckte die Hand aus und berührte mit seinem dünnen, gekrümmten Finger Hopes Stirn. Dann hielt er ihn gegen das Licht und betrachtete eingehend den dunklen Tintenfleck auf seiner Fingerspitze. Daniel unterdrückte ein Keuchen. Hope reckte das Kinn noch ein wenig weiter vor und hielt dem brennenden Blick des Abtes stand – in ihren Augen funkelte Herausforderung.

»Wie es aussieht, hat sich der Dämon der Täuschung in deinem Herzen erhoben, meine liebe Hope, ganz zu schweigen vom schlimmen Laster des Stehlens.«

»Nein!« Daniel versuchte, Hope zur Seite zu schieben. »Ich war es. Ich habe das Papier und die Federn genommen!«

»Das hat er nicht getan!«, rief Hope und wehrte sich, ihren Platz zwischen Daniel und dem Abt aufzugeben. »Ich habe die Schreibrolle genommen, Vater. Und die Federn und die Tinte auch. Ich wünschte meine Gedanken und Gefühle über mein Leben in Châteauroux niederzuschreiben!«

»Schweig!« Er griff Hope an der Schulter und stieß sie grob zur Seite, sodass sie zu Boden fiel. Dann packte er Daniel an der Kehle und drückte so kräftig zu, dass Daniels Gesicht purpurrot anlief. Der Junge rang nach Luft. Als es ihm gelang, krallte er die Finger um die Hand des Abtes, um diesen dazu zu bringen, ihn loszulassen. Auf dem Gesicht des Abtes spiegelte sich Geringschätzigkeit wider.

»Man soll seine Zunge hüten und nichts Böses sagen, man soll schweigen und nicht falsches Zeugnis ablegen. Niemandem in dieser Abtei ist es gestattet, seinen eigenen Interessen zu folgen, niemandem ist es gestattet, auf so überhebliche Art zu reden. Aber sollte jemand es dennoch tun, werde ich dafür sorgen, dass er sich der Disziplin der Regel unterwirft. Er soll nicht stehlen, und er soll keine Rebellion in seinem Herzen bewegen, oder er wird meine Peitsche zu spüren bekommen.«

Der Abt ging zur Tür und zerrte Daniel mit sich, der wild um sich trat, und versuchte, Boden unter die Füße zu bekommen. Der anhaltende Luftmangel nahm ihm fast die Besinnung. Der Abt stieß die Tür auf und schleuderte Daniel wie eine Lumpenpuppe an die gegenüberliegende Wand. Wie betäubt glitt der Junge zu Boden, während der Abt die Tür zuwarf und sich wieder Hope zuwandte.

Sie stand langsam auf und bezwang das Zittern in ihren Beinen, während sie den Blick auf den Lederriemen gerichtet hielt, den der Abt noch immer in der Hand hielt. »Ihr müsstet inzwischen wissen, dass Eure Schläge mich nicht mehr einschüchtern, Vater. Und Ihr werdet Euch damit auch nicht den Respekt verschaffen können, den ich nicht habe.«

»Sprich lauter, Dämon. Deine Stimme klingt zaghaft.«

»Hier ist kein Dämon … Vater, es sei denn der, der sich als Abt verkleidet hat.«

Er schlug ihr mit dem Riemen quer über das Gesicht. Sie presste die Hand gegen die Wange, weigerte sich aber, zusammenzuzucken oder zu weinen. »Vorsicht, Vater. Wie wollt Ihr den Pilgern erklären, dass Eure Heilige und Wunderwirkerin einen solchen Peitschenhieb verdiente? Sollen sie etwa erfahren, dass sie es nicht wert ist, so genannt zu werden? Würden sie dann nicht aufhören, diese Abtei mit ihren Geschenken zu überhäufen? Würde es Euch wirklich nichts ausmachen, von Philip und dem Papst einer genauen Überprüfung unterzogen zu werden? Immerhin könnten sie herausfinden, dass ihr hoch geschätzter Abt nicht nur den Reichtum der Abtei mehrt, sondern auch sich selbst reichlich bedient.«

Der Abt presste die Lippen zusammen, als seine Finger sich fester um den Lederriemen schlossen. »Zugegeben – was dich angeht. Aber kaum einer würde danach fragen, warum ich einen Jungen mit der Peitsche gezüchtigt habe.«

»Ich sage es Euch noch einmal: Daniel ist unschuldig!«

Er schlug ihr seine Faust in den Magen. Hope krümmte sich vor Schmerz und sank auf die Knie. Sie drückte die Hände auf ihren Leib, als eine Welle der Übelkeit in ihr aufstieg.

Der Abt fasste Hope an den Haaren und riss ihren Kopf zurück. Er grinste sie höhnisch an, als er ihr in die Augen sah. »Narben lassen sich unter einer Kutte und einer Kapuze ebenso gut verbergen wie Peitschenstriemen. Jeder einzelne Hieb würde deine zarte Haut grausam zerschneiden, nicht wahr?« Mit diesen Worten packte er Hopes wollene Kutte und zerrte sie ihr über den Kopf.

Nackt taumelte Hope durch die winzige Kammer und kauerte sich in eine im Schatten liegende Ecke. Sie zog die Knie an und verschränkte die Arme vor den Brüsten, um sich zu schützen. Ihr Haar fiel ihr bis weit über die Schultern und hüllte ihren Körper ein.

Der Abt ging auf Hope zu. In der lastenden Stille hörte sie seinen schweren Atem. Sie sah auf den Lederriemen in seiner Hand, sah auf seine Kutte, unter der sich deutlich seine Erregung abzeichnete.

»Glaubst du, es kümmert mich, dass dein nichtsnutziger Bruder ohne meine Erlaubnis etwas aus dem Scriptorium genommen hat?«, fragte er. Er fasste den Saum seiner Kutte und zog sie bis über die Hüften hoch. »Mein Unmut gilt nicht seinem Ungehorsam, sondern deiner Niedertracht, die den Zorn dieses Ketzers und seiner Armee über unsere heilige Stätte gebracht hat.«

Hope schüttelte den Kopf und kauerte sich enger in die Ecke der Kammer. Es gelang ihr nicht, dem Anblick des Abtes zu entfliehen, der mit hochgeraffter Kutte vor ihr stand, und dessen Glied steif und angeschwollen zwischen seinen dünnen, haarlosen Beinen hervorragte. »Ich – ich weiß nicht, wovon Ihr sprecht, Vater. Ich habe nichts …«

»Leugnest du, dass du es warst, die sich nachts in Rolands Kammer geschlichen und ihm einen Dolch in die Schulter gestoßen hat?« Er packte Hope an den Haaren und riss sie hoch auf die Knie. »Leugnest du, dass du ihn vom Turm gestoßen und damit ein zweites Mal versucht hast, ihn zu töten? Wenn du es leugnest, dann muss ich annehmen, dass es dein Bruder gewesen ist, und dann würde ich ihm einen ähnlichen Besuch abstatten müssen wie jetzt dir …«

Roland betrachtete die Wunde an seiner Schulter und zuckte zusammen, als Roger die gezackte Narbe mit einer dicken, übel riechenden Salbe bestrich, deren Aussehen an Kuhdung erinnerte. »Die Wunde wird sich vermutlich entzünden, Roger. Die alte Hexe würde nichts lieber tun als mich umzubringen, denke ich.«

»Und mir wäre es lieber, die Alte würde statt meiner das hier tun, Roland. Diesen Dienst von einem Soldaten, geschweige denn von einem Freund zu verlangen, ist zu viel. Beim Allmächtigen, aber ich werde vierzehn Tage lang stinken.«

Roland bewegte vorsichtig die Schulter und warf seinem Ersten Offizier einen beredten Blick zu. »Du kannst wenigstens baden. Ich muss dieses Zeug zwei Wochen lang mit mir herumtragen, direkt unter meiner Nase …«

Roger lachte und verband die Schulter. »Ich wette, damit wirst du nicht zwischen den Dorfschönheiten herumspazieren, solange wir hier sind. Das könnte dir allerdings auch eine Menge Ärger ersparen …«

»Mich interessiert weniger, welcher Ärger jenseits der Abteimauern auf mich wartet, als vielmehr, was mich hier drinnen erwartet. Der Abt belügt uns, Roger. Er verbirgt unter diesen Mönchen jemanden.«

»Was der Abt tut, geht uns nichts an, Roland. Wir wären gut beraten, uns mehr auf unsere eigentliche Aufgabe zu konzentrieren und weniger auf Heilige und geisterhafte Mörder.«

»Du hast gut reden. Du stehst schließlich nicht mit einem Loch in der Schulter da und hast die Hälfte deines Blutes auf diesem Turm vergossen.«

»Du hast schon Schlimmeres überstanden, mein Freund. Muss ich dich ernstlich daran erinnern?«

Roland erhob sich steifbeinig und ging zur Tür. Die Nachtluft war schwer von dem bevorstehenden Regen. Sein Vorhaben, Châteauroux bei Sonnenaufgang zu verlassen, würde sich verzögern, wenn die Wege unpassierbar würden. Seufzend lehnte er sich gegen den Türrahmen und verschränkte die Arme vor der Brust. »Bin ich verrückt, Roger? Habe ich es mir nur eingebildet, dass dieser schmalbrüstige Mönch heute versucht hat, mich wie ein Wildschwein zu rösten? Könnte diese Person, die mir den Dolch in die Schulter gestoßen hat, einer meiner eigenen Männer gewesen sein? Weißt du jemanden, der ein Interesse daran hat, mich im Schlaf zu töten? Bin ich bei meinen Soldaten wegen der vielen Schlachten inzwischen so verhasst, dass sie sich gegen mich und Heinrich wenden würden?«

»Sie sind den Krieg leid, das schon. Aber nicht mehr als du oder ich.«

»Dass wir in letzter Zeit ständig Niederlagen hinnehmen mussten, schreiben sie den Gerüchten zu, dass ich den Glauben an Gott verloren hätte.« Roland schaute sich zu seinem Freund um. »Vielleicht haben sie Recht damit.«

»Du hast nicht den Glauben an Gott verloren, Roland. Du glaubst nur nicht mehr an den Sieg, du hast die Hoffnung aufgegeben, diesen Krieg zu gewinnen. So wie die meisten von uns. Es sind zu viele Jahre vergangen, seit wir zuletzt in England waren. Ich habe Frau und Kinder, die ich seit drei Jahren nicht gesehen habe.«

»Du musst nicht bleiben. Es steht dir und den anderen frei zu gehen.«

»Du weißt, dass unsere Loyalität zuerst dem König und unserem Land gilt … und dann dir. Unsere Frauen werden auch noch da sein, wenn wir zurückkehren.«

Roland grinste. »Und hoffentlich nicht mit Kindern, die jünger sind als drei Jahre.«

»In dieser Hinsicht hege ich keine Befürchtungen, mein unkender Freund. Meine geliebte Gwyneth würde eher zu

Staub zerfallen, ehe sie einen anderen mit in ihr Bett nehmen würde. Sie verehrt mich. Ich bin mir sicher, dass Hildegard deinetwegen genauso empfindet ... letzten Endes.«

Roland zuckte zusammen, als Roger lachte. »Was ist los, Herr Ritter? Schmeckt dir die Aussicht auf die Heirat mit ihr noch immer nicht?«

»Roger, manchmal beißt deine Freundschaft zu wie eine Natter.«

»Und deshalb werde ich mich jetzt verabschieden.« Roger ging an ihm vorbei. Als er den Gang betrat, hörten sie vom Dormitorium her lautes Rufen.

»Dieb! Halt! Jemand soll Alarm läuten! Ein Teufel hat sich gerade mit meinem Dolch davongemacht!«

In diesem Augenblick sahen sie eine Gestalt durch die Dunkelheit davonlaufen. Albert folgte ihr mit einigem Abstand. Im Laufen versuchte er, seine Hosen anzuziehen, und stolperte über Steine und Hecken. Selbst nur mit Hosen bekleidet spurtete Roland los. Roger schloss dicht zu ihm auf, als sie den Missetäter durch die Dunkelheit verfolgten. Sie liefen an dem Gebäude entlang, in dem die Krankenstuben untergebracht waren. Der Flüchtende duckte sich durch ein niedriges Portal hindurch, das einen Treppenschacht herunterführte. Der Gang war so schmal, dass Roland und Roger gezwungen waren, langsamer zu werden, um nicht zu riskieren, dass Roland sich die verletzte Schulter stieß. Schließlich erreichten sie das Ende der Treppe. Als sie stehen blieben, umgab sie pechschwarze Finsternis. Die Luft fühlte sich heiß und kalt zugleich an und war so stickig, dass sie keuchend nach Atem rangen.

Seine Stimme war kaum mehr als ein Wispern, als Roger sagte: »Ich fürchte, die einzige Seele, die so tief unter der Erde lebt, ist entweder ein Wurm oder ein Kadaver. Ich wage zu vermuten, dass ein Wurm es kaum fertig bringen würde, uns davonzulaufen. Darf ich vorschlagen, dass wir an die Oberfläche zurückkehren? Es gefällt mir weitaus besser, meinen Widersacher zu sehen als seine Anwesenheit einfach nur zu spüren ... Nein? Das habe ich befürchtet. Dich hat die Dunkelheit noch nie nervös gemacht, während ich ...«

»Still!«

Ein Geräusch. Schritte. Das Rascheln von Stroh. Irgendwo im Dunkel.

Die Arme ausgestreckt, die Handflächen gegen die feuchten Wände gepresst, ertastete sich Roland seinen Weg den Gang entlang. Er versuchte, über seine und Rogers keuchende Atemzüge hinwegzuhören, bis er dem Flüchtenden von Angesicht zu Angesicht gegenüberstehen würde.

Schließlich schimmerte ein schmaler Lichtstreifen vor ihm auf, der gerade hell genug war erkennen zu lassen, dass er aus einer spaltbreit offenen Tür fiel. Aus dem dahinter liegenden Zimmer hörte er ein unterdrücktes Schluchzen.

Vorsichtig näherten sich Roland und Roger der Tür und traten in das dämmrige Licht, das sie nach der völligen Finsternis wie einen Angriff auf ihre Augen empfanden. Eine in eine Mönchskutte gehüllte Gestalt kauerte in der gegenüberliegenden Ecke, das Gesicht wurde von der tief in die Stirn gezogenen Kapuze verborgen. Langsam hob die Gestalt den Kopf, vertraute Augen sahen Roland an.

»Du heimtückischer Schakal«, knurrte Roland. Er hörte einen Wutschrei hinter sich, und aus dem Schatten stürzte sich jemand auf ihn, einen Dolch in der hoch erhobenen Hand. Er stach zu, verfehlte aber knapp Rolands Gesicht. Roger stieß einen überraschten Ruf aus, als Roland schon den Angreifer am Handgelenk gepackt hatte und ihn gegen die Wand schleuderte. Er drückte den sich Windenden gegen die Mauer und bemerkte erst jetzt, dass er einen Jungen vor sich hatte.

»Dreckiger meuchelnder Engländer«, stieß der Junge hervor. »Ich werde Euch töten. Und danach werde ich den Abt töten für das, was er uns angetan hat. Dieses widerliche

Schwein, ich werde seine Seele in der Hölle braten sehen, ehe diese Nacht vorüber ist.«

Roland entwand dem Jungen das Messer und schleuderte es zu Boden. Dann packte er ihn an den Schultern und stieß ihn in Rogers Richtung. Der Junge taumelte in dessen Arme. Er stieß einen Wutschrei aus und begann sofort, um sich zu schlagen und mit den nackten Füßen um sich zu treten.

»Ich glaube, ich habe noch nie so viel Wildheit in einem so schmächtigen Bürschchen stecken sehen«, lachte Roger.

»Ich bin kein Bürschchen«, schrie der Junge. »Ich werde Euch von Mann zu Mann gegenübertreten, dann werden wir ja sehen, wer stärker ist.«

»Ho, ho! Hast du das gehört, Roland? Da ist uns ja ein wahrer Drache in die Hände gefallen.«

Roland wies auf die verhüllte Gestalt, die noch immer am Boden kauerte. »Er mag ein Drache sein, aber der Schuft, der dreimal versucht hat, mich umzubringen, hockt dort drüben.« Er ging auf die Gestalt zu, die den Kopf gesenkt hielt. »Ich würde diese Augen unter Dutzenden wiedererkennen. Ich habe dem Hass schon tausende Male ins Gesicht gesehen, doch eine solche Bösartigkeit wie in diesen Augen ist mir noch nie begegnet.«

»Das ist die Heilige von Châteauroux!«, schrie der Junge. »Gott wird Euch mit dem Tod strafen, wenn Ihr ihr Schaden zufügt. Und wenn Er es nicht tut, werde ich es tun!«

»Eine Heilige?« Roland warf den Kopf zurück und lachte laut. »Seit wann bluten Heilige?« Roland packte die Gestalt an der Kutte und zog sie zu sich hoch.

Die Kapuze glitt zurück und enthüllte eine Flut heller Haare, die ein zartes, schönes Gesicht umrahmten … und Augen, die so blau und sprühend funkelten wie Diamanten. Was in ihnen aufblitzte, war nicht Furcht, sondern Herausforderung, als Hope Roland nur ein Wort entgegenzischte: »Ungläubiger!« Dann spuckte sie ihm ins Gesicht.

4

Der Abt setzte den Weinkelch ab und sah Roland starr an. »Ihr kommt in meine Abtei und verlangt Aufnahme. Eure Männer terrorisieren und schikanieren die gottesfürchtigen Bewohner des Dorfes. Ihr bringt wilde Anschuldigungen gegen meine Mitbrüder vor und jetzt behauptet Ihr auch noch, dass ich ein Kind gefangen halte? Dass ich König Philip und die Menschen dieses Landes betrüge, indem ich ein Mädchen als Heilige ausgebe?« Seine Lippen wurden schmal, als er hinzufügte: »Diese Anschuldigungen verlangen von mir zu erwägen, gegen Euch und Eure Männer den Kirchenbann zu verhängen, Sir Roland. Ich frage mich, wie diese Männer wohl reagieren würden, wenn sie feststellen müssten, dass sie öffentlich zu Ketzern erklärt und aus der christlichen Gemeinschaft ausgeschlossen wurden.«

»Eure Drohungen mit der Exkommunizierung und dem Kirchenbann schrecken mich nicht. Ich habe dem Teufel schon zu oft ins Antlitz gesehen, um den verbalen Peitschenhieb eines Sterblichen zu fürchten – mag er nun von der Kirche gesegnet sein oder nicht.«

»Ich werde Euch nicht erlauben, das Mädchen aus der Abtei fortzubringen. Solltet Ihr es dennoch versuchen, so werden die Bewohner dieses Dorfes, nein, des ganzen Landes, zusehen, wie man Euch kreuzigt und auf einem Scheiterhaufen verbrennt … Philip selbst würde Euch in einen

Käfig sperren und diesen an der Mauer seiner Burg aufhängen lassen.«

»Ich frage mich, was die Bewohner dieses Dorfes, ganz zu schweigen von Eurem geliebten König, von einem Abt denken würden, der ihre Heilige misshandelt.«

Der Abt zog eine Augenbraue hoch. »Ich weiß nicht, wovon Ihr sprecht.«

»Ihr Gesicht ist voller Striemen. Und der Junge hat erklärt, dass Ihr das Mädchen geschlagen habt … und Schlimmeres.«

»Es ist mein Recht und meine Pflicht, diejenigen zu bestrafen, die die Regeln dieses Klosters missachten.« Der Abt wies auf den Dolch, der vor ihm auf dem Tisch lag, und dessen Klinge noch blutbefleckt war. »Sie hat versucht, Euch zu töten. Es wäre ein großes Versäumnis von mir, würde ich nichts unternehmen, nicht wahr?« Er stand von seinem Stuhl auf und ging durch das Zimmer, sein schmaler Schatten fiel auf einen an der Wand hängenden Tabernakel. Er wandte Roland den Rücken zu, als er fragte: »Und wäre es nicht ein ebenso großes Versäumnis, ihre gewissen … Gaben nicht zum Wohle Gottes und der Menschen zu nutzen?«

»Ich sehe keine anderen Gaben als ihre Fähigkeit, wie eine Katze zu fauchen und zu kratzen. Ich vermute, dass diese Kräfte, über die sie angeblich verfügt, lediglich ein Ausbund Eurer Fantasie und Habgier sind. Es ist wohl bekannt, dass die Abtei außerordentlich reich geworden ist, seit diese Heilige sich hier niedergelassen hat. Ohne Zweifel übersteigt der Reichtum Châteauroux' den Philips. Sie von hier fortzubringen hieße für Euch, dass Philips Wohlwollen Euch gegenüber ein Ende fände, ganz zu schweigen von dem des Papstes.«

»Ihr zu gestatten, ihre Fähigkeiten ungehindert einzusetzen, würde letztlich die Zerstörung der Menschheit verursachen. Als Abt von Châteauroux unterliegt es meiner Verantwortung, dem Bösen entgegenzuwirken, und nicht, es wie Blütenstaub in den Wind zu werfen, damit es sich in jedem Winkel des Landes ausbreitet.« Der Abt wandte sich zu Roland um. »Sie meiner Kontrolle zu entziehen würde die Vernichtung des Lebens bedeuten, so wie wir es kennen. Satan wird regieren. Selbst ein Ketzer wie Ihr würde zögern, eine so böse Macht auf die Welt loszulassen.«

»Würde ein Ketzer wie ich nicht eher jede Gelegenheit begrüßen, sich eine solche Macht zunutze zu machen – vorausgesetzt, sie existiert?«

Der Abt kniff die Augen zusammen.

Roland ging zur Tür, bevor er das Zimmer verließ, wandte er sich noch einmal um. »Meine Männer werden Châteauroux beim ersten Tageslicht verlassen. Ich habe vor, dem Mädchen und seinem Bruder dann die Freiheit zu geben. Meinen Dank für Eure großzügige Gastfreundschaft. Vielleicht werden sich unsere Wege irgendwann noch einmal kreuzen.«

»Der einzige Weg, den Ihr noch gehen werdet, Roland de Gallienne, ist der, der geradewegs in die Hölle führt – sobald König Philip von Eurem Vergehen erfahren wird.«

Roland zog eine Augenbraue hoch und verbeugte sich leicht. »Nun, Herr Abt, genau davon sprach ich, als ich sagte, dass wir vielleicht noch einmal ein Stück des Weges gemeinsam gehen werden. *Adieu*.«

Roland atmete tief durch, nachdem er die Zelle des Abtes verlassen hatte. Bis zu diesem Moment war ihm nicht bewusst, wie nah er daran gewesen war, nicht nur die Geduld, sondern auch die Beherrschung zu verlieren. Dem Abt eine Tracht Prügel zu verabreichen hätte ihm wohl kaum das Wohlwollen Heinrichs oder Philips eingebracht, von dem des Papstes ganz zu schweigen – falls er dem Abt glauben konnte. Heinrich war Rolands Freund, aber er würde ein solches Verhalten nicht gutheißen, wenn es die Eskalation des Krieges zwischen England und Frankreich bedeutete. Erst vor kurzem hatte unter seinen Soldaten das

Gerücht die Runde gemacht, dass Heinrich, der von Tag zu Tag schwächer und kränker wurde, weder den Wunsch noch die Geduld habe, diesen Krieg weiter fortzusetzen. Selbst wenn sie sich seit Jahren nahe standen, wäre sein alter Freund wohl kaum darüber erfreut, würde er sich durch Rolands Verhalten auch noch in einen Konflikt mit dem Papst verwickelt sehen.

Roger kam auf ihn zu. Er wirkte besorgt. »Auf ein Wort, Roland.«

Sie gingen einige Schritte den Gang hinunter, der an den Krankenstuben vorbeiführte. Gelblicher Lichtschein fiel jedes Mal auf ihre Gesichter, wenn sie an einer der Fackeln vorbeikamen, die den Wänden in ihren Haltern steckten und flackerten.

»Ich vermute, dein Besuch beim Abt ist nicht sonderlich gut gelaufen«, bemerkte Roger.

»Nun, es sei denn, du betrachtest meine Exkommunizierung und die aller meiner Männer als höfliche Unterhaltung zwischen zwei Gentlemen. Wie geht es dem Mädchen und seinem Bruder?«

Roger verlangsamte seine Schritte. »Obwohl ich ihre Fähigkeit Wunder zu bewirken, in Zweifel ziehe, muss ich gestehen, dass mich gewisse Aspekte an ihrem Verhalten verwirren. Ebenso wie die seltsamen Gegenstände, die Albert in ihrer Zelle gefunden hat.«

»Hast du ihre Namen in Erfahrung gebracht?«

»Der Junge wird Daniel genannt. Das Mädchen heißt Hope.«

Das Mädchen trug noch immer die graue wollene Mönchskutte. Es saß auf dem Boden auf einer Matte und sah Rolands Männer mit unverhüllter Verachtung an. Als Roland eintrat, kroch es rückwärts in eine Ecke und fauchte wie eine Katze.

»Ich verwette mein Hemd darauf, dass sie verrückt ist. Ihr Bruder scheint etwas mehr bei Verstand zu sein«, bemerkte Roger leise zu Roland.

Albert betrat die Zelle, in den Armen hielt er ein Sammelsurium merkwürdiger Gegenstände, die er zu Rolands Füßen niederlegte. »Sie weigert sich, Châteauroux ohne diese Sachen zu verlassen, Sir Roland. Was soll mit diesen Dingen geschehen?«

Roland kniete sich hin und betrachtete den Dreifuß, die Sammlung seltsam duftender Kerzen, die vielen Säckchen mit streng riechenden Kräutern – zumindest das waren vertraute Gerüche. Er erkannte die Heilkräuter wieder, die die alte Matilda immer benutzte – Heidelbeere, Borretsch, Schwarzes Schildkraut, Kornrade und viele andere.

Roger wies auf die Papiere und Schreibrollen, die auf dem Boden lagen. »Wir haben das alles bei dem Jungen gefunden. Er hat versucht, sie zwischen Kutten und Decken zu verstecken.«

Roland kniff die Augen zusammen, um die darauf hingekritzelten Worte zu entziffern.

»Da steht«, flüsterte Roger, »dass im 15. Jahrhundert ein Entdecker italienischer Herkunft der Menschheit beweisen wird, dass die Erde nicht flach ist, sondern oval wie ein Ei.«

Roland runzelte die Stirn. »Dann ist sie verrückt.«

»Und das ist nicht alles, Roland. Es findet sich Seite um Seite, auf denen Plagen, Feuersbrünste, gesellschaftliche Umwälzungen und katastrophale Kriege vorausgesagt werden, und das alles über viele Jahrhunderte.«

»Hoffnungslos verrückt«, erwiderte Roland leise, während er das Mädchen anstarrte, das noch immer in der Ecke hockte. Obwohl ihr Gesicht fast ganz unter der Kapuze verborgen war, spürte er ihren Blick auf sich gerichtet. Vor seinem inneren Auge stand das Bild jener Gestalt, die er in der Kapelle gesehen und die das unvergesslich schöne Lied gesungen hatte, das ihn bis in die Tiefe seiner Seele entzückt hatte. Er sah dieses Bild so klar vor sich, dass es ihn zittern machte.

»Was soll jetzt damit geschehen, Roland?«, wollte Roger wissen.

Roland erhob sich und ging auf das Mädchen zu. Er hielt ihren Blick gefangen, der ihn wie ein Messer zu durchdringen schien, wie der Dolch, den sie ihm in der Nacht zuvor in die Schulter gestoßen hatte. Langsam ließ er sich auf ein Knie nieder.

»Wir werden dir nichts tun«, sagte er sanft.

Sie saß regungslos da. Mit einer Hand hielt sie die Kapuze zusammen, die den größten Teil ihres Gesichtes bedeckte.

Roland berührte den groben Stoff mit den Fingerspitzen. Dabei ging ihm der absurde Gedanke durch den Kopf, dass sie weniger grobe Kleidung auf ihrer zarten Haut tragen sollte, wenn sie wirklich eine Heilige war. »Eine Heilige verdient es, in weiche Gewänder aus Gold und Silber gekleidet zu sein«, flüsterte er. »Geschmückt zu werden mit den schönsten Edelsteinen, in denen sich die faszinierende Farbe ihrer Augen widerspiegelt.«

Ihre Augen weiteten sich bei seinen Worten, dann verengten sie sich, und sie schlug Roland so hart ins Gesicht, dass er fast das Gleichgewicht verloren hätte.

Er packte ihr Handgelenk und drehte es. Das Mädchen schrie auf und sackte zu seinen Füßen in sich zusammen. »Andererseits verdienen Zankweiber und Teufelinnen nichts anderes als Hemden aus Rosshaar und Dornengürtel. Ich habe reichlich von beidem, und ich denke, das würde dir sehr gut stehen.« Wütend stieß Roland diese Worte hervor.

»Rührt sie nicht an!«, schrie Daniel und schlug heftig um sich, um sich aus dem Zugriff der beiden Soldaten zu befreien, die ihn festhielten. Rolands Männer lachten über seine Hartnäckigkeit und stachelten den Zorn des Jungen damit nur noch an. Sie zerrten ihn in Hopes winzige Mönchszelle.

»Es scheint, dass unser kleiner Drache jetzt auch noch Feuer speit«, bemerkte Roger amüsiert. »Vielleicht würde ein Bad in der Jauchegrube sein Temperament abkühlen.«

»Lasst ihn los«, befahl Roland.

»Was?«

»Ich bin absolut in der Lage, mich ohne Hilfe gegen ein Kind zu wehren.«

»Ich bin kein Kind!«, schnaubte Daniel, der stolperte, als die Soldaten ihn unvermutet losließen. Er prallte mit dem Kopf gegen die Wand und stieß sich die Stirn blutig. Die Soldaten lachten schallend und schlugen sich auf die Knie, bis Roland ihnen mit einem Blick Einhalt gebot.

»Seit wann lachen meine Männer über die Verletzung eines Kindes?«, rügte er die beiden, die jetzt ernst und kerzengerade vor ihm standen. Er wandte sich an Roger: »Sag allen, dass wir Châteauroux bei Tagesanbruch verlassen werden. Sollte es dir gelingen, die Alte aus ihrem Weinrausch zu wecken, sag ihr, dass sie eine ihrer stinkenden Salben anrühren und den Jungen versorgen soll. Die Wunde sieht recht tief aus.«

Als die Männer gegangen waren, richtete Roland seine Aufmerksamkeit wieder auf das auf dem Boden kauernde, schweigsame Mädchen. Es sah ihn mit unverhülltem Abscheu unverwandt an. Der Junge schien von dem Aufprall noch immer benommen zu sein. Er saß mit dem Rücken gegen die Wand gelehnt und hielt sich den Kopf. Zwischen seinen Fingern sickerte Blut hervor.

»Ich habe nicht die Absicht, einem von euch wehzutun«, versicherte Roland. »Du musst dich vor mir und meinen Männern nicht fürchten. Es sei denn, du lässt nicht von deiner Besessenheit ab, mich aus dem Weg räumen zu wollen. In diesen Mauern ist viel eher der Abt euer Feind, nicht ich. Und jetzt sag mir: Warum hast du dreimal versucht, mich zu töten? Ich habe ein Recht, es zu erfahren.«

»Ihr habt keine Rechte«, erwiderte das Mädchen. Ihre Worte wurden durch die Kapuze gedämpft, doch der Zorn, der darin lag, war unüberhörbar. Ihre Augen funkelten Roland wütend an und schimmerten dabei so hell wie das klare Wasser einer Quelle. »Ihr seid gemeine englische Hunde, und wäre ich dazu in der Lage, ich würde Euch die Kehle von einem Ohr zum anderen durchschneiden und dabei zusehen, wie Euer Blut in den Staub rinnt, bis Ihr tot seid. Dann würde ich auf Euren Leichnam spucken und ihn den Krähen zum Fraß überlassen.«

»Das sind kaum die Worte, die ich aus dem Munde einer Heiligen erwarten würde. Ich hätte gedacht, dass du mir meine Sünden vergeben würdest statt mich für sie zu verdammen, falls du wirklich so heilig bist, wie es der Abt von dir behauptet.«

»Die Verdammnis erwartet Euch ohnehin, Sir Roland de Gallienne – Freund Heinrichs, Sohn des verrückten Godfrey. So wahr wie Eure Mutter bei der Geburt eines Hundsfotts starb, so wahr wird Euer Untergang kommen. Wie ein Blitz aus stürmischem Himmel, des Nachts, wenn Ihr schlaft und nicht vorbereitet seid auf Euer …«

Urplötzlich brach sie ab, fasste sich an den Kopf. Ihre Finger krallten sich in die Kapuze, rissen sie herunter. Eine Flut hellblonder Haare ergoss sich über ihre Schultern, fiel bis weit über den Rücken, berührte den Boden. Roland hielt den Atem an. Ihre unglaubliche Schönheit bestürzte ihn ebenso sehr wie ihr unerklärliches Verhalten. Auf ihrer Stirn bildeten sich Schweißperlen, ihr schmaler Leib schien sich in qualvollem Schmerz zu winden.

»Fort! Geht!«, schrie Daniel und drängte Roland zur Seite. Dann hockte er sich neben seine Schwester und schlang die Arme um sie. Er wandte Roland sein blutverschmiertes Gesicht zu. Trotz seiner flehenden Worte klang seine Stimme gefasst und überraschend gebieterisch: »Mich kümmert nicht, was mit mir geschehen wird. Ich bitte Euch nur, meiner Schwester einen Augenblick der Ruhe und des Alleinseins zu gewähren.«

»Beim Allmächtigen, was ist über sie gekommen?«

»Es wird bald vorübergehen. Aber nur, wenn sie Ruhe hat.« Er barg Hopes Kopf an seiner Schulter und strich ihr beruhigend über das Haar. Daniel erwiderte Rolands Blick und fügte leise hinzu: »Bitte.«

Roland erhob sich zögernd und wandte sich zur Tür. Nur schwer konnte er sich von dem Anblick des Mädchens lösen, das vor Schmerz stöhnte und sich den Kopf hielt, als wollte ihr dieser zerspringen. Wie zerbrechlich sie in diesem Moment wirkte, wie jung und verletzlich. Kaum das Bild einer Mörderin. Oder einer Heiligen.

Was war mit ihr geschehen? Wer war sie?

Was hatte er in ihren Augen gesehen, das diesen verwirrenden Wunsch in ihm auslöste, sie vor etwas zu retten, vor dem sie offensichtlich nicht gerettet werden wollte? Roland verließ die Zelle, trat zurück in den dunklen Gang. Er lehnte sich mit dem Rücken gegen die Wand, und lauschte auf die Worte, mit denen Daniel verzweifelt versuchte, seine Schwester zu beruhigen.

»Entspann dich. Der Schmerz wird vorübergehen, wenn du deine Gedanken ordnest. Denk an Mama. An unsere Stunden in Déols. An die Freiheit, die wir bald wieder genießen werden, wenn wir erst von hier fort sind. Stell dir vor, Hope, dass wir schon bald nach Hause zurückkehren werden. Dass wir unsere Freunde wieder sehen. Stell es dir vor, Hope. Stell es dir vor. Ist es jetzt besser?«

»Ja.« Ihre Stimme klang schwach.

Roland lauschte angestrengter.

»Deine Stirn, Daniel. Was haben sie dir angetan?«

»Dafür muss ich meinem Temperament die Schuld zuschreiben.«

»Es blutet so sehr. Lass mich dir helfen …«

»Nein! Das musst du nicht, Hope. Du weißt, was es bedeuten könnte ...«

»Ich kann dich nicht leiden sehen, Daniel.«

»Aber ...«

»Still. Sei still und schließ die Augen.«

Wie lange Roland so gegen die Wand gelehnt dastand und auf jeden Laut horchte, der aus der Zelle drang, vermochte er nicht zu sagen. Eine seltsame Lethargie hielt ihn gefangen, zog ihn an einen Ort, der viel dunkler und kälter als der feuchte Gang war, in dem er stand, während er den Jungen und seine Schwester belauschte. Dieses beunruhigende und zugleich faszinierend schöne Mädchen.

»Roland? Roland, schläfst du etwa?«

Seine Glieder waren schwer wie Blei, als er Roger den Kopf zuwandte, der ihn besorgt ansah.

»Du lieber Gott, Mann, du siehst aus, als seist du in Trance. Bist du krank? Warum lehnst du dich gegen die Wand?«

Roland sah sich um. »Ich bin ... nicht sicher, Roger. Eben gerade habe ich noch der Unterhaltung zwischen dem Mädchen und seinem Bruder zugehört, und im nächsten Augenblick ... ich muss geschlafen haben ...«

»Die Männer sind aufgesessen und bereit aufzubrechen.«

»Jetzt schon?«

Roger lächelte. »Es wird schon hell, allerdings nur zögernd. Wenn wir uns beeilen, erreichen wir das nächste Dorf, ehe der Regen einsetzt.«

Roland richtete sich auf und zuckte zusammen, als er die Steifheit spürte, die sich in seiner verletzten Schulter ausgebreitet hatte.

Roger beugte sich näher zu Roland. »Noch etwas, Roland. Die Männer sind nervös. Ich fürchte, sie haben zu lange und zu genau auf den Dorfklatsch gehört, ganz zu schweigen von dem, was die Pilger erzählen. Vor der Abtei steht schon wieder ein gutes Dutzend und wartet darauf, die Heilige zu sehen. Ob du die Sache nun für wahr hältst oder nicht, du kannst nicht leugnen, dass die Dorfbewohner fest daran glauben, dass das Mädchen heilig ist. Sie sind bereit, uns zu steinigen, wenn wir sie von hier fortbringen. Außerdem ist das Gerücht im Umlauf, dass die Kunde über unsere Absicht bereits bis zu Philip vorgedrungen ist. Du weißt, was das bedeuten kann. Solltest du bis jetzt noch die Hoffnung gehegt haben, in den kommenden Tagen und Wochen eine Konfrontation mit Philips Armee verhindern zu können, besonders mit Lacurne, könntest du dich bedauerlicherweise irren. Kurz gesagt, mein Freund, du solltest einen verdammt guten Grund haben, sie von Châteauroux fortzubringen – zumindest nach Ansicht deiner Männer.«

»Das Mädchen und sein Bruder sind ganz offensichtlich missbraucht worden. Ist das nicht Grund genug?«

»Ist das Grund genug, die Missbilligung des Papstes auf sich zu ziehen? Hör zu, Roland. Eine Zeit lang haben die Männer geargwöhnt, dass du nur noch einen Schritt weit vom Fegefeuer und der Hölle entfernt bist, weil du dich weigerst, vor einer Schlacht die Beichte abzulegen. Sie glauben, dass die Niederlagen, die wir in letzter Zeit hinnehmen mussten, Gottes Strafe für deinen mangelnden Glauben ist. Sich jetzt durch diese Sache so offensichtlich gegen die Kirche zu stellen wäre eine Beleidigung, die das Maß voll machen würde.« Er legte die Hand auf Rolands Schulter. »Wirst du bedenken, was ich dir gesagt habe, Roland? Wenn du in dem Mädchen nicht mehr siehst als ein hübsches kleines Luder, das nichts als Schwierigkeiten machen wird und das dreimal versucht hat, dich umzubringen, dann sollte es dir ein Leichtes sein, sie und ihren hitzköpfigen Bruder ihrem Schicksal zu überlassen. Nach dem, was ich von ihrem Verhalten mitbekommen habe, verdienen sie und der Abt einander.«

Roland zog eine Augenbraue hoch und verzog den Mund zu einem sarkastischen Lächeln. »Ist sie hübsch, Roger? Das war mir gar nicht aufgefallen.«

»Ich habe deinen Gesichtsausdruck gesehen, als ihr die Kapuze vom Kopf geglitten ist. Würde sie wie ein Bussard aussehen, hättest du ihr eine Ohrfeige verpasst, nachdem sie dich geschlagen hat.«

»Muss ich dich daran erinnern, dass wir einen Schwur geleistet haben und dass unsere Ritterwürde es verlangt, alle Schwachen zu beschützen und uns als deren Fürsprecher einzusetzen? Das Mädchen und sein Bruder werden gegen ihren Willen hier festgehalten.«

Roger starrte Roland schweigend an, dann trat er zur Seite und gab ihm den Weg zu Hopes Zelle frei. Die Fackel an der Wand war schon fast heruntergebrannt und warf nur noch einen bernsteinfarbenen Lichtschimmer auf den Boden. Das Mädchen saß auf der dünnen Matte und schien tief zu schlafen. Roland ging geräuschlos auf sie zu. Hope hatte den Rücken gegen die Wand gelehnt, ihr Haar umhüllte ihr Gesicht wie eine silberfarbene Wolke. Daniel lag ausgestreckt auf dem Boden, sein Kopf ruhte in Hopes Schoß. Auch er schlief tief und fest.

Roger trat hinter Roland und hielt den Atem an. Roland hob die Hand, um ihn schweigen zu heißen.

Die Tunika des Jungen war mit Blut befleckt, ebenso wie Hopes Kutte, auf der sein Kopf lag. Zwischen Hopes Fingern, an ihrem Kinn und auf ihren Wangen klebte getrocknetes Blut … doch von Daniels Stirnwunde war nichts mehr zu sehen. Es war, als hätte diese nie existiert.

»Gottes Blut«, wisperte Roger und sah Roland an. »Täuschen mich meine Augen oder …»

»Nein, sie täuschen dich nicht, Roger. Die Wunde ist verheilt.«

Roger ergriff Rolands Arm und führte ihn aus der Zelle. Er neigte das Gesicht dicht an Rolands und flüsterte: »Das wirft ein ganz anderes Licht auf die Sache, meinst du nicht auch?«

»Welches denn?«

»Dass es wahr ist. Das Mädchen ist eine Heilige. Die Männer werden mit Sicherheit meutern, wenn sie herausfinden, dass sie …«

»Von Matilda weiß man auch, dass sie heilen kann. Ist sie deswegen etwa eine Heilige?«

»Guter Gott, da sagst du etwas. Sie ist so weit davon entfernt eine Heilige zu sein, wie ich davon, Erzbischof zu werden. Matilda ist ein hässliches altes Weib. Eine Hexe.« Roger ging auf und ab, blieb stehen und wandte sich langsam zu Roland um. »Wenn das, was wir in dieser Kammer gesehen haben, wirklich wahr ist, dann ist Hope von Châteauroux Philip und dem Papst mit Sicherheit eine ganze Menge wert. Sei sie nun eine Heilige oder eine Hexe.«

Heilige oder Hexe? Genau dort lag Rolands Problem.

Roland ging zurück zur Tür und betrachtete das schlafende Mädchen. Wie leicht wäre es, an ihre heilenden Fähigkeiten zu glauben. Zu denken, dass die göttliche Schönheit, die ihr Gesicht ausstrahlte, die Widerspiegelung des Guten sei. Nicht die des Bösen. Doch selbst jetzt, als er auf ihr Gesicht starrte, spürte er den Schmerz in seiner Schulter pochen. Und dieser Schmerz erinnerte ihn daran, dass sie es gewesen war, die mit dem Dolch zugestoßen hatte. Dass sie es gewesen war, die all das hatte vernichten wollen, für das er stand.

Als Roger hinter ihn trat, sagte Roland: »Dass sie den Jungen geheilt hat, bleibt unser Geheimnis. Ohne Beweise für ihre Gabe werden die Männer keine Veranlassung haben, weiter nach unseren Beweggründen zu fragen. Einverstanden?«

»Einverstanden«, erwiderte Roger.

»Es mag angehen, dass Ihr ein Ketzer seid, Roland, aber wir werden es nicht hinnehmen, dass Eure Verdammnis dieser Armee den Untergang bringen wird. Ich spreche für die meisten der tapferen und Euch treu ergebenen Soldaten, die in den schlimmsten Schlachten an Eurer Seite gekämpft haben. Es gibt nicht einen von uns, der nicht sein Leben hingeben würde, um Euch zu schützen, und wir haben das viele Male bewiesen. Aber damit geht Ihr jetzt zu weit. Die Heilige von Châteauroux gefangen nehmen? Was denkt Ihr Euch dabei?«

Von seinem Schlachtross sah Roland in die Gesichter seiner Männer herunter. Sie alle starrten ihn an, als hätte er den Verstand verloren. »Wäre es euch lieber sie hierzulassen, als Gefangene des Abtes? Und davon abgesehen, wer von euch glaubt wahrhaft an Wunder? Denn wäre sie fähig, solche zu vollbringen, warum hätte sie es dann zugelassen, dass sie und ihr Bruder wie Tiere gehalten wurden?«

Ein Raunen ging durch die Menge, dann ergriff einer von den Männern erneut das Wort. »Mir gefällt es trotzdem nicht. Für ein solches Sakrileg sind wir gewiss dem Untergang geweiht.«

Roger trat aus einem der Gebäude. Er führte das Mädchen und den Jungen hinter sich her, sie waren mit Stricken gefesselt. Eine unerklärliche Unruhe erfasste die Pferde, die nervös zu tänzeln begannen und wild mit den Augen rollten. Unter Rolands Männern wuchs die Besorgnis. Die Lage war schon schwierig genug, denn die Dorfbewohner hatten sich in Gruppen zusammengerottet und viele von ihnen waren mit Knüppeln und Steinen bewaffnet. Einige Soldaten wurden gezwungen, ihre Pferde in die Menge zu treiben und ihre Entschlossenheit zu zeigen, keinerlei Einmischung zu dulden.

Roger reichte Roland die Strickenden hinauf. »Wenn es Euch nichts ausmacht, Herr Ritter, so lehne ich höflichst

Euer Ansinnen ab, diese beiden aus der Abtei zu zerren, als seien es ungehorsame Hunde.«

Die beiden Freunde sahen sich starr an. Schließlich sagte Roger leise: »Als dein Erster Offizier folge ich dir in allem mit größter Ergebenheit und höchstem Respekt für deinen Rang. Aber ich muss gestehen, dass mir dein Verhalten unverständlich ist, besonders eingedenk dessen, was wir mit unseren eigenen Augen gesehen haben. Wenn sie wirklich eine Heilige ist, dann verdient sie Besseres als wie ein Schlachtschwein durch den Dreck geschleift zu werden.«

»Sie hat versucht, mich zu töten. Ist das kein ausreichender Grund? Würde eine Heilige versuchen, einem Mann das Herz herauszuschneiden, während er schläft? Nein, Roger; diese Katze ist keine Heilige. Wenn überhaupt, dann ist sie eine Hexe.«

»Die einzige Hexerei, die ich hier sehe, spielt sich in deinem Kopf ab, Roland.« Als er weitersprach, klang seine Stimme noch leiser. »Mir ist da gerade ein Gedanke gekommen. Falls sie eine Hexe ist, wäre es dann nicht unklug, ihre Kräfte auf Heinrichs Armee loszulassen … ganz besonders auf *diese* Armee?«

»Muss ich dich daran erinnern, dass ich dem Teufel zu oft ins Antlitz geschaut habe, um ihn noch ernst zu nehmen?«, entgegnete Roland und grinste.

»Ich habe dir schon des Öfteren gesagt, dass du eines Tages einer Macht gegenüberstehen wirst, die stärker ist als du«, warnte Roger. »Ich kann dir nicht sagen, warum, aber ich spüre in meinem Inneren, dass du ihr jetzt begegnet bist.« Er schwieg und fügte dann hinzu: »Ich hoffe, dass wir unser Tun nicht bereuen müssen, guter Freund. Denn es würde mir ganz und gar nicht gefallen, meine höchst glanzvolle Karriere ausgerechnet durch ein Sakrileg zum Teufel gehen zu sehen.«

Sein Pferd trat unruhig auf der Stelle, als Roland Hope

und ihren Bruder vom Sattel aus betrachtete. Hope hielt sich kerzengerade und hatte das Kinn vorgestreckt, der Blick aus ihren faszinierenden Augen bohrte sich wie ein Pfeil in ihn. Sie trug ihre Verachtung für ihn wie einen schimmernden Umhang. Es fehlte nur noch eine saphirbesetze Spange in der Farbe ihrer Augen, um ihn auf ihren Schultern zu halten.

Natürlich irrte sich Roger. Irrte sich gründlich. Roland fand dieses Mädchen nicht im Mindesten anziehend. Dazu war sie viel zu dünn. Zu zerbrechlich. Zu farblos. Zu widerspenstig. Die Augen waren viel zu groß für ihr Gesicht. Und ihre Lippen … zu rot, zu voll. Und das winzige Grübchen an ihrem Kinn … nun, es ließ sie verdammt eigensinnig aussehen. Kein Ritter, der seinen Schild und sein Banner wert war, würde bei einer Frau Eigensinn tolerieren – auch nicht bei einer, von der man sagte, dass sie eine Heilige sei.

Er riss sich zusammen und wendete sein Pferd. Er sah weder zu seinen Männern, noch würdigte er die Dorfbewohner eines Blickes, die anfingen, den Soldaten Schmähworte nachzurufen, sie anzuspucken und mit Pferdemist zu bewerfen. Roland trieb sein Schlachtross durch die offenen Tore der Abtei, das Mädchen und den Jungen zog er an ihren Stricken hinter sich her.

Der Regen setzte ein, kalt und beständig verwandelte er die Wege in einen Morast aus Schmutz und Schlamm. Immer wieder glitten Hope und Daniel auf dem rutschigen Boden aus, als sie darum kämpften, mit Rolands Pferd Schritt zu halten.

»Elender Bastard!«, schrie Daniel seine Wut heraus. »Kaltherziger Sohn einer räudigen Hündin! Ihr seid eine Schande für Euer Banner! Eine Schande für Euren König! Kein wahrer Ritter würde ein anständiges Mädchen solcher Tortur aussetzen!«

»Du verbesserst unsere missliche Lage nicht, indem du ihn beleidigst«, wies Hope ihren Bruder zurecht.

»Ich würde mehr tun als ihn nur zu beleidigen, wenn ich sein Schwert in die Hände bekäme. Außerdem bist du gerade die Richtige, so etwas zu sagen. Hättest du nicht versucht ihn wie einen Ochsen aufzuspießen, der geröstet werden soll, dann wären wir jetzt nicht in dieser prekären Lage. Aber vielleicht sollten wir versuchen, die angenehme Seite zu betrachten.«

Hope schaffte es gerade noch rechtzeitig, über einen umgestürzten Baum zu springen, ehe sie ihren Bruder ungläubig anstarrte. »Sag mir bitte eines, Daniel: Was an dieser Situation ist angenehm? Und sag es mir schnell, ehe ich anfange, mich in mein Selbstmitleid zu ergeben und wie ein Säugling jammere. Ich friere. Ich habe Hunger. Ich bin bis auf die Knochen durchnässt. Gerade jetzt würde ich Roland de Gallienne liebend gern gegen zehn Äbte eintauschen.«

»Das glaube ich nicht. Nicht nach dem, was der Abt dir gestern Abend angetan hat. Dieses perverse Schwein. Läge es in meiner Macht, ich würde ihn mit bloßen Händen erwürgen.«

Der Strick um Hopes Handgelenke wurde straffgezogen und brachte sie zu Fall, sodass sie mit dem Gesicht voran in den Morast stürzte. Sie hörte laute Stimmen, und plötzlich schien die ganze Welt um sie herum zu explodieren, schien nur noch aus stampfenden Pferdehufen und herumwirbelnden Erdbrocken zu bestehen. Jemand packte sie an der Kutte und zog sie hoch, als sei sie so leicht wie eine Feder. Sie wollte sich wehren, aber ihre Arme und Beine fühlten sich so schwer an, als steckten sie in einer Ritterrüstung. Ihr Gesicht war lehmverschmiert, und mühsam schnappte sie nach Luft. Es regnete noch immer in Strömen. Sie musste blinzeln, um das Wasser aus ihren Augen zu bekommen und sah Roger vor sich. Das Haar klebte ihm klitschnass am Kopf, und sein feuerroter Bart triefte vor Nässe. Er starrte Roland wütend an, während er Hope zu sich aufs Pferd zog.

»Genug ist genug, Roland. Das Mädchen ist erschöpft und der Junge auch. Sie kann nicht weitergehen und braucht eine Rast und etwas zu essen. Sie zittert wie ein neugeborenes Kalb.«

»So wie wir alle«, rief jemand.

Roger schlang seine Arme um Hope und runzelte die Stirn. »Sie zittert vor Kälte und vor Angst, Roland. Sogar Schweine hast du schon mit mehr Mitgefühl behandelt.«

»Aber diese Schweine haben nicht versucht, mich zu töten«, rief Roland durch das Rauschen des Regens und den herangrollenden Donner.

Durch die Strähnen ihrer regennassen Haare sah Hope, dass Roland die Strickenden in den Matsch schleuderte und seinem Pferd die Sporen gab. Er ritt auf Roger und sie zu. Sie hob trotzig ihr Kinn, als sie schrie: »Fahrt in die Hölle, Roland. Ich würde lieber in einem Käfig verfaulen, als mit Euch auf dieses Biest zu steigen!«

Das Pferd strauchelte, Roland verlor den Halt und fiel kopfüber in den Morast. Sein Körper versank fast in dem schlammigen Boden.

In diesem Augenblick war es, als stünde das Universum still. Soldaten und Marketender gleichermaßen standen wie erstarrt an ihrem Platz, den Mund offen, die Augen weit aufgerissen, als Roland sich langsam aus dem Morast erhob. Aus finsteren Augen warf er Hope einen Blick zu, der ihr das Blut in den Adern gefrieren ließ. Sie drückte sich an Roger, der seinen Arm um ihre Taille schlang und mit angehaltenem Atem etwas hervorstieß, das klang wie: »Sei tapfer, Mädchen. Es wird schnell gehen. Ich schwöre, du wirst nichts fühlen.«

Sich durch den tiefen Matsch kämpfend, sprang Daniel auf Roland zu. Wütend hob er die Fäuste. »Zuerst müsst Ihr mich aus dem Weg schaffen, Roland.«

»Mit Vergnügen«, stieß dieser hervor, holte mit dem Arm aus und schlug ihn gegen Daniels Schulter. Der Junge flog rückwärts über den umgestürzten Baumstamm kopfvoran in eine Pfütze.

»Daniel!« Bevor Hope ihrem Bruder zu Hilfe springen konnte, war Roland schon wieder in den Sattel gestiegen und hatte sie am Arm gepackt. Mit einem kräftigen Ruck zog er sie von Rogers Pferd und warf sie vor sich über seines. Die Luft wurde ihr aus den Lungen gepresst, doch als sie den Kopf hob, um Atem zu schöpfen, drückte er ihn auf den Rücken des Pferdes herunter. Hope hatte das Gefühl, an der Ausdünstung des schweißnassen Fells und am Regen zu ersticken, der ihr in die Nase lief.

»Lieg still«, knurrte Roland. »Ich bin nicht in der Stimmung für deine Mätzchen. Noch ein Wort von dir und ich werde dich an den Füßen bis an unser Ziel schleifen.«

»Verdammter Idiot! Abscheulicher Dumm…«

Er versetzte ihr einen Schlag auf den Po und sie fuhr heftig zusammen. Diese Bewegung veranlasste das Pferd, einen Satz nach vorn zu machen. Hope geriet aus dem Gleichgewicht und konnte sich nur dadurch vor einem Sturz bewahren, dass sie die Hände in die harten, matschbeschmierten Oberschenkel ihres Peinigers krallte und sich mit aller Kraft daran festhielt. Zu erschöpft, um sich weiter zu wehren, ließ sie den Kopf neben sein Knie sinken und versuchte durchzuhalten, während die Armee durch den strömenden Regen weiterzog.

Bis auf die Haut durchnässt und todmüde mühten sich die Männer ab, die Zelte aufzuschlagen. Hope und Daniel kauerten unter dem dichten Laubdach einer Eiche und klapperten vor Kälte mit den Zähnen. Die regenschweren Pferdedecken, die sie sich umgelegt hatten, brannten auf ihrer Haut wie Ameisenbisse.

»Bei der erstbesten Gelegenheit werde ich über unsere Feinde herfallen«, verkündete Daniel erschöpft. »Gib mir nur einen oder zwei Augenblicke Zeit, meinen Angriff zu planen.«

»Du wirst nichts dergleichen tun«, widersprach Hope. Immer wieder wollte ihr der Kopf auf die Brust sinken, und sie verspürte das übermächtige Verlangen, die Augen zu schließen und zu schlafen. Vielleicht würde sie beim Aufwachen entdecken, dass dies alles nur ein schlechter Traum war. Dass sie noch immer in ihrer winzigen feuchten Zelle in Châteauroux war und sich in Tagträumen an ihre sorglosen Tage in Déols erinnerte – an die Zeit vor dem Tod ihrer Mutter. An die Zeit, als Hope noch nicht die Bürde des einzigen »Geschenks« hatte tragen müssen, das die mittellose Mutter der geliebten Tochter hinterlassen hatte. »Sieh dich um, Daniel. So aufgebracht die Männer darüber auch zu sein scheinen, wie Roland uns behandelt, so würden sie nicht zögern, Vergeltung zu üben, solltest du versuchen ihn zu beseitigen.«

Daniel stieß einen Seufzer aus. »Schau sie dir an, Hope, all diese Ritter. Furchtlos. Stark. Mutig. Unter ihnen gibt es nicht einen, der nicht sein Leben hingeben würde, um seinem Ehrenkodex entsprechend zu handeln … außer Roland vielleicht. Aber eigentlich glaube ich nicht, dass er so böse ist, wie er scheint.«

»Würde ein ehrenhafter Mann eine Frau gefesselt durch den Matsch zerren?«

Daniel runzelte die Stirn, als er seine Schwester ansah. »Vielleicht hätte er uns ja in Châteauroux gelassen, wenn du dich mehr wie eine Heilige und weniger wie ein Zankteufel benommen hättest. Sei ehrlich, Hope, würdest du die Abtei wirklich dem bisschen Regen und Matsch vorziehen?«, fragte er leicht belustigt.

»Ich habe für deine Witze nicht viel übrig, Daniel. Und ebenso wenig für deine ständigen Lobreden auf diese Ketzer. Es zeugt wohl kaum von Ehre oder Mut, eine Frau zu demütigen oder gar ein Kind.«

»Ich bin kein Kind mehr«, widersprach er ihr und richtete sich plötzlich kerzengerade auf, denn Roger de Ferres war aus einem der Zelte getreten und kam auf sie zu. »Wenn wir klug sind«, wisperte Daniel, »dann machen wir uns diesen Roger de Ferres zum Freund. Als Rolands Erster Offizier hat er großen Einfluss auf die Soldaten.«

»Lieber würde ich in eine Schlangengrube geworfen werden und sterben, als einen Engländer zum Freund zu wollen.«

»Nun, ich habe noch kein Verlangen danach, mein Blut zu vergießen, vielen Dank.«

Roger betrachtete die beiden mit zusammengekniffenen Augen, ehe er auf Hope deutete. »Du kommst mit mir, Mädchen. Roland will dich heute Nacht bei sich haben.«

Daniel sprang auf. »Edler Ritter, ich bitte Euch inständig …«

Roger zog Daniel am Ohr. »Schweig! Ich bin nicht in der Stimmung, mir dein Geschwätz anzuhören. Albert wird gleich kommen und sich um dich kümmern. Das Mädchen kommt mit mir.« Er packte Hope am Arm und zog sie hoch. »Und dir rate ich, deine Zunge im Zaum zu halten, wenn du bei Roland bist. Er scheut sich durchaus nicht, eine Frau zu schlagen, wenn es nötig ist. Und du siehst mir nicht so aus, als ob du es mit ihm aufnehmen könntest. Mit seiner Art von … Brutalität.«

Hope schaute sich noch einmal zu Daniel um, der auf dem kleinen Hügel zurückgeblieben und dessen Gesicht vor Verzweiflung verzerrt war. »Mir wird nichts geschehen«, rief sie laut. »Pass auf dich auf, Daniel. Versprichst du es mir?«

Er nickte, wenn auch widerstrebend.

Roger schob sie in ein Zelt, dessen feuchter Boden mit Tierfellen bedeckt war. Der leichte Regen trommelte gedämpft auf das Dach. Hope horchte angestrengt auf die entfernten Stimmen der Soldaten, auf das gelegentliche Wiehern der Pferde, das Klirren von Rüstungen und Schwertern. Die Männer machten sich bereit für die anbrechende Nacht. Sie würde den Augenblick fühlen, ehe Roland eintrat, und sie würde sich darauf vorbereiten.

Die Zeltplane am Eingang wurde zurückgeschlagen und eine alte, gebeugt gehende Frau schlurfte herein. Sie war ganz in Schwarz gekleidet, das graue verfilzte Haar hing ihr strähnig in das Gesicht. Ihre gelben Augen funkelten wie polierter Bernstein, und in den Säckchen, die mit Bändern an ihren Handgelenken befestigt waren, klirrte es leise, als sie auf Hope zukam.

»So, so«, sagte die Alte, »das also ist die so genannte Heilige, nehme ich an. Die Männer reden viel über dich.«

»Ich bin keine Heilige«, erwiderte Hope. Sie zog die Knie an die Brust und wandte den Blick vom Gesicht der Frau ab. Ihr Atem beschleunigte sich, und Schweißperlen traten ihr auf die Stirn. Das dämmrige Licht im Zelt schien wie eine zuckende Flamme zu pulsieren.

Die alte Frau neigte den Kopf und lächelte flüchtig. »Bist du eine Hexe?«

»Nein.«

»Eine Heilerin?«

»Warum fragt Ihr?«, wollte Hope wissen.

»Es muss einen Grund dafür geben, dass Roland dich hierher gebracht hat. Wegen deines Aussehens hat er es gewiss nicht getan. Ich habe schon Ratten gesehen, die weitaus gefälliger anzusehen waren als du. Außerdem bevorzugt er üppige Frauen mit breiten Hüften – die befriedigen seine Bedürfnisse am besten.«

»Ich werde Rolands Bedürfnisse in keiner Form befriedigen, schon gar nicht in dieser besonderen.«

Die alte Frau lachte gackernd und kam näher, so nah, dass Hope den dumpfen Geruch des Bilsenkrautes wahrnehmen konnte, der ihre zerlumpten Kleider durchdrang. Dunkelheit fiel auf Hopes Gesicht, vertrieb das spärliche Licht der Kerze, das bis zu diesem Augenblick das Zelt erhellt hatte. Die Luft um sie herum roch plötzlich faulig und fühlte sich heiß und stickig auf ihrer Haut an. »Warum bist du hier?«, verlangte die Alte zu wissen. »Man munkelt, du hättest magische Kräfte. Dass eine Berührung deiner Hand eine Wunde schließen kann. Ich bin gekommen, um es mit meinen eigenen Augen zu sehen. Zeig mir deine Hände.«

Hope hob die Hände. »Es gibt keine Zauberkraft in diesen Händen, alte Frau. Und jetzt lasst mich allein. Ich verlange eine Unterredung mit Roland.«

»Du hast hier nichts zu bestimmen, schon gar nichts, was Roland betrifft. Er hört auf niemanden sonst als auf den König und auf mich.« Die alte Frau beugte sich vor und wies mit dem gekrümmten Zeigefinger auf Hopes Gesicht. »Sein Schicksal unterliegt meiner Magie. Ich entscheide, ob er auf dem Schlachtfeld stirbt oder überlebt.«

»Das wäre ein trauriger Tag, an dem Rolands Leben in deinen Händen liegen würde, Matilda.« Roger hatte das Zelt betreten, von seinen Kleidern und Haaren tropfte Wasser. Er trug ein Bündel unter dem Arm. »Ich schätze, Roland wäre nicht sonderlich erfreut, dich hier mit unserem … Gast anzutreffen. Ich schlage vor, du machst dich in dein Zelt davon, ehe ich ihm Bescheid gebe.«

»Guter und freundlicher Ritter, ich wollte dem Mädchen nichts Böses tun. Ich wünschte nur zu sehen, ob es wahr ist, was die Soldaten sich zuflüstern.«

»Roland hat das Mädchen und seinen Bruder aus der Gewalt des Abtes befreit, mehr nicht.«

Matilda zog die Augenbrauen hoch und lächelte. »Der Abdruck der Fesseln an ihrem Handgelenk sagt etwas anderes … Herr Ritter.« Sie wandte sich zum Gehen, blieb aber noch einmal stehen und schaute zurück über ihre gekrümmte, bucklige Schulter. »Sie wird die Männer mit einem Zauberbann belegen. Sie werden sich von Roland abwenden, um sie zu beschützen. Merkt Euch meine Worte, Roger de Ferres. Wenn sie bleibt, wird sie Roland de Gallienne binnen zweier Wochen den Untergang bringen. Ihr seid der Mann, der Roland am nächsten steht, sowohl seinem Herzen als auch im Kampf auf dem Schlachtfeld. Ihr würdet ihm einen Gefallen damit tun, wenn Ihr das Mädchen und seinen Bruder freilasst, ehe sie Eurem Freund, und allem, was ihm heilig ist, das Verderben bringt.«

Matilda warf die Zeltbahn vor dem Eingang zurück, und eine Bö aus feuchtem Wind und kaltem Regen wirbelte ins Zeltinnere. Sekundenlang schienen die Wände des Zeltes wie ein lebendiges Wesen zu atmen. Dann war die alte Frau in der Dunkelheit verschwunden.

Roger runzelte die Stirn und wandte sich zu Hope um. Seine Augen blickten hart, als er sie musterte. »Würde ich Matilda glauben, dass du meinem Freund den Untergang bringen willst, würde ich noch in diesem Augenblick mein Schwert gegen dich heben.«

»Dann hebt Euer Schwert, Herr Ritter, denn wäre es mir möglich, so würde ich noch vor Einbruch der Nacht dafür sorgen, dass die Würmer sich an ihm gütlich tun können.«

»Was für hässliche Worte für jemanden, der so schön ist. Es war nicht Roland, der deine Familie getötet hat.« Er warf ihr das Bündel in den Schoß. »Das schickt er dir. Du wirst sie vermutlich schöner und ganz gewiss reinlicher finden, als das Gewand, das du trägst.«

Hope schleuderte das Bündel auf den Boden. »Ich würde eher nackt gehen.«

Ein Grinsen flackerte über Rogers Lippen und er zuckte mit den Schultern. »Ich bin sicher, keiner von uns würde diesen Anblick als unangenehm empfinden. Ich werde draußen warten, bis du dich umgezogen hast. Du solltest dich damit beeilen; Roland ist ein sehr ungeduldiger Mann.«

Kaum hatte Roger das Zelt verlassen, sprang Hope auf und trat das Bündel heftig mit Füßen. »Dieser widerliche Kerl! Erst fesselt er mich mit Stricken, und dann erwartet er auch noch von mir, dass ich wegen ein paar Lumpen vor Dankbarkeit erzittere.«

»Du hast nicht viel Zeit«, ertönte Rogers Stimme von draußen.

Hope starrte auf die Kleider, die auf dem Boden verstreut lagen. Sie griff sich eines davon und hielt es ins Licht. In den Stoff waren Silber- und Goldfäden eingewebt, es schien weitaus passender für eine Burgherrin denn für ein Bauernmädchen wie sie es war. Sie nahm die Kleider näher in Augenschein und fand darunter Unterwäsche aus feinstem Leinen: ein Hemd, weiß und zart wie eine Lilie und mit einem Hauch von Gelb, das selbst dem kritischsten Auge gefallen musste. Und dort, ganz zuunterst, entdeckte sie ein Paar bestickter Schuhe.

»Putzt Roland seine Gefangenen immer so heraus?«, rief sie Roger zu.

»Nur, wenn sie weiblich sind«, kam die amüsierte Antwort.

Hope schaute auf die schlammverkrustete Kutte, die ihr einziges Kleidungsstück gewesen war, seit sie nach Châteauroux gekommen war und den Abt um Aufnahme angefleht hatte. Sie dachte an die noch nicht lange zurückliegende Zeit, als sie sich danach gesehnt hatte, wieder Frauenkleider zu tragen. Nicht so kostbare wie die, die jetzt zu ihren Füßen lagen, sondern jene, die sie vor dem schicksalhaften Tag getragen hatte, an dem ihr Dorf niedergebrannt worden war. Es schien ihr, als verginge sie sich an der Erinnerung an ihre Mutter, wenn sie sich von einem der Ritter König Heinrichs kostbare Gewänder schenken ließ.

Dann wiederum … die wollene Kutte war schwer vom Regen und vom Matsch und kratzte auf ihrer Haut. Die Aussicht, die Nacht darin zu verbringen, war nicht besonders erfreulich. Was hatte ihre Mutter einmal gesagt? »Rebelliert man nur um der Rebellion willen gegen den gesunden Menschenverstand, schneidet man sich ins eigene Fleisch.« Wenn Hope innig genug betete, vielleicht würden Gott und ihre Mutter es dann verstehen.

Mit Regenwasser wusch sie sich den Lehm von Beinen und Füßen, ehe sie sich rasch ankleidete. Die Überraschung stand Roger deutlich ins Gesicht geschrieben, als er das Zelt betrat. Für einen Moment blieb er sprachlos stehen.

»Ist es so gut?«, fragte sie.

»Ja.« Er nickte und wiederholte: »Ja.«

»Stimmt etwas nicht?«

»Ganz im Gegenteil. Ich bin überzeugt, Roland wird entzückt sein.«

»Mich interessiert nicht, was Roland denkt.«

»Das sollte es aber. Wenn die Männer dich sehen, dann wird ihre … Bewunderung nur noch von ihrem Respekt vor Rolands Wunsch übertroffen werden, dass sie dir nicht zu nahe kommen dürfen. Wenn du so schön ausgesehen hast, als du in die Höhle des Abtes gestolpert bist, dann ist mir jetzt klar, warum er dich unter Verschluss gehalten hat.«

5

Die meisten Ritter von Rolands Ruf und Rang hätten das beste und schönste Zelt für sich gefordert, das mindestens ebenso prächtig anzusehen wäre wie ein Rad schlagender Pfau. An den Wänden hätten sie Teppiche aufhängen lassen, auf denen die größten und erfolgreichsten Schlachten des Ritters dargestellt wären. Roland jedoch legte auf diese Zurschaustellung von Glanz und Pracht keinen Wert. Er wusste zu gut, dass es neben den großen Erfolgen auch immer Niederlagen gab.

Wie es üblich war, stand Rolands Zelt, für den Fall eines unerwarteten Angriffs auf das Heerlager, ein Stück weit von den anderen entfernt. Man hatte es auf einem Hügel errichtet und nichts wies darauf hin, dass es von einem Ritter von berühmt-berüchtigtem Ruf bewohnt wurde. Schmucklos und karg rief das Zelt beim Besucher stets eine gewisse Nervosität hervor, mochte es nun Rolands Erster Offizier sein oder der junge Falkner, der sich der Hege von Rolands Raubvögeln leidenschaftlich hingab. Genau genommen wurde der Falkner immer etwas herzlicher willkommen geheißen als all die anderen, die sich bei der Schwarzen Flamme einfanden. Denn wenn es irgendetwas gab, was die Gedanken des Ritters an Krieg und Tod vertreiben konnte, so war es der Anblick seiner herrlichen Beizvögel.

Tage waren vergangen, seit Roland zuletzt Zeit gehabt hatte, sich mit seinen Falken zu beschäftigen. Er brauchte etwas, um seine Gedanken abzulenken, die in einem seltsamen Durcheinander gefangen waren, seit er die Abtei verlassen hatte. Die alte Matilda war ihm dabei keine Hilfe. Ihr ständiges Gerede, dass er Unglück über seine Männer brächte, weil er die »Zauberin« Hope von Châteauroux ins Lager gebracht hatte, löste einen pochenden Schmerz in seinem Kopf aus.

»Hört auf mich, guter Ritter; die Angst und der Zorn Eurer Soldaten wächst mit jeder Minute. Sie fürchten, dass die Schwarze Flamme ohne Verstand und ohne Sorge um das Wohlergehen der Männer handelt.« Matilda schlurfte zu ihm und zupfte ihn am Ärmel. »Nach Eurem Aussehen zu urteilen würde ich meinen, dass die Magie des Mädchens bereits Euer Innerstes berührt hat. Eure Haut ist gelb wie Safran und Eure Augen …«

»Meine Augen sind es müde geworden, dich anzusehen, alte Frau.« Roland betrachtete den prächtigen Geierfalken, der still auf einem Pfahl hockte. Er streichelte das weiße Gefieder, ehe er Renaud zunickte, der dem aufmerksam äugenden Vogel daraufhin ein Bröckchen frisches Fleisch anbot. Als der Falke das blutige Fleisch mit den Krallen packte, ertönte die kleine Silberglocke an seinem Bein. Erst jetzt wandte Roland seine Aufmerksamkeit wieder der alten Frau zu. »Meine Männer gehen nur mich etwas an. Wenn sie Befürchtungen haben, weil ich das Mädchen mitgenommen habe, dann sollen sie mir diese mitteilen. Du hast meine Erlaubnis, ihnen das zu berichten.«

»Vielleicht hatte Euer Vater Recht«, schnaufte Matilda. »Er sagte, Ihr würdet Euch eines Tages selbst Euer ärgster Feind sein – dass Eure verfluchten Sterne den Untergang Eurer Armee und letztlich auch den Eures Königs bringen würden.«

»Mein Vater ist ein unwissender alter Mann, dessen Verstand vom vielen Wein schon so benebelt ist, dass er nicht mehr weiß, was er sagt – oder warum.«

Matilda leerte ihre Säckchen auf den Boden aus. Steine, Knochen und vertrocknete Blätter fielen zu Rolands Füßen. Sie hockte sich hin und betrachtete sie. »Hier lauert Böses, Mylord. Sogar in diesem Augenblick kriecht das Verderben durch dieses Lager. Es wird die Gedanken der tapferen Soldaten verwirren und ihre Körper zerstören. Und am Ende werden sie sich gegen Euch wenden …«

»Meine Männer würden sich niemals gegen mich wenden«, stieß Roland hervor.

»Ihr werdet dazu verflucht sein mit anzusehen, wie einer nach dem anderen von Euch abfällt. Selbst Euer bester Freund wird zu Eurem Feind.« Sie zeigte auf ein Stück blaues Glas, das als einziges zwischen den Knöchelchen lag. Matilda schaute zu Roland hoch. »Ihr Wesen erscheint rein und wahrhaft, ihre Schönheit ist ein Schatz von unschätzbarem Wert, der an das Herz eines jeden Mannes greifen wird.«

»Schönheit?« Er lachte und kraulte dem Falken das Brustgefieder. »Ich fürchte, du hast von deinem Bilsenkraut gekostet, alte Frau. Selbst ein halb verhungerter Igel sieht reizvoller aus, und außerdem sind dessen Stacheln nicht annähernd so tödlich.«

»Ich sage Euch die Wahrheit, Roland. Ihr Zauber kommt nicht von Gott – ihre Versuche, Euch zu ermorden sind ein Beweis dafür. Noch sind die Männer Eurer Armee von den Gerüchten verwirrt, die unwissende Dorfbewohner ihnen zugeflüstert haben. Noch sind sie voller Verwunderung, aber die wird sich zu Misstrauen und Furcht wandeln, wenn sie sehen, dass ein übles Schicksal sie ins Grab treiben will. Hope von Châteauroux wird diese Armee spalten. Schickt sie fort, Roland, solange Ihr die Gelegenheit dazu habt – ehe sie all denen die Verdammnis bringt, die Ihr liebt!«

»Schweig!«, rief Roland und packte die Alte an den Haaren. Er riss ihren Kopf weit nach hinten, griff sich das Messer vom Tisch, mit dem er zuvor das Fleisch für den Falken geschnitten hatte, und drückte ihr die blutige Spitze an die Halsschlagader. »Du schändliches altes Weib, würde mein verrückter Vater dich nicht so schätzen, würde ich dir jetzt die Kehle durchschneiden und dabei zusehen, wie dieser Vogel dich verspeist.«

Sie schaute zu dem Vogel hinüber, der mit schräg geneigtem Kopf aufgeregt auf dem Pfahl hin und her hüpfte und das Zelt mit dem wilden Klingeln seines Glöckchens erfüllte. »Es bringt Unglück, eine Wahrsagerin zu töten, guter Ritter.«

»Mag sein. Aber wer sagt, dass ein solches Unglück auch demjenigen widerfährt, der ihr die Zunge herausschneidet?« Er schleuderte sie zur Seite, sodass sie auf dem Rücken ausgestreckt liegen blieb, ihr Haar umgab ihren Kopf wie ein graues Spinnennetz. »Und jetzt troll dich aus meiner Nähe, Weib. Und sag denen unter meinen Männern, die an meinen Entscheidungen etwas auszusetzen haben, dass sie mir ihre Klagen persönlich vortragen sollen.«

Das alte Weib rollte sich herum, kniete sich hin und raffte die Knochen und Steine vom Boden, ehe sie sich wankend erhob. Es grinste höhnisch, als es Roland ansah. »Ihr werdet bald den Beweis für ihre Hexerei zu spüren bekommen. Ebenso wie Eure Männer.«

Die Alte huschte aus dem Zelt. Roland schlug die Zeltplane zurück, die als Tür diente und folgte ihr. Dicker grauer Nebel umgab ihn.

»Verrücktes Weibsbild«, murmelte er vor sich hin, als er den Blick über die Landschaft schweifen ließ und jeden Schatten und jeden Fleck dabei registrierte.

Roger tauchte aus dem Nebel auf, seine Miene wirkte besorgt. »Die alte Hexe rennt ja wie ein Karnickel, Roland. Was hast du mit ihr gemacht?«

»Ihr gedroht, sie an meinen Falken zu verfüttern«, erwiderte Roland. »Als ob der Vogel sie würde haben wollen.«

Er ging zurück ins Zelt und sah zu Renaud hinüber, der

den aufgeregten Falken zu beruhigen versuchte. Mit einem Kopfnicken entließ er den jungen Mann und hielt seinen Unterarm dem Vogel hin, der flügelschlagend darauf hüpfte. »Bist du auch gekommen, um mich zu beschimpfen, Roger? Muss ich anfangen zu glauben, dass meine Soldaten die Absicht haben zu meutern, weil ich es dem Mädchen erlaubt habe, hier zu sein?«

»›Erlaubt‹? Grundgütiger – Roland, du hast sie gefangen genommen! Und nur für den Fall, dass du es noch nicht bemerkt hast: Sie verabscheut uns. Wenn die alte Vettel Recht hat und Hopes Zauberkräfte eher vom Teufel als von Gott kommen, dann werden wir alle den Morgen nicht mehr erleben.«

»Und der kleine Drache Daniel? Wie geht es ihm?«

»Er ist so neugierig wie wütend. Ich habe ihn in Alberts Obhut gegeben. Wenn irgendjemand ihn bändigen kann, dann ist er das.«

»Albert ist doch selbst kaum den Kinderschuhen entwachsen.«

»Und doch hast du ihn schon zum Ritter gemacht. Warum? Weil er dich an dich selbst erinnert? Aber im Gegensatz zu dir ist Albert nicht begierig darauf, seinen Untergang zu erleben.«

»Albert hat bis jetzt noch nicht viele Männer im Kampf sterben sehen. Lass ihm Zeit.« Roland ließ sich in einen Stuhl fallen. Der Falke flatterte zur geschnitzten Rückenlehne, die ein flammendes Schwert darstellte, und ließ sich anmutig darauf nieder.

Roger nahm den Krug mit Wein vom Tisch und schenkte zwei Becher ein. Einen davon reichte er Roland, den anderen setzte er an die Lippen, leerte ihn mit großen Schlucken und wischte sich das Kinn mit dem Hemdsärmel ab. Roland sah ihn nachdenklich an.

»Irgendetwas geht dir im Kopf herum.«

Roger nickte. »Die Alte hat nicht gelogen, Roland. Ich

weiß, was die Männer untereinander reden. Auch jetzt, während wir hier sitzen, tut sich die Kluft zwischen ihnen immer weiter auf. Es gibt zwei Meinungen, und keine bedeutet Gutes für dich. Diejenigen, die das Mädchen für eine Heilige halten, fürchten, dass dein Handeln Gottes Zorn über sie bringen wird. Und die, die behaupten, dass sie eine Hexe ist, glauben, dass sie uns allen durch schwarze Magie den Untergang bringt. Ich muss dich nicht daran erinnern, dass es auch schon Unruhe unter den Männern gegeben hat, bevor wir nach Châteauroux gekommen sind. Sie alle denken, dass dein Verhalten dem Abt gegenüber Grund genug für die Verhängung des Kirchenbannes ist.«

Roland presste die Lippen zusammen und runzelte die Stirn »Ich halte keinen davon ab, mir abzuschwören, wenn er es will.«

»Sie fürchten, dass sich bei dir die ersten Anzeichen des Gebrechens zeigen, an dem dein Vater leidet.«

Roland sah den Freund ruhig an. »Und du? Denkst du auch, dass der Wahnsinn angefangen hat, meinen Verstand zu verwirren?«

Einen Augenblick lang schwieg Roger, schließlich fuhr er sich mit der Hand müde über die Augen und schüttelte den Kopf. »Dieser gequälte Ausdruck, den ich hin und wieder in deinem Gesicht sehe, hat mit Wahnsinn wenig zu tun, denke ich. Es ist eher dein Zorn über diesen nicht enden wollenden Krieg.«

Roland lachte rau. »Du tust mir zu viel der Ehre, Roger. Fast die ganze Zeit über fühle ich mich wie ein Verrückter. Ich fühle mich, als heulte ich den Mond an. Ich will mein Schwert durch das Herz jedes Mannes treiben, der mich ansieht, als sei ich verrückt.« Er klopfte mit den Fingern auf die Armlehne. »Wo ist das Mädchen?«

»Sie wartet in ihrem Zelt.«

»Hat sie das Geschenk angenommen?«

»Widerstrebend.«

»Passen ihr die Kleider?«

Roger holte tief Luft und atmete langsam aus.

»Nun?«, fragte Roland. »Passen ihr die Kleider?«

»Ja.« Roger schluckte. »Ich denke, du wirst finden, dass sie ihr hervorragend passen.«

Roland erhob sich langsam aus dem Stuhl und schaute Roger prüfend an. »Könnte es sein, dass Gwyneths treuer Gemahl entdeckt hat, dass er sich zu einer anderen Frau hingezogen fühlt?«

Roger sah ihn groß an, als seine Wangen sich so feuerrot wie sein Bart färbten. Stumm schüttelte er den Kopf.

Roland schlug dem Freund auf die Schulter und drückte sie. »Soweit ich mich erinnere, Roger, ist dein Eheweib außerordentlich anziehend. Es fiele mir schwer zu glauben, dass dieser übellaunige und Mordabsichten hegende kleine Zankteufel, den wir aus den Eingeweiden der Abtei hervorgezogen haben, auch nur im Entferntesten in Konkurrenz zu deiner schönen Frau treten könnte.«

Roger räusperte sich, als er mit den Schultern zuckte. »Wie ich sagte, Roland: Die Kleider passen ihr hervorragend.«

»Gut. Dann geh und hol sie. Wenn sie und ich erst einmal wie zwei Erwachsene über diese … Situation gesprochen haben und ich guter Stimmung bin, überdenke ich vielleicht noch einmal meine Entscheidung, sie bei uns zu behalten. Wer weiß – eventuell könnte ich auch die Tatsache vergessen, dass Philip gewillt ist, ein Lösegeld für ihre Rückkehr zu zahlen. Dann würde ich sie und ihren zahnlosen kleinen Drachen von einem Bruder vielleicht ihrer Wege ziehen lassen – bevor einer von den beiden noch mehr Wirbel verursacht.«

Mit einem abrupten Kopfnicken verließ Roger das Zelt. Roland starrte ihm hinterher, ein Grinsen lag auf seinem Gesicht. »Vernarrter Dummkopf«, sagte er laut, ehe er seinen Becher leerte.

Als er sich umwandte, um den Falken auf den Pfahl zurückzusetzen, sah er neben seinem Fuß etwas Blaues aufblitzen. Er bückte sich und nahm den Glassplitter vom Boden auf. Er hielt ihn in der geöffneten Hand, als er ihn betrachtete – die geschliffenen Kanten, die Facetten, in denen sich das dämmrige Licht brach und Myriaden goldener Funken versprühte. Einen Lidschlag lang wurde das Funkeln noch heller – so hell, dass Roland die Augen schließen musste. Als er sie wieder öffnete und auf seine Hand schaute, lag darin nur ein Splitter aus trübem Glas, dessen scharfer Rand ihn geschnitten hatte. Nur ein einziger Blutstropfen quoll aus der Wunde hervor, rollte wie eine Perle über seine Hand und fiel auf die Spitze seines Stiefels.

Roland lag auf dem Bett und hatte die Augen geschlossen, als Roger das Zelt betrat und Hope hereintrug. Ihre Augen waren vor Anspannung weit aufgerissen. Sie ließ sich gegen Rogers Brust sinken, als Roland sich auf den Ellbogen hoch stützte und sie stumm anstarrte. Nicht nur die Verwirrung über ihren Anblick machte ihn sprachlos, er fühlte sich seltsam benommen von dem Bier, das er getrunken hatte. Unwillkürlich fragte er sich, ob die alte Matilda ihm etwas in den Trank getan hatte, denn in seinem Kopf schien sich alles zu drehen, während er das schöne Mädchen ansah, um das Roger schützend den Arm gelegt hatte.

»Wen haben wir denn da?«, fragte er sanft und lächelte träge. Sein Körper hingegen reagierte ganz und gar nicht träge, als Roland die Vollkommenheit von Hopes fein geschnittenem Gesicht bewunderte und die vollen, gerundeten Brüste betrachtete, die durch das Kleid verführerisch betont wurden. »Nun sag mir nicht, dass irgendein Bauer mir seine Tochter geschickt hat, um sich meines Wohlwollens zu versichern. Falls doch, kannst du ihm von mir ausrichten, dass ich seine Bemühungen zu schätzen weiß. Nenn mir seinen Namen, und ich werde ihn großzügig belohnen.«

Roger lachte amüsiert und zog eine Augenbraue hoch. »Das ist keine Bauerntochter, Captain. Wie verlangt, bringe ich dir hier den ›Zankteufel‹.« Er ließ Hope herunter. Sie stand barfuß da, ihr helles Haar umgab sie wie eine federleichte Wolke. Es reichte ihr bis zu den Hüften, deren sanfter Schwung sich unter dem zarten Stoff erahnen ließ. »Wirst du allein mit ihr fertig oder soll ich unter dem Baum da draußen Wache stehen?«, fragte Roger mokant.

»Ich finde das nicht witzig«, erwiderte Roland bissig. Er kniff die Augen zusammen, als er die Bedeutung von Rogers Worten begriff. Das war Hope von Châteauroux? Die graue kleine Maus mit den Giftkrallen, die an nichts anderes dachte, als daran, einen Mann im Schlaf zu töten? Aber warum überraschte ihn ihr Anblick eigentlich? Schließlich entsprach auch ihr Verhalten in keiner Weise dem einer Heiligen, die sie ja angeblich war.

Roger grinste und fand Rolands Verwirrung offensichtlich komisch. Dann bemerkte er den blutgetränkten Verband um dessen Hand.

»Es ist nichts«, versicherte Roland ihm, dessen Blick auf Hopes Gesichtszügen verharrte. »Die Verletzung ist nicht weiter schlimm. Ich habe mich von der Bewunderung für ein hübsches Spielzeug hinreißen lassen und dabei meinen gesunden Menschenverstand außer Acht gelassen. Du solltest das im Kopf behalten, Roger, wenn du dich das nächste Mal in ein hübsches Gesicht vergaffst.«

Rogers Antwort bestand in einem flachen Lächeln. Du sprichst wohl für dich selbst, schien es zu besagen. Als er auf dem Absatz kehrtmachte und das Zelt verließ, sah Hope ihm nach. Für Roland war es offensichtlich, dass sie seinem Ersten Offizier am liebsten hinterhergelaufen wäre.

»An deiner Stelle würde ich das nicht tun«, sagte er ruhig. Unverwandt sah er Hope an und nahm jede Einzelheit der Veränderung auf, die mit ihr vorgegangen war, seit er sie vor wenigen Stunden zuletzt gesehen hatte. Die Erkenntnis, wie schön sie war, traf ihn ebenso stark wie das Begreifen, dass sie kaum dem Mädchenalter entwachsen war. Und dass sie vor Angst zitterte, auch wenn sie sich verzweifelt bemühte, dies vor ihm zu verbergen. »Roger ist übertrieben ritterlich, wenn es darum geht, einer hübschen Dame in Schwierigkeiten beizustehen. Aber glaub mir, wenn man ihn bittet, meine Wünsche zu missachten, wird er zum wilden Tier. Kurz gesagt, solltest du daran denken, vor mir zu fliehen oder aus diesem Lager wegzulaufen, wird er nach dir suchen. Und du wirst für ihn nichts anderes sein als ein Wildschwein, das er zur Strecke bringen will, um es zu verspeisen. Und natürlich müsstest du dich dann auch noch mit *mir* auseinander setzen. Ich bin ein sehr geduldiger Mensch, aber auch ich habe meine Grenzen. Sei gewarnt, dass du schon daran gestoßen bist.«

Sie holte tief Luft und sah Roland offen an. »Ehe wir damit fortfahren, Engländer, verlange ich zu wissen, was Ihr mit meinem Bruder getan habt.«

Er zog eine Augenbraue hoch.

»Er ist noch sehr jung. Ich vertraue darauf, dass Ihr ihm seinen kriegerischen Enthusiasmus nachsehen werdet. Er sehnt sich danach, ein Ritter zu sein.«

Roland lachte verhalten. »Jeder sehnt sich danach, ein Ritter zu sein. Aber nur wenige haben den Eifer und die Disziplin, diese Aufgabe zu meistern. Und noch weniger haben die Lust dazu.«

»Frauen zu schänden und Dörfer niederzubrennen scheint einige Ritter mit der Zeit zu langweilen, wenn auch offensichtlich nicht jeden.«

Roland richtete sich abrupt auf. Hopes Augen weiteten sich erschreckt, und sie verkrampfte die Hände ineinander. Ihr Blick glitt an ihm vorbei zur Bettstatt, neben der Rolands Schwert lag. »Vorsicht«, mahnte er ruhig. »Du solltest dich dankbarer zeigen.«

»Soll ich dafür dankbar sein, dass ich gegen meinen Willen hier festgehalten werde?«

»Du solltest dafür dankbar sein, dass du dich nicht länger sorgen musst, der Abt könnte dir des Nachts mit seinem Riemen und seinen Peinigungen einen Besuch abstatten.«

Ihre hellen Wangen färbten sich tiefrot und sie wandte den Blick ab. Zittrig und mit bebenden Lippen holte sie tief Luft. Als sie Roland wieder ansah, spiegelten ihre Augen ihre Gefühle umso deutlicher wider.

Sich erhebend griff Roland nach seinem Schwert und hielt es Hope mit dem juwelenbesetzten Heft voran hin. Sie starrte es an, ihre Lippen öffneten sich leicht. Sie machte einen zögernden Schritt zurück, ehe sie stehen blieb. »Nun komm schon«, befahl er. »Nimm es.«

Unverwandt sah sie die Waffe an, ihre fein gezeichneten Augenbrauen zogen sich in Misstrauen und Verwirrung zusammen.

»Ich sagte, nimm es. Wenn dein Verlangen nach Vergeltung gestillt ist, können wir vielleicht unser Gespräch fortsetzen. Nimm es.«

Mit einem katzengleichen Fauchen griff Hope nach dem Schwert und schrie auf, als dessen Gewicht sie fast von den Füßen riss. Ihre Arme zitterten, als sie vergeblich versuchte, die Waffe zu erheben. Wütend ließ sie das Schwert fallen, sprang mit einem Satz zum Tisch hinüber und griff nach Rolands Dolch, der dort lag. Roland packte sie an der Taille und riss sie zurück. Als er sie gegen sich presste, floss ihm ihr Haar über Schultern und Brust. Es verströmte einen berauschenden Duft, der ihm die Sinne verwirrte.

»Ich will die Wahrheit wissen«, sagte er dicht an ihrem Ohr. »Wie hast du die Wunde deines Bruders geheilt? Welche Magie wendest du an? Kommt sie wirklich von Gott, oder sind deine engelsgleiche Schönheit und die Unschuld, die du mir vorspielst, nichts als eine Maske, um Unruhe unter meine Männer zu bringen?«

»Ich weiß nicht, was Ihr meint …«

»Die Wunde am Kopf deines Bruders hat geblutet. Ich habe es mit meinen eigenen Augen gesehen.«

»Ihr irrt Euch, de Gallienne. Es war nicht mehr als eine List, er hat Euch seine Verletzung vorgetäuscht.«

»Ich glaube dir nicht.«

Sie versuchte sich von ihm loszumachen. Roland hielt sie fester, so fest, dass sie glaubte, er würde ihr die Rippen brechen. Ihr Herz schlug wild, und ihr Atem wurde flach. Einen Augenblick lang verließ Hope all ihre Kraft, und sie sank gegen ihn. Er spürte ihren kleinen Po, der sich sanft gegen seine Lenden drückte. Wie von einem Blitz getroffen reagierte sein Körper auf ihre Berührung. Die Luft im Zelt fühlte sich heiß und schwül an. Roland musste sich zwingen, das schamlose Verlangen zu beherrschen, Hope auf den Boden zu werfen und sie zu nehmen. Schließlich war er dafür bekannt, kein Mann der Enthaltsamkeit zu sein, wenn sich ihm ein bereitwilliger Körper bot.

Nur … ihrer war nicht bereitwillig, räumte er ein. Oder doch? Wie weit würde sie gehen, um seine Gunst für sich und ihren Bruder zu gewinnen? Die widerwärtigen Einzelheiten, die der Abt ihr angetan hatte und die sie hatte ertragen müssen – vielleicht war das, was Daniel erzählt hatte, alles nur ein Schwindel gewesen, um Rolands Mitleid zu erwecken.

Er schloss die Hand um ihre Brust und streichelte die kleine Spitze, die sich unter seinem Daumen so hart wie ein Kirschkern anfühlte. Ihr Körper spannte sich an. Sie stieß den Atem aus. Ein Schrei wollte sich ihrer Kehle entringen, doch Hope unterdrückte ihn und bemühte sich, still zu bleiben, auch als er begann, ihre Brustwarze zwischen seinen Fingerspitzen zu reiben.

»Schwarzherziger Sohn des Satans, der ich bin, könnte

ich dich jetzt besteigen, und es gäbe absolut nichts, was du dagegen tun könntest. Ich könnte dir diese hübschen Kleider von deinem verführerischen Leib reißen, dir einen Strick um den Hals binden und dich wie ein Lamm durch dieses Lager führen. Könnte ich das, Hope von Châteauroux?«

»J-ja«, brachte sie heraus.

»Ich könnte dir mit einer Hand deinen hübschen zarten Hals brechen.«

»Dann tut es doch, denn ich bin es leid, mich von Euch einschüchtern zu lassen.«

»Was tun, mein Engel? Dir den Hals brechen oder dich besteigen?«

»Mir den Hals brechen. Lieber sterbe ich tausend schreckliche Tode, als einem englischen Ketzer zu Willen zu sein.«

Er riss sie zu sich herum, schloss die Hände um ihren Hals und drückte Hope gegen den Tisch. Alle Farbe wich aus ihren Wangen, und ihre rosigen Lippen teilten sich. Roland konnte plötzlich nicht mehr atmen. Es gelang ihm nicht, den Blick von ihrem zu lösen. Das unbezähmbare Verlangen, ihren bebenden Mund zu küssen, ihren verlockenden Körper zu schänden, drohte seine Beherrschung niederzureißen. »Mein vernarrter Freund Roger hat gesagt, dass die Kleider dir passen. Er hatte Recht. Sie stehen dir weitaus besser als die Mönchskutte, und ich vermute, sie fühlen sich auf deiner Haut samtweich an. Wenn du ein braves Mädchen bist, könnte ich dir noch mehr schenken. Einen pelzbesetzten Umhang vielleicht, oder ein Kleid in der Farbe deiner Augen.«

»Ich gebe nichts auf Eure Geschenke.«

»Dann musst du nicht von dieser Welt sein. Ich habe bis jetzt noch keine Frau getroffen, der man mit einem Stück Flitter oder dem Versprechen auf einen juwelenbesetzten Gürtel nicht den Kopf verdrehen konnte.«

»Welchen Nutzen sollte ich von solch einem Überfluss haben?«

»Selbstverständlich den, einem Mann zu gefallen. Selbst hartgesottene Soldaten genießen den Anblick einer schönen Frau. Wobei wir das Vergnügen, unsere Frauen ohne Kleider zu sehen, diesem Genuss natürlich noch bei weitem vorziehen.«

»Fürchtet Ihr nicht die Reaktionen Eurer Männer, sollten sie erfahren, dass Ihr mich missbraucht habt?«

»Roland de Gallienne fürchtet sich vor niemandem, mein Engel.«

»Einen fürchtet er doch«, erwiderte sie langsam. »Seinen Vater.«

Seine Finger legten sich fester um ihre Kehle, und ihr Kopf fiel zurück. Roland fühlte ihren rasenden Pulsschlag unter seiner Hand, als ihr Gesicht lilienweiß wurde. Noch immer zuckte sie mit keiner Wimper, zeigte nicht das geringste Maß an Furcht oder an Respekt vor ihrer misslichen Lage. Stattdessen besaß sie die Kühnheit, ihn mit einem Lächeln zu provozieren, während sie ihm unverwandt in die Augen sah – so direkt, als wollte sie mit ihrem Blick in sein Bewusstsein eindringen.

»Ihr habt ihn gefürchtet, seit Ihr ein Kind gewesen seid«, wisperte sie. »Er hat Euch verabscheut und Ihr wusstet es. Viele Nächte habt Ihr wach gelegen, habt auf seine betrunkenen, wirren Reden gelauscht, voller Angst, dass er seine Drohung wahr machen würde, Euch ein für alle Mal loszuwerden. Selbst jetzt liegen Eure Gründe, so lange von England fortzubleiben, weniger in Eurer Liebe zum Krieg und dem Wunsch, Euren gepriesenen König zu verteidigen. Nein, Ihr fürchtet Euch davor, Godfrey wieder gegenüberzutreten. Ihr seid voller Furcht, eines Tages gezwungen zu sein, das Schwert gegen ihn zu erheben …«

»Schweig!«, zischte er. »Sag mir, wer dir diese Gedanken

eingegeben hat! Ich werde diesem Bastard die Zunge herausschneiden.«

»Ich sehe sie in Euren Augen«, erwiderte Hope mit kaum hörbarer Stimme, »wie Würmer winden sich diese Gedanken in Euren Augen.«

»Ich würde nie das Schwert gegen meinen Vater erheben. Niemals!« Roland schüttelte Hope heftig. Als er sie unvermittelt losließ, brach sie zusammen und sackte zu Boden.

Hope rang nach Atem und erwachte langsam. Der Schmerz in ihrem Kopf war so heftig, dass sie reglos liegen blieb. Wo war sie? In der Abtei? Wo war Daniel?

»Daniel?«, rief sie laut und umfasste ihren Kopf mit beiden Händen. »Bring mir die Schriftrollen. Was steht dort? Welche abscheuliche und wahnsinnige Vision habe ich gehabt? Lieber gnadenreicher Gott im Himmel, warum wurde ich so gestraft? Diese Visionen … dieser Schmerz! Warum ich, Daniel? Warum ich?«

Jemand hielt ihr einen Becher mit Wasser an die Lippen, und sie trank gierig. Fast im gleichen Moment wurde der pochende, bewusstseinstrübende Schmerz in ihren Schläfen schwächer, und die Erinnerung an ihre Visionen stürzte wie eine Flutwelle nach einem Dammbruch über ihr zusammen. Hope riss die Augen auf. Sie lag mit dem Rücken auf dem Boden; de Gallienne stand neben ihr und stützte ihren Hinterkopf mit seiner großen Hand.

»Ihr.« Sie richtete sich mühsam auf.

Roland drückte sie zurück. »Lieg still. Ich sagte, du sollst still liegen. Ich mag ein Ketzer sein, aber es gehört nicht zu meinen Gewohnheiten, wehrlose Frauen zu missbrauchen … jedenfalls normalerweise nicht. Denn bei dir könnte ich vermutlich eine Ausnahme machen.«

»Lügner.« Hope hustete und presste die Hand an den Hals. Ihre Kehle brannte wie Feuer, und ihre Haut pulsierte. Ihr Gesicht fühlte sich an wie gesprungenes Glas. Sie vermied es, diesem Mann, der ihr Feind war und der sie einschüchterte, in die Augen zu sehen. Zu groß war ihre Angst, dass der schreckliche Schmerz und die Finsternis sie wieder packen würden. Sie spürte seine Gegenwart wie einen Sturm, der um sie herum tobte, ein Sturm voller zerrissener schwarzer Wolken und greller Lichtblitze. Es war, als ob jeder Nerv ihres Körpers vibrierte und reißen wollte, als wären ihre Sinne bis zur Unerträglichkeit geschärft. Ganz egal, wie sehr sie sich dagegen wehrte, sie wurde in den Aufruhr hineingezogen, der in seinen Augen tobte.

Volles schwarzes Haar umrahmte Rolands Gesicht mit den harten, hageren Konturen, den sensiblen Lippen, den wunderschönen langen dichten Wimpern. Hope kämpfte mit ihrem ganzen Willen dagegen an, wieder ohnmächtig zu werden.

»W-was werdet Ihr mit mir tun?«, flüsterte sie heiser.

»Vielleicht das, was jeder kaltherzige Ketzer tut, der seit Monaten keine schöne Frau mehr in den Armen gehalten hat?«

»Ich sterbe lieber, als mich Euch hinzugeben.« Sie stemmte sich gegen seine Brust, um ihn fortzustoßen.

»Du kannst ja schreien, wenn es dir gefällt. Das sollte mindestens ein Dutzend meiner Männer auf den Plan rufen. Und wir Ungläubigen lieben nichts mehr als eine wilde Orgie.«

Sie hörte auf, sich zu wehren. »Ihr seid ein elender Hundesohn, Roland. Ihr verhöhnt mich! Wenn Ihr mich anfasst, werde ich dafür sorgen, dass Ihr in der Hölle schmort.«

»Ich bin ein Ketzer, schon vergessen? Ich bezweifle, dass dein Fluch meine Misere noch verschlimmern könnte. Und davon abgesehen, habe ich jedes Recht, dich zu bestrafen. Erst hast du versucht, mich umzubringen … und jetzt beschuldigst du mich, ein Feigling zu sein – dass ich mich vor meinem eigenen Vater fürchte. Und meine Soldaten haben deinetwegen angefangen, sich in zwei Lager zu spalten.«

»Dann erlaubt mir und meinem Bruder zu gehen.«

Hope zuckte zusammen, als er mit den Fingerspitzen über ihre Wange strich und sie unter halb geschlossenen Lidern ansah. »Eine andere Zeit und eine andere Frau und ich würde diesen Widerwillen vor meiner Berührung amüsant finden. Aber ich bin müde, und dank deiner Messerattacke brennt meine Schulter wie die Hölle. Draußen vor dem Zelt befinden sich fünfhundert Männer, die sich darüber streiten, was du bist und was du nicht bist.« Er beugte sich über sie, sein Atem streifte ihre Lippen. »Ich habe versucht mir einzureden, dass es zurzeit für mich und meine Männer das Beste ist, dich gehen zu lassen. Dich mit deinem kleinen Drachen von Bruder im Schlepptau wegzuschicken, anstatt einem von euch beiden die Gelegenheit zu geben, noch einen Mordanschlag auf mich zu verüben – oder meine Armee zu vernichten, wie Matilda es voraussagt. Die einzige Sicherheit, dass du es nicht noch einmal versuchen wirst, ist die Aussichtslosigkeit deiner Lage. Würdest du wieder versuchen mich umzubringen, würden meine Soldaten dir so schnell den Kopf vom Rumpf trennen, dass du nicht einmal wissen würdest, womit sie zugeschlagen haben.«

»Würden sie ihr Schwert gegen eine Heilige erheben?«

Seine Augen verengten sich. »Matilda hat mich darauf hingewiesen, dass es einer Heiligen wohl kaum gut ansteht, kaltblütig zu morden. Ich finde, sie hat Recht.«

»Matilda ist schlecht – so schlecht, dass ihr Geruch mich krank macht. Hör mir gut zu, Engländer. Die Wolke, die über dieser Frau schwebt, ist trügerisch und verheißt Übles. Wenn Eure Männer und Ihr euch auf ihre Fähigkeiten verlasst, wenn es um Weissagung und Beistand geht, dann ist es kein Wunder, dass Ihr in den vergangenen Monaten solch katastrophale Niederlagen erlitten habt.«

Er zog die dunklen Augenbrauen hoch und lachte kurz

auf. »Dasselbe sagt Matilda von dir. Sie ist der Meinung, dass wir dich auf dem Scheiterhaufen verbrennen sollten, solange wir noch die Möglichkeit dazu haben – ehe du ganz England den Untergang bringst. Offen gesagt missfällt mir der Gedanke, Euren schönen Körper zu hässlicher Asche verbrennen zu lassen. Welch eine Verschwendung von etwas so Schönem; von etwas, das uns beiden solch unglaubliches Vergnügen bringen könnte.« Er schob ihren Rock hoch und strich mit den Fingern leicht über die glatte, weiche Innenseite ihres Oberschenkels. Hopes Augen weiteten sich, und ihre Nasenflügel bebten. Ihr Körper schien so zerbrechlich wie Glas zu werden.

Dann fand er die Kluft zwischen ihren Beinen.

Hope stieß einen Laut aus, ein überraschtes Keuchen … aus Angst … aus Zorn. Sie versuchte, ihre Beine zu schließen, doch Roland drückte sie auseinander und hielt sie mit den Knien gefangen, als er sich mit seinem schweren muskulösen Körper auf sie legte und fortfuhr, die intimsten Stellen ihres Körpers zu erkunden, ganz so, als sei dies natürlich und normal. Hopes Wangen fühlten sich heiß an, und das Herz schlug ihr bis zum Hals. Obwohl ihr Verstand ihr zuschrie, sich gegen Roland zu wehren, ihm das Gesicht zu zerkratzen, gehorchte ihr Körper ihr nicht. Hope schien es in diesem Augenblick, als sei sie sich selbst plötzlich fremd geworden. Gegen Rolands animalische Männlichkeit und überwältigende Kraft war er so verwundbar, dass sie über diese Schwäche zutiefst entsetzt war. Roland beobachtete Hope aus halb geschlossenen Augen, sein sinnlicher Mund verzog sich zu einem flüchtigen Lächeln, ehe er sich herunterbeugte und sie küsste. Seine Zunge teilte ihre Lippen, eroberte ihren Mund, stieß wie ein Speer zu, sandte das Gefühl süßer Pein durch ihren Körper.

Er schmeckte nach Wein.

Er roch nach Regen und Rauch.

Die Hitze seines Körpers durchdrang sie und wirbelte ihre Sinne durcheinander. Hope bemühte sich verzweifelt, ihre aufgewühlten Emotionen unter Kontrolle zu bringen, sich zu sagen, dass Roland de Gallienne ihr Feind war – ein englischer Ketzer, der an der Ermordung ihrer Mutter ebenso schuld war wie diese Tiere in Menschengestalt, die vergewaltigend und mordend über die schlafenden Dorfbewohner hergefallen waren. Jeder, der nicht das Glück gehabt hatte, fliehen zu können, war umgebracht worden.

Endlich schaffte Hope es, ihr Gesicht abzuwenden. Sie stöhnte, als er mit den Lippen ihren Hals berührte. Als sie sich unter ihm wand, packte er ihre Handgelenke und bog ihre Arme zurück. Mit den Hüften hielt er ihre Oberschenkel gefangen, als er sein Knie zwischen ihre Beine drängte, um sie zu öffnen. Sein Glied drückte sich groß und hart gegen ihren empfindsamen Leib. Nur noch der dünne Stoff seiner Hose trennte sie voneinander. Ein rasches Wegziehen dieses Hindernisses und er könnte mit einem raschen, kräftigen Stoß in Hope eindringen.

»Halt still«, flüsterte er in ihr Ohr und bewegte leicht die Hüften. Sein Griff um ihre Handgelenke verstärkte sich, als Hope sich zu befreien versuchte. Er streichelte mit den Lippen ihre Wange, küsste die Winkel ihres bebenden Mundes. »Du zitterst wie eine Jungfrau, Hope. Bin ich denn so schrecklich? Würdest du dich lieber einem Mann wie dem Abt hingeben als mir den Genuss zu gewähren, mich an deinem hübschen kleinen Körper zu erfreuen? Zumal es in meiner Hand liegt, ob du leben oder sterben wirst?«

Ihre Augen flogen weit auf, und sie versuchte mit aller Macht, sich seinem Griff zu entziehen. »Ihr seid ein Teufel, ich habe mich dem Abt nicht hingegeben! Niemals!«

»Zumindest das könnte widerlegt werden. Es ist wahr, du hast den Körper einer Heiligen. Einer Verführerin. Einer Hure – zweifellos. Wenn du lerntest dich zu betragen, könnte ich sogar erwägen, dich als Geliebte zu nehmen.«

»Ehe das geschieht, paare ich mich lieber mit einem ...«

»Psst! Sei besser vorsichtig mit dem, was du ›lieber‹ tun würdest. Du könntest dieses ›lieber‹ bekommen, ob du es willst oder nicht.« Er küsste sie wieder, dieses Mal nicht so sanft.

Sie biss ihm in die Lippe.

Er fluchte und presste sein steifes Glied noch härter gegen ihren Leib. Seine Augen verschleierten sich, die Konturen seines Gesichtes wurden schärfer, sein Kinn zuckte, von seiner Lippe tropfte Blut. Er atmete tief durch, ehe er hervorstieß: »Sei nett. Ich rate dir, sei sehr nett. Ich habe mir genug von dir gefallen lassen. Sollte ich dein hübsches Gesicht und deinen reizvollen Körper leid sein – von deinem lästigen Benehmen ganz zu schweigen –, könnte ich dich wie einen Holzspan zerbrechen. Vergiss das keinen Augenblick lang. Und sollte mir in den Sinn kommen, mir das zu nehmen, was du so keusch zwischen deinen Beinen verbirgst, dann habe ich jedes Recht, das auch zu tun. Du, meine kleine Gefangene, bist meiner Gnade ausgeliefert. Und deshalb schlage ich vor, dass du schon einmal anfängst, Gott um Beistand zu bitten. Schließlich hast du ja höchst heilige Verbindungen zu ihm. Na los!« Er gab ihre Handgelenke frei. »Ich warte auf einen Ausbruch göttlichen Feuers, das dich von diesem Teufel in Menschengestalt befreien wird.«

Hope öffnete die Hand. Ihre Finger ertasteten einen Gegenstand und griffen danach.

»Ungezogenes Mädchen. Das würde ich nicht tun, wenn ich du wäre.«

Der Klang von Rogers Stimme ließ Roland abrupt den Kopf heben. Er sah, dass Roger den Fuß auf Hopes Arm gesetzt hatte und ihn so zu Boden drückte. Sie hielt Rolands Dolch in der Hand.

»Ich fürchte, das wird dir langsam zur Gewohnheit«, sagte Roger, als er sich herunterbeugte und ihr das Messer entwand. Erst dann nahm er den Fuß von ihrem Arm.

Hope schob Roger zur Seite. Als sie auf die Füße gekommen war, taumelte sie rückwärts auf den Zelteingang zu, das Haar fiel ihr in wirrem Durcheinander ins Gesicht und über die Schultern. Roger lächelte sie an: »Morgen wirst du mir dafür dankbar sein, Hope. Wenn du erst einmal darüber nachgedacht hast, dass man dich in einen Käfig gesperrt und öffentlich zur Schau gestellt hätte, wenn du unseren geliebten Roland getötet hättest.«

Einen Wutschrei ausstoßend, floh Hope aus dem Zelt.

Roland rollte sich auf den Rücken und schloss die Augen.

»Das war kaum sehr ritterlich«, bemerkte Roger.

»Das brauchst du mir nicht zu sagen.«

»Dieses Verhalten sieht dir gar nicht ähnlich, Roland. Man kann sie wohl kaum eine Hure oder ein Schankmädchen nennen. Wäre ich eine Minute später hereingekommen, würde deine Seele jetzt in der Hölle schmoren.«

»Ich vermute, dass sie das schon tut.«

Roger kürzte sich mit dem Dolch den Daumennagel und lachte. »Soll ich nach einer der Frauen schicken?«

Roland erhob sich und richtete seine Tunika. »Ich habe kein Verlangen danach, mit irgendeinem Weib ins Bett zu gehen, das nach schalem Bier stinkt und von Flöhen wimmelt.« Er nahm Roger den Dolch aus der Hand und steckte ihn in die Lederhülle an seinem Gürtel zurück. Dann schleuderte er die Zeltplane zurück und trat hinaus in den feinen Nieselregen, um sich das heiße Gesicht zu kühlen. Unterhalb des Hügels, auf dem sein Zelt stand, lagerten seine Soldaten. Durch den Schleier aus Nebel und Sprühregen sah er die Lagerfeuer flackern. Nur schemenhaft erkannte Roland die dunklen Umrisse der konisch geformten Zelte; er hörte die Trompeten, die den Einbruch der Dunkelheit verkündeten. Die Rüstungen der Wachmannschaften, die ihre Posten bezogen, klirrten. Kurz darauf drang das Rufen der Wachtposten an sein Ohr, dass im Lager alles ruhig sei.

Müde hob Roland das Gesicht gen Himmel und ließ den Regen seine geschlossenen Augenlider küssen. Die Stelle, an der Hope ihn in die Lippe gebissen hatte, pochte, und er berührte sie mit der Zunge. »Vielleicht stimmt all das Gerede, Roger. Vielleicht bin ich zu einem herzlosen, gottlosen Teufel geworden, dessen Seele nur noch vom Hass und von dem Verlangen zu zerstören getrieben wird. Vielleicht bin ich zu lange im Krieg gewesen und habe vergessen, was Mitleid ist.« Roger wandte den Kopf und sah seinen Freund an. »Und dann wiederum – wenn Hope von Châteauroux eine Hexe oder eine Heilige wäre, dann brauchte sie gewiss keinen Dolch, um mich zu töten. Habe ich Recht?«

Mit angezogenen Beinen lag Hope auf ihrer Schlafmatte. Im Zelt war es finster, die Schale mit dem Abendessen hatte sie nicht angerührt, das Stew war kalt, das Brot hart geworden. Das unaufhörliche Trommeln des Regens auf das Zeltdach war das einzige Geräusch, das in der Stille zu hören war. Sie dachte an die Minuten in Rolands Zelt. Wo war ihr Mut gewesen? Was für ein Gefühl war das gewesen, das außer ihrer Wut für kurze Zeit in ihr aufgeflackert war?

Verfluchter Feind.

Er hatte wirklich geglaubt, sie würde ihm wie irgendeine Dirne zu Willen sein, würde der Macht seines Kusses erliegen.

Die Luft um sie herum schien sich zu erwärmen, als sie mit der Fingerspitze ihre Lippen berührte. Sie legte die Hand auf ihren Bauch und ließ sie dann auf ihre Hüfte gleiten. Wieder dachte sie daran, wie er auf ihr gelegen hatte, wie steinhart sich sein Schenkel zwischen ihre Beine gedrängt hatte. Seine Schultern waren so breit gewesen, dass sie die Welt jenseits von ihnen ausgeschlossen hatten. Und dieser Aufruhr, diese Qual in seinen Augen.

Aber für einen kurzen Augenblick hatte sich in seinen Augen etwas anderes als Kälte widergespiegelt.

Ein Geräusch.

Hope setzte sich auf und zog die Decke bis ans Kinn. »Wer ist da?«, rief sie.

»Daniel.«

Hope kniff die Augen zusammen, damit sie ihren Bruder in der Dunkelheit erkannte. »Daniel?«

Er kroch durch die Zeltöffnung und kam zu ihr. Sie umarmten sich heftig. »Wieso bist du hier?«, wisperte sie. »Bist du geflohen?«

»Wohl kaum. Albert hat mir erlaubt, dich zu sehen. Ich habe nicht viel Zeit, wir müssen rasch machen.«

»Beeil dich!«, erklang Alberts Stimme draußen vor dem Zelt. »Wenn Roger merkt, dass ich dich hierher gebracht habe, werde ich die nächsten vierzehn Tage auf keinem Pferd mehr sitzen können.«

Daniel ließ sich neben Hope auf der Matte nieder und nahm ihr Gesicht in beide Hände. »Es gibt Gerede, dass Roland dich in sein Zelt geholt hat. Ist das wahr?«

»Es ist wahr«, erwiderte sie.

Schweigen, dann: »Hat er dich …«

»Nein!« Sie schüttelte den Kopf.

»Denn wenn er es getan hätte, dann …«

»Er hat mich geküsst. Mehr nicht.«

»Dieser dreckige Hund. Ich werde deine Ehre verteidigen, wenn du es willst.«

Sie dachte an das Gewicht von Rolands Schwert. Lächelnd griff sie nach Daniels Hand. »Mein lieber Bruder, es gibt nichts zu verteidigen. Ich schwöre es.«

Er stieß einen erleichterten Seufzer aus. Als er den Kopf senkte, fiel ihm das helle Haar auf die Schultern. »Unter den Männern kursieren Gerüchte über deine Heilkräfte. Es gibt wachsenden Unmut darüber, dass Roland uns hier festhält. Sie fürchten, dass Gott ihn wegen seiner Blasphemie strafen und Philips Armeen helfen wird, Rolands Truppe zu vernichten.«

»Was ist mit den Schreibrollen und den Pergamenten?«

»Albert hat sie in Verwahrung.«

Hope runzelte die Stirn. »Hast du dich mit diesem Albert angefreundet?«, fragte sie leise.

»Er hat mir versprochen, mich alles über den Ritterstand zu lehren und …«

»Er ist unser Feind, Daniel!«

Nach einem Augenblick des Schweigens stieß Daniel einen tiefen Seufzer aus. »Du hast natürlich Recht. Es tut mir Leid. Es ist nur, weil Albert mir so ähnlich ist, Hope.«

»Ihr beide seid Kinder, die man zu rasch zwingt, zum Mann zu werden.« Sie legte die Hand gegen Daniels Wange. »Schwert und Rüstung machen noch keinen Mann, Daniel. Das, was an Gutem oder Bösem in seinem Herzen wohnt, macht ihn zu dem, was er ist.«

Albert rief von draußen. »Schnell, Daniel! Roger geht gleich seine Runde!«

Hope packte ihren Bruder an den Schultern. »Versprich mir, dass du über das nachdenken wirst, was ich dir gerade gesagt habe.«

Ohne zu antworten lief Daniel aus dem Zelt, hinter ihm fiel die Plane herunter, die die Öffnung verschloss. Hope war ihrem Bruder gefolgt, jetzt stand sie hinter der Plane und spähte durch einen schmalen Spalt hinaus. Sie sah Daniel und Albert, die durch die Dunkelheit auf Alberts Zelt zuliefen, das etwas entfernt stand. Sie sprangen dabei über die Pfützen, die sich überall auf dem Boden gebildet hatten. Ihr Blick wurde von dem einsamen Zelt auf der Hügelkuppe angezogen. Dunkel hob es sich vom Himmel ab, den in diesem Augenblick das pulsierende Licht eines Wetterleuchtens erhellte.

Die Bilder stürmten so unvermutet, so grell und scharf auf sie ein wie der Blitz der urplötzlich vom Himmel zuckte und zischend niederfuhr:

Männer zu Pferde, Banner flattern an den Spitzen ihrer

Lanzen, als sie diese in die Leiber der am Boden liegenden Soldaten stoßen, die um Gnade flehen.

Hope stöhnte. Dieser Schmerz, dieser unerträgliche Schmerz. Bitte, Gott, mach, dass es aufhört. Ich will es nicht wissen. Ich will es nicht sehen. Erlöse mich von dieser schrecklichen Last und lass es geschehen, dass ich mich wie ein Mensch fühle. Nur einmal in meinem Leben.

Rinnsale fließen über den Boden, Rinnsale aus Regen und Blut. Aus dem Grauen erhebt sich König Heinrichs Banner in einen flammenlodernden Himmel.

Daniel. Daniel. Hilf mir, bitte. Nimm den Schmerz von mir, die Albträume.
Warum lastet dieser Fluch auf mir?

Das Grab eines Kindes, darauf eine kleine Steintafel mit einer kurzen Inschrift:

ROLAND
GELIEBTER SOHN

Sie riss die Augen auf, krampfte die Hände in ihr Haar, wiegte sich vor und zurück, hoffte, dass das quälende Pochen in ihren Schläfen nachließ. Die Visionen hörten nicht auf, aus dem grauen Nebel auf sie zuzukommen, sie zerbarsten wie Glas, so gleißend hell, als wollten sie sie blenden. Hope wandte ihr Gesicht zum Himmel, damit der kühle Regen den Schmerz linderte, doch eine neue Vision trieb sie auf die Knie, eine Vision, die wie eine glühende Lanze aus den aufgewühlten Wolken herausgeschleudert wurde und auf Roland de Gallienne herabstieß.

»Ich sage Euch die Wahrheit, Roland. Ihr Zauber kommt nicht von Gott – ihre Versuche, Euch zu ermorden sind ein Beweis dafür. Noch sind die Männer Eurer Armee von den Gerüchten verwirrt, die unwissende Dorfbewohner ihnen zugeflüstert haben. Noch sind sie voller Verwunderung, aber die wird sich zu Misstrauen und Furcht wandeln, wenn sie sehen, dass ein übles Schicksal sie ins Grab treiben will. Hope von Châteauroux wird diese Armee spalten. Schickt sie fort, Roland, solange Ihr die Gelegenheit dazu habt – ehe sie all denen die Verdammnis bringt, die Ihr liebt!«

Roland erwachte schweißgebadet. Er lag in der Dunkelheit und lauschte auf den Donner, der so heftig krachte, dass der Boden bebte. Diese seltsame Unruhe hatte begonnen kurz nachdem Roger sein Zelt verlassen hatte. Er war nicht der Mann, der eine Frau missbrauchte, und doch hatte irgendetwas an Hope von Châteauroux ihn an den Rand von Gewalt und Vergewaltigung getrieben – hatte irgendetwas allen gesunden Menschenverstand aus seinem gequälten Bewusstsein verdrängt. Für den Bruchteil eines Augenblicks hatte er sich danach gesehnt, sich in ihrem Körper verlieren zu können. Und diese Sehnsucht war stärker gewesen als die nach dem Ende dieses verfluchten Krieges … stärker als die, zu leben.

Matilda – verfluchte Hexe. Sie hatte diese Saat gesät. Sie hatte seine Träume vergiftet.

Doch in einem hatte die Alte Recht. Es hatte auch so schon genügend Unruhe unter seinen Männern gegeben. Er hätte die Lage nicht dadurch verschlimmern dürfen, dass er Hope und ihren Bruder gefangen hielt. Und das ungeachtet des Lösegeldes, das er von König Philip für die Rückgabe Hopes erwarten konnte.

Und so gewiss wie der Teufel Hörner hatte, so gewiss hatte er nichts für den Gedanken übrig, er könnte sich zu einem weiblichen Dämon hingezogen fühlen. Zu einem Dämon, der einerseits Vergnügen daran fand, einen englischen Ritter zu töten, und andererseits Lust empfand, wenn derselbe Ritter die intimen Stellen ihres Körpers streichelte.

O ja. Sie hatte Lust empfunden. Ihr Körper hatte mit feuchter Glut auf sein Streicheln geantwortet und ihn damit fast um den Verstand gebracht.

Er konnte kaum leugnen, dass dieses Mädchen seltsam war. Sehr seltsam. Aber war dieser bezaubernde Reiz der einer Heiligen? Wie mühelos war sie auf die Wurzel seiner größten Qual gestoßen – seinen Vater.

Wie hatte sie davon wissen können?

Wer unter seinen Männern hätte so freimütig über seine Beziehung zu Godfrey gesprochen? Wer unter seinen Männern wusste überhaupt etwas von seiner albtraumhaften Kindheit? Von seiner Angst, die man seinen jungen Schultern aufgebürdet hatte, kaum dass er alt genug gewesen war, das wahnsinnige und erschreckende Gerede seines Vaters zu begreifen.

Roger.

Roland runzelte die Stirn.

Sein Erster Offizier – sein engster Freund – würde ganz gewiss nicht einfach drauflosreden und Rolands persönlichste Gefühle und Ängste ausplaudern, schon gar nicht gegenüber jemandem, der ihn so sehr verabscheute, dass er ihn hatte töten wollen.

Aber wenn nicht Roger … wer dann?

Wieso hatte sie es gewusst?

Sollte er glauben, dass Hope wirklich eine Seherin war? Oder war sie eine Hexe, so wie Matilda es behauptete? Wenn es so war, dann übertrafen Hopes Kräfte Matildas bei weitem. Und falls sie tatsächlich über solche Fähigkeiten verfügte, dann hatte die Alte vielleicht Recht … ausnahmsweise einmal. Dann könnte sich bewahrheiten, dass Hope seiner Armee den Untergang bringen würde.

Er dachte an die befremdlichen Prophezeiungen, die

Daniel auf die Seiten der Schreibrollen gekritzelt hatte. Roland hatte sie tief unten in seinen Kriegstruhen versteckt, einem Platz, den niemand anzurühren wagen würde. Erschreckende Weissagungen. Visionen des Wahnsinns. Sollten seine Männer diese fürchterlichen Prophezeiungen zu Augen kriegen, würden sie in Panik geraten. Alle Spekulationen darüber, ob Hope eine Heilige sei oder nicht, würden sich auflösen wie Rauch im Wind. Sie würden Hope an den nächstbesten Baum binden und sie bei lebendigem Leib verbrennen.

Die alte Matilda war einmal sehr gut darin gewesen, die Steine und Knochen zu deuten und vorauszusagen, wie ein Angriff am besten geführt werden sollte. Aber den Ausgang einer Schlacht oder die Strategie des Feindes vorauszusagen war die eine Sache, doch Visionen von fliegenden Maschinen und Schiffen, die unter Wasser fuhren, würden sogar einen fahrenden Sänger veranlassen, ungläubig die Augenbrauen hochzuziehen.

Unsinn.

Das Geschwätz einer Verrückten.

Es war einfach Zufall gewesen, dass sie die Wahrheit seiner verfluchten Beziehung zu Godfrey erraten hatte. Schließlich war sein verrückter Vater für seine Unberechenbarkeit bekannt.

Roland hatte kaum wieder die Augen geschlossen, als ein pochender Schmerz in seiner Schulterwunde einsetzte. Er sah Hope vor sich, die ausgestreckt dalag, er roch den süßen Duft ihrer Haut, fühlte, wie ihr seidiges Haar sein Gesicht streifte. Doch als er sich vorstellte, wie er sich auf sie legte und ihren Körper berührte, wurden ihre Augen so unnatürlich hell wie in jenem Augenblick, als sie in der Abtei vor ihm auf dem Boden gehockt hatte und ihm zugeschrien hatte:

»Die Verdammnis erwartet Euch ohnehin, Sir Roland de Gallienne – Freund Heinrichs, Sohn des verrückten God-

frey. So wahr wie Eure Mutter bei der Geburt eines Hundsfotts starb, so wahr wird Euer Untergang kommen. Wie ein Blitz aus stürmischem Himmel, des Nachts, wenn Ihr schlaft und nicht vorbereitet seid auf Euer …«

Über Rolands Zelt krachten Donnerschläge, Blitze durchzuckten die Nacht und erhellten die Finsternis wie tausend glühende Flammen. Roland stöhnte und versuchte wach zu bleiben. Doch die Krallen des Schlafes zogen ihn zu sich herunter … tiefer und tiefer, bis das Bild seines Vaters mit dem Hopes verschmolz – der Heiligen, der Hexe, der Seherin. Ihr Gesicht war wie eine Maske aus Zorn und Verdammnis, als sie auf Roland wies und rief:

»… so wahr wird Euer Untergang kommen … wie ein Blitz aus stürmischem Himmel …«

Roland zwang sich, die Augen zu öffnen, und rollte sich von seiner Bettstatt. Er ergriff sein Schwert und rannte vor das Zelt. Die Nacht explodierte in einem ohrenbetäubenden Krachen. Ein Blitz zuckte durch die niedrig hängenden schwarzen Wolken und spaltete den Baum, unter dem Roland nur wenige Sekunden zuvor noch in seinem Zelt geschlafen hatte. Wie das Zischen einer Viper fuhr die Klinge des Blitzes durch den dicken Stamm, fauchte wie der Feueratem eines Drachens über den Boden und auf das Zelt zu, das sekundenlang aufglühte und dann in einem gleißenden Feuerball zerbarst. Der Sog des Feuersturms riss Roland von den Füßen und schleuderte ihn den rutschigen Hügel hinunter.

Man hörte lautes Rufen, Frauen schrien, Pferde wieherten, hastiges Laufen und gebrüllte Befehle. Roland war es unter Stöhnen gelungen, auf die Beine zu kommen, als Roger zu ihm gelaufen kam.

»Beim Allmächtigen, Roland, das wäre fast dein Tod gewesen. Hättest du nicht rechtzeitig fliehen können, dann …«

Roland schob ihn zur Seite und taumelte wie betäubt durch den Regen und auf die Gestalten zu, die vor Hopes

Zelt hockten. Die Luft um ihn herum stank nach verbranntem Schwefel.

Daniel hielt Hope tröstend fest, die auf allen vieren im Morast kauerte, den Kopf an seine Schulter gelehnt hatte und weinte. Als Daniel plötzlich aufsprang, weiteten sich ihre Augen vor Erschrecken. Vergeblich versuchte ihr Bruder, sich zwischen sie und Roland zu stellen. Roland schlug die Faust gegen das Kinn des Jungen, und er fiel mit dem Kopf voran in den Matsch.

Langsam erhob sich Hope auf die Knie. Die durchnässten Kleider klebten ihr am Leib, ihr Gesicht war unkenntlich von Tränen und Schmutz, als sie den Blick auf das Schwert in Rolands Hand richtete. Sie drückte die Schultern zurück.

»Ich flehe Euch an, Roland«, schrie Daniel. »Im Namen all dessen, was heilig ist – verschont sie!«

Roland setzte die Schwertspitze an Hopes Kehle und stieß zwischen zusammengebissenen Zähnen hervor: »Sie hat es gewusst … sie hat es gewusst.«

6

»Habe ich nicht vorausgesagt, dass sie Euch Verderben bringen wird, Sir Roland? Seht Euch das verbrannte Zelt an, dann wisst Ihr, dass ich die Wahrheit sage. Ich habe sie mit meinen Augen gesehen. Ich wusste schließlich Bescheid.« Matilda neigte den Kopf und lächelte Roland an, als sie hinzufügte: »Würde ich etwa lügen?«

Roland drängte sich durch die Menge der Soldaten und Marketender, die in Gruppen zusammenstanden. Hinter vorgehaltener Hand flüsterten sie miteinander, als er vorbeiging. Die meisten von ihnen wandten den Blick ab, andere wichen weit zurück. Sie alle fürchteten, dass der Fluch, den Hope von Châteauroux über ihn verhängt hatte, irgendwie auch sie treffen könnte.

Während dieses langen, regengrauen Tages hatte er den hitzigen Gesprächen zugehört. Die Stimmung unter seinen Männern hatte den Siedepunkt erreicht. Mehr als einmal war Roland gezwungen gewesen, Streitereien zu schlichten, ehe diese in gewalttätige Schlägereien ausarteten. Und am Ende hatte sich ihre üble Stimmung auf ihn konzentriert. Auch wenn sie so vorsichtig waren, ihm ihren Grimm nicht offen ins Gesicht zu sagen, so war die Missbilligung in ihren Augen unübersehbar gewesen. Sie glaubten, dass Roland dieses Übermaß an verheerenden Ereignissen heraufbeschworen hatte, weil er Hope gefangen genommen hatte, und dass diese der Armee große Verluste und letztlich die völlige Vernichtung bringen würden. Roland argwöhnte, dass Matilda eine Menge mit dem wachsenden Unmut der Männer zu tun hatte. Ihr fortwährendes Gerede über Hexerei und schwarze Magie hatte auch den mutigsten Soldaten dazu gebracht, in banger Erwartung zum grauen Himmel hinaufzuschauen und sich zu fragen, ob auch er vom Blitz getroffen werden würde, wenn er Hope von Châteauroux begegnete.

Eine Frau namens Rosamunde folgte Roland. Unter dem Arm trug sie einen Korb mit Lebensmitteln, den sie auf ihre üppige Hüfte stützte. Das Haar hing ihr in einem Wirrwarr roter Locken bis auf die Taille. Da ihr das Gewicht des mit Fleisch und Brot gefüllten Korbes offensichtlich zu schaffen machte, nahm Roland ihn ihr ab und trug ihn für sie bis zu ihrem kleinen Zelt, das mitten unter denen der anderen Marketender stand. Die Leute hielten in ihrer Beschäftigung inne, als sie Roland sahen, und starrten ihn an, als sei er ein Aussätziger.

Ohne Matilda anzusehen, die neben ihm herschlurfte, sagte er: »Ich bin überzeugt, dass du sehr wohl lügen würdest, wenn du fürchten müsstest, dass dein Platz in meiner Armee gefährdet ist.«

»Aber warum sollte ich das fürchten?«

»Wenn sich herausstellt, dass das Mädchen tatsächlich eine Seherin ist, könnte dein Nutzen für uns in Frage gestellt werden.«

»Ihr würdet doch gewiss nicht den Visionen Eures Feindes trauen wollen, Roland. Sie würde Euch und Eure Männer geradewegs in Elend und Tod führen. Nach dem, was gestern Abend geschehen ist, würden die Männer sich eher selbst auf flammende Scheiterhaufen stellen, als noch ein Wort aus ihrem Mund zu glauben. Außerdem wisst Ihr so gut wie ich, dass ich auf Befehl Eures Vaters hier bin. Meine Loyalität gebietet es mir, meine Pflicht zu erfüllen und Euch und diese Armee zu beschützen.«

Rolands Schritt verlangsamte sich. »Du musst mich nicht daran erinnern, dass deine Ergebenheit Godfrey gilt, Alte, aber wenn es noch einen Funken Klarheit in deinem verdrehten Verstand gibt, dann erwähnst du mir gegenüber diese Tatsache nicht zu oft.«

Rosamunde lief voraus. Als Roland ihr Zelt erreichte, hatte sie ihm bereits einen Becher Wein geholt, den sie ihm jetzt mit einem schüchternen Lächeln anbot. Er nahm ihn und trank ihn durstig aus. Obwohl der Tag kühl und nass war, fühlte sich seine Kehle seit den Ereignissen der vorangegangenen Nacht eng und trocken an. Er reichte den leeren Becher der Frau, die ihn erwartungsvoll ansah, zurück und lächelte. Als sie errötete, streichelte er sanft ihre Wange.

Dann wandte er sich wieder an Matilda, und sein Blick wurde hart. »Wenn du wirklich meinen Tod vorausgesehen hast, warum hast du mich dann nicht gewarnt?«

»Ihr versteht da etwas falsch, Sir. Es waren nicht meine Steine, die mir das gesagt haben.«

»Wer war es dann? Vielleicht die Sterne? Der Mond? Das Wasser in jenem Fluss dort drüben? Sprich, Alte. Meine Nerven sind in den letzten Tagen ziemlich strapaziert worden und ich habe keine Lust, deine Rätsel zu erraten.«

Matilda rang die Hände und schaute sich zu den Soldaten und Squires, den Pferdeburschen und Marketendern um, die im Lager für Betriebsamkeit sorgten. »Ihr habt selbst gesagt, dass das Mädchen seltsam ist. Die Männer reden, davon, dass sie eine Heilige ist. Aber würde eine Heilige versuchen, Euch zu töten? Nein, Mylord. Sie ist ein Dämon. Tötet sie, ehe sie die Herrschaft über Eure Armee übernimmt und die Vernichtung Eures Königs heraufbeschwört, die der Christen der ganzen …«

Wie eine Mahnung an Hopes bisheriges Verhalten schoss Roland ein heftiger Schmerz durch die Schulter. So glühend wie der Blitz, der ihn in der Nacht fast getötet hätte, erinnerte dieser ihn daran, dass seine schöne Gefangene, deren Haar so silbern wie Mondlicht schimmerte und deren Lippen so süß wie Honig schmeckten, eines Mordes fähig war.

O ja, ganz entschieden war sie fähig. Aber fähig wozu? Der Beschwörung eines todbringenden Blitzes, um ihn zu zerstören? Oder einfach nur der Vorhersage, dass ein Sturm ihn niederstrecken würde? Das eine könnte ihn und seine Armee vernichten, das andere würde ihm ein beachtliches Lösegeld für sie einbringen.

»Ich habe sie mit meinen eigenen Augen dabei gesehen«, wiederholte die Alte und zupfte Roland am Ärmel.

»Was meinst du damit, du hast sie dabei gesehen?«

»Ich war dort, guter Ritter. Ich habe die seltsamen und schrecklichen Zuckungen ihres Leibes gesehen, ehe sie die Dämonen der Hölle anrief, dass sie sich vereinen und Euch mit dem schrecklichen Blitz niederstrecken sollen. Ich schwöre es beim guten Namen Eures Vaters.«

»Mein Vater ist ein Wahnsinniger.« Er stieß die Alte zur Seite und betrat Rosamundes Zelt. Ehe er darin verschwand, schaute er noch einmal zu Matilda zurück. »Dennoch werde ich über deine Warnung nachdenken.«

»Ich vertraue darauf, dass Ihr das tut, Sir. Denn meine Steine haben verkündet, dass Euch weiteres Verhängnis droht, wenn das Mädchen bleibt.«

Zum ersten Mal seit Wochen träumte Roland nicht von Krieg und Tod, sondern von der Leidenschaft, die er mit Rosamunde erlebt hatte. Süße Rosamunde. Sie war immer so bereitwillig, so hungrig nach seiner Berührung – ohne Zweifel, weil er Roland war, die Schwarze Flamme, der seinen Feind mit einem einzigen Hieb seines Schwertes niederschlagen konnte. Mit ihm das Bett zu teilen würde die anderen Frauen neidisch machen. Aber ihre Bereitwilligkeit hatte noch einen anderen Grund, dessen war sich Roland gewiss: sie liebte ihn, liebte ihn bedingungslos. Rosamunde wusste, dass es für sie beide keine Zukunft geben konnte. Niemals könnte ein Mann seines Ranges eine Frau heiraten, die von so niederem Stand war wie sie.

Roland träumte davon, dass er ihren nachgiebigen Körper in den Armen hielt, dass ihre üppigen Formen sich verlangend an ihn pressten. Entgegenkommend öffnete sie die Beine, und er glitt mühelos in sie hinein. Doch als er das Gesicht in ihrem Haar vergrub, nahm er voller Überraschung wahr, dass die Locken, die sich über seine Brust ausbreiteten, nicht flammendrot, sondern golden waren. Golden und hell wie das sanfte Sonnenlicht eines Frühlingsmorgens.

Mit einem Ruck war Roland hellwach und schaute auf Rosamunde herunter, die den Kopf an seine Schulter gelehnt hatte und schlief. Er strich mit dem Finger über ihre Wange, folgte der Linie ihres Kinns bis hin zu der Narbe, die hinter dem Ohr begann und gezackt und rot über die Kehle bis in die Halsbeuge verlief. Schläfrig öffnete Rosamunde die Augen und lächelte Roland an, dabei schnurrte sie wie eine Katze.

Er küsste sie auf die Nasenspitze. »Ich fürchte, du behandelst mich zu gut. Das ist alles, was ich tun kann – dich verlassen, nachdem ich dich die ganze Nacht in den Armen gehalten habe.«

Sie lächelte noch immer, und ihre Augen funkelten.

Er legte die Hände um ihr schmales Gesicht. »Wenn ich es könnte, würde ich diesen Bastard aufspüren, der dir die Kehle zerschnitten und dir die Stimme geraubt hat. Ich vermisse deinen Gesang.«

Ihre grünen Augen verdunkelten sich, als sie den Mund auf seine Lippen presste und mit der Zunge in ihn eindrang. Sie vergrub die Hände in seinem Haar, als sie ihn leidenschaftlich küsste und ihre vollen Brüste an seinem dunkelbehaarten Oberkörper rieb. Doch das Bild, das Rolands Sinne gefangen nahm, war nicht das dieser heißblütigen rothaarigen Schönheit in seinen Armen. Es war dieselbe Vision, die ihn schon zuvor im Traum verspottet hatte – kühl und zerbrechlich wie blassblaues Eis.

Mit einem heiseren Fluch schlang er die Arme um Rosamunde und rollte sie auf den Rücken. In diesem Augenblick hörte er Roger von draußen rufen.

»Roland, komm schnell!«

Rosamunde keuchte leise und krallte ihre spitzen Nägel in seine Schultern. Sie drängte ihm die Brüste entgegen, deren Knospen hart aufgerichtet standen, und schlang die Beine um seine Hüften.

»Ich muss gehen«, flüsterte Roland.

Sie schüttelte den Kopf, ließ die Hand zwischen ihre Körper gleiten und schloss sie um sein Glied. Sie führte ihn in sich ein und stieß dann so hart sie konnte gegen ihn.

Roland stöhnte.

»Roland!«, rief Roger.

Sie küsste seinen Mund.

Er keuchte.

Sie presste sich gegen ihn, nahm ihn tief in sich auf.

»Verdammt, Roland, bring mich nicht dazu, hereinzukommen und dich zu holen!«

Als es Roland schließlich gelang, sich aus Rosamundes Umarmung zu lösen, stützte er sich über sie und hielt sie so gefangen. »Einen Moment noch!«, rief er laut, dann grinste er Rosamunde an. »Mein Freund wird langsam ungeduldig. So wie du, vermute ich. Also gut. Vielleicht wird dich das für eine Weile zufrieden stellen.«

Er spreizte ihre Beine weit auseinander und stieß immer wieder hart und fordernd in sie. Rosamunde bog ihm in unersättlichem Verlangen den Leib entgegen. Erst als ein stummer Schrei sich aus ihrer Kehle löste, zog Roland sich aus ihr zurück. Wie eine zufriedene, träge Katze lag sie auf der Schlafmatte … bis sie sah, dass Roland offensichtlich nicht die Befriedigung gefunden hatte, die er ihr gegeben hatte. Als er aufstand und nach seinen Hosen griff, rollte sie sich auf die Knie und griff nach ihm.

»Nein.« Er schob ihre Hand fort und zog sich an. Als er die Hosen über seine Hüften streifte, biss er sich auf die Zähne, so schmerzhaft spürte er seine Erregung. Rosamunde spitzte die Lippen und sah ihn verlangend an. Roland lachte. »Du unersättliches Weib. Du bist imstande, einem Mann das letzte bisschen seiner Kraft zu rauben … ganz zu schweigen von seinem Verstand.«

Ich liebe dich, formten ihre Lippen. Sie ergriff seine Hand und legte sie an ihre Wange. Ihre Augen sahen ihn erwartungsvoll an, auf ihrem Gesicht spiegelte sich eine fast verzweifelte Hoffnung wider, als sie auf seine Antwort wartete.

Roland beugte sich zu ihr hinunter und küsste sie auf die Stirn. »Danke«, sagte er leise.

Das Licht in Rosamundes Augen verschleierte sich. Sie ließ sich auf die Matte zurücksinken und wandte den Kopf ab, damit er ihre Enttäuschung nicht sah.

Roland streifte sich sein Hemd über, während er vor das Zelt trat. Das Lager und der umgebende Wald waren in undurchdringlichen grauen Nebel gehüllt. Roger ging wartend auf und ab. Er blieb stehen, als er Roland sah, dessen Stirn schweißbedeckt war.

»Ich vermute, du hast gut geschlafen«, empfing ihn Roger.

»Rosamunde war wie üblich sehr großzügig.«

»Offensichtlich.«

»Aus dir spricht der pure Neid, de Ferres.«

»Ich frage mich, was die Frauen an dir so anziehend finden.«

»Vielleicht gefällt ihnen mein Schwert?«

Roger schüttelte den Kopf. »Liebst du sie nicht wenigstens ein kleines bisschen?«

»Würde das unsere Beziehung für dich akzeptabler machen, Roger?«

Roger schaute zu Rosamundes Zelt. »Ich kannte ihren Mann. Wir waren Freunde.«

»Ich kannte ihren Mann auch.«

»Ja, und auch du bist sein Freund gewesen.«

»Charles ist tot – er ist seit vier Jahren tot.«

»Dann sorg dafür, dass sie heiratet. Jedes Mal, wenn du zu ihr gehst, ruinierst du ihren Ruf ein Stück weit mehr. Sie wird nie einen respektablen Ehemann finden, solange du sie besteigst.«

Roland packte Roger an der Tunika und schob ihn rückwärts gegen einen Karren. »Wärst du nicht mein Freund, Roger, würde ich dich für diese Worte töten. Ich bin sehr gut in der Lage, meine Entscheidungen allein zu treffen. Und was Rose betrifft … ich schlage vor, du behältst deine Meinung für dich, damit ich mich nicht gezwungen sehe, ihren guten Ruf zu verteidigen.«

»Den hat sie dank dir nicht mehr. Würdest du sie nur ein wenig lieben, wäre es vielleicht etwas anderes. Aber immer wieder zu ihr zu gehen und ihr Hoffnungen auf eine Bindung zu machen, die nie zustande kommen wird – ich bin sicher, dass Charles sich bei diesem Gedanken im Grab umdrehen würde. Und außerdem …«, fügte er mit einem kurzen Lachen hinzu, »… muss ich dich wirklich an Hildegard erinnern? An deine zukünftige Frau?«

»Ich glaube, ich *werde* dich töten«, knurrte Roland und drückte Roger noch einmal mit dem Rücken gegen den Karren, ehe er in losließ und sich abwandte. »Vielen Dank, dass du mich daran erinnert hast, warum ich es vorziehe, nicht nach England zurückzukehren.« Roger richtete seine Kleider und strich die Falten aus seiner Tunika. »Ich entschuldige mich, Roland. Aber jetzt weißt du, wie sehr mir deine Beziehung zu Rosamunde missfällt. Vermutlich muss ich jetzt nicht noch weiter auf dich einreden.«

»Nein, das musst du nicht. Würdest du Gwyneth nicht so sehr lieben, dann dächte ich, du bist selbst in Rosamunde verliebt.«

Rogers Gesicht rötete sich, und seine Lippen wurden schmal.

Roland sah ihn aus schmalen Augen an. »Aber sollte ich das glauben, dann könnte ich genauso gut glauben, dass das Interesse, das du vor kurzem an Hope gezeigt hast, eher deiner Vernarrtheit in sie entsprungen ist, denn aus der Sorge darüber, was ihre Anwesenheit im Lager mich kosten könnte. Und das wäre doch ein schrecklicher Gedanke, nicht wahr? Ich würde mir nur ungern vorstellen, was der Bruch zwischen mir und meinem Ersten Offizier für unsere Freundschaft bedeuten würde.«

Roger trat einen Schritt zurück und schwieg einen Augenblick, seine Miene war völlig ausdruckslos. Doch dann ließ er plötzlich die Schultern sacken, und sein Gesicht wirkte bleich und eingefallen. »Du hast einen grausamen Zug an dir, Roland«, sagte er schließlich. »Du weißt, dass ich mein Leben für dich hingeben würde.«

Roland schaute über das nebelverhüllte Land und atmete tief durch, ehe er sich mit der Hand durch das dunkle Haar fuhr. »Was wolltest du von mir, Roger?«

»Ich wollte dir sagen, dass unsere Späher zurückgekommen sind. Es gibt Neuigkeiten – knapp einen halben Tagesritt von hier entfernt lagert ein Bataillon von Philips Soldaten. Und ich sage es nur ungern – aber es wird von Lacurne de Palaye angeführt.«

Lacurne.

»Roland, eingedenk der Stimmung, die unter den Männern herrscht, würde ich dazu raten, die Konfrontation mit Lacurne hinauszuzögern. Unsere Soldaten sind erschöpft. Zu erschöpft. Lacurne jetzt anzugreifen hieße geradezu, die Niederlage einzuladen.« Als Roland sich abwandte, packte Roger ihn am Arm. »Als wir das letzte Mal auf Lacurne gestoßen sind, mussten wir anschließend hundert Männer begraben.«

»Schlägst du etwa vor, dass wir davonlaufen sollen? Dass Roland de Gallienne, die Schwarze Flamme, den Schwanz einklemmt und wie ein Feigling die Flucht ergreift?«

»Ich schlage vor, dass wir warten, bis dieser Aufruhr über Hope sich gelegt hat. Bis dahin werden wir uns einen Unterschlupf suchen, in dem wir uns ausruhen und erholen können, und wieder *eine* Armee werden. Und in der Zwischenzeit … vielleicht kommst du ja doch noch zur Besinnung und lässt das Mädchen und seinen Bruder ihres Weges ziehen.«

Roland schüttelte den Kopf. »Ist dir noch nicht in den Sinn gekommen, Roger, dass wir Engländer in ihren Augen nichts als Hunde sind? Was sollte sie davon abhalten, zu Lacurne zu gehen? Ihn sozusagen bei der Hand zu nehmen und direkt zu uns zu führen?«

»Das wird sie nicht tun. Ein solches Tun sähe ihr einfach nicht ähnlich.«

Roland ging davon. Roger beeilte sich, ihn einzuholen. »Ich kenne diesen Blick an dir, Roland. Du hast jedes Recht, Lacurne zu hassen …«

»Ich bin nie einem herzloseren Feind als ihm begegnet. Er macht den Ritterstand und die Ritterlichkeit zu einem höhnischen Possenspiel.«

»Er tut, wofür er bezahlt wird. Er tut genau das, was wir auch tun.«

»Er metzelt Frauen und Kinder nieder. Das tue ich nicht.«

»Jetzt gegen Lacurne zu marschieren bedeutet ein Gemetzel heraufzubeschwören!«, rief Roger dem Freund hinterher.

»Schick sofort die Alte zu mir«, rief Roland zurück. »Und sag den Männern, dass sie sich bereitmachen sollen.«

Hope saß ruhig da, während Daniel ihr das Haar bürstete und es zu einem langen, goldenen Zopf flocht. »Die Männer reden davon, dass es Krieg gibt«, sagte er. »Viele von ihnen bereiten sich darauf vor, gegen Lacurne de Palaye zu kämpfen.«

Hope wandte sich ein wenig zu ihm um und runzelte die Stirn. »Lacurne wird ihn vernichten.«

»Hattest du eine Vision, oder verbirgt sich einfach nur Wunschdenken hinter dieser Bemerkung?«

»Es ist allgemein bekannt, dass Lacurne auf dem Schlachtfeld ungeschlagen ist.«

»Dann solltest du bei der Aussicht, dass Roland vielleicht sterben wird, eigentlich Entzücken verspüren. Oder hat sich da vielleicht etwas bei dir geändert?«

Hope erwiderte nichts darauf.

Daniel setzte sich neben sie. »Die Soldaten reden über Rolands unbändigen Hass auf Lacurne. Sie sagen, als sie das letzte Mal aufeinander gestoßen sind, hat Lacurne hundert von Rolands Männern getötet, darunter waren viele unschuldige Marketender.« Daniel seufzte. »Und sogar einige Kinder.«

»Wer sagt das? Albert? Damit will er nur erreichen, dass du das Schlimmste über unsere Landsleute denkst.«

»Es wird gemunkelt, dass Roland endgültig besiegt werden wird, wenn er Lacurne jetzt herausfordert. Hinter vorgehaltener Hand reden die Männer darüber, dass Roland beim Kampf nicht mehr mit dem Herzen dabei ist.« Daniel legte den Finger unter Hopes Kinn und zwang sie, ihn anzusehen. »Sag mir die Wahrheit, Hope. Würde es dich freuen, Roland fallen zu sehen?«

»Es liegt mir nichts daran, irgendeinen Mann fallen zu sehen, Daniel. Das weißt du.«

»Was ist zwischen euch geschehen, Hope?«

»Was meinst du damit?«

»Seit Roland dich mit in sein Zelt genommen hat, reagierst du anders auf ihn. Wenn du ihn ansiehst, liegt ein seltsamer Ausdruck in deinen Augen. Und der ist himmelweit von der Wut entfernt, die du noch vor kurzem für ihn empfunden hast.«

»Es tut mir nicht gut, eine so große Wut zu hegen. Es würde die Umstände nur noch schlimmer machen.«

»Er ist ein gut aussehender Bursche, findest du nicht?«

»Ich finde ihn barbarisch.«

»Die Marketenderinnen reden viel von ihm.«

»Ohne Zweifel sagen sie, dass er ein Scheusal ist, das das Benehmen und den Charakter eines Schweines hat.«

»Im Gegenteil. Sie sagen, dass er das Herz eines Kätzchens hat, wenn es um Frauen und Kinder geht, sei er auf dem Schlachtfeld auch noch so unbarmherzig.«

»Davon habe ich noch nichts gemerkt.«

Daniel zuckte die Achseln. »Wäre er wirklich so herzlos wie du behauptest, hätte er dann zu deinem Schutz Wachposten vor dein Zelt gestellt? Ein Barbar hätte dich inzwischen längst zu seiner Hundemeute geworfen.«

»Mein Ruf als Heilige schützt mich.«

»Ich fürchte, nach dieser Geschichte mit dem Blitz neigt er dazu, dich weniger für eine Heilige als vielmehr für eine Hexe zu halten. Und das tun auch immer mehr von seinen Soldaten.«

Vor dem Zelt hörte man lautes Rufen, und Hope und Daniel gingen neugierig zur Zeltöffnung. Sie schauten auf ein Meer von Rittern zu Pferde, alle mit Rüstungen angetan und mit Lanzen bewaffnet, auf den glänzenden Schilden prangte das Wappen König Heinrichs. Inmitten der Reihen der Bogenschützen und Fußsoldaten entdeckten sie Roland, der auf seinem imposanten Schlachtross saß und mit einem Ausdruck der Entschlossenheit seine Armee überschaute.

Schweigen senkte sich über die Männer, als Roger de Ferres seinen Platz neben Roland einnahm und seine Lanze hoch in die Luft hob. »Soldaten und Pairs«, begann er.

»Ihr steht am Rande der Schlacht, die ihr alle herbeigewünscht habt. Denkt an die Widrigkeiten, die ihr ausgehalten habt, und denen diese Schlacht ein Ende machen wird. Eure Feinde sind zahlreich. Richtet den Blick gen Himmel und seid euch gewiss, dass Gott euch Heerscharen von Engeln schicken wird, wie er es auch zuvor getan hat. Wenn ihr im Kampf steht, dann schlagt zu und verschont niemanden, bis ihr euren Feind besiegt habt. Denkt daran, dass ihr die Soldaten Gottes seid. Euch ist Absolution erteilt worden; zeigt eure Bußfertigkeit, indem ihr den Feind vernichtet. Vorwärts jetzt!«

Hope hielt sich die Ohren zu, als die Männer einen gellenden Kriegsschrei ausstießen. Daniel beobachtete alles mit großen Augen, die vor Aufregung funkelten. »Könnte ich doch ein Ritter sein!«, rief er. »Könnte ich doch auch meine Lanze im Namen Gottes und des Königs erheben!«

Aus den Reihen der Ritter löste sich eine Gruppe, die zu Hopes Überraschung direkt auf sie zuritt und vor ihr anhielt. Albert war unter den Reitern, sein junges Gesicht spiegelte tiefen Ernst wider. Er senkte die Spitze seiner Lanze auf Hopes Schulter und sagte: »Gewährt mir Euren Segen, solange ich im Krieg bin. Beschützt mich. Und sollte ich fallen, betet für meine Seele, dass ihr alles Böse vergeben wird, das ich meinen Brüdern getan habe. Lasst meinen Tod nicht vergebens sein.«

Albert wendete sein Pferd und ritt an seinen Platz zurück. Ein anderer Ritter ritt heran.

»Was tun sie da?«, wisperte Hope ihrem Bruder zu.

»Sie bitten die Heilige um Absolution und Schutz«, erwiderte er.

»Aber ich bin keine Heilige«, erwiderte sie eindringlich.

»Ist das von Bedeutung? Vielleicht kämpfen sie tapferer, wenn sie glauben, dass du sie gesegnet hast. Vielleicht ist ihre Verzweiflung dann nicht ganz so groß, wenn sie sterben müssen.«

Einer nach dem anderen ritten oder traten die Männer vor sie hin, einer nach dem anderen wiederholte die Worte, die Albert gesprochen hatte. Dann waren nur noch jene Männer übrig, die in Hope nichts als ein Omen sahen, das ihnen Böses verhieß. Unter ihnen befand sich auch Roland, der Hope unentwegt beobachtete. Als der letzte Fußsoldat, der letzte Ritter wieder seinen Platz in den Reihen der Kameraden eingenommen hatte, gab Roland seinem Pferd die Sporen und trieb es durch die sich vor ihm teilende Menge direkt auf Hope zu. Er sagte nichts. Tat nichts. Sah sie einfach nur so durchdringend an, dass sie sich zwingen musste, nicht davonzulaufen.

Schließlich lächelte er kalt. »Sag mir, *Heilige* oder *Magierin,* siehst du für diese Männer den Sieg auf dem Schlachtfeld voraus?«

»Es ist mir nicht möglich, solche Dinge zu wissen, Roland.«

»Leugnest du, dass du vorhergesagt hast, mich würde ein Blitz treffen und töten?«

»Das war Zufall!«, rief Daniel.

»Dann sollte ich vielleicht auch annehmen, dass du den Sturm heraufbeschworen hast, um mich vernichten.«

»Das ist doch lächerlich«, sagte Daniel.

»Schweig!«, fuhr Roland ihn an, woraufhin Daniel um einige Schritte zurückwich. »Antworte mir, Frau: Siehst du für diese Männer in der bevorstehenden Schlacht den Sieg voraus?«

»Darauf zu antworten wäre dumm. Ob der Ausgang gut oder schlecht sein wird – sollte das Gegenteil dessen eintreffen, was ich Euch sage, werdet Ihr mich auch weiterhin verfluchen.«

»Du bist dir darüber bewusst, dass diese Männer deinetwegen untereinander Krieg führen werden, falls ich getötet werde. Die einen werden behaupten, du hättest mich verflucht. Die anderen werden ihr Leben dafür geben, dich zu beschützen, weil sie dich für eine Heilige halten.«

»So wie ich es gehört habe, war diese Armee schon in zwei Lager gespalten, ehe Ihr nach Châteauroux gekommen seid.«

»Das soll heißen?«

»Dass viele dieser Männer Euch als Ketzer ansehen. Schon allein deshalb würde ich an Eurer Stelle niemandem den Rücken zukehren. Denn eine gespaltene Armee ist keine Armee mehr, sondern nur noch ein Feind für sich selbst.«

Sein Kinn spannte sich an, als er Hope aus schmalen Augen ansah. Als spürte das Pferd seinen Zorn, begann es, nervös auf der Stelle zu treten. Roland wendete es abrupt und kehrte zu seinen Männern zurück. Hope lief ihm einige Schritte nach und rief ihn:

»Roland!«

Er sah sich um. Doch als sie den Mund öffnete, um etwas zu sagen, löste sich eine Frau aus der Menge der Umstehenden. Sie lief auf Roland zu, ihr langes feuerrotes Haar lag wie ein flammendes Tuch um ihre Schultern. Sie klammerte sich an Rolands Bein und versuchte, sein Pferd zum Stehen zu bringen. Roland legte die Hand auf ihren Scheitel, er er sich tief herunterbeugte und sie auf den Mund küsste. Und Hope spürte, dass seine dunklen, brennenden Augen *sie* dabei ansahen.

»Stimmt etwas nicht?«, fragte Daniel leise.

Sie schluckte und schüttelte den Kopf, starrte auf Roland und die Frau, die ihn mit einer Vertrautheit berührte, die Hope den Atem abschnürte.

»Du bist kreideweiß«, sagte Daniel. »Hast du Schmerzen? Hast du eine Vision?«

»Nein, keine Vision«, erwiderte sie und zwang sich dazu, sich abzuwenden.

Roland schaute auf die Schar seiner Männer. Ihre Mienen zeigten keine Regung, doch ihre Augen sprachen Bände. Ohne ein weiteres Wort gab er seinem Pferd die Sporen und schlug die Richtung zur Straße ein. Seine Armee folgte ihm.

Hope sah ihnen nach, bis der letzte Reiter und der letzte Fußsoldat ihrem Blick entschwunden war. Erst dann bemerkte sie Matilda, die sich im Schatten der entfernt stehenden Bäume verbarg und Hope und Daniel aus ihren gelben Augen anstarrte. Ein Gefühl der Beunruhigung breitete sich in Hopes Magen aus, und ihre Knie begannen zu zittern.

Daniel seufzte. »Eines Tages werde ich auch mit solchen Männern wie diesen in den Krieg ziehen. Und meine Feinde werden schon zittern, wenn nur mein Name genannt wird – wie sie es bei Roland tun.«

Hope sah ihren Bruder an. Seine sonst blassen Wangen hatten sich vor Aufregung gerötet, in seinen Augen blitzte Abenteuerlust. »Höre ich aus deiner Stimme so etwas wie Bewunderung für Roland heraus, Daniel?«

Er zuckte mit den Schultern. »Seit wir hier sind, habe ich nicht einmal gesehen, dass er einem anderen etwas getan hätte.«

»Er ist Engländer. Er ist gerade mit der Absicht aus diesem Lager geritten, einen Schlag gegen unseren König zu führen.« Hope schaute zu den Bäumen hinüber und seufzte erleichtert als sie sah, dass Matilda fort war. »Und das sollte Grund genug sein, ihn zu verachten, Daniel«, fügte sie hinzu. »Vergiss es nie … Roland ist unser Feind.«

Der Schmerz. O Gott, der Schmerz.

Der Fluss liegt ruhig und grau im Nebel. Vögel zwitschern, Tiere huschen durch das Unterholz. Dann stört ein Geräusch diesen Frieden: In der Ferne marschieren Soldaten.

Näher und näher rückt die Armee heran. Dunkler und

dunkler wirbelt der Nebel auf, der den Fluss und die steil aufragenden Felswände einhüllt.

Die Bäume bewegen sich. Wie Geister fluten sie durch den Nebel, als zwischen ihnen ein Reiter sichtbar wird. Er hat seine Lanze erhoben, an deren Spitze ein Banner weht, in dessen Farben sich das Licht wie in einem Kristall bricht … König Philips Banner.

Hope riss die Augen auf und rang nach Atem, als ein grausamer Schmerz ihre Schläfen durchbohrte. So rasch wie er gekommen war, verebbte er wieder. Sie ließ sich auf die Schlafmatte zurücksinken und dachte darüber nach, was diese seltsame Vision bedeuten könnte.

Kurz nach Mitternacht kehrte das Bataillon ins Lager zurück. Als Hope ihr Zelt verließ, sah sie Dutzende Männer auf dem Boden liegen. Ihre Rüstungen waren blutverschmiert, und sie stöhnten und schrien vor Schmerz. Ihre Schreie erfüllten die Dunkelheit wie das Heulen von Wölfen. Der Anblick so vieler Verwundeter und Sterbender ließ Hopes Knie weich werden, und eine Welle der Übelkeit breitete sich in ihr aus. Sie sehnte sich danach, sich in ihrem Zelt zu verkriechen, doch selbst dort würde sie den Schmerzensschreien nicht entkommen, die durch die Nacht gellten.

Vorsichtig bahnte sie sich ihren Weg durch die am Boden Liegenden, ihr Blick glitt über die Soldaten, die vom Bataillon übrig geblieben waren. Im Schein der Lagerfeuer wirkten die Gesichter der Männer verzerrt, sogar die, die ihr vertraut waren, sahen jetzt fremd aus. Daniel war plötzlich neben ihr. Seine Augen blickten verhangen, sein Gesicht war starr vor Fassungslosigkeit und Entsetzen.

»Sieh es dir gut an, lieber Bruder. Das ist das Schicksal, nach dem du dich so verzehrst. Welchen Ruhm kann so ein Gemetzel und Abschlachten bringen?«

Daniel krümmte sich und erbrach. Hope legte ihm tröstend die Hand auf die Schulter und ließ den Blick suchend über die leidenden Männer gleiten. Nach was suchte sie? Welch seltsame Angst hielt ihr Herz gefangen? Angst um wen? Gewiss nicht um Roland – verfluchter Kriegsherr. Er verdiente nicht weniger, als unter Lacurnes mächtigem Schwert zugrunde zu gehen.

»Auf dem Hügel dort drüben«, hörte sie Daniel sagen.

Hope schaute ihn an.

Daniel wischte sich mit dem Ärmel den Mund ab. »Du hast nach Roland gefragt.«

Sie schüttelte den Kopf. »Warum hätte ich das tun sollen? Mich kümmert nicht, was mit Roland ist.«

Er zeigte auf den Hügel, auf dem Roland vor zwei Nächten durch den Blitzschlag fast sein Leben verloren hätte. »Er war dort und hat den Sterbenden Beistand geleistet.«

Hope atmete tief aus. Ärgerlich musste sie einräumen, dass sich das, was sie empfand, verdächtig nach Erleichterung anfühlte. »War er verwundet?«

Daniel runzelte die Stirn und sah auf die verwundeten Männer, ehe er antwortete. »Fragst du, weil du dich sorgst oder weil du bis jetzt die Hoffnung gehegt hast, dass er tödlich getroffen worden ist?«

Sie starrte ihren Bruder an.

»Spar dir deine Entrüstung, Hope. Du hast die Engländer verflucht, seit sie unsere Mutter getötet haben. Du hast zum Messer gegriffen und versucht, Roland im Schlaf zu töten. Warum solltest du seinen Tod jetzt nicht mehr wollen?«

Hope stand schweigend da, als Daniel auf dem Absatz kehrtmachte und davonging.

»Hexe«, hörte sie eine schwache Stimme. »Es war ihr Werk – ihr Fluch, der uns dieses Elend gebracht hat.«

Hope schaute zu Boden. Zu ihren Füßen lag ein schwer verletzter Soldat, aus dessen Schulter der abgebrochene Schaft einer Lanze steckte. Jemand hatte ihm das Ohr abgeschnitten, und das Blut lief ihm in breiten Rinnsalen in den Nacken. Seine Hand zitterte, als er auf Hope wies und hervorstieß: »Du hast das getan. Du mit deiner schändlichen Magie hast uns alle verflucht.«

Sie zuckte zurück und schaute erschreckt auf die Männer, die sie plötzlich umringten.

»Wie hast du es gemacht?«, schrie einer von ihnen. »Wie hast du es angestellt, Lacurne davor zu warnen, dass wir kommen?«

Hope schüttelte den Kopf und schaute sich verzweifelt nach Daniel um.

»Es ist Rolands Schuld«, rief ein anderer. »Er hat den Fluch über uns gebracht, weil er die da mitgenommen hat! Wir sollten beide verbrennen …«

Hope rannte davon, floh durch die Menge der Verwundeten, versuchte, niemandem aufzufallen. Als sie den Hügel erreichte, war der Saum ihres Kleides vom Blut der Verletzten und Toten getränkt.

Viele der Verwundeten waren auf die Hilfe der Salbader und Marketender angewiesen, die von einem zum anderen gingen, Wunden verbanden, den Durstigen zu trinken gaben. Kaum war ein Mann versorgt, wurde schon der nächste herbeigetragen. Man hatte den Verwundeten die Kleider ausgezogen und die Wunden ausgewaschen. Die Frauen kümmerten sich um sie, bestrichen ihre Wunden mit Salben und Weißwein, flößten ihnen Schlaftränke ein, die ihnen die schlimmsten Schmerzen nehmen sollten.

Hope dachte nicht weiter darüber nach, warum sie Roland suchte. Sie sagte sich einfach, dass er ihr Schutz bieten würde, sollten die Männer beschließen, ihre Drohung wahr zu machen und sie töten. Doch nach einer Stunde vergeblichen Suchens musste sie sich ihre wachsende Sorge um ihn eingestehen. Immer wieder hatte sie in die Gesichter der am Boden liegenden Männer geschaut.

Als sie Roland schließlich fand, stand er mit erhobenem

Schwert über der zu seinen Füßen kauernden Matilda, die ihn um Gnade anflehte. »Habt Erbarmen, Roland! Ich habe alles gesagt, was die Steine und die Sterne prophezeit haben.«

»Deine Steine und deine Sterne haben uns den Sieg vorausgesagt, altes Weib. Sieh dir diesen Sieg an! Er ertrinkt im Blut meiner Männer! Beim Allmächtigen – Lacurne hat uns erwartet. Wir sind aus dem Hinterhalt überfallen worden. Warum haben deine Sterne das nicht vorausgesagt?«

Zitternd, einen Arm schützend vor das Gesicht gelegt, suchte Matilda verzweifelt nach einem Ausweg aus ihrer misslichen Lage. Ihr Blick fiel auf Hope, heftete sich auf sie. »Da steht Euer Verhängnis, Roland!«

Hopes Blick flog zu Roland, als dieser sich zu ihr umdrehte. Der flackernde Schein der Lagerfeuer warf dunkle Schatten auf sein blutbeflecktes Gesicht, die ihn dämonisch und gefährlich aussehen ließen. Sie spürte seine Wut wie einen Schlag.

»Habe ich nicht vorhergesagt, dass sie Euch den Untergang bringen wird?«, schrie Matilda. »Vielleicht sind ihre Kräfte stärker als meine. Hat sie nicht die Kräfte des Universums versammelt, um Euch zu ermorden? Tötet sie jetzt, ehe ihre Bösartigkeit uns alle zerstört!«

Roland ließ die Waffe sinken.

Hope stolperte über den Saum ihres Kleides, als sie vor ihm zurückwich. Das blutige Schwert in der Hand kam er auf sie zu. Der Feuerschein ließ die Klinge hell funkeln.

»Tötet sie!«, kreischte die Alte. »Tötet sie, ehe es für uns alle zu spät ist!«

Hope floh. Roland packte sie am Arm und riss sie zu sich hoch. Sein mit Blut bedeckter Brustpanzer schnitt ihr ins Fleisch. In seinen dunklen Augen blitzte eine solche Wut, dass Hope die Knie bebten. »Heilige oder Hexe? Was bist du, Hope von Châteauroux?«, fauchte er sie an.

»Keines von beiden«, brachte sie keuchend heraus.

»Der Augenschein beweist etwas anderes.«

Sie zuckte zusammen, als er sie derb am Arm packte. »Die Alte lügt, Roland. Ich bin nicht böse. Ich habe diese Männer nicht verflucht.«

Mit einem wütenden Knurren zwang Roland sie vorwärts bis zu einem Soldaten, der wimmernd am Boden lag. Sein Hals und sein Gesicht waren von klaffenden Wunden gezeichnet, bei deren Anblick Hope die Sinne schwinden wollten. Roland drückte Hope auf die Knie und packte sie an den Haaren. Er zwang sie, den Verwundeten anzusehen. »Sieh ihn dir an, deinen englischen Feind. Sieh dir an, mit welcher Grausamkeit dein fürsorgender und hochherziger König mit seinen Widersachern umgeht. Dieser Mann ist Ehemann und Vater … und mein Freund. Wenn er stirbt, werden wir seinen Körper in eine Grube werfen, zusammen mit denen von fünfzig anderen tapferen Männern.«

»Hört auf!«, schrie Hope und versuchte, sich die Ohren zuzuhalten.

Roland kniete sich neben sie, noch immer hielt er Hope an den Haaren gepackt. Er drehte ihr tränenüberströmtes Gesicht zu sich und stieß zwischen zusammengebissenen Zähnen hervor: »Heile ihn.«

Sie schüttelte heftig den Kopf.

»Heile ihn, oder ich erkläre dich zur Hexe und werde wie die alte Matilda behaupten, dass dies alles dein Werk ist.«

»Ich – ich kann nicht …«

»Ich war Zeuge der Heilung deines Bruders.«

»Das war nur ein winziger Schnitt.«

»Dann gibst du es also zu?«

»Ja!«, schrie sie und schlug auf seine Hand. »Es ist mir egal, dass er Engländer ist, Roland. Wenn ich ihn heilen könnte, würde ich es tun. Es liegt nicht in meiner Natur, mich am Leiden eines Menschen zu erfreuen.«

Sie sah ihm in die Augen und versuchte, sich nicht dem Schmerz zu beugen, den er ihr zufügte. In diesem Augenblick dachte sie, dass sie noch nie zuvor so viel Qual im Antlitz eines Mannes gesehen hatte. Seine Augen funkelten, doch nicht vor Zorn, sondern von Tränen.

Als Roland aufstand und sie an den Haaren hochzog, zuckte Hope zusammen und klammerte sich an seine Hand. »Albert!«, brüllte er.

Durch die Dunkelheit kam Albert herbeigelaufen, er zögerte, als er Hope sah.

Roland stieß Hope auf den verwirrten jungen Mann zu, der sie in seinen Armen auffing. »Bring sie in mein Zelt und fessle sie.«

»Sir? Aber warum …«

»Dein Rang erlaubt es dir nicht, meine Autorität in Frage zu stellen.«

Albert zuckte zurück. »Ich wollte nicht respektlos sein, Roland.«

Hope wandte sich zu Roland um, in ihren Augen flammte Zorn auf, als sie ihn ansah. »Und was jetzt? Habt Ihr vor, mich in der Morgendämmerung wie eine Fackel anzuzünden? Oder wollt Ihr mich verhungern lassen? Mich bis auf die Haut ausziehen und mich auspeitschen lassen? Sagt es mir, Roland. Was tun die Engländer mit einer angeblichen Hexe? Ich könnte Euch daran erinnern, dass es auf Eure Veranlassung hin geschehen ist, dass ich hier bin. Sollten diese Männer von irgendeinem Unglück heimgesucht werden, dann sollten sie Euch die Schuld daran geben, nicht mir. Ihr seid der Anführer. Ihr habt sie in die Schlacht geführt. Ihr Tod lastet auf Eurem Gewissen, nicht auf meinem.«

Roland schwieg, als er sie mit Augen anstarrte, die jetzt bar aller Gefühle waren – bis auf den stummen Ausdruck tiefen Leides. Seine Schultern sackten zusammen, und er schaute über das Lager, auf die Soldaten, Ritter und Pferdeknechte, die mit brennenden Fackeln zwischen den Opfern der Schlacht umhergingen und nach Freunden suchten. In diesem Augenblick war ihm, als erhöben sich die

Seelen der Toten und flögen auf ihn zu, berührten ihn und trieben den Schmerz über die Verlorenen auf immer in seine Brust. Er ließ das Schwert fallen und verschwand in der Dunkelheit.

Beim ersten Tageslicht versammelten sich die Überlebenden am Rande der Grube, wohin man während der Nacht die Körper der Verstorbenen gebracht hatte. Schulter an Schulter lagen die Toten, die Füße zur aufgehenden Sonne gerichtet. Roger de Ferres stand inmitten der toten Kameraden und hielt sein gramzerfurchtes, schmerzerstarrtes Gesicht zum Himmel gewandt, als er die Bestattungsformel sprach.

»Hier liegen die tapferen Männer und Mitstreiter unseres gnädigen und höchst geachteten Königs Heinrich, jene Männer, die ausgezogen sind, um für das Recht und die Unverletzlichkeit Gottes und Englands zu kämpfen. Tapfere Männer, möge Gott eure Seele zwischen den Blumen des Paradieses ruhen lassen, zwischen den Guten und Gesegneten dort oben. Gott gebe eurer Seele Frieden.«

Hope beobachtete das bedrückende Geschehen von Rolands Zelt aus, das wieder hergerichtet auf der Kuppe des Hügels stand. Das Wehklagen der Trauernden schickte ihr ein Frösteln über den Rücken. Seltsam, dass sie sich niemals gestattet hatte darüber nachzudenken, ob die Engländer des Leidens um geliebte Verstorbene ebenso fähig sein könnten wie die Franzosen. Männer wie Roland de Gallienne waren bislang für sie immer nur der unbarmherzige, kaltblütige Mörder gewesen. Niemals hätte sie gedacht, Zeuge eines solchen Schmerzes zu werden, wie sie ihn in der vergangenen Nacht in Rolands Augen gesehen hatte.

»Wo ist Roland?«, fragte Daniel, als er sich neben Hope setzte und finster die Fesseln um ihre Fußgelenke betrachtete.

»Ich weiß es nicht«, erwiderte sie müde. »Vielleicht bereitet er alles dafür vor, mich auf dem Scheiterhaufen zu verbrennen. Nach gestern Abend würde mich das nicht überraschen.«

»Diese Niederlage hat ihn tief getroffen.«

»Ja. Ich denke, das hat sie.«

Daniel zog an der Kette, die im Boden verankert war.

»Geben sie mir die Schuld an dieser Katastrophe, Daniel?«

»Es gibt Gerede …« Er zerrte stärker an der Kette.

»Gibt *er* mir die Schuld daran?«

»Roland?«

Sie nickte.

»Ich … weiß es nicht. Seit gestern hat ihn kaum einer zu Gesicht bekommen.« Er hockte sich auf die Fersen und sah seine Schwester prüfend an. »Warum kümmert es dich, was er denkt?«

»Das ist doch wohl offensichtlich.« Sie senkte den Blick. »Es liegt in seiner Hand, ob ich lebe oder sterbe.«

»Ich habe nicht gesehen, dass man einen Scheiterhaufen errichtet hätte. Das sollte dich beruhigen.«

»Der Tag ist noch jung.« Sie seufzte. »Er weiß von meiner Gabe zu heilen. Er hat verlangt, dass ich die Wunde eines seiner Freunde heile.«

»Und hast du es getan?«

»Du weißt, dass ich es nicht getan habe. Ich konnte es nicht. Die Verletzungen waren viel zu schwer.« Sie legte den Kopf in seinen Schoß und lächelte, als er ihr über das Haar strich. »Warum hat mich dieser Fluch getroffen … dieses Gebrechen?«

»Warum war unsere Mutter damit geschlagen? Und davor ihre Mutter? Irgendetwas Gutes muss es doch haben. Und … es gibt einen Ausweg. Du heiratest einfach.«

»Die Entscheidung zu heiraten muss aus Liebe getroffen werden, nicht aus Eigennutz. Unsere Mutter hat damit nicht recht getan. Wir beide wissen, dass sie unseren Vater nur aus einem Grund geheiratet hat: um diese schreckliche Qual zu beenden.«

»Dann würde ich mich an deiner Stelle darauf konzentrieren, mich zu verlieben.«

»Ich bin wohl kaum in der Lage, das Land nach einem passenden Liebsten abzusuchen. Und abgesehen davon, werde ich in diesen schrecklichen Fesseln verrotten, wenn Roland seine Drohung wahr macht – falls er mich nicht vorher der Meute seiner blutdürstigen Soldaten vorwirft. Ich könnte schwören, dass sie auch jetzt die Köpfe zusammenstecken, um auszuhecken, wie sie mich ein für alle Mal loswerden können.«

»Roland scheint mir nicht der Mann zu sein, dessen Meinung leicht von anderen beeinflusst werden kann. Tief in seinem Herzen weiß er, dass du nichts mit dieser Niederlage zu tun hast, davon bin ich überzeugt.« Er tätschelte ihre Wange und erhob sich. »Es tut mir Leid, wenn ich dich jetzt hier allein lasse, aber ich muss mich gleich mit Albert treffen. Er wird mir sein Pferd borgen. Man hat mir gesagt, ein Ritter ist erst dann ein Ritter, wenn er es fertig bringt, ein Schlachtross zu beherrschen.«

Er wandte sich zum Gehen, als Hope sagte: »Ich muss dir etwas Schreckliches gestehen, Daniel.«

Er blieb stehen und sah sie an.

Hope holte tief Luft, dann bekannte sie: »Ich hatte eine Vision.«

»Was hast du gesehen?«

»Den Überfall auf Rolands Männer.«

Daniels Gesicht verdunkelte sich, und er schwieg betroffen. In seiner Stimme lag ein zorniger Klang, als er die Sprache wiederfand. »Jesus Christus, Hope! Willst du damit sagen, dass du gewusst hast …«

»Da war nur ein kurzer Augenblick … als sie davonritten …«

Daniel schüttelte ungläubig den Kopf. »Warum hast du sie nicht zurückgehalten?«

»Es kam und ging so rasch vorbei. Erst war es nur ein Gefühl in meinem Bauch, aber dann hab ich Matilda im Schatten stehen sehen. O Gott, Daniel, bitte zweifle nicht an mir. Die Vision kam spät in der Nacht, sie war zu rätselhaft, ich habe sie gar nicht verstanden. Und selbst wenn ich es verstanden hätte, die Männer wären schon viel zu weit weg. Wir hätten sie niemals rechtzeitig erreichen können.«

»Hättest du sie gewarnt, wenn du es gekonnt hättest?«

Hope schluckte. Es gelang ihr nicht, dem eindringlichen Blick ihres Bruders auszuweichen. Wie viel älter und reifer erschien er in diesem Augenblick, aber auch zutiefst enttäuscht, und nur das zählte in diesem Moment. Diese Erkenntnis traf sie bis ins Herz.

»Ich … ich glaube, ich würde es niemals wissentlich zulassen, dass ein Mann, ganz egal unter welchem Banner er kämpft, ahnungslos in ein solches Gemetzel reitet, wie ich es hier erlebt habe. Vermutlich fällt es dir schwer, mir das zu glauben, besonders eingedenk der Tatsache, dass ich zuvor versucht habe, Roland zu töten. Aber das tut mir inzwischen Leid. Mein Zorn über sein Auftauchen in der Abtei war stärker als mein gesunder Menschenverstand. Ich konnte an nichts anderes denken als an unsere geliebte Mutter, und daran, auf welch schreckliche Weise sie ermordet wurde. Könnte ich es ungeschehen machen, ich würde es tun. Du musst mir glauben, Daniel.«

In diesem Augenblick wurde die Zeltplane zur Seite geschleudert und Roland stand im Eingang. Seine Miene verfinsterte sich, als er erst Daniel und dann Hope ansah. »Hinaus!«, befahl er Daniel.

7

Der Duft von frisch gebackenem Brot, gebratenem Wildbret und würzigem Stew weckte Hope auf, ebenso wie die halblaut gesprochenen Worte, die im Schlaf an ihr Ohr gedrungen waren.

Roger?

»Gerade ist ein Bote eingetroffen. Lacurne hat sich nach Anjou zurückgezogen, um seine Wunden zu lecken und neue Kräfte zu sammeln. Man sagt, dass er bald gegen Chinon ziehen wird.«

Die beiden Männer schwiegen, bis Roger zögernd hinzusetzte: »Heinrich hat sich aus Le Mans zurückgezogen.«

»Heinrich würde sich nie aus Le Mans zurückziehen, Roger. Le Mans ist sein Geburtsort. Ein Rückzug käme für ihn dem Eingeständnis einer Niederlage gleich.«

»Heinrich und William Marshall waren vor zwei Tagen gezwungen, vor Fresnay zu fliehen und Le Mans zu verlassen. Das Schlimmste dabei ist, dass William zurückfiel, als er Heinrichs Rückzug deckte, und sich plötzlich Richard gegenüber sah.«

Roland trank von seinem Bier, dann schüttelte er den Kopf. »Dieser verräterische Sohn. Welche Sorte Mann wendet sich vom eigenen Vater ab?«

»Künftige Könige, wie er einer ist. Ein Mann, für den es wichtiger ist, Macht zu haben, als Loyalität zu beweisen. Richard zieht es offensichtlich vor, Philip zum Freund statt zum Feind zu haben.«

»William hätte ihm den Kopf abschlagen sollen.«

»Er hat es erwogen. Aber mir wurde berichtet, dass Richard um sein Leben gefleht hat: ›Bei Gott, Marshall, tötet mich nicht; es wäre keine gute Tat, denn ich bin unbewaffnet.‹ Marshall hat bitter gelächelt und erwidert: ›Ich werde Euch nicht töten; das überlasse ich dem Teufel!‹ Und dann hat er seine Lanze in Richards Pferd getrieben.«

»Was ist mit Heinrich? Wie geht es ihm?«

»Nicht gut. Nach dem Fall Le Mans' hat er sich nach Saint Suzanne zurückgezogen. Dort hält er sich zurzeit noch auf, denn er ist wieder krank. Er verlässt sich völlig auf Geoffrey, diesen Bastard von einem Sohn, dass der seine Befehle weitergibt.« Roger atmete langsam durch. »Roland, es ist nur noch eine Frage der Zeit. Wir sollten anfangen, uns mit der Tatsache abzufinden, dass Richard bald König sein wird. Heinrich ist dieses Krieges müde, er sehnt sich nach Ruhe. Wir beide wissen das. Sein Herz ist in England, so wie auch das meine. Und abgesehen davon vermute ich, dass Heinrich und Philip sich bald treffen und versuchen werden, diesen Konflikt beizulegen. Zu viele Männer sind auf beiden Seiten gestorben. Was mich zu dem Punkt bringt, dass wir unseren Plan hinsichtlich Hopes noch einmal überdenken sollten. Wenn es stimmt, dass Philip und der Papst sie für heilig halten, würden wir dann deren Wunsch nach Rache durch ihre Gefangenschaft nicht nur noch weiter anstacheln? Die Unruhe unter unseren Männern wächst von Tag zu Tag. Ihre Wunden erinnern sie stets daran, welches Unglück sie erwartet, wenn Hope hier bleiben und Philip sich zu irgendwelchen Vergeltungsmaßnahmen entschließen sollte. Außerdem fürchtet ihr Bruder um ihre Gesundheit. So wie ich auch. Sie isst kaum noch. Mit jeder Stunde, die sie in diesem Zelt verbringt, wird sie blasser und schwächer. Sollte es möglich sein, den Tod herbeizuzwingen, dann denke ich, dass sie genau das tut.«

»Sie will unser Mitleid wecken«, erwiderte Roland. »Und so wie du redest, ist ihr das bei dir auch schon gelungen.«

»Willst du ihren Tod auf dem Gewissen haben?«

»Was bedeutet schon ein Tod mehr, wenn mein Gewissen bereits von Tausenden von Toden gequält wird?«

»Wann hat die Schwarze Flamme eine Frau je mit solcher Gefühllosigkeit behandelt?«

»Wann hat eine Frau je versucht, mich zu töten? Wann hat eine Frau je den Untergang dieser Armee vorausgesehen und es dennoch zugelassen, dass die Männer in ihr Verderben reiten?«

»Du hörst zu sehr auf Matilda, die an nichts anderes denkt als an ihre künftige Stellung in dieser Armee.«

Hope öffnete die Augen einen Spaltbreit. Roland saß am Tisch. Er hatte ihr den Rücken zugekehrt. Roger, auf dem Platz ihm gegenüber, war damit beschäftigt, sein Brot in das Stew zu tunken und sich den Bissen in den Mund zu schieben. Die Soße tropfte von seinen Mundwinkeln und sammelte sich in den Spitzen seines roten Bartes. Während er kaute, sah er Roland unverwandt an, seine Miene drückte Besorgnis aus.

»Warum isst du nichts, Roland? Du siehst fürchterlich aus. Bist du krank? Soll ich Matilda holen lassen? Vielleicht wird ein wenig von ihrem Schierling dich kurieren.«

Roland griff sich kurz an die Seite und krampfte die Finger in den Stoff seiner Tunika, ehe er die Hand wieder auf den Tisch legte. Sie zitterte leicht. Hope runzelte die Stirn, als sie plötzlich einen stechenden Schmerz in ihrer Seite verspürte, der sich unterhalb ihrer Rippen festsetzte. In ihrem Körper wallte Hitze auf und ließ kleine Schweißperlen auf ihre Stirn treten. Hope hielt den Atem an und dachte, dass sie ihrer Starrköpfigkeit nun doch die Oberhand über sich eingeräumt hatte. Wenn sie nicht bald etwas aß, würde sie nicht mehr die Kraft haben, von hier fortzugehen – sollte Roland wieder zu Verstand kommen und sie und Daniel freilassen.

Roland schüttelte den Kopf. »Matilda würde sich in ihrer derzeitigen Stimmung kaum dazu hergeben darüber nachzudenken, was mir fehlt oder nicht fehlt. Ich würde lieber einer Bärin gegenüberstehen, vielen Dank.«

Man hatte das Essen neben Hopes Schlafmatte gestellt – so wie auch schon in den vergangenen Tagen. Sie weigerte sich zu essen, weil sie darauf hoffte, Roland würde wie ein vollendeter Ritter reagieren und ihr gestatten, in ihr eigenes Zelt zurückzukehren. Oder sie sogar freilassen.

Aber drei Tage des Hungerns hatten Hope zu der Erkenntnis gezwungen, dass Roland de Gallienne nicht wie andere Ritter war. Als der Duft des gebratenen Wildbrets ihr verlockend in die Nase stieg, griff sie hungrig danach und setzte sich auf. Das Fleisch war zäh, aber gut gewürzt, und fast schmerzhaft lief ihr das Wasser im Mund zusammen, als sie kaute. Sie hielt den Blick auf Roland gerichtet, der sich leicht zu ihr umgewandt hatte. Sein Profil wirkte eingefallen und gefurcht vor Müdigkeit.

Für einen Augenblick vergaß Hope das Essen und den Hunger, der während der vergangenen Tage in ihrem Magen rumort hatte – seit Rolands Armee von dem verhängnisvollen Zusammentreffen mit Lacurne zurückgekehrt war. Sie starrte Roland so unverwandt an, wie sie sonst nur ihren verfluchten Dreifuß ansah … gebannt, beunruhigt … fasziniert. Nur unbewusst nahm sie wahr, dass ihr der Bissen in der Kehle stecken zu bleiben drohte und die Luft im Zelt sich erstickend heiß anfühlte.

Die Fesseln um ihre Fußgelenke schnitten in ihre Haut, als sich Roland langsam umwandte, um Hope direkt ins Gesicht zu sehen. Seine Augen waren hart und schwarz wie Onyx, und die plötzliche Erinnerung an seinen Kuss brachte eine atemlose Erwartung mit sich, die Hopes Haut zu entflammen schien und ein seltsames Gefühl in ihrem Bauch auslöste. Ein Gefühl, das weder Angst noch Zorn war. Sie vergaß zu kauen und starrte auf seinen Mund.

»Warum seht Ihr mich so an?«, fragte sie schließlich mit rauer Stimme.

»Ich bin nicht sicher, ob ich je einer schöneren Seherin begegnet bin, oder einer, die so gesegnet war, dass sie ohne Zaubertränke und Elixiere heilen konnte.« Er verließ seinen Stuhl und kam zu ihr, seine Schritte wirkten unsicher. Hope rutschte so weit zurück, wie es ihre Fesseln erlaubten, als Roland einen kleinen Schlüssel aus seiner Tunika herauszog, niederkniete und die Schlösser der Fesseln aufschloss. Er strich mit den Fingern leicht über ihre zerschürfte und aufgescheuerte Haut, ehe Hope die Füße unter ihrem Kleid verbarg.

»Du musst hungrig und durstig sein«, sagte er.

Sie erwog zu lügen. »Ja«, erwiderte sie dann.

»Dann leiste mir Gesellschaft. Das wird eher nach deinem Geschmack sein als das trockene Wildbret.«

Er bot ihr seine Hand. Sie übersah sie geflissentlich. So anmutig wie möglich erhob sie sich und glättete die Falten ihres Rockes. Dabei zwang sie sich, nicht an den Tisch zu stürzen, um alles Essbare gierig in sich hineinzuschlingen. Sie wartete, bis Roland zu seinem Stuhl zurückgekehrt war, dann suchte sie sich einen Platz in Rogers Nähe, der ihr aufmunternd zulächelte.

Der Duft nach würzigem Stew und warmem Brot ließ sie fast ohnmächtig werden. Hope setzte sich und griff nach einem großen Stück Brot, das sie in das Stew tunkte. Sie schloss die Augen, als diese köstliche Mischung ihre Kehle hinunterglitt. Die braune Soße, die ihr über das Kinn lief, wischte sie rasch mit dem Ärmel ab, ehe sie sich dem nächsten Bissen widmete. Erst als sie langsamer aß, um zwischendurch auch einmal Luft zu holen, wandte sie ihre Aufmerksamkeit Roland zu.

»Mein Hunger muss eine große Befriedigung für Euch sein«, stellte sie mit vollem Mund fest. Sie kniff die Augen zusammen und zerteilte ein weiteres Brotstück. »Vielleicht habt Ihr Euch dazu entschieden, mir die Henkersmahlzeit zu geben, ehe ich meinen Fuß auf den Scheiterhaufen setze.«

Er schüttelte den Kopf.

»Dann habt Ihr beschlossen, mich unter jene Ungläubigen dort zu werfen.«

»Es gibt keine Ungläubigen in dieser Armee.«

»Abgesehen von Euch, um genau zu sein.«

Sie schluckte hart, als sein Kinn sich anspannte. Der nächste Mund voll Stew verbrannte ihr die Zunge.

Roland stützte die Ellbogen auf den Tisch und legte die Finger zu einem Dreieck aneinander. »Du hast gewusst, dass Lacurnes Männer uns im Wald erwarten und aus dem Hinterhalt angreifen würden. Ich habe gehört, wie du deinem Bruder davon erzählt hast. Wieso wusstest du es?«

Hope zuckte mit den Schultern und griff nach einer weißen Rübe. »Ich habe es geträumt.«

Sie hob den Blick und entdeckte kochende Wut in seinen Augen. »Habt Ihr erwartet, ich würde meinen Feind vor dem bevorstehenden Verderben warnen? Einen Feind, der mich gefangen hält und wie ein Tier ankettet?«

»Vielleicht hast du den Untergang meiner Männer geplant.«

Das Brotstück fiel ihr aus den Händen. »Wie könnte ich so etwas bewerkstelligt haben, wenn ich die ganze Zeit über …«

»Du hast Lacurne eine Nachricht über unsere Pläne zukommen lassen.«

»Was bedeuten würde, dass Ihr einen Verräter unter Euch habt. Aber vielleicht hat sich ja mein Geist über meinen Körper erhoben und ist …«

Er beugte sich über den Tisch und griff Hope ins Haar. Ein Schmerz schnitt durch ihre Schläfen und ihren Nacken herunter, als sie sich an seinen Arm klammerte.

Hope musste sich auf dem Tisch aufstützen und landete mit einer Hand im heißen Stew, als Roland sie zu sich zog. »Sie wussten, dass wir kommen und wann wir kommen. Sie haben sich mit Zweigen und Blättern getarnt, und meine Männer sind in diese Falle gegangen. Man hat sie wie die Lämmer zum Schlachten geführt«, stieß er zwischen zusammengebissenen Zähnen hervor.

»Ich war nicht diejenige, die Euch einen Sieg vorausgesagt hat, Roland. Und ich war auch nicht diejenige, die gesagt hat, dass sie am Fluss auf Euch warten würden. Denkt an Eure eigene Seherin, wenn Ihr jemanden zu beschuldigen wünscht!«

Roland lockerte ganz langsam seinen Griff. Noch hatte er Hope nicht losgelassen, doch er schien sich zu entspannen, als er mit dem Finger über ihren Nacken strich.

Roger räusperte sich und reichte Hope ein Tuch, damit sie sich die Hand säubern konnte. Erst jetzt ließ Roland sich in seinen Stuhl zurückfallen. Er erschien bleich, seine Augen eingefallen, die Falten tief eingegraben in sein Gesicht.

Hope war der Appetit vergangen. Ihre Kopfhaut schmerzte, und sie betrachtete das Essen, als sei es Gift. Mit einem tiefen Seufzer sagte sie: »Wenn Ihr mich dieser Verbrechen für fähig haltet, warum behaltet Ihr mich dann noch hier und lasst mich nicht gehen?«

»Um dir die Möglichkeit zu geben, deine … *Gabe* zum Nutzen Philips einzusetzen?«

»Gabe?« Sie lachte bitter und schüttelte den Kopf. Ihre Augen begannen zu brennen, ihr Kinn zitterte. »Wäre es eine Gabe, ich würde sie mit Freuden zurückgeben.« Heiße Tränen liefen ihr über die Wangen; sie tat nichts, sie zurückzuhalten, neigte nur den Kopf und ließ sie heruntertropfen. »Ihr würdet mir einen Gefallen damit tun, mich zu verbrennen. Lieber ertrage ich einen Augenblick des Schmerzes als ein ganzes Leben voller Qual.«

Roland stieß heftig gegen den Tisch, und das Bier schwappte aus den Bechern. Er fuhr sich mit den Händen durch das schwarze Haar, als er Hope ansah. Sie hatte die Augen aus Furcht weit aufgerissen, ihre Wangen waren blass.

Roger runzelte die Stirn. »Es gibt keinen Grund, deine Wut an ihr auszulassen.«

»Ach nein?«

»An all dem trifft sie keine Schuld.«

Roland lachte. »Wie du vorhin sagtest, Roger: Immer mehr meiner Männer sehen das anders.«

»Dann lass sie frei. Lass sie ihres Weges ziehen und vergiss sie ein für alle Mal. Wenn du wirklich überzeugt bist, dass sie uns mit ihrer Macht zerstören kann, dann öffnest du unserem Untergang Tür und Tor, wenn du sie hierbehältst.«

Roland ging auf Hope zu, ein dünnes Lächeln spielte um seine Mundwinkel. Hope stand rasch auf und wich vor ihm zurück. »Weißt du, was unsere kleine ›Heilige‹ ihrem Bruder noch gestanden hat, Roger? Sie bedauert es, dass sie versucht hat, mich zu töten. Soll ich ihr das glauben? Oder soll ich glauben, dass das alles nur eine hinterhältige Intrige ist, um sich meine Gunst zu erschleichen?«

»Du solltest das glauben, was dein Herz dir sagt, Roland.«

Roland zog die Augenbrauen hoch und begann zu lachen. Es war ein dunkles Lachen, das tief aus seiner Kehle kam. »Laut Hope habe ich kein Herz. Keine Seele. Keine Hoffnung auf himmlische Glückseligkeit, wenn ich sterbe. Ich bin ein verhasster Ketzer, der dazu verdammt ist, für den Schmerz und die Zerstörung, die er über die Menschen gebracht hat, auf ewig in der Hölle zu schmoren. Warum sollte sie nicht den Wunsch haben, mich zu vernichten und ihr Vergnügen daran zu finden?«

Plötzlich griff er sich an die Seite, und sein Gesicht wurde fahl. Genau so unerwartet wurde Hope von einem stechenden Schmerz durchdrungen, der sie zurücktaumeln und zu Boden sinken ließ. Wie eine Lawine stürzte die Finsternis auf sie ein.

Roger polsterte die Innenseiten der Fesseln um Hopes Knöchel mit Pelz und legte ihr ein weiches Bärenfell auf die Schlafmatte. Sein Gesicht wies zahlreiche Schnitt- und Schürfwunden auf, über den Handrücken zog sich ein tiefer Riss – Verletzungen, die er in der Schlacht mit Lacurne davongetragen hatte. Hope war versucht, ihre Hand darauf zu legen, um ihm die Fürsorge zurückzugeben, die er ihr in diesem Augenblick zuteil werden ließ. Dann erinnerte sie sich daran, dass Roger, auch wenn er freundlich war und Mitgefühl für ihre missliche Lage zeigte, immer noch der Feind war – und Rolands Freund. Sollte Roland beschließen, sie hinrichten zu lassen, würde Roger diesem Befehl nicht entgegentreten. Außerdem wäre es nicht klug, ihre Gabe des Heilens zu enthüllen, auch nicht, wenn es um so unbedeutende Verletzungen ging. Es würde die Hoffnung gefährden, dass Roland die Gründe noch einmal überdenken könnte, die ihn veranlassten, sie weiterhin gefangen zu halten.

Hope zwang sich zu einem Lächeln, als sie ihn ansprach. »Das ist freundlich von Euch, Roger de Ferres, aber es wäre noch freundlicher, mich gehen zu lassen.«

Er sah sie besorgt an. »Roland wünscht, dass du hierbleibst. Zumindest noch in nächster Zeit.«

»Und Ihr würdet Euch niemals gegen Roland stellen.«

»Niemals.«

»Weil Ihr sein Freund seid oder weil Euch die Loyalität für Euren König diktiert, seinen Anordnungen zu folgen, ohne sie in Frage zu stellen – mögen diese richtig oder falsch sein?«

»Beides.« Er lächelte, als er sich aufrichtete. »Roland ist ein gerechter Mann. Ich habe noch nie erlebt, dass er durch sein Verhalten wissentlich das Wohlergehen seiner Männer aufs Spiel gesetzt hätte.«

»Dennoch hat er eine Frau gefangen genommen und in Ketten legen lassen.«

»Ich gebe zu, dass sein Denken und Handeln ein wenig seltsam ist, was dich betrifft. Andererseits hast du versucht, ihn umzubringen. Er hätte das Recht, dich zu töten, und jeder andere Mann an seiner Stelle hätte dieses Recht auch geltend gemacht.«

»Er kann mich immer noch töten.«

»Vielleicht.«

Hope streckte sich auf der Schlafmatte aus und runzelte die Stirn. »Eure Antwort ist nicht sehr tröstlich, Roger.«

»Gerade jetzt ist es schwer zu sagen, was in seinem Kopf vorgeht. Er hat in der letzten Schlacht große Verluste erlitten. Er ist das Töten und den Tod leid, wie wir alle. Es ist lange her, seit wir England und unsere Familien das letzte Mal gesehen haben. Aber bis Roland bereit ist, nach Hause zurückzukehren, werden wir für Heinrich weiterkämpfen.«

»Seine Loyalität König Heinrich gegenüber wird ihn vernichten, ganz zu schweigen von seinen Männern.«

Roger seufzte; seine Stirn legte sich in Falten vor Besorgnis und Müdigkeit. »Heinrich ist sein Freund. Heinrich war mehr ein Vater für ihn, als Godfrey es je gewesen ist. Solange der König ihn nicht aus seinem Kommando entlässt, wird Roland hier bleiben, um zu kämpfen – oder um zu sterben.«

Hope schmiegte die Wange in das weiche Fell und genoss das sanfte Gefühl auf ihrer Haut. Roger beobachtete sie. Ihre Lider wurden schwer, und sie seufzte müde. »Es tut mir Leid um Eure Männer, Roger. Es muss ein fürchterlicher Schock gewesen sein zu begreifen, Philips Armee in die Falle gegangen zu sein.«

»Das ist unser Schicksal, Hope. Mögen wir Engländer oder Franzosen sein, wir müssen uns jeden Tag dem Gedanken stellen, dass es unser letzter sein könnte.« Roger breitete eine Decke über Hope aus. »Roland ist kein schlechter Mann. Er tut einfach nur das, was man von ihm erwartet, genau wie Lacurne es auch tut. Du solltest versuchen, ihn besser kennen zu lernen und zu verstehen, ehe du so streng über ihn urteilst.«

Rosamunde lief zu Roland, um ihm Wein einzuschenken. Erst als sie ihm den vollen Becher gereicht hatte, wandte sie ihre Aufmerksamkeit Hope zu. Sie füllte einen zweiten Becher und bot ihn Hope an. Diese schüttelte ablehnend den Kopf, doch als Rosamunde sie mit einem Nicken ermunterte, griff sie schließlich doch danach. Hope setzte den Becher an die Lippen und leerte ihn so hastig, als hätte sie seit Tagen nichts zu trinken bekommen.

Rosamunde füllte den Becher wieder auf, und Hope sagte leise: »Danke.« Ihr Blick schweifte an der Frau, die sie aufmerksam ansah, vorbei zu Roland. Er beobachtete Hope über den Rand seines Bechers hinweg, während er hin und wieder am Wein nippte. Seine Stirn war von Schweißperlen bedeckt. Seine Miene war ausdruckslos, bis Rosamunde seine Aufmerksamkeit einforderte. Sie setzte sich auf seinen Schoß, schlang die Arme um seinen Hals und küsste ihn auf den Mund.

Er umfasste mit beiden Händen ihren Po und zog sie an sich. Hope bemühte sich, Roland und seine Geliebte zu ignorieren. Es war nicht leicht, denn jeder Blick auf die beiden ließ bei Hope die Erinnerung an jene Augenblicke wach werden, als Roland sie gestreichelt, sie geküsst hatte … und das mit weitaus größerer Leidenschaft als es jetzt bei Rosamunde der Fall war.

Warum?

Weil seine Handlungen an jenem Tag von Wut getrieben worden waren und nicht von Liebe?

Weil er sie mit seinen Zärtlichkeiten und Küssen hatte quälen wollen?

Arroganter Kerl.

Seit Ewigkeiten saßen Roland und Rosamunde nun schon am Tisch und fütterten sich gegenseitig mit Brot und Stew. Sie tranken jeweils vom Wein des anderen, während Rosamunde auf Rolands Schoß saß und den Kopf an seine Schulter lehnte. Hin und wieder küsste er Rosamunde auf die Stirn, einmal auch auf ihre Nasenspitze. Mehr als einmal glitt sein Blick zu Hope, und sie spürte diese Blicke warm auf ihrer Haut. Sie beeilte sich jedes Mal, die Augen zu schließen und so zu tun, als schliefe sie.

Der Wein machte Hope müde.

Als die Dämmerung hereinbrach, begann ihr der Kopf zu schmerzen – sicherlich vom Wein. Bitte, lieber gnadenreicher Erlöser, lass es keine Vision sein, nicht jetzt. Es war schon damit genug, das herausfordernde Geschehen zwischen Roland und Rosamunde mit ansehen zu müssen. Hope wusste, was Männer und Frauen miteinander taten – sie hatte im selben Zimmer wie ihre Eltern geschlafen und nach dem Tod des Vaters bekam ihre Mutter hin und wieder Besuch von Männern.

Der Wein zog Hope in einen tiefen, wenn auch unruhigen Schlaf. Als sie aufwachte, schienen Stunden vergangen zu sein. Ihre Kehle fühlte sich wie zugeschnürt an, ihr Mund war trocken. Was sie zunächst wie ein taubes Gefühl in ihrer Seite empfunden hatte, wurde plötzlich zu einem Schmerz, der ihr messerscharf in die Rippen fuhr. Hope keuchte nach Luft und richtete sich auf. In diesem Augenblick wankte Rosamunde auf sie zu, stolperte über die Kette der Beinfesseln und fiel vor ihr zu Boden.

Das Haar hing ihr wirr ins Gesicht, ihre Augen waren weit aufgerissen. Ihr Körper war nur mit einem Leinenhemd bekleidet, das ihre Brüste fast ganz enthüllte. Sie packte Hope an den Schultern und schüttelte sie heftig. Dann zeigte sie in den hinteren Teil des Zeltes. Sie brachte einen krächzenden Laut heraus und kroch auf allen vieren aus dem Zelt.

Hope spähte in die dunklen Schatten und versuchte, etwas zu erkennen. Sie glaubte Roland zu sehen, der seltsam verkrümmt auf seiner Schlafmatte lag. Sie kniete sich hin, der Schmerz in ihrer Seite wurde heftiger, schien ihren Brustkorb sprengen zu wollen und bohrte sich dann in ihre Schläfen. Die Qual war so groß, dass sie auf die Matte zurückfiel.

»Roland?«, brachte sie mühsam heraus. Sie versuchte, zu ihm zu kriechen.

Die Vision kam wie ein Schwarm Krähen angeflogen, klar und dunkel gegen einen fahlen Himmel.

Feuer.

Menschen schreien.

Frauen und Kinder betteln um Gnade.

Roland liegt auf Knien, aus seinen Augenhöhlen rinnt Blut.

»Roland?«, rief sie leise und streckte die Hand ins Dunkel. Sie betete, dass es ihr trotz der Beinfesseln möglich sein würde, ihn zu erreichen. Ihre Fingerspitzen berührten sein Gesicht.

Er stöhnte.

Auf allen vieren schleppte sie sich zu ihm.

Seine Haut fühlte sich heiß an sein Atem kam stoßweise. Seine blutigen Finger krallten sich in seine Seite. Er keuchte leise. Hope hielt die Luft an, als sie seine Hand löste und den blutgetränkten Stoff seines Hemdes zur Seite schob. Die Wunde war faulig, gelber Eiter floss daraus hervor. Der Geruch drehte ihr den Magen um.

Roger betrat das Zelt, er hielt eine brennende Fackel in der Hand. Er blieb kurz stehen, als er Hope sah, die die Hände um Rolands gerötetes, schweißnasses Gesicht gelegt hatte. »Heilige Mutter Gottes«, stieß er hervor.

Hope legte die Hände auf Rolands Wunde und wappnete sich gegen die Übelkeit, die in ihr hochkam. Seine Augenlider flatterten, die rissigen Lippen öffneten sich.

Roger beugte sich über ihn, sein Schrecken und seine Sorge waren ihm anzusehen. »Roland, kannst du sprechen?«

Er nickte.

»Wann ist das passiert? Und wie?«

»Lacurne«, wisperte Roland.

Roger richtete sich auf, in seinem Blick lag Ungläubigkeit. »Warum hast du die Wunde nicht versorgen lassen? Was hast du dir dabei gedacht, Roland?«

»Er wollte sich auf diese Weise dafür bestrafen, dass er überlebt hat, während so viele seiner Männer gestorben sind«, sagte Hope leise und strich das Haar aus Rolands Stirn.

Roger schwieg einen Augenblick lang, dann machte er auf dem Absatz kehrt und verließ das Zelt. »Wo zum Teufel steckt Matilda!«, brüllte er in die Nacht hinaus. Und dann: »Ich werde ihr höchstpersönlich die Arme abhacken, wenn sie nicht in zwei Minuten hier ist!«

Schweigen.

Rolands Herz schlug gegen Hopes Hand.

Sie betrachtete sein Gesicht, das von tiefen Furchen des Schmerzes gezeichnet war ... und des Leids. Plötzlich spürte Hope den verwirrenden Wunsch, die Hand auf seine Stirn zu legen. Ein Zittern überfiel sie, und noch während sie dagegen ankämpfte, wurde ihre Hand magisch von der Hitze angezogen, die seine Haut ausstrahlte. Sie fühlte sich wie glühende Asche an.

Ohne Vorwarnung stürzten die Visionen auf sie zu, wie Fledermäuse, die aus einer dunklen Höhle hervorbrachen – Hunderte, Tausende, eine schwarze Wolke ungezähmter

Wildheit, die sie von allen Seiten zu verschlingen schien. Und mit ihr kamen Schmerz und Furcht, so fürchterlich, dass Hope glaubte, ihr würde das Herz aus der Brust gerissen.

Ein kleiner Junge steht am Bett seiner Mutter, die Augen fest geschlossen, während er tapfer ihre Hand hält. »Stirb nicht, Mutter. Ich bitte dich. Lass mich nicht mit Vater allein. Er hasst mich. Er will mich töten. Warum verachtet er mich so sehr? Warum?«

»Steh wie ein Mann vor mir und nimm deine Strafe hin. Verfluchte Sterne, die mich dazu verurteilt haben, deine Geburt miterleben zu müssen. Jetzt, da deine Mutter gegangen ist, werde ich dafür sorgen, dass diese verdammten Sterne aus dem Kosmos gerissen und in die brennende Hölle geworfen werden. Niemals wirst du auf deine Rechte als mein Erstgeborener pochen dürfen, du wirst dich mit den Brocken zufrieden geben, die mein Sohn Harold dir zuwirft. Von diesem Augenblick an bist du nicht mehr mein Sohn.«

»Schlag mich nicht mehr, Godfrey. Wenn es noch einen Funken Menschlichkeit in dir gibt, dann schlag mich nicht mehr, ich bitte dich.«

Wie jemand, der aus einem tiefen Traum erwacht, kämpfte Hope darum, sich aus der finsteren, schrecklichen Grube von Rolands Vergangenheit zu befreien. Sie wusste, dass all seine Qualen, all seine tragischen Erinnerungen, die sich wie Giftschlangen durch sein Denken wanden, jetzt auch ein Teil von ihr waren. Schon jetzt, als sie sich dazu zwang, den grauen Schleier zu zerreißen, der ihr Bewusstsein umschlungen hielt, spürte sie die Saat seiner Erinnerungen in sich keimen.

Sie beugte sich über ihn und wisperte ihm ins Ohr: »Schlaf tief, Roland. Morgen wird es keinen Schmerz mehr geben. Ich schwöre es.«

Seine Augen fielen zu. Sein Körper entspannte sich, und

er lag so reglos da, dass Hope sekundenlang von einer Sorge gequält wurde, wie sie sie noch nie erfahren hatte. Nur der erschreckend schwache Schlag seines Herzens unter ihrer Hand gab ihr Kraft. Wieder legte sie die Hände auf seine Wunde und schloss die Augen, wappnete sich gegen den Ansturm des Leids, der sie mit sich reißen würde.

Der Schmerz kam, umschlang sie wie schwarzer Rauch, raubte ihr den Atem und verdrängte alles Denken.

Lieber Gott, es war viel schlimmer, als sie gedacht hatte, denn dies war mehr als nur eine entzündete Wunde. Die Erinnerungen, die sie zuvor heimgesucht hatten, stachen wie glühende Lanzen durch den Rauch, durchbohrten sie mit Bildern eines Jungen und dessen schrecklichen Misshandlungen durch die Hand seines Vaters. Bilder eines jungen Mannes voll unbezähmbaren Zorns, von Männern, die um Gnade schrien, während sie sich in Todesqualen wanden. Männer, die durch ein flammendes schwarzes Schwert gestorben waren. Und klarer als diese Bilder erschien die Vision eines offenen Grabes, aus dem sich geisterhaft ein Grabstein erhob. Nur wenige Worte standen darauf:

HIER RUHT ROLAND
SOHN DES VERRÜCKTEN GODFREY

Roger kehrte zurück. »Dieses verdammte betrunkene alte Weib. Sie wird uns heute Nacht nichts …« Er starrte auf Hope, die neben Rolands Matte stand und unkontrolliert am ganzen Leib zitterte. Ihr Gesicht war leichenblass. »O Gott, nein«, stöhnte Roger. »Er ist doch nicht tot …?«

Er drängte sich an ihr vorbei und kniete neben dem Freund nieder. Ein Augenblick völliger Stille ging vorbei, ehe er sich langsam erhob und sein Gesicht Hope zuwandte. Alles, was sie sah, war eine bleiche Maske der Fassungslosigkeit. »Jesus«, flüsterte er, dann beugte er vor Hope das Knie und verneigte sich.

»Nein, nicht.« Sie trat zur Seite und schüttelte fast verzweifelt den Kopf. »Huldigt mir nicht, Roger de Ferres! Ich schwöre Euch, dass ich keine Heilige bin.«

»Aber Ihr … du …«

»Ich habe nicht mehr getan, als jeder andere von wahrem Glauben auch getan haben könnte.« Sie legte ihm ihre Hand auf das Haupt. »Ihr dürft niemandem erzählen, was Ihr heute Nacht hier gesehen habt. Niemals! Mein Leben hängt davon ab, Roger.«

Er nickte und griff nach ihrer Hand, drückte sie an seine Wange.

Hope wankte. Sie versuchte, das Gleichgewicht zu wahren. »Holt meinen Bruder! Rasch! Ich flehe Euch an, ehe ich …« Roger fing sie in seinen Armen auf, als sie das Bewusstsein verlor.

8

»Hope, was hast du getan?«, stieß Daniel hervor. »Verdammter Fluch! Verfluchte Gabe! Sie hat dich zerstört! Wach auf, Hope! Wach auf, ich befehle es dir!«

Sie versuchte, die Augen zu öffnen. Daniels Gesicht, von Angst gezeichnet, verschwamm wie ein Trugbild vor ihr.

Er stützte ihren Kopf und hielt ihr einen Becher an die Lippen. Kühles Wasser rann ihre ausgedörrte Kehle herunter.

Daniel sank neben Hope auf die Knie. Immer wieder schüttelte er den Kopf, runzelte die Stirn angesichts der blutgetränkten Tücher, die vor Rolands Schlafmatte lagen. Er wandte sich an Roger, der die beiden Geschwister in verwirrtem Schweigen beobachtete. »Ihr müsst diese Beweise vernichten. Niemand außer uns darf wissen, was sich heute Nacht hier ereignet hat.«

»Was hat sich hier heute Nacht ereignet?«, flüsterte Roger.

»Was glaubt Ihr?«

»Ein Wunder. Ja. Ein verdammtes Wunder. Ich habe es mit meinen eigenen Augen gesehen, so wahr ich hier stehe. Da war eine Wunde in Rolands Leib, so groß, dass ich meine Faust hätte hineinstecken können. Und jetzt …« Er barg das Gesicht in den Händen und schüttelte den Kopf. »Jetzt ist er … geheilt. Wie soll ich das meinen Männern erklären?«

»Euer Wort steht gegen ihres.«

»Aber sie haben aus meinem Mund gehört …«

»Ihr hattet Euch geirrt. Es war nur eine Täuschung, die Euch glauben ließ, Ihr sähet Blut. Eine Täuschung, hervorgerufen durch den flackernden Feuerschein.«

Roger sah ihn zweifelnd an und betrachtete dann lange Zeit Roland. Er zupfte an seinem Bart, während er die Situation überdachte. »Was ist mit Roland? Wie erklären wir es ihm?«

»Die Erinnerung an seine Verletzung wird für ihn nicht mehr sein als ein ferner, zusammenhangloser Traum, das versichere ich Euch.«

Roger lachte zynisch, doch im gleichen Augenblick glitt ein Ausdruck der Furcht über sein blasses Gesicht. Er bewegte unruhig die Hände, als er vor Hope stand und sie anstarrte. »Wer bist du?«, verlangte er zu wissen. »Sind wir durch deine Anwesenheit in diesem Lager gesegnet oder verflucht?«

»Keines von beidem«, erwiderte sie sanft und lächelte Daniel dankbar an, der ihr noch etwas zu trinken reichte.

»Meine zutiefst demütige Entschuldigung dafür, dass ich etwas anderes geglaubt habe«, erklärte Roger. Er trat an Rolands Bett. Roland schlief so tief und fest, als befände er sich in Trance. Roger beugte sich über ihn und betrachtete die Stelle, an der sich zuvor die Wunde befunden hatte. An Rolands Kleidern haftete noch das Blut, das bewies, dass Roger sich die Verletzung nicht eingebildet hatte. Schließlich schaute er zu Daniel und Hope hinüber, und auf seinem Gesicht begann sich Zorn zu regen. »Versucht nicht, mich davon zu überzeugen, dass so etwas normal ist.«

»Normal wohl kaum«, erwiderte Daniel. »Und könnten wir es erklären, würden wir es tun. Diese Fähigkeit wird seit Generationen weitergegeben, immer von der Mutter auf die Tochter. Sie blieb verborgen … bis der Abt Hopes … Gabe entdeckte. Er benutzte sie dazu, Châteauroux Ruhm einzubringen, obwohl er um die Qual und den Schmerz wusste, den es ihr jedes Mal verursacht. Wenn sie sich weigerte … schlug er sie.« Er hatte die Stimme gesenkt, als er hinzufügte: »Wäre ich Manns genug gewesen, ich hätte ihn für seine Grausamkeit töten mögen, bei meiner Seele.«

Roger ging zum Zelteingang. Draußen herrschte große Aufregung – die Soldaten hatten sich versammelt und warteten auf Kunde über Rolands Wohlergehen. »Roland wird sich an nichts erinnern?«, fragte Roger nochmals.

»Wahrscheinlich wird er nicht einmal mehr wissen, dass er verletzt gewesen ist.«

Ohne sich umzusehen, sagte Roger: »Sammelt die blutigen Tücher zusammen. Ich werde Rosamunde schicken, damit sie seine schmutzigen Kleider forträumt und sie vernichtet.«

Daniel tat wie ihm geheißen. Er sah zu, wie Roger sich die blutigen Bandagen unter Hemd und Tunika stopfte, ehe er das Zelt verließ. Man hörte das Raunen von Stimmen, dann rief jemand: »Eine Täuschung durch den Feuerschein? Du lügst, Roger! Was versuchst du zu verbergen? Wenn Roland noch am Leben und wohlauf ist, dann soll er sich uns zeigen!«

»Ich sage, die Hexe hat ihn getötet …«

»Du schützt diese Frau, Roger …«

Daniel schüttelte den Kopf und schloss die Augen. »Das wird deinem Ruf nicht gerade gut tun, Hope. Ich fürchte, im Morgengrauen wirst du entweder heilig gesprochen oder auf dem Scheiterhaufen verbrannt werden.«

Die Stimmen vor dem Zelt wurden zu einem leisen Summen, als Hope Rolands kühle Stirn berührte. Sie lächelte.

Daniel ließ sich neben sie auf den Boden fallen. »Warum? Warum hast du alles für einen Mann riskiert, den du angeblich verachtest? Ihm nur seine Schmerzen zu nehmen, allein das schon hätte dich umbringen können.«

In diesem Augenblick kehrte Rosamunde zurück. Den Blick starr auf Hope gerichtet, drückte sie sich an der Zeltwand entlang, als sie zu Roland ging. In ihrer Miene spiegelte sich Ehrfurcht wider, aber auch Angst. Hope zog sich so weit zurück, wie ihre Fesseln es zuließen, während Rosamunde hastig damit begann, Roland die Kleider zu wechseln. Als sie fertig war, schob Rosamunde die beschmutzten Sachen in einen Lederbeutel und versteckte diesen tief unten in einer von Rolands Truhen.

Roland bewegte sich. Sofort lief Rosamunde zu ihm.

Hope wandte dem Paar den Rücken zu, als Daniel ihre Hand ergriff. Ihre Finger waren noch immer voller Blut. Daniel griff nach einem Tuch, um sie zu säubern. Er rieb kräftig daran herum und fluchte, als die Flecken sich nicht von Hopes Händen entfernen ließen.

»Was zum Teufel geht hier vor?«, hörten sie Roland fragen. »Was ist mit den Männern los? Worüber reden sie?«

Daniel ließ das Tuch fallen. Hope hielt den Atem an.

Roland setzte sich auf, schaute zuerst Rosamunde an, deren Gesicht blass wie Wachs war, dann zu Hope und Daniel. Er schien noch erschöpft zu sein, aber keine Schmerzen mehr zu empfinden. Er erhob sich, als vor dem Zelt erneut zornige Stimmen laut wurden. Er schwankte einen Augenblick, bis er sein Gleichgewicht gefunden hatte.

Daniel stand auf und stellte sich zwischen Roland und Hope. »Sir … im Lager kursiert das Gerücht, dass Ihr verwundet worden und dem Tod nahe seid. Unglaublich … nicht wahr?«

Roland runzelte die Stirn, als er an sich heruntersah. Dann schüttelte er den Kopf, als wollte er seine Gedanken ordnen.

»Ich fürchte, Ihr und Roger habt etwas zu viel getrunken«, fügte Daniel eilig hinzu.

Als Roland auf Hope herunterschaute, schlug ihr Herz plötzlich schneller. Eine seltsame Wärme breitete sich von ihren blutbefleckten Händen her aus und strahlte bis in ihre Brust.

In diesem Augenblick betrat Roger das Zelt. Er hielt abrupt inne, als er zu seiner Überraschung Roland vor sich stehen sah. »Guter Gott«, entfuhr es ihm unwillkürlich. Doch er fasste sich rasch wieder. »Du bist … wach. Gut. Sehr gut!« Er lachte verhalten. »Du solltest nach draußen gehen und deinen Männern versichern, dass deine Seele noch unter uns weilt … dass du nicht im Schlaf umgebracht worden bist.«

Roland baute sich vor Roger auf und sah den Freund prüfend an. »Du kommst mir gar nicht betrunken vor.«

»Jeder weiß, dass ich mehr vertrage als jeder andere in dieser Armee«, erwiderte er und räusperte sich. »Woran erinnerst du dich eigentlich als Letztes?«

Roland schloss die Augen und dachte nach, dann holte er tief Luft und schüttelte den Kopf. »Ich bin … nicht sicher.« Er schaute zu Hope hinüber und murmelte: »Ein seltsamer Traum. Als wäre ich in einem Wasserstrudel gefangen gewesen.«

Roger schlug ihm auf die Rücken und schob ihn zum Ausgang. »Das kann schon sein, wir haben ja auch ein stattliches Fässchen geleert. Es würde mich nicht wundern, wenn die alte Matilda ein oder zwei Quäntchen vom Ohrenschmalz ihres Köters hineingerührt hat oder sonst eines von ihren Zaubermitteln. Das würde ich ihr durchaus zutrauen!«

Roland wandte sich noch einmal zu Hope um und sah sie eindringlich an, ehe Roger ihn endgültig vor das Zelt drängte. Nach einem kurzen Zögern folgte Rosamunde den beiden und ließ Hope und Daniel allein.

Hope sank in sich zusammen und presste die Hände auf ihre Brust.

»Geht es dir auch wirklich gut?«, fragte Daniel.

Hope atmete tief ein. Sie hatte die Augen geschlossen, als

sie flüsterte: »Ich fühle mich, als sei in meinem Herzen gerade die Sonne aufgegangen. Was bedeutet das, Daniel? Bitte, sag es mir. Was bedeutet das?«

Rolands Armee brach im Morgengrauen auf.

Der strömende Regen verwandelte die Straße in einen einzigen Morast und zwang die Marketender, mit ihren Karren und Wagen weit hinter den berittenen Soldaten zurückzubleiben. Sie waren auf dem Weg nach Chinon, denn dort, so war Roland zu Ohren gekommen, hielte sich König Heinrich inzwischen auf und wünschte ihn zu sehen. Roland wusste nicht, inwieweit diese Kunde stimmte, denn zurzeit kursierten jede Menge Gerüchte unter den Männern. So erzählte man sich auch, dass Heinrich sich darauf vorbereitete, vor Philip das Knie zu beugen und seine Niederlage einzugestehen. Ein weiteres Gerücht besagte, dass Roland vorhabe, Heinrichs Segen für die Rückkehr der Armee nach England zu erbitten. Nach dieser letzten Niederlage, so spekulierte man, habe Roland nicht länger den Mut zu kämpfen noch den Wunsch dazu.

Hope stolperte durch den Matsch, in den sie bei jedem Schritt bis zu den Knöcheln einsank. Ihre Hände waren gefesselt, und sie versuchte, mit Rolands Pferd Schritt zu halten, das sich die gewundene Straße nach Chinon hochkämpfte. Immer wieder streiften Rolands Männer sie mit Blicken. Die einen schienen nachdenklich und offensichtlich besorgt darüber, dass ihr Anführer eine Frau schlecht behandelte, die vielleicht eine Heilige war. Die anderen redeten hinter vorgehaltener Hand über die Ereignisse der vergangenen Nacht und schworen, dass das, was in Rolands Zelt geschehen war, nicht das Werk einer Heiligen, sondern das einer Hexe gewesen war. Da Roland die Anschuldigungen der Männer als bloße Narretei abgetan hatte – verursacht von einem der üblen Hirngespinste Matildas –, debattierten sie hitzig über die Möglichkeit, dass Roland mit der Hexe gemeinsame Sache machte. Warum sonst sollte er sie beschützen?

Als die Armee den Vienne erreichte und sich anschickte, den angeschwollenen Fluss zu überqueren, ritt Roger de Ferres zu Roland. »Willst du das Mädchen etwa wie einen Hering durchs Wasser ziehen?«, rief er ihm durch den Regen zu. »Wenn du sie ersäufen willst, werden viele der Männer bestimmt meutern.«

Über die Schulter warf Roland seiner Gefangenen einen Blick zu. Das schwarze Haar klebte ihm klitschnass am Kopf. »Sie ist doch eine Heilige, oder?«, erwiderte er mit einem Grinsen. »Soweit ich weiß, können die übers Wasser wandeln.«

»Bemüht Euch nicht, Roger!«, schrie Hope. »Ich würde nicht mit diesem Schwein reiten, selbst wenn er es wollte!«

»Dann wird sie mit mir reiten«, erklärte Roger.

»Das wird sie nicht«, brauste Roland auf.

Die Zähne zusammengebissen, den Bart tropfnass vom Regen, schüttelte Roger den Kopf. »Hätte ich dich nicht gegen die fürchterlichsten Feinde kämpfen sehen, Roland, ich würde anfangen zu glauben, dass du vor dem Mädchen Angst hast.«

Donner krachte über ihren Köpfen.

Roland trieb sein Pferd auf Hope zu, die zur Seite taumelte, um nicht niedergetrampelt zu werden. Am Arm zog er sie zu sich hoch und setzte sie hinter sich. Hope musste die Arme um seine Brust schlingen, um nicht herunterzufallen, als er dem Tier die Sporen gab und es voranpreschte.

Während der folgenden Tage bewegte sich Roland wie im Traum, wie abgestumpft schienen ihm seine Sinne – bis auf jenen Teil seines Bewusstseins, der die Unruhe spürte, die ihn zusehends stärker packte. Selbst die verfallenen Steinmauern des vor langer Zeit von seinen Bewohnern aufgegebenen Heribert Castle sah er wie durch einen Schleier. Seine Männer waren nicht erfreut gewesen, dass er beschlossen hatte, hier zu lagern. Sie hätten lieber den Marsch nach Chinon fortgesetzt, denn sie brannten darauf, Lacurne zum Kampf herauszufordern – die Wut über dessen Hinterhalt brachte ihr Blut noch immer zum Kochen. Mehr als einmal hatte Roland von den Männern die gezischten Beleidigungen gehört, die üblen, zwischen zusammengebissenen Zähnen hervorgestoßenen Worte: Verräter, Feigling, Ketzer …

Und er hatte es ignoriert.

Warum?

Mehr und mehr zog er sich in eine der vielen Kammern der zerfallenden alten Burg zurück, von deren Fensteröffnungen aus er seine große, zunehmend glücklose Armee überschauen konnte, die in der hügeligen Landschaft lagerte. Roland saß auf dem Sims einer Fensteröffnung, in der noch Überreste des Gitterwerks steckten. Der Wind strich über sein Gesicht und fing sich in den zerrissenen, verblichenen Leinenfetzen, die einmal das Fenster geschmückt hatten. Hin und wieder drang Musik an sein Ohr: der dumpfe Schlag einer Trommel, der helle Klang einer Laute, das harfenähnliche Vibrieren eines Psalteriums.

Unvermutet ging ihm durch den Sinn, dass sich seine Stimmung, die in letzter Zeit von einer bedrückenden Dunkelheit getrübt gewesen war, gewandelt hatte, dass er sich besser fühlte … irgendwie … leichter. Die Last, die so schwer auf seinem Herzen gelegen hatte, hatte nur noch das Gewicht einer Feder – einer federleichten Wolke. Seltsam, dass ein Mann wie er, dem es zuwider gewesen war, untätig dazusitzen, um den Frieden einer dämmrig beleuchteten Kammer zu spüren, jetzt all die Aktivitäten mied, die ihn einst ausgefüllt hatten. Jede Minute seines Tages war er beschäftigt gewesen: den nächsten Schlachtplan zu entwerfen, an der Stechpuppe zu üben, durch das Lager zu gehen, in der Erinnerung an frühere Siege zu schwelgen, über den Verlust von Kameraden zu trauern. Oder in Rosamundes weichen Armen Stunden der Leidenschaft und Lust zu verbringen.

Vielleicht sollte er das Gerede doch nicht so leichtfertig ignorieren, das er mitbekommen hatte, als er durch das Lager gegangen war. Vielleicht hatte er, genau wie Heinrich, die Lust am Kämpfen verloren. Vielleicht hatte er die Härte verloren, die ein Ritter brauchte. Warum sonst sollte ein Kriegsherr seines Ansehens es vorziehen, seine Zeit hier zu verbringen, in der Gesellschaft einer … ja, einer was?

Was lockte ihn eigentlich in diese düstere Kammer, brachte ihn dazu, bei diesem Mädchen mit den blonden Haaren und den kristallblauen Augen zu sitzen, dessen zumeist stumme Gesellschaft seinen Wunsch verdrängt hatte, bei seinen Männern zu sein oder durch das Lager zu streifen?

Verwirrt betrachtete er Hope. Fackelschein und Schatten huschten über ihren gesenkten Kopf, als tanzten sie im Rhythmus der fernen Musik. Hope hatte sich bereit erklärt, die zerrissenen Kleider der Soldaten zu flicken, und war jetzt in den langen Stunden ihrer Gefangenschaft mit Nähen beschäftigt. Sie sprach nur selten, eigentlich nur, wenn sie angesprochen wurde. Oft schaute sie ihn auch dann mit ihren großen blauen Augen einfach nur an, und dieser Blick hatte angefangen, Roland bis in seine Träume zu verfolgen.

Träume? Wie konnte er träumen, wenn er kaum schlafen konnte? Wenn er des Nachts wach lag und auf das leise Seufzen lauschte, das Hope im Schlaf ausstieß. Wenn die Luft in der Kammer zu pulsieren schien und den lockenden Duft ihres Leibes zu ihm trug.

»Werde ich dieses hassenswerte Land je wieder verlassen?« Er stieß einen tiefen Seufzer aus, als er sich diese Frage laut stellte.

»Soweit ich weiß, steht es Euch frei, jeder Zeit nach England zurückzukehren, wenn Ihr es wünscht«, lautete die leise Antwort.

Roland zog die Augenbrauen hoch. »Hört, hört – sie spricht. Ich bin nicht sicher, ob ich mich darüber freuen soll oder eher fürchten muss, wieder vom Blitz getroffen zu werden.«

»Ich hatte nichts mit dem Blitz zu tun.«

»Aber du wusstest, dass es so kommen würde …«

»Ich war auf dem Weg, Euch zu warnen, als er einschlug.« Sie schaute ihn unverwandt an. »Ihr habt keinen Grund mir zu glauben – natürlich nicht. Warum solltet Ihr auch?«

Sie wandte sich wieder ihrer Näharbeit zu, als er nichts erwiderte. Hope hatte ihr Haar zu einem Zopf geflochten, der ihr über eine Schulter fiel. Roland runzelte die Stirn, als er daran dachte, dass es ihr bis zu den Hüften reichte, wenn sie es offen trug. Er erhob sich und begann hin und her zu gehen.

»Tut es dir Leid, dass ich dich von Châteauroux fortgebracht habe?«, fragte er.

Keine Antwort; nicht einmal ein Schütteln des Kopfes.

»Würde es dir etwas ausmachen, dorthin zurückzugehen?«

Ihre Hände hielten kurz inne, dann nähte sie weiter. Schließlich erwiderte sie in einem eher zaghaften Ton: »Da ich hier ebenso wie dort eine Gefangene bin, zählt es vermutlich wenig, wo ich bin.«

»Das hinge davon ab, wessen Gesellschaft du bevorzugst, die des Abtes … oder meine.«

»Ebenso gut könnte man mich fragen, ob ich lieber aufgehängt oder auf dem Scheiterhaufen verbrannt werden will.«

Er ging zu Hope und blieb vor ihr stehen. »Du bist hier anständig behandelt worden – wenn man daran denkt, dass du versucht hast, mich zu töten.«

»Wenn Ihr es für eine anständige Behandlung haltet, gefesselt durch den Dreck gezogen zu werden, dann stimme ich zu. Wenn Ihr es für eine anständige Behandlung haltet, mit Fußeisen angekettet zu sein, dann stimme ich zu.« Ihre blassen Augenbrauen zogen sich zusammen, und sie kaute auf ihrer Unterlippe, als sie ihre nächsten Worte bedachte. »Macht Euch die Verletzung über Gebühr zu schaffen?«

»Nur, wenn ich mich bewege. Oder atme. Manchmal spüre ich ein Stechen, wenn ich spreche. Abgesehen davon fühlt es sich gut an.«

»Ich hatte das Recht, Euch zu töten. Ich habe es noch.«

»Nicht ich habe deine Mutter getötet, Hope.«

»Aber Ihr hättet es getan, im Namen Eures Königs.«

»Ich habe meine Hand nie gegen eine Frau oder ein Kind erhoben.« Er starrte auf ihre rosigen Lippen, ehe er sich zum Fenster umwandte. Er lehnte sich gegen die Laibung und verschränkte die Arme über der Brust, als er sich auf die Musik konzentrierte, die von ferne herüberklang. Die leichte Brise kühlte die Schweißperlen, die plötzlich seine Stirn bedeckten. Er musste tief durchatmen, ehe er weitersprechen konnte. »Ich schwöre dir, dass ich niemals eine Frau oder ein Kind verletzt habe.«

»Es fällt mir schwer zu glauben, dass ein Mann mit einem solchen Ehrgefühl eine Frau in Ketten legt, als sei sie ein Tier.«

»Könnte ich sicher sein, dass du nicht versuchen würdest zu fliehen, könnte ich dich vielleicht losbinden.«

»Wohin sollte ich gehen? Wie könnte ich einer Armee von Männern entkommen?«

»Und falls ich dir die Freiheit garantieren würde, wohin würdest du dann gehen?«

Hope holte tief Luft und stieß sie wieder aus. Ihre Hände lagen ruhig auf Rolands Tunika, die sie gerade ausbesserte. Schließlich zuckte sie mit den Schultern. »Ich weiß es nicht. Vermutlich würde ich mit meinem Bruder umherziehen, bis wir einen Ort gefunden hätten, an dem wir uns niederlassen könnten.«

»Ich fürchte, es würde dir nur sehr schwer gelingen, deinen Bruder zum Fortgehen zu überreden.«

»Was wollt Ihr damit sagen?«

»Dass er unter meinen Männern viele Freunde gefunden hat. Ich vermute, dass er Alberts Squire werden möchte.«

»Daniel würde mich niemals für seine Feinde im Stich lassen.«

»Genau das ist der Punkt, meine Liebste. Er betrachtet diese Männer nicht mehr als seine Feinde.«

Ihre Wangen färbten sich dunkelrot, als sie das Kinn hob. »Das müsste er mir schon selbst sagen, bevor ich Euch glaube.«

Er lächelte.

Sie kniff die Augen zusammen.

Roland wandte den Blick von ihr ab und ließ ihn über die unzähligen Lagerfeuer schweifen, die die Hügel sprenkelten.

Er hörte die Ketten an Hopes Fußgelenken klirren und wandte den Kopf. Sie war zu einem der anderen Fenster gegangen, doch die Kette hinderte sie daran, es ganz zu erreichen. Die Dunkelheit warf tiefe Schatten auf ihr Gesicht, dennoch sah er den Ausdruck unbändiger Sehnsucht, der sich darin zeigte. Ein eisernes Band schien sich um seine Brust zu legen und ihm den Atem zu rauben.

»Was siehst du da draußen?«, fragte er leise.

»Frieden«, erwiderte sie.

Roland zog den kleinen Schlüssel aus seiner Tunika und ging zu Hope. Sie wich vor ihm zurück, ihre Augen wirkten riesengroß in ihrem schmalen Gesicht. Als sie die Mauer in ihrem Rücken spürte, straffte sie die Schultern. Es war offensichtlich, dass sie sich auf das Schlimmste gefasst machte.

Roland kniete nieder und schloss die Fußfesseln auf.

Er schaute zu ihr auf, sah in ihre Augen, in denen Verwirrung zu lesen war. »Du bist frei«, sagte er.

»Welche List …«

»Keine List.«

Sie machte einen Schritt zur Seite, zögerte, schaute zur Tür.

Roland erhob sich langsam. »Geh nur. Geh, wenn du es willst. Ich werde dich nicht aufhalten. Ich werde dir sogar ein Pferd geben.«

Sie krampfte die Hände in die Falten ihres Rockes, als sie wieder zur Tür hinüberspähte.

»Natürlich kannst du auch … bleiben«, fügte er hinzu. Er berührte ihr Kinn und streichelte es. »Ich könnte dir Trost und Schutz geben. Schöne Kleider, die deiner Schönheit und deiner zarten Haut schmeicheln werden. Und für dein Haar würde ich dir Bänder in allen erdenklichen Farben schenken.«

Ihre Gesichtszüge waren plötzlich wie versteinert, und sie entzog sich abrupt seiner Berührung. Es verging ein Augenblick, ehe sie fragte: »Und welche Gegenleistung wird dafür von mir erwartet?« Ihre Stimme klang spröde.

Er lächelte. »Du bleibst bei mir, Tag und Nacht. Du wirst mir auf den leisesten Wink gehorchen. Du wirst mit mir essen. Und mit mir schlafen.«

»Ihr erwartet von mir, so zu werden wie …«

Eine Bewegung an der Tür ließ Hope verstummen. Rosamunde trug das Tablett mit dem Abendessen herein. Auch ein Krug Wein stand darauf. Sie sah Roland an, ehe ihr Blick auf die Fesseln fiel, die am Boden lagen.

Als Roland ihr das Tablett abnahm, schloss Rosamunde die Hand um seinen Arm, ihre Augen schauten ihn erwartungsvoll an.

»Nicht heute Abend«, wies er sie sanft zurück und die Enttäuschung über seine Worte fiel wie ein dunkler Schleier über Rosamundes Gesicht. »Vielleicht sehe ich dich später.« Er sprach leise und tröstend.

Rosamunde schaute noch einmal zu Hope, dann verließ sie widerstrebend die Kammer.

Schweigend stellte Roland das Tablett auf den Boden und ließ sich daneben nieder. »Ich bin halb verhungert«, stellte er fest und griff nach einem Brotlaib.

Hope trat ins Licht. »Sie liebt Euch, Roland.«

»Setz dich und iss, ehe das Essen kalt wird.«

Nach einem Augenblick des Zögerns nahm Hope ihm gegenüber Platz. Doch sie aß nichts. »Liebt Ihr sie, Roland?«

Die Direktheit ihrer Frage ließ ihn aufschauen, dann zuckte er mit den Schultern. »Ein Freund hat mir einmal erklärt, was Liebe ist, als er sich in eine hübsche Bürgerstochter verguckt hatte: ›Die Liebe ist ein naturbedingtes Leiden, das durch den Anblick der Schönheit des anderen Geschlechts und das übermäßige Nachsinnen darüber ausgelöst wird. Es bringt einen dazu, sich mehr als alles andere die Umarmungen dieses anderen zu wünschen und in irdischem Verlangen die himmlischen Wonnen der Liebe in dessen Armen zu erleben.‹ Wenn das stimmt, so muss ich sagen, dass Rosamunde mir viel bedeutet, ich sie aber nicht liebe.«

»Und doch … teilt sie sehr oft das Bett mit Euch.«

Er zerteilte mit den Fingern ein Stück Fleisch.

Hope sagte: »Ihr haltet sie in den Armen und küsst sie … ist das nicht Liebe? Und wenn es keine Liebe ist, was ist es dann?«

»Du redest mehr, als für dich gut ist, Hope. Iss jetzt und sei zufrieden mit deiner Freiheit.«

»Nicht, bis Ihr mir genau sagt, was Ihr für Rosamunde empfindet.«

»Was kümmert dich das?«, rief er.

»Ich möchte einfach nur verstehen, wie ein Mann sich so freizügig des Körpers einer Frau bedienen kann, ganz zu schweigen von ihrem Herzen, und dennoch nichts für sie fühlt … hier drinnen.« Sie legte die Hand auf ihr Herz.

»Auf dieselbe Art, auf die eine Frau ihr Verlangen am Körper eines Mannes stillt und hier nichts empfindet.« Er wies mit dem Daumen auf seine Brust. »Man nennt das Lust. Wir alle empfinden sie von Zeit zu Zeit … zumindest die meisten von uns.«

»Und was wollt Ihr damit sagen?«

»Nichts.« Er warf sein Brot in die dicke Gemüsesuppe und griff nach seinem Weinbecher.

»Kann man denn Lust und Liebe zugleich empfinden?«

»Keine Ahnung. Aber vermutlich ist es möglich.« Er sah sie aus halb geschlossenen Augen an. »Mein Freund hat mir darüber hinaus eine Reihe von Überlegungen genannt, die ein Mann anstellen sollte, wenn er wissen will, ob er wahrhaft liebt oder nicht:

›Erstens: Die Ehe ist keine Entschuldigung dafür, keine Liebe mehr zu empfinden.

Zweitens: Wer keine Eifersucht empfindet, liebt nicht.

Drittens: Jeder weiß, dass die Liebe stärker, aber auch schwächer werden kann.

Viertens: Das, was man sich gegen den Willen der Geliebten nimmt, hat keinen Reiz.

Fünftens: Ein wahrhaft Liebender wünscht außer seiner Geliebten keine andere Frau zu umarmen.

Sechstens: Wird eine Liebe bekannt, hat sie selten Bestand.

Siebtens: Lässt sich Liebe zu leicht gewinnen, ist sie von geringem Wert. Je schwerer zu erringen, desto wertvoller ist sie.

Achtens: Jeder Mann wird in der Gegenwart seiner Geliebten regelmäßig blass.

Neuntens: Wenn ein Mann unverhofft seine Geliebte erblickt, bebt sein Herz.

Zehntens: Starke Eifersucht verstärkt stets das Gefühl der Liebe.

Elftens: Ein wahrhaft Liebender erachtet nur für gut, was seiner Geliebten gefällt.

Zwölftens: Ein Mann bekommt niemals genug von den Umarmungen seiner Geliebten.‹«

Roland zog eine Augenbraue hoch, als er hinzufügte: »Vermutlich ist das nichts weiter als Unsinn, aber schließlich war mein Freund auch dafür berüchtigt, sich bei jedem Neumond neu zu verlieben.«

Hope schwieg, als sie Roland durch ihre lohfarbenen Wimpern betrachtete. Sie kaute auf ihrer Unterlippe und schien angestrengt nachzudenken. »Erwartet Ihr von mir, dass ich Rosamundes Platz in Eurem Bett einnehme?«

Ihre Direktheit brachte ihn sekundenlang aus der Fassung. Dann nickte er. »Es wäre nicht unangenehm für dich, das versichere ich dir. Und du würdest wohlverdient und großzügig belohnt.«

»Eher würde ich für den Rest meines Lebens blind und aussätzig durch die Welt ziehen!«

Mit einem Satz sprang Hope auf, schnappte sich ein Stück Tuch, legte es wie einen Umhang um Kopf und Schultern und wandte sich um.

Roland runzelte die Stirn. »Was tust du?«

»Ich gehe. Habt Ihr mir nicht gerade die Erlaubnis dazu gegeben? Oder könnte es sein, dass Rolands Wort sich als ebenso wertlos erweisen wie seine Treue zu seiner Geliebten?« Wütend ging sie die wenigen Schritte bis zur Tür.

»Du solltest wissen, dass viele meiner Männern weit weniger nett sind, als ich es bin«, rief er ihr nach.

»Was soll das heißen?« Sie blieb an der Schwelle stehen.

Er griff nach dem Weinkrug und zuckte mit den Schultern. »Sie werden dich kaum um Erlaubnis fragen, ehe sie dich besteigen.«

Hope lief aus dem Zimmer.

»Du wirst deine Meinung sehr schnell ändern, meine Kleine«, sagte Roland, als er sich entspannt zurücklehnte und genussvoll seinen Wein trank.

Die Soldaten und Marketender saßen um die Lagerfeuer herum und sprachen über den Krieg, oder sie durchstreiften in kleinen Gruppen das Lager. Hope bahnte sich ihren Weg durch die Menge und suchte nach Daniel. Der Geruch nach Pferdemist und geröstetem Fleisch lag schwer in der Luft, ebenso wie der Geruch nach Bier und Urin.

Die Schar der fahrenden Spielleute, die sich auf ihrem Weg nach Poitiers für eine Weile Rolands Armee angeschlossen hatte, zog mit wilder Fröhlichkeit umher, die in auffallendem Gegensatz zu der düsteren Stimmung stand, die sich immer stärker unter den Soldaten ausbreitete. Die Gaukler schlugen Purzelbäume und Saltos, imitierten Vogelstimmen und führten mit größter Fingerfertigkeit kleine Taschenspielerkunststücke vor. Einige von ihnen spazierten von Lagerfeuer zu Lagerfeuer und sangen aus vollem Halse, wobei sie von Laute und Viole und manchmal auch von einer Handtrommel begleitet wurden.

Wo war Daniel?

Was wollte sie ihm eigentlich sagen, wenn – falls – sie ihn fand?

Und was würde sie tun, wenn er sich weigerte, mit ihr fortzugehen?

Sie wandte sich um – und stolperte über ihren Bruder. Ihr erleichtertes Lächeln wandelte sich jedoch sofort zu Ungläubigkeit. Daniel versuchte mühsam, sich auf den Beinen zu halten, dabei hielt er eine Frau eng umschlungen, die wenigstens doppelt so alt schien wie er. Und es war nicht zu übersehen, dass er betrunken war.

»Daniel?«, flüsterte sie.

Die Frau klammerte sich an ihn, küsste ihn und rieb ihre Brüste an ihm. Sie warf Hope einen ärgerlichen Blick zu: »Hau ab, du freches Flittchen. Such dir selbst 'nen Mann, der hier gehört mir.« Die Frau legte die Hand auf Daniels Schritt und drückte ihn. »Er ist voll beschäftigt, das kannst du mir glauben.«

»Daniel!«, schrie Hope und brachte Daniel dazu, genauer auf das Gesicht zu schauen, das sich unter dem Tuch verbarg. Als er sie erkannte, riss er die Augen auf. Seine Kinnlade fiel herunter.

Hope packte die Frau am Arm und schob sie entschlossen zur Seite. Es war ihr egal, dass die Frau dabei ausglitt und fiel. Hope nahm Daniel am Arm und führte ihn zu einer Stelle im Schatten, die abgelegen und ruhig war. Dort drückte sie ihren Bruder gegen einen Karren und schüttelte ihn heftig.

»Was tust du nur? Was denkst du dir bloß dabei? Hast du den Verstand verloren? Hast du denn kein Schamgefühl? Keine Würde? Hast du alles vergessen, was Mutter und ich dich gelehrt haben?«

Er blinzelte mühsam, dann streckte er die Hand nach dem Tuch aus, das ihr Gesicht verbarg. »Hope? Bist du das?«

»Du Schwachkopf! Du betrunkener Narr!«

»Jesus. Du *bist* es!« Er bekreuzigte sich und versuchte sich aufrecht zu halten, versagte aber kläglich. Er taumelte gegen den Karren zurück und stöhnte.

Ihr Gesicht nah an seinem wisperte Hope: »Wie tief bist zu gesunken, Daniel?«

»Verdammt tief«, stöhnte er.

»Hast du mit diesem widerlichen Frauenzimmer geschlafen?«

Er schluckte und wandte den Blick ab.

Hope trat von ihm zurück und schüttelte fassungslos den Kopf. »Was haben sie mit dir angestellt, Daniel?«

»Sie haben gar nichts getan«, brauste er auf. »Ich bin kein kleiner Junge mehr, Hope, den man wie ein verwahrlostes Waisenkind an die Hand nehmen muss. Ich bin alt genug, meinen eigenen Weg zu gehen … und meine eigenen Fehler zu machen.« Er strich sich das Haar aus der Stirn, holte tief Luft und versuchte zu lächeln. »Sie sind nicht länger meine Feinde.«

»Sie sind Engländer ...«

»Weißt du eigentlich«, schnitt er ihr das Wort ab, »dass Lacurne während des Kreuzzuges die Leichen der Türken gegessen hat, die er getötet hat? Einigen hat er sogar bei lebendigem Leib den Bauch aufgeschlitzt und sie ausgeweidet. Sie mussten mit ansehen, wie er ihre Eingeweide über dem Feuer geröstet hat.«

»Gemeine, widerliche Lügen ...«

»Keine Lügen!«, schrie er so laut, dass Hope vor ihm zurückwich. Das Tuch glitt ihr vom Kopf. »Es waren nicht meine Freunde hier, die ich über Lacurnes Grausamkeit sprechen hörte ... es war der Abt in Châteauroux. Und noch etwas solltest du wissen«, sagte er gepresst und seine Augen füllten sich mit Tränen. »Es waren nicht die Engländer, die unser Haus überfallen und unsere Mutter getötet haben.«

»Was sagst du da?«

»Die Männer, die Déols geplündert und es in Schutt und Asche gelegt haben, sind französische Söldner gewesen. Sie glaubten, unser Dorf würde unter dem Schutz der Engländer stehen.«

Hope schlug sich die Hand vor den Mund.

Daniel wischte sich mit dem Hemdsärmel über Nase und Wange. »Ich konnte es dir nicht sagen. Wir hatten kein Zuhause mehr. Sollten wir auch noch unsere Heimat verlieren?«

Eine Salve derben Gelächters brandete in der Nähe auf. Hope wandte sich um, als ein Dutzend Männer neben dem Karren auftauchte. Sie starrten Hope höchst erfreut an, als sie sie im Schatten entdeckten. Hope griff nach dem Tuch, um ihr Gesicht zu verbergen, doch es glitt ihr von den Schultern und fiel zu Boden.

»Na, wen haben wir denn da?«

»Sie sieht ein wenig einsam aus.«

»Lauf«, zischte Daniel hinter ihr, schob Hope zur Seite

und stellte sich zwischen sie und die Soldaten. »Bitte um Verzeihung, aber die junge Lady ist meine Schwester und …«

»Halt die Klappe.« Der größte der Männer grinste höhnisch, als er Daniel mit dem Handrücken hart ins Gesicht schlug, sodass dieser rückwärts gegen einen in der Nähe stehenden Baum prallte.

Hope wollte davonlaufen, wurde aber im selben Moment gepackt und von den Füßen gerissen. Der Mann presste sie gegen seine schweißnasse Brust und grinste sie lüstern an. »Ich glaub, die kenn ich noch nicht.«

»Ich verlange, dass Ihr mich augenblicklich loslasst«, befahl Hope und trat dem Mann gegen das Schienbein.

»Das ist ja eine ganz Wilde«, schrie einer.

»Wenn sie wild sind, gefallen sie mir am besten«, erwiderte sein Kumpan.

»Ich will sie als Erster ausprobieren«, rief ein Dritter. »Wenn ich mit ihr fertig bin, wird sie an euch keinen Bedarf mehr haben. Sie wird mich anflehen, es ihr noch einmal zu besorgen, das schwöre ich.« In einer obszönen Bewegung bewegte er seine Hüften vor und zurück, was seine Kameraden zu einem wiehernden Gelächter veranlasste. Hope wehrte sich noch heftiger gegen den festen Griff. Einer der Männer schob die Hand in ihr Mieder und riss es ihr von den Schultern. Seine Fingernägel zerkratzten ihr die Haut, und sie schrie laut auf. Ihr Herz hämmerte so heftig, dass es das heisere Lachen der Männer zu übertönen schien.

Der Riese hielt sie noch immer an sich gepresst. »Ich habe sie gefunden, deshalb kriege ich sie als Erster.«

Von Panik erfüllt schaute Hope in sein vernarbtes, bärtiges Gesicht, das sich in groteskem Lachen verzerrte … dann war es plötzlich … es war *fort*. Der Schrei blieb ihr in der Kehle stecken, als sie zusah, wie der Kopf von den Schultern herunter vor ihre Füße fiel. Der Körper folgte mit zuckenden Gliedern, aus dem Halsstumpf sprudelte das Blut hervor.

Schweigen senkte sich auf die Nacht, als Hope Roland wahrnahm, dessen Gesicht keine Regung zeigte, als er mit gespreizten Beinen dastand, das blutverschmierte Schwert in der Hand.

»Komm her«, befahl er.

Hope ging wie in Trance auf Roland zu. Seine Hand schloss sich um ihren Arm, und sie lehnte sich gegen ihn, als ihre Knie zu zittern begannen. Wie aus weiter Ferne hörte sie ihn sagen: »Die gleiche Strafe erwartet jeden Mann, der vorhat, eine Frau zu missbrauchen, solange er in meiner Armee ist. Habt ihr mich verstanden?«

Die Antwort der Männer war ein bedrücktes Murmeln.

»Begrabt ihn«, befahl Roland ihnen.

»Mein Bruder! Wo ist er?«, rief Hope.

»Jemand wird sich um Daniel kümmern«, sagte Roland. Dann führte er Hope zurück in die Burg.

Hope stand in der Mitte der Kammer, ihr Körper zitterte, die Stimme wollte ihr nicht gehorchen. Roland hatte das Schwert gegen die Wand geschleudert und ging jetzt zornig auf und ab. Er hatte die Fäuste geballt, das schwarze Haar fiel ihm weit in die Stirn.

»Verdammte Närrin!«, brüllte er. »Mir hätte etwas Klügeres einfallen sollen als dich freizulassen! Dank dir stehe ich jetzt mit einem Soldaten weniger da, einem verdammt guten obendrein!«

Endlich fand Hope die Sprache wieder, elend und schwach brachte sie es heraus: »Ihr habt … Ihr habt ihm den Kopf abgeschlagen …«

»Was hast du denn erwartet? Dass ich ihm die Hand abschlage?«

Roland packte sie an den Schultern und schüttelte sie so

heftig, dass ihr Zopf sich auflöste und das offene Haar über seine Hände fiel. »Hübsche kleine Närrin. Begreifst du meine Situation hier nicht? Wenn ich auch nur einem Mann ein solches Benehmen durchgehen lassen, dann stünde ich bald Hunderten von ihnen gegenüber, die sich dieselben Freiheiten herausnehmen. Es wäre dann nur noch eine Frage der Zeit, bis meine Autorität zum Teufel wäre.«

»Aber musstet Ihr ihm gleich den Kopf abschlagen?«

Schritt um Schritt schwand die Wut aus seinem Gesicht, lockerte sich sein fester Griff. Noch gab er Hope nicht frei. »Ich würde jeden Mann töten, der auch nur daran denkt, die Hand gegen dich zu erheben«, sagte er endlich und ließ sie los.

Er trat an die Fensteröffnung und hielt das Gesicht in den Wind, ehe er den Kopf sinken ließ und die Hände auf den Sims stützte. Er schwieg lange. »Als du mich vorhin verlassen hast, ist mir klar geworden, dass es mir nicht gefallen hat … dich gehen zu sehen.« Er lachte leise. »Ich war wütend, dass du es getan hast. Wie selbstherrlich von mir zu glauben, du würdest bleiben wollen.« Nachdenklich fügte er hinzu: »Man hat um Frauen Kriege geführt. Ich habe nie verstanden, warum, bis …«

Endlich wandte er sich um und sah Hope an. »Bis ich entscheide, was mit dir geschehen soll, wirst du hier bleiben … unter meinem Schutz. Du darfst dich nur im Lager aufhalten, wenn Roger oder ich dich begleiten. Hast du mich verstanden?«

Sie nickte. »Ich bleibe Eure Gefangene.«

Er legte den Finger unter ihr Kinn und zwang sie sanft, ihn anzusehen. Eine ganze Minute verstrich, bis Hope den Blick zu ihm hob. Die Tränen, die ihre Augen füllten, schimmerten wie Tau. Sie liefen ihr über die Wangen und fielen auf seine Hand. Ihre Unterlippe zitterte.

Leise fragte er: »Verabscheust du mich so sehr, Hope?«

Ihre Lippen öffneten sich, doch sie schwieg.

»Ich bin kein schlechter Mensch, Hope. Das zu tun, wozu ich heute Abend gezwungen war, bereitet mir kein Vergnügen. Aber ich würde es wieder tun, um dich zu beschützen.«

Er legte die Hand um ihren Nacken und versuchte, sie an sich zu ziehen. Hope stemmte sich mit den Händen gegen seine Brust, um sich dagegen zu wehren. Er fasste sie fester, seine Hand grub sich in ihr Haar. »Hope, hör mir zu.«

»Nein.« Sie schüttelte den Kopf.

Er zog sie heftig an sich. Aufbrandender Zorn und Enttäuschung hatten seine Geduld verdrängt … und noch ein anderes Gefühl, das er bisher nicht gekannt hatte. »Soll dich doch der Teufel holen«, stieß er hervor. »Deinetwegen habe ich einen Mann getötet – weil mich deine blauen Augen, deine weichen Lippen und deine betörende Schönheit um den Verstand gebracht haben. Das Mindeste was du tun kannst, ist, mich zu küssen.«

Er nahm ihren Mund in Besitz, küsste sie unbarmherzig, zwang seine Zunge zwischen ihre Lippen, bis ihr Duft und ihre Süße seine Sinne wie eine Feuersbrunst verzehrten. Hope schlug gegen seine Brust und seine Schultern und versuchte, ihr Gesicht abzuwenden.

Schließlich ließ er sie los. Sie stolperte, ehe sie ihr Gleichgewicht wiederfand. Ihre Wangen waren rot wie glühende Kohlen, ihre Lippen fühlten sich geschwollen an, die zarte Haut ihres Gesichts war von seinen rauen Bartstoppeln zerkratzt. »Bastard«, zischte sie und schlug ihm mit aller Kraft ins Gesicht.

Langsam, sehr langsam gewann Roland seine Beherrschung wieder. Seine Wange brannte vom Abdruck ihrer Hand, er schmeckte Blut auf der Zunge. »Ich fürchte, meine Manieren lassen viel zu wünschen übrig«, sagte er leise. »Wenn ich mich recht erinnere, dann habe ich heute einen Mann getötet, weil er dich brutal behandelt hat.« Er verneigte sich leicht vor ihr. »Ich bitte um Entschuldigung. Du bist mehr als offen gewesen, wie deine Meinung über uns Heiden und Ketzer lautet. Ich stehe zu meinem früheren Versprechen. Ich gebe dir mein feierliches Ehrenwort, dass ich dir in keiner Weise meine … Aufmerksamkeiten aufzwingen werde. Gibt es irgendetwas, was ich für dich tun kann, um dir deinen Aufenthalt so annehmbar wie möglich zu machen – abgesehen davon, auch meinen Kopf rollen zu sehen?«

Hope presste die Hand vor den Mund, als sie zurückwich. »Ich würde meinen Bruder gern öfter sehen. Außerdem möchte ich meinen Dreifuß und meine Schreibrollen haben.«

Roland fasste sie nicht wieder an. Er ging stumm an ihr vorbei, hinaus in die Dunkelheit und ließ sie allein. Hope versuchte sich zu beruhigen, ihr wild schlagendes Herz zu besänftigen und dieses verwirrende Gefühl von Leichtigkeit zu begreifen, das sie erfüllte, wenn sie mit der Zungenspitze ihre Lippen berührte und Rolands Kuss schmeckte.

Was hatte Roland de Gallienne an sich, dass er diese unbegreiflichen, beängstigenden Empfindungen in ihr weckte? Warum machte sie ihrem Hass auf diesen arroganten Schuft ständig Luft und ging zur selben Zeit enttäuscht in ihrer elenden kleinen Kammer auf und ab, wenn wieder einmal zu viele Stunden vergangen waren, in denen sie ihn nicht gesehen hatte?

Warum wälzte sie sich in den endlos scheinenden Nächten unruhig hin und her, während sie Bilder vor sich sah, wie er Rosamunde in seinen Armen hielt? Warum lag sie des Nachts wach, bis Roland in die Kammer zurückkehrte und sich müde auf sein Lager fallen ließ? Warum wartete sie darauf, dass er leise wie eine Katze an ihre Schlafmatte trat und sie still ansah, während sie vorgab zu schlafen?

Verfluchter Feind.

Es sein denn, sie glaubte Daniel. Dann war Roland nicht ihr Feind, ebenso wenig wie seine Armee und sein Land.

Sollte sie ihrem Bruder glauben? Wenn die Engländer ihn auf ihre Seite gezogen hatten, würde er dann nicht lügen, um seine neuen Freunde zu schützen?

Nein, er würde sie nicht anlügen.

Hope ging zu ihrer Matte und streckte sich darauf aus. Sie starrte an die Decke und konzentrierte sich darauf, über die Worte ihres Bruders nachzudenken. Sie wollte nicht an das Bild des Mannes erinnert werden, dem der Kopf abgeschlagen worden war, sie wollte nicht über Roland nachgrübeln, über sein unverfrorenes Benehmen, wenn es um sie ging.

Ihre Gedanken wanderten zurück.

Hope und Daniel liefen über die Wiese, die Arme wie Flügel ausgestreckt, der Wind fing sich in ihren Haaren, die Morgendämmerung lag funkelnd von Tau auf dem Gras, ihr Lachen hallte über die Kuppen der Hügel wider. Es geschah selten, dass ihre Mutter ihnen so früh am Tag so viel Freiheit gestattete. Sonst holten sie um diese Zeit Wasser aus dem Dorfbrunnen, sammelten Eier, molken die Kuh. Aber an diesem Morgen hatte ihre Mutter sie lange vor Tagesanbruch geweckt, hatte sie warm angezogen und ihnen ein Bündel mit süßen Brötchen und Schweinefleisch gegeben. Sie hatte ihnen aufgetragen, spielen zu gehen, dorthin, wo der Wald bis an den Fluss reichte. Sie hatte sie beide geküsst und umarmt und ihnen geschworen, dass sie sie mehr liebte als ihr Leben. Zum Abschied hatte sie Hope etwas ins Ohr geflüstert: »Vergib mir, Kind, vergib mir für das, was ich dir jetzt antun muss.«

Die Soldaten kamen, verwüsteten das Dorf. Weit fort von diesem Gemetzel wateten Hope und Daniel durch den seichten Fluss und fingen Kaulquappen.

Hope schloss die Augen und weinte lautlos.

9

»Aber ich möchte keine Dienerin, Roger. Und ich brauche auch keine. Ich bin es nicht gewöhnt, von jemandem abhängig zu sein, der mich füttert oder mich anzieht oder mich – Gott bewahre – badet.« Hope schaute zu dem mausähnlichen jungen Mädchen namens Estelle hinüber, das abwartend an der Tür stand. In den vergangenen Tagen hatte es sich um jeden von Hopes Wünschen gekümmert. Aber wenn Hope die Gesellschaft des Mädchens auch nicht ganz unwillkommen gewesen war, besonders spätabends, wenn die Einsamkeit Hope am stärksten zugesetzt hatte, so hatte Estelles ängstliches Zusammenzucken bei jeder noch so kleinen Geste Hopes ihre Nerven arg strapaziert.

»Ihre Dienste sind auch eher auf dein Wohlergehen gerichtet, weniger auf deine Bequemlichkeit«, erklärte Roger. »Ich habe mich zwar von Kräften bemüht, die Gerüchte zu unterbinden, aber trotzdem glauben noch viele der Männer, dass deine Anwesenheit uns direkt in einen dunklen Abgrund führt. Besonders in Anbetracht dessen, was kürzlich geschehen ist.«

Sie schauten zu Estelle hinüber, die angefangen hatte, auf und ab zu gehen und dabei an ihrem Daumennagel kaute.

Hope senkte die Stimme. »Bin ich in Gefahr? Sagt mir die Wahrheit, Roger. Ich habe ein Recht es zu wissen.«

»Niemand würde es wagen, die Hand gegen dich zu heben, Hope. Kannst du das bezweifeln, nachdem du Zeuge warst, wie Roland den Mann bestraft hat, der es versucht hat? Die Männer stellen zwar seine Kampflust in Frage, aber sie würden es nicht wagen, seine Unbarmherzigkeit anzuzweifeln, wenn es gilt, Rache zu nehmen.«

Hope fröstelte.

»Mit einem Wort, Roland meint, dass die Gesellschaft des Mädchens dir die Langeweile deines recht klösterlichen Lebens vertreiben wird. Obwohl …« Er schaute sich in der Kammer um. »Du hast deine Zeit offensichtlich gut genutzt. Die Fenstervorhänge sind sehr hübsch.«

Sie lächelte. »Gefallen sie Euch?«

»Das scheint der Stoff zu sein, den Roland in Tours aufgetrieben hat. Soweit ich mich erinnere, hatte er sich vorgestellt, für eine schöne Frau ein hübsches Gewand daraus machen zu lassen.«

»Es gehört sich nicht für eine Frau, ein solches Geschenk von einem Mann wie Roland anzunehmen.«

»Ich glaube, er hat es ein Friedensangebot genannt.«

»Bestechung wäre treffender.«

Es klopfte an der Tür. Renaud trat ein, auf seinem mit einer Lederbandage geschützten Unterarm hockte Rolands Falke.

»Roland ist nicht hier«, sagte Roger zu ihm.

»Ich bin nicht gekommen, um Roland zu treffen«, erwiderte Renaud. »Ich bringe der Lady ein Geschenk. Vom Captain.« Mit einem Armschwung ließ Renaud den großen weißen Vogel losfliegen, an dessen Bein das Glöckchen klingelte. Der Falke glitt einmal durch die Kammer und ließ sich dann auf einem der Dachbalken nieder.

»Beim Allmächtigen«, entfuhr es Roger. »Was hat unser guter Roland verbrochen, um solche Missbilligung in deinen Augen hervorzurufen, Hope? Es muss ihn hart angekommen sein, diesen von ihm höchst geschätzten Vogel an dich zu verschenken, nicht zu schweigen von der Hälfte seines Stoffbestandes.«

Hope setzte sich auf einen Stuhl.

Sofort lief Estelle herbei und begann, Hopes Haar zu kämmen. Hope seufzte. »Sie folgt mir auf dem Fuße wie ein kleiner Hund. Sie schneidet mein Fleisch. Sie putzt meine Schuhe. Sie kämmt mir das Haar, sobald ich mich hinsetze. Sie bringt mich abends sogar zu Bett. Sie ist da, wenn ich spät schlafen gehe, und sie ist da, wenn ich früh morgens aufwache.«

»Die meisten Frauen genießen es, so umsorgt zu werden.«

»Ich bin nicht wie die meisten Frauen.«

Roger lächelte und schien über ihre Worte nachzudenken. »Ich kann mit Roland sprechen, wenn du es wünschst. Allerdings glaube ich nicht, dass es etwas nützen wird.«

»Ich werde es Roland selbst sagen, falls ich ihn je wieder zu Gesicht bekomme.« Hope zuckte zusammen, als Estelle an ihren Haaren zog. »Wo ist er eigentlich?«

»Vermutlich ist er dabei, sich auf seine Obliegenheiten zu konzentrieren.«

»Ich habe ihn seit Tagen nicht gesehen.«

»Zweifellos.«

Als Roger auf die Tür zuging, fragte Hope: »Ist er mit Rosamunde zusammen?«

»Das weiß ich nicht.«

»Nun ... mit irgendjemandem ist er offensichtlich zusammen. Hier hat er seit Nächten nicht mehr geschlafen.«

Roger blieb an der Schwelle stehen. »Du hörst dich an wie eine Ehefrau. Wüsste ich es nicht besser, würde ich denken, du seist eifersüchtig.«

Als Roger den Raum verließ, lief Hope ihm nach und rief: »Würdet Ihr mich heute Nachmittag auf einem Spaziergang begleiten?«

»Es tut mir Leid«, erwiderte er. »Ich kann nicht. Soll ich nach Roland fragen ...?«

»Eher würde ich mit einem Stinktier spazieren gehen.«

Roger lachte. »Ganz wie du willst.«

Als er die Tür hinter sich geschlossen hatte, wandte sich Hope zu Estelle um. Das Mädchen hockte in der Ecke. Seine Augen waren groß wie Mondsteine, während es Hope angaffte, als wartete es darauf, von einem Blitz erschlagen zu werden. Ärgerlich und frustriert verschränkte Hope die Arme, runzelte die Stirn und starrte Estelle an, bis das Mädchen zu zittern begann. Langsam, Schritt für Schritt, rückte es näher zur Tür. Seine Absicht davonzulaufen, war unübersehbar.

»Halt«, befahl Hope. Das Mädchen blieb wie erstarrt stehen. Die Hände in die Hüften gestemmt, taxierte Hope Estelles Kleider und Schuhe, die kaum mehr waren als ein Haufen zusammengenähter Lumpen. Sie kniff die Augen zusammen, und auf ihren Lippen zeigte sich ein zufriedenes Lächeln, als sie leise befahl: »Zieh deine Kleider aus. Ich glaube, ich würde sie mir gern für eine Weile ausleihen.«

»Werdet Ihr zustimmen, Roland?«, fragte Albert. »Werdet Ihr Daniel erlauben, mein Squire zu sein?«

Roland hatte die Arme verschränkt und betrachtete den hoch gewachsenen, schlanken jungen Mann an Alberts Seite. Es gab vieles an Daniel, was Roland an Hope erinnerte. Die Augen waren die gleichen. Das blonde Haar. Die gleiche starrsinnige Haltung des Kinns … ganz zu schweigen von dem ungeheuren Zwiespalt, in dem sich der Junge befinden musste, was seine Gefühle für Roland anging.

»Du solltest nicht zu früh Vertrauen in ihn setzen, Albert«, sagte Roland. »Er ist kaum einen Monat bei uns …«

»Er lernt schnell, Sir.«

»Seine Ergebenheit gilt Philip.«

Albert und Daniel tauschten einen Blick. Nach einem Augenblick des Nachdenkens schüttelte Albert den Kopf und schien seine Antwort im Geiste vorzuformulieren, ehe er sich erneut an Roland wandte. »Daniel hat in den vergangenen Wochen viele Freunde gewonnen. Er hat gelernt, uns zu respektieren. Er weiß, dass man einen Mann nicht vorschnell für seine Meinung oder seine Überzeugung verurteilen darf.«

Roland zog eine Augenbraue hoch. »Wenn das alles stimmt, warum sieht er mich dann so an, als würde er mir am liebsten die Kehle durchschneiden während ich schlafe?«

»Es ist wegen der Dinge, die Ihr meiner Schwester angetan habt«, platzte Daniel heraus. Albert zuckte entsetzt zusammen.

»Und was genau habe ich deiner Schwester angetan?«

»Ihr wisst, was Ihr getan habt. Ich sollte es nicht auch noch für Euch aussprechen müssen.«

Alberts Schultern sackten nach vorn, er verdrehte resigniert die Augen.

Die Hände zu Fäusten geballt, ging Daniel entschlossen auf Roland zu. »Sie ist nicht mehr dieselbe, seid Ihr sie in Eurer Kammer gefangen haltet. Ich kann mir nur allzu gut vorstellen, zu welchen grausamen und entsetzlichen Torturen Ihr sie Euch unterworfen habt.«

Roland lächelte vage. »Hat sie so etwas gesagt?«

»Nicht mit Worten. Aber sie hat sich verändert. Etwas hält ihre Gedanken gefangen, als ob sie ...« Daniel schüttelte den Kopf. »Ihr habt sie ihres Verstandes beraubt. Sie interessiert sich für gar nichts mehr.«

»Falls sich deine Beschuldigungen als wahr herausstellen sollten, was genau würdest du dagegen unternehmen?«

»Euch herausfordern natürlich.«

Albert stöhnte laut auf und schlug die Hände vors Gesicht. »Jetzt hast du's verdorben«, murrte er.

»Mich herausfordern?«, wiederholte Roland mit ausdrucksloser Stimme.

»Albert hat mir in den letzten Wochen vieles beigebracht.

Roger de Ferres hat ausdrücklich bestätigt, dass ich der beste junge Schwertkämpfer bin, den er seit langem gesehen hat.«

»Hat er das.« Es war keine Frage. »Dann nehme ich an, Roger hat zugestimmt, dass du Alberts Squire wirst.«

»Nicht wörtlich«, beeilte sich Albert ihm zu versichern.

Daniel straffte die Schultern, streckte das Kinn vor und kniff die Augen zusammen. »Sir, die Pflicht eines Ritters ist es, sich als Behüter und Beschützer der Unterdrückten einzusetzen, sodass die Mächtigen ihnen nicht schaden können. Die Pflicht eines Ritters ist es, den Schwachen zu helfen, sodass die Starken sie nicht unterdrücken können. Jeder Ritter ist gehalten, den auf sich gestellten und furchtsamen Fremden seinen Beistand anzutragen, sodass niemand ihn belästigen oder attackieren wird.« Daniel richtete sich kerzengerade auf, als er hinzufügte: »Alle guten Ritter sehen es als ihre Aufgabe, Verteidiger und mutige Streiter der Kirche, der Witwen und Waisen zu sein!«

Albert ansehend, bemerkte Roland: »Du hast ihn gut unterwiesen, Albert. Doch wie dem auch sei, ich fürchte, du hast vergessen, ihn zu lehren, dass kluges Schweigen stets ratsamer ist als närrisches Gerede.«

»Ja, Sir.«

»Wieweit hast du ihn im Schwertkampf unterrichtet?«

Leichtes Unbehagen zeigte sich in Alberts Miene.

Um Rolands Lippen spielte ein Lächeln, als er wieder zu Daniel schaute. »Du weißt, dass ein Ritter einer Herausforderung niemals aus dem Weg geht?«

»Roland«, warf Albert nervös ein.

»Schweig«, fuhr Roland ihn an. »Wir werden uns jetzt einmal ansehen, wie viel dein junger Squire in diesen letzten Wochen gelernt hat. Gib ihm dein Schwert, Albert.«

»Aber …«

»Sofort!«

Zögernd löste Albert sein Schwert vom Gürtel und reichte es Daniel, das Heft voran. Daniel errötete, als er es ergriff.

Die Stahlklinge von Rolands Schwert pfiff, als er es durch die Luft peitschte und die Spitze haarscharf vor Daniels Nase herunterzischen ließ. Dann nahm er die Grundstellung ein, das rechte Bein einen Schritt vor dem linken, die Knie leicht gebeugt, sein Gewicht auf den Fußballen perfekt ausbalancierend.

Albert schluckte und sah Daniel an. »Habe ich erwähnt, dass Roland noch nie unter dem Schwert eines anderen Ritters auch nur gewankt hat?«

Daniel, den Blick unverwandt auf Rolands Gesicht gerichtet, schüttelte den Kopf, dann umklammerte er mit beiden Händen den Griff von Alberts schwerem Schwert und erhob es.

»*En garde*, Roland de Gallienne. Für die Ehre meiner geliebten Schwester fordere ich Euch heraus. Sollte ich Euch zuerst eine blutende Wunde schlagen, werdet Ihr meiner Schwester die Freiheit geben.«

»Und wenn ich dich zuerst zur Ader lasse?«

Daniel dachte einen Augenblick lang nach. »Dann werde ich Euch und Eurem geschätzten König Heinrich für den Rest meines Lebens dienen.«

»Bis die Gerüchte sich als falsch herausstellen, bezweifle ich, dass das ein großes Opfer ist«, bemerkte Roland trocken. »Aber welche Opfer könnte ich auch sonst erwarten … von einem Kind?«

»*En garde*«, rief Daniel wieder, dann schwang er sein Schwert mit aller Kraft gegen das Rolands. Dieser reagierte mit einer leichten Drehung seiner Waffe, die Daniels Schwert mit lautem Klirren ablenkte und die Klinge zu einem Vibrieren brachte, das Daniel bis in die Fußspitzen spürte.

»Hör mir gut zu, Daniel! Junge Leute lieben die Gefahr, aber eines musst du dir immer vor Augen halten: Ein wenig

Stolz ist richtig und notwendig, aber der, der sich zu weit ins Feuer vorwagt, verbrennt sich daran.«

Das Gesicht gerötet und verschwitzt hob Daniel sein Schwert und schlug erneut zu. Wieder lenkte Roland die Waffe ab, wieder schlug Daniel zurück, dieses Mal mit größerer Kraft. Damit zwang er Roland in die Verteidigung.

Ein Kreis aus Schaulustigen hatte sich um sie gebildet. Dicht gedrängt standen Rolands Männer da und sahen dem Kampf zu. Auf ihren Gesichtern zeigte sich Belustigung, hin und wieder lachten sie. Und jedes Mal, wenn Daniel das Schwert gegen Rolands hieb, begleiteten sie dies mit einem lauten Johlen. Sie jubelten, wenn der Junge strauchelte, und zollten ihm Bewunderung und Anerkennung, wenn er zuschlug.

»Roland«, rief jemand. »Warum spießt Ihr den jungen Hosenscheißer nicht einfach auf, und die Sache ist erledigt?«

Die Männer brüllten vor Lachen. Roland grinste und tänzelte zur Seite, als Daniel sich mit zitternden Armen abmühte, das Schwert zu schwingen. Vergebens. Die Schultern nach vorn gebeugt, den Kopf gesenkt und schweißüberströmt gelang es Daniel nicht, auch nur die Spitze der Klinge zu heben.

Roland ließ seine Waffe sinken und klopfte Daniel auf den Rücken, dabei lachte er den jubelnden Männern unbeschwert zu. »Was denkt ihr, Männer? Soll ich ihm eine neue Chance geben? In – sagen wir – fünf oder sieben Jahren?«

Sie schlugen sich vor Lachen auf die Schenkel, während Roland sich verneigte und triumphierend sein Schwert hob. Dann schrie eine Stimme: »Roland! Hinter Euch!«

Roland fuhr auf dem Absatz herum. Im selben Augenblick hieb Daniel ihm das Schwert in den Unterarm. Die Menge erstarrte, als Roland zurücktaumelte und auf seinen blutgetränkten Ärmel starrte.

Aschfahl im Gesicht, sah Daniel Roland an und schluckte mühsam.

Roland holte mit dem Schwert aus und schlug Daniel die Waffe aus den zitternden Händen. Der Junge wich zurück, stolperte, fiel und landete flach auf dem Rücken. Er riss abwehrend die Arme hoch, als Roland sein Schwert hob.

»Halt!« Wie aus dem Nichts tauchte eine in Lumpen gehüllte Frau auf und warf sich schützend über den Jungen. Ihre Augen funkelten, als sie den mit einem Tuch verhüllten Kopf in den Nacken warf und rief: »Wollt Ihr ein Kind morden, Roland? Wollt Ihr einen Jungen niederschlagen, der ein Duell für ein Spiel hält?«

Daniel stieß die Frau zur Seite. »Das erste Blut, edler Ritter. Ihr kennt unsere Vereinbarung.«

»Deine Vereinbarung kann in der Hölle verbrennen«, stieß Roland hervor und zerrte die Frau vom Boden, die sich eingemischt hatte. Er hielt sie auf Armeslänge von sich, als er auf den Jungen herunterstarrte.

»Und Ihr nennt Euch einen Ritter?«, höhnte Daniel. »Was ist das für ein Ritter, der sein Versprechen vergisst?«

Roland schaute in die Gesichter seiner schweigenden, abwartenden Männer. Dann befahl er Albert mit einem Blick zu sich. »Wenn dir das Leben deines Protegés etwas wert ist, dann solltest du ihm auch beibringen, welche Konsequenzen impulsives Handeln haben kann. Vor allem, wenn er jemanden herausfordert. Der nächste Mann, dem er gegenüberstehen wird, wird für seinen Leichtsinn nicht so viel Verständnis zeigen.«

Roland bahnte sich seinen Weg durch die Menge und zog die Frau mit sich, die sich heftig wehrte.

»Lasst mich los!«, schrie sie. »Ihr tut mir weh, um Himmels willen! Roland, ich verlange, dass Ihr mich augenblicklich loslasst.«

Er blieb stehen und wandte langsam den Kopf, sein Kinn spannte sich an, als er Hope erkannte.

Mit geschürzten Lippen und roten Wangen stand sie vor ihm und rieb sich den Arm. »Verfluchter Barbar. Falls dies ein Hinweis darauf ist, wie ihr einfache Frauen behandelt, dann überrascht es mich, dass Ihr jemals einen bereitwilligen Körper zum Besteigen gefunden habt.«

Noch immer schwieg er, starrte sie nur an, während seine Augen sich verschleierten, und ein Nerv seiner Wange zu zucken begann. Schließlich zog er ihr das Tuch vom Kopf, und das Haar fiel ihr in langen, blassgoldenen Wellen bis auf die Hüften. »Würde es dir wirklich gefallen, wenn ich dir zeigte, wie ich die meisten einfachen Frauen behandle, Hope? Willst du, dass ich dir zeige, wie ich Frauen behandle, die mir offen den Gehorsam verweigern? Frauen, die sich in meine Angelegenheiten einmischen? Die mir grollen? Die fauchen und kratzen wie eine Katze? Die versuchen, mich im Schlaf zu ermorden? Soll ich fortfahren?«

Sie schüttelte den Kopf.

»Gut«, erwiderte er leise. »Sehr gut.«

Hope wusch Rolands Wunde mit einer Mischung aus warmem Wasser und pulverisiertem Majoran aus, den sie aus einem ihrer kleinen Lederbeutel hervorgeholt hatte. Rolands Arm war stark und von der Sonne gebräunt, die Muskeln fühlten sich unter ihren Händen so hart wie Stein an. So behutsam wie möglich verband sie die Wunde mit einem Blutwurzbreiumschlag, den Estelle auf ihre Anweisung hin gebracht hatte.

»Es ist nur ein Kratzer, Roland. Hättet Ihr Daniel wegen einer so unbedeutenden Verletzung wirklich getötet?«

»Auch unbedeutende Verletzungen schmerzen.« Er zuckte zusammen und sah zu, wie Estelle, die noch Hopes Kleid trug, ein sauberes Leinentuch holte und es Hope reichte.

»Das Einzige, was Euch nach meinem Dafürhalten in diesem Augenblick schmerzt, Herr Ritter, ist Euer verletzter Stolz.« In Hopes Augen spiegelte sich Belustigung wider.

Ihre Haut schien blasser als gewöhnlich zu sein, aber das unterstrich nur noch ihr vollkommenes Gesicht und die großen Augen. Die Erkenntnis, dass ihre zerrissenen Kleider ihre Schönheit nur hervorhoben, löste in Roland eine Verwirrung aus, die er nicht zu deuten wusste. Genau genommen gaben sie ihr eine Erdverbundenheit, die sein Blut zum Wallen brachte, so wie es der Anblick des zu engen Mieders tat, das viel zu viel von ihren runden weißen Brüsten betonte und enthüllte. Allmächtiger, aber wüsste er es nicht besser, würde er annehmen, dass sie ihre Reize absichtlich zur Schau stellte.

Als Hope sich abwandte, hielt Roland sie am Handgelenk fest. Er rechnete damit, dass sie sich sträuben, um sich schlagen und sich wehren, ihn wieder ins Gesicht schlagen würde. Doch sie öffnete nur leicht die Lippen, als er den Arm um ihre Taille legte und sie an sich zog. »Dir ist klar, dass ich noch immer Rache an deinem Bruder nehmen könnte? Ich hätte das Recht dazu, denn er hat mich angegriffen, als ich ihm den Rücken zugewandt hatte.«

»Aber Ihr werdet es nicht tun, nicht wahr? Es ist nur eine kleine Verletzung, Roland. Eure Männer werden keine Schwäche darin sehen zu verzeihen, wenn Ihr ihm seinen Fehler verzeiht. Er hat über das Verhalten eines Ritters noch viel zu lernen.«

»So wie du auch, würde ich sagen.«

»Ich habe kein Interesse, es zu lernen, Sir.«

»Nein? Du solltest es aber haben. Dann würdest du genau wissen, wie unklug es ist, vor einem einsamen Mann mit halb entblößter Brust zu flanieren. Es kann einen Mann an die Grenzen seiner Beherrschung treiben, würde ich sagen.«

Er grinste und zeichnete mit der Fingerspitze die weiche Form ihrer Brust nach, strich über die feine blaue Ader, die unter der Haut schimmerte. Hope begann zu zittern, doch sie floh nicht. Ihre Haut erglühte, verströmte einen verführerischen weiblichen Duft, der in Roland ein Begehren auslöste, wie er es nur selten, wenn überhaupt je so intensiv, empfunden hatte – wenigstens nicht, seit er Hope vor vielen Nächten geküsst und so schamlos gestreichelt hatte.

Was führte sie im Schilde? Wo blieb ihre übliche Reaktion aus Wut und Widerstand? Glaubte sie wirklich, er würde an ihrem Bruder für dessen närrische Unbesonnenheit Vergeltung üben? War das vielleicht ihr Versuch, seine Gunst zu erringen? Hoffte sie, ihn damit umstimmen zu können?

Er zog sie näher, bis ihr zierlicher Körper sich zwischen seine Oberschenkel schmiegte. Als Roland den Kopf neigte und ihre Brüste berührte, roch er den Duft wilder Blumen, der ihrer Haut entströmte. Ihr Körper spannte sich an, und er spürte sie in seinen Armen, die er um sie geschlungen hatte, erbeben. Als er zu ihr aufschaute, hatte sie den Kopf weit in den Nacken fallen lassen und hielt ihre Augen geschlossen – ihm schien es, als weihte sie ihren Leib einem heidnischen Ritual.

Er küsste ihre Brüste, und Hope stöhnte leise.

Er fuhr mit der Zunge am Ausschnitt ihres Mieders entlang und fühlte sie zittern, hörte sie unzusammenhängende Worte murmeln, die ihn abwehren sollten. Sie flüsterte diese Worte auch noch, als sie die Hände in seinen Haaren vergrub. Erst jetzt nahm Roland das dünne Rinnsal von Blut wahr, das ihm den Arm herunterlief, erst jetzt fühlte er wieder den Schmerz der Wunde.

»Heile mich«, sagte er zu Hope. »So wie du es schon einmal getan hast.«

»Schon einmal …?«, erwiderte sie wie benommen.

»Wenn man den Gerüchten glaubt, dann hast du mich mit deinen magischen Kräften geheilt. Man sagt, ich hätte eine schlimme Wunde gehabt …«

»Warum sollte es mich kümmern, Euch zu heilen, Engländer?«

»Genau das ist meine Frage.« Er zog Hope näher, so nah, dass ihre Körper sich sinnverwirrend berührten. »Vielleicht aus demselben Grund, aus dem du mir jetzt erlaubst, dich zu berühren, dich zu halten, meinen Mund auf deine Brüste zu legen. Seltsam, dass meine Erinnerung mich in einem solchen Maße im Stich lässt. Seltsam, dass ich mich so gut wie gar nicht an die Schlacht mit Lacurne erinnern kann. Seltsam, dass ich jedes Mal, wenn ich mich an meine Rückkehr ins Lager zu erinnern versuche, nur ein verschwommenes Bild von dir sehe – und von unseren Seelen, die sich für einen kurzen Augenblick miteinander verbinden. Ich glaube nicht einen Moment daran, dass Roger und ich an jenem Abend zu viel getrunken haben. Sag mir die Wahrheit, Hope. Hast du mich geheilt?«

Einen Augenblick lang entspannte sich ihr Körper und schmiegte sich an ihn, blickten ihre Augen verträumt, teilten sich ihre Lippen. Sie wollte ihm etwas sagen ... als Estelle sich neben Hope auf die Knie fallen ließ und damit begann, ihr das Haar zu flechten. Als erwachte sie aus einem Traum, schüttelte Hope den Kopf und zog sich abrupt zurück. Estelle starrte Roland an.

»Danke«, sagte er spöttisch zu Estelle.

»Mylord?«

»Was zum Teufel hast du hier überhaupt zu suchen?«

»Ihr habt mich doch hergeschickt, Mylord, um mich um Hopes Wünsche zu kümmern ... und aufzupassen, dass sie von niemandem belästigt wird.«

»Wie es scheint, erfüllst du diese Aufgabe bemerkenswert gut.«

Sie strahlte vor Stolz. »Vielen Dank, Mylord.«

»Und jetzt verschwinde.«

»Mylord?«

»Verschwinde. Sofort. Ehe ich meinen Eid vergesse, das Gute gegen die Ungerechtigkeit und das Böse zu verteidigen und dich wie einen Käfer zerquetsche.«

Estelle stolperte erschreckt aus der Kammer.

Hope packte sorgsam ihre Beutel mit den Arzneien in die Truhe zurück, die sie von Châteauroux hierher mitgenommen hatte. Ihre Haltung wirkte starr, ihre Bewegungen hölzern. Noch immer war ihre Haut leicht gerötet, ihre Hände zitterten. Sie sah Roland hin und wieder über die Schulter an, als erwartete sie, dass er jeden Augenblick zu ihr kommen würde.

»Antworte mir«, sagte er. »Hast du mich geheilt?«

»Hätte es mir in meiner Lage etwas genützt, so etwas zu tun?« Ihr Lachen klang angespannt. »Ich denke nicht. Den Mann zu heilen, der mich gefangen genommen hat – das wäre doch höchst dumm. Und selbst wenn ich es getan hätte – es wäre wohl noch dümmer, es auch noch zuzugeben. Wäre mein Wert für die Schwarze Flamme nicht ein noch größerer, wenn ich solche Wunder zustande bringen könnte?«

Roland kniff die Augen zusammen und verzog den Mund. »Dein Wert als Frau wäre für mich noch höher, würde ich sagen.«

Sie hielt inne.

Roland trat hinter sie, berührte sie aber nicht. »Ich hätte Daniel nicht getötet«, sagte er leise. »Und ebenso wenig würde ich dich gegen deinen Willen nehmen.«

»Ich bin erleichtert, das zu hören.«

»Daniel muss noch eine Menge über den Krieg lernen … und über die Männer, die ihn führen. Zu gegebener Zeit wird er sich als achtbarer Gegner erweisen. Und du, du musst noch sehr viel über die Männer lernen.«

»Was wollt Ihr damit sagen?«

Roland legte die Hand auf ihren Rücken und ließ sie bis zu ihrem Nacken hochgleiten. Hope hielt den Atem an. Seine Lippen berührten ihr Ohr, als er flüsterte: »Wenn du es einem Mann erlaubst, dich in den Armen zu halten, dann reizt du damit seine Neugier. Wenn du ihm erlaubst, deine

Brüste mit der Zunge zu berühren, dann reizt du damit seine Lust. Wenn du seine Berührung genießt und es deinem Körper erlaubst, vor Verlangen zu zittern, dann reizt ihn das, dich voller Leidenschaft zu lieben. Möchtest du das, Hope?«

Ein Augenblick ging vorüber, ohne dass Hope ihm antwortete. Er kam näher. »Was hast du da draußen im Lager ganz allein gewollt? Nach wem hast du gesucht?«, fragte er.

»Ich war es einfach leid, den ganzen Tag damit zu verbringen, zerrissene Tuniken auszubessern. Ich hatte Roger gebeten, mich zu begleiten, aber er hatte keine Zeit.«

»Dann hast du nach Roger gesucht?« Die Schärfe seines Tons veranlasste Hope, zurückzuweichen. Ihre Wangen röteten sich, als sie gegen die Truhe stieß, die ihren Rückzug verhinderte. Roland musste tief durchatmen. Der Gedanke, dass Hope seinen Zorn in Kauf genommen hatte, um seinen Ersten Offizier zu suchen, verwirrte ihn. »Roger wird bei Einbruch der Dämmerung zurückkommen. Ist das in deinem Sinne?«

»Ja.« Sie nickte. »Ich mag Roger.«

»Es sieht so aus.«

»Er ist sehr nett.«

»Und er ist verheiratet. Und hat sieben Kinder.«

Hope ging zögernd zu einem Stapel von Tuniken und Strümpfen, die gestopft werden mussten. Dabei ließ sie Roland nicht aus den Augen.

»Roger hat mir gesagt, dass du in letzter Zeit wenig Interesse an deinem Dreifuß zeigst.«

»Mich mit ihm zu beschäftigen, kommt mir einfach wie Zeitverschwendung vor. Wie Ihr sehen könnt, gibt es eine Menge anderer wichtiger Dinge zu erledigen. Roger hat sich ein Loch in seine Tunika gerissen, als er mit Albert und Gerald auf der Wildschweinjagd gewesen ist. Gerald hat sich mit dem Ärmel in einem Brombeergestrüpp verfangen, die Dornen haben ziemlichen Schaden angerichtet. Und

Louis behauptet, dass ihm seine Hosen zu groß geworden sind und hat mich gefragt, ob ich sie ändern könnte. Oh, und dann ist da noch Hardre …«

»Bist du unglücklich mit all dem hier?« Mit weit ausholender Geste umschrieb er die Kammer. »Ist dir vielleicht die Schlafmatte nicht dick genug gepolstert? Ich bin sicher, dass die, auf der du in der Abtei geschlafen hast, weit bequemer war. Schützen diese Teppiche, die mir gehören, nicht deine Füße vor dem gesplitterten Boden? Halten dich jene Pelze dort des Nachts nicht warm genug? Ist das Essen, das ich dir bringe – das du dich wiederholt zu essen geweigert hast – nicht wohlschmeckend genug? Ist der Fasan nicht nach Eurem Geschmack, Mylady?« Er packte sie am Arm und zog sie zum Fenster. »Schau hinaus, Hope. Dort draußen gibt es mindestens hundert Frauen, die ihren Platz gern mit dir tauschen würden.«

Hope schwieg einen Moment. Als sie Roland antwortete, schwang ein Hauch der alten Streitlust in ihrer Stimme mit. »Würden sie das wirklich wollen, Sir? Würden sie ihre Freiheit aufgeben, um Tag und Nacht in einer Kammer eingesperrt zu sein, ganz egal, ob diese Zelle mit Teppichen ausgelegt ist und die Wände mit Wandbehängen geschmückt sind? Würden sie diese Pracht nicht für die Möglichkeit eintauschen wollen, sich unter ihresgleichen bewegen, an einer Unterhaltung teilnehmen zu können, den Wind in ihren Haaren und die Sonne auf ihrem Gesicht zu spüren?« Sie versuchte, ihre Fassung zu wahren, doch das plötzliche Auffunkeln von Tränen strafte ihre gespielte Tapferkeit Lügen. »Ihr stellt diese Frage einer Gefangenen, Roland? Glaubt Ihr wirklich, das abgeschiedene Leben hinter diesen Mauern macht mir Freude? Oder die Worte, die ich von jenen Männern dort draußen zu hören bekomme, wenn ich durch das Lager gehe? Ich bin doch kaum mehr als einer Eurer Falken, die nur nach Eurer Laune und auf Euren Wink hin fliegen dürfen. Ich bin überrascht, dass Ihr mir bis jetzt noch kein Glöckchen um das Fußgelenk gebunden oder mich gleich in einen Käfig gesperrt habt.«

»Ich habe dir deine Freiheit angeboten.«

»Und Ihr habt sie wieder zurückgenommen.«

»Nur um dich zu schützen.«

»Hättet Ihr mich nicht als Gefangene genommen, hätte ich keinen Schutz nötig. Warum bin ich hier, Roland? Was habt Ihr mit mir vor?«

Roland schloss sekundenlang die Augen, er mied es, Hope anzusehen. Schließlich wandte er sich ab.

»Es tut mir Leid, dass du dich so einsam fühlst. Möchtest du, dass ich dir Gesellschaft leiste, bis Roger zurückkehrt?«

Hope rieb sich den Arm, wo Roland sie gehalten hatte, dann nickte sie. »Ja, das möchte ich sehr gern, denke ich.«

»Gut«, erwiderte er barsch und griff das hochgeschlossene Kleid, das sie am Vortag getragen hatte. Er warf es ihr zu. »Zieh das an, ehe ich etwas tue, was ich morgen früh bereuen würde.«

»Der Dreifuß ist mir von meiner Mutter vererbt worden.« Hope betrachtete den Faden öligen Rauches, der sich aus der goldenen Flamme erhob, die in der bronzenen Schale des Dreifußes flackerte. »Und sie hat ihn von ihrer Mutter bekommen, zusammen mit ihrem Fluch, in die Zukunft sehen zu können.«

Ausgestreckt auf der Seite liegend, aufgestützt auf den Ellbogen, beobachtete Roland Hope, die sich über die Flamme beugte und konzentriert hineinstarrte. Kleine Schweißperlen sammelten sich auf ihrer Stirn.

»Ich sehe nicht immer Visionen der Zukunft in der Flamme. Manchmal kommen sie auch in meinen Träumen. Seltsam …« Sie sah auf und starrte blicklos vor sich hin. »In den vergangenen Tagen bin ich nur selten von Visionen gequält worden, und keine von ihnen kam durch den Dreifuß zu mir. Ich frage mich, was das wohl bedeuten mag.« Ihre Stimme verlor sich, und sie runzelte die Stirn, als Daniels junges Gesicht vor ihrem geistigen Auge auftauchte. Die Erinnerung an ihr Gespräch viele Nächte zuvor pochte an ihr Bewusstsein, rief ihr ins Gedächtnis zurück, dass mit der Liebe die Abnahme der seherischen Kräfte einherging.

Hope schaute Roland an, sein dunkles, nachdenkliches Gesicht, seine Augen, die so schwarz wie die Nacht waren – seine Lippen, denen sie es gestattet hatte, ihre nackte Haut zu berühren. Noch vor wenigen Tagen war Roland für sie der verhasste Feind gewesen: dazu fähig, einen ganzen Landstrich zu zerstören, ganze Familien zu vernichten und dabei nicht mehr Gedanken an die Menschen zu verschwenden, als seien es Insekten, die von Gottes Erde vertrieben werden mussten. Aber würde die Bestie, für die sie ihn gehalten hatte, sie so sanft in den Armen halten? So sanft mit ihr sprechen? Würde diese Bestie einen geschätzten Soldaten töten, um ihr Leben zu verteidigen?

Ihr stockte der Atem und ihr Herz schlug schneller. Die Erkenntnis, dass sie sich nichts mehr wünschte, als dass Roland sie wieder so berührte wie vorhin, wirbelte die Wirklichkeit wie einen Wasserstrudel durcheinander … wie auch der absurde Gedanke, dass sie wahrhaftig begonnen hatte, den arroganten, barbarischen englischen Ritter zu mögen.

»Die Prophezeiungen, die ich auf den Schriftrollen gelesen habe … sie kamen aus dem Dreifuß zu dir?« Seine Frage riss Hope aus ihren Gedanken.

Nicht fähig zu sprechen, nickte sie stumm.

»Sie sind unfassbar.«

Hope lächelte und brachte es fertig zu nicken. »Möglich.«

»Wie kannst du erwarten, dass ein vernünftig denkender Mensch glaubt, Menschen werden mit pferdelosen Wagen reisen? Oder dass Lanzen eines Tages Feuer spucken, das

Soldaten zu Boden werfen und töten kann, die Hunderte Fuß weit entfernt sind?«

»Ich kann Euch nur das sagen, was ich sehe. Nur die Zukunft wird zeigen, ob ich Recht hatte.«

»Welche Zukunft hast du für mich gesehen? Außer der, dass ich vom Blitz getroffen werde?«

Hope starrte in die Flammen und ignorierte den amüsierten Ton seiner Frage. »Visionen der nahen Zukunft kommen nicht aus dem Dreifuß zu mir, sondern aus meinen Träumen. Weil sie mir große Schmerzen bereiten, ziehe ich es vor, sie nicht heraufzubeschwören. Aber oft kommen sie trotzdem zu mir. Diese Visionen sind die schlimmsten, schmerzvollsten und erschreckendsten. Ich kann sie nicht kontrollieren und oft nicht verstehen.«

»Ich bin sicher, du hast etwas über meine Vergangenheit und meine Zukunft gesehen.«

Hope richtete sich auf und rieb sich die Augen. Sie seufzte resigniert. »Wie ich schon sagte, in den letzten Tagen habe ich wenig gesehen, und dieses Wenige war hinter einem ungewöhnlichen Nebel verborgen. Die Vision herbeizuzwingen würde ernste Folgen mit sich bringen, und ich ziehe es vor, mich diesen nicht auszusetzen.«

Roland streckte die Hand aus und schloss die Finger um eines der Beine des Dreifußes. »Die Wahrheit, Hope. Hast du nichts über meine Zukunft gesehen?«

Schließlich seufzte Hope und nickte resigniert, als ihr klar wurde, dass Roland keine Ruhe geben würde, bis sie es ihm gestanden hätte. »Es ist eine seltsame Vision, Roland: das Grab eines Kindes.«

»Das Grab eines Kindes und sonst nichts?«

»Da ist ein Mann, der am Grab weint und Gott bittet, ihm zu vergeben.«

»Wer ist der Mann?«

»Ich weiß es nicht. Aber er hat die Augen eines Wahnsinnigen.«

Rolands Augenbrauen zogen sich zusammen. »Mein Vater. Ja, er würde zu Gott um Vergebung beten, seit er mich für die Brut des Teufels hält. Sag mir, weise Seherin, was siehst du für meine Armee voraus?«

Ein Augenblick des Zögerns verstrich, in dem Hope ihre Utensilien zusammensammelte. Roland legte die Hand unter ihr Kinn und zwang sie, ihn anzusehen. »Antworte mir«, befahl er mit flach klingender Stimme.

»Sie ist zerschlagen und in alle Winde zerstreut, wie Federn im Sturm.« Hope schluckte, und als Rolands Miene sich verfinsterte, begann ihr Körper zu zittern. »Ich sehe König Heinrich ... tot ... gestorben an gebrochenem Herzen ... und seine Söhne John und Richard im Bund mit Philip Augustus.« Hope sah ihn eindringlich an. »Die Männer reden über Eure Loyalität für Heinrich. Dass Ihr ihn liebt wie einen Vater.«

»Hätte Heinrich mich nicht als Squire bei sich aufgenommen, wäre ich jetzt tot. Was meine Männer angeht, so würden sie weder mich noch Heinrich jemals im Stich lassen. Und was seine Söhne betrifft ... während Richard durchaus fähig ist, sich gegen seinen Vater zu wenden, würde John das niemals tun.«

Roland stand auf und trat an das Fenster. Hope folgte ihm und stellte sich neben ihn. »Vermisst Ihr nicht Eure Familie, Roland? Brennt Ihr nicht darauf, nach England zurückzukehren?«

»Ich bin sicher, du kannst die Antwort darauf in deinem Dreifuß sehen«, stieß er barsch hervor. Dann wandte er sich abrupt ab und verließ die Kammer. Als Hope ihm nachstarrte, schlug ihr das Herz noch immer bis zum Hals.

10

Ein Gefühl gespannter Erwartung lag in der Luft, als Hope in Rogers Begleitung durch das Heerlager ging. Drei Dutzend Männer bereiteten sich darauf vor, beim ersten Tageslicht aufzubrechen – sie sollten durch die Straßen patrouillieren und dafür sorgen, dass Rolands Armee auf ihrem Marsch nach Chinon, der in drei Tagen beginnen sollte, nicht mit dem Feind zusammentreffen würde. Die ungeduldigen Männer hatten sich vor Matildas Zelt versammelt und hörten aufmerksam auf das, was sie sagte. Ihre Voraussagen mussten günstig sein, denn auf den Gesichtern der Soldaten lag Erleichterung. Sie lachten und schlugen einander auf den Rücken, erhoben die mit Bier oder Wein gefüllten Becher und brüllten rüde Beleidigungen gegen König Philip und wüste Drohungen gegen Lacurne.

Inmitten dieses ausgelassenen Trubels beugte sich Matilda über die auf der Erde verstreut liegenden Knöchelchen, Steine, Halbedelsteine und richtete den Blick aus ihren kleinen gelben Augen dann auf die lärmenden Soldaten. »Ich sehe, dass es von dieser Nacht an nur Erfolg für Roland geben wird. Philips Armee wird schwächer werden und sich unter dem Einfluss unseres mächtigen Königs Heinrich auflösen.«

»Und was ist mit den Gerüchten, dass Heinrich krank und schwach ist?«, rief einer.

»Das ist eine Kriegslist. Nicht mehr. Eine List, um Philip

in Sicherheit zu wiegen. Wenn es an der Zeit ist, wird Heinrich sich erheben und seinen grimmigen Feind mit einem einzigen Schlag vernichten.« Sie warf eine Hand voll eines Pulvers in das Feuer, aus dem daraufhin eine hellgrüne Wolke aufstieg. Der Rauch zog sich zu einem dünnen Faden zusammen, der sich schlängelnd in die Nachtluft aufstieg. »Ich sehe, dass diese Armee binnen eines Jahres nach England zurückkehren wird. Die Männer werden müde und erschöpft sein. Aber sie werden die Freude haben, ihre Frauen und Kinder wieder in die Arme schließen zu können!«

Die Männer schrien ihre Begeisterung laut heraus.

Hope runzelte die Stirn und wandte sich an Roger, der seine ausgelassenen Männer mit einem Ausdruck leichter Besorgnis betrachtete. »Sie glauben ihr jedes Wort – sogar jetzt noch, nachdem ihre Kameraden im Kampf gegen Lacurne gefallen sind.«

»Sie klammern sich an alles, das ihnen den Mut gibt, sich dem möglichen Tod zu stellen«, erwiderte er müde. »Die Männer mögen tapfer sein, aber wer von uns schätzt schon die Gewissheit, sterben zu müssen?«

Hope schaute sich suchend in der Menge um – sie schaute zu den Männern, die über ihre Schachbretter oder Backgammontafeln gebeugt saßen, zu denen, die weintrunken von einem Lagerfeuer zum anderen zogen, ja selbst zu den Männern und Frauen, die sich ein abgeschiedenes, im Schatten verborgen liegendes Plätzchen gesucht hatten, um ihre Gelüste dort aneinander zu befriedigen.

»Er ist nicht hier«, sagte Roger.

»Wer?«

»Roland natürlich.«

Hope lachte leise. »Was lässt Euch glauben, dass ich nach Roland suche?«

»Du suchst immer nach Roland.« Roger grinste. »Jedes Mal, wenn er außerhalb deiner Sichtweite ist, hältst du nach ihm Ausschau. Und wenn du ihn entdeckst …«

Hope ging weiter. »Sicher macht Ihr Euch über mich lustig, Roger. Oder vielleicht verwandelt der Honigwein Eure Gedanken in Schwachsinn. Wie er es offensichtlich auch bei diesem Haufen von Rüpeln tut. Mich kümmert es nicht, wo Roland ist, oder mit wem er zusammen ist. Er ist ein gemeiner Schuft. Ein Scharlatan. Ein schurkischer Ritter, dem es offensichtlich gefällt, kleine Jungen einzuschüchtern und die Versprechen nicht zu halten, die er gibt.«

»Daniel hat Roland herausgefordert«, erwiderte Roger, der Hope eingeholt hatte und nun neben ihr herging. »Und hätte Roland es gewollt, hätte er deinen Bruder töten können, allein schon deshalb, weil der Junge so dumm gewesen ist, ihn herauszufordern – einmal ganz abgesehen davon, dass er Roland angriff, als der ihm den Rücken zugewandt hatte. Ein Mann von Ehre schlägt niemals einen anderen, wenn dieser ihm den Rücken zuwendet. Ich habe schon gesehen, dass Männer für geringere Vergehen geköpft worden sind.«

Hope blieb abrupt stehen, als Rosamunde vor ihr in der Menge auftauchte. Sie hatte sich mit ihrem Äußeren offensichtlich große Mühe gegeben, denn sie hatte sich das rote Haar sorgsam zu einem langen Zopf geflochten, der ihr über eine Schulter fiel. Hope hatte Rosamunde an dem smaragdgrünen Rock erkannt, den sie trug. Es war derselbe Rock, den Roland Hope vor einigen Tagen zum Geschenk hatte machen wollen, und den sie – selbstverständlich – zurückgewiesen hatte.

Roger beugte sich zu Hope herunter und sagte leise: »Unser Roland scheint heute Abend der meistgesuchte Mann zu sein, nicht wahr? Was für ein Glück, von den beiden schönsten Frauen im Lager begehrt zu werden! Ich beneide ihn. Aber das Schicksal meint es eben gut mit Männern von Rolands Ruf und gutem Aussehen.«

Hope warf ihm einen strafenden Blick zu. »Ihr seid ein verheirateter Mann, Roger de Ferres.«

»Verheiratet, richtig. Aber schon zu lange ohne Eheweib. Eine solche Entbehrung schwächt auch den stärksten Kriegsmann. Es ist der Körper einer Frau, der einem Mann das Leben schenkt. Es ist die Liebe einer Frau, die ihm den Willen zum Leben gibt.«

Jetzt hatte Rosamunde die beiden entdeckt. Ihre Augen wurden groß, und sie nestelte nervös an ihrem Rock. Dann schien sie sich zu fassen, denn sie sah zunächst Roger und dann Hope fest an. »Roland ist unten bei den Pferden«, rief Roger ihr zu.

Rosamunde warf Hope einen zögernden Blick zu, ehe sie sich umwandte und von der Dunkelheit jenseits der Lagerfeuer verschluckt wurde. Roger fasste sanft nach Hopes Arm. »Für jemanden, der Roland einen Schuft und Scharlatan nennt und ihn im Allgemeinen keiner anderen Gesellschaft als der Aussätziger für wert hält, zeigen Eurer Ladyschaft liebliche Wangen ein recht kräftiges Rot. Ihr werdet doch nicht eifersüchtig sein?«

Hope riss sich von ihm los und ging schneller. Roger folgte ihr lachend und beeilte sich, mit ihr Schritt zu halten. »Ah, aber diese schöne Nacht ist wie für Liebende gemacht, süße Hope. Das Firmament ist von Sternen übersät, und der Mond scheint hell und silbern. Ich schwöre, dass das reicht, um das Herz eines Mannes zu stehlen … würde er jetzt der Frau seiner Träume begegnen.«

»Ich fürchte, Ihr habt Eure wahre Profession verfehlt, Roger«, erklärte Hope und zog missbilligend die Augenbrauen hoch.

»Bitte sag es mir, Hope. Welche schönere Profession könnte ich haben als die eines tapferen und heldenmutigen Ritters?«

»Die des fahrenden Sängers«, erwiderte sie gereizt.

Roger warf den Kopf in den Nacken und lachte schallend.

Je weiter der Abend voranschritt, um so ausgelassener wurde die Stimmung im Lager. Roger brachte Hope für ihr Empfinden viel zu früh in die Burg zurück, doch sie erhob keine Einwände. Vermutlich, so sagte sie sich, zieht ein Mann wie Roger es vor, seine Nächte mit seinen Freunden zu verbringen, mit ihnen zu trinken und über den Krieg zu reden, statt seine Zeit als Aufpasser einer langweiligen Gefangenen zu verschwenden. Trotzdem hielt sie ihn mit einer Frage zurück, als er schon im Gehen begriffen war.

»Was hat Roland mit mir vor?«

Roger sah Hope schweigend an. Seine Miene war nichts sagend, sein Blick umso eindringlicher. »Ich weiß es nicht, Hope.«

»Natürlich wisst Ihr es. Vermutlich seid Ihr der einzige Mann in dieser ganzen Armee, dem er alles anvertraut. Er würde nie eine Entscheidung treffen, ohne sie zuerst mit Euch zu besprechen.«

Roger wandte den Blick ab. »Warum fragst du ihn nicht selbst?«

»Das habe ich getan. Heute Nachmittag.«

Roger wirkte nachdenklich, und als er sprach, tat er es eher zu sich selbst als zu Hope: »Ich vermute, in seiner gegenwärtigen Gemütslage dürfte ihm eine Antwort auf diese Frage verdammt schwer gefallen sein.« Er sah Hope fragend an. »Sehnst du dich so sehr nach der Freiheit? Wäre es dir recht, wenn Roland dich Philip übergäbe ... oder dem Papst?«

Hope biss sich auf die Lippe und erschrak innerlich darüber, dass Rogers Frage nicht die Freude in ihr auslöste, die sie eigentlich dabei hätte empfinden müssen. Stattdessen spürte sie eine bedrückende Angst, die nach ihrem Herzen zu greifen schien.

»Nun?« Roger zog eine Augenbraue hoch, als Hope stumm blieb. »Hast du etwa deine Gefühle für den guten Roland entdeckt, Hope? Kann es sein, dass du deine Jugend lieber damit verbringen möchtest, sich ihm an seine ritterlichen Fersen zu heften und ihm kreuz und quer durch das Land zu folgen? Dass du daran denkst, sein Leben mit Rosamunde und all den anderen Frauen zu teilen, auf die sein Auge von Zeit zu Zeit fällt?«

»Gewiss nicht.« Sie straffte die Schultern, als ihr bewusst wurde, dass sie aus Verlegenheit und Verwirrung flammendrot geworden war. Vor allem aber vor Ärger, den sie bei dem Gedanken verspürte, dass Roland auf seinen leisesten Wink hin ein Schwarm von Frauen bereitstand, die in seiner Gegenwart zweifellos ebenso kopflos wurden wie sie. »Ich … selbstverständlich denke ich nur an Daniel. Er hat diese Männer inzwischen gern.«

»Gott bewahre, ich habe doch niemals angenommen … nicht von dir, der Heiligen von Châteauroux …«

»Ich bin keine Heilige und was habt Ihr nicht angenommen? Warum seht Ihr mich so an, Roger?«

»Du hast dich in Roland verliebt«, erklärte er bestimmt, und ein Hauch von Zorn lag in seiner Stimme. »Deshalb hast du ihn geheilt – nicht aus Angst, dass du sonst deinen ›Beschützer‹ verlieren könntest oder gar weil Gottes Stimme dich dazu angewiesen hat, auch noch die andere Wange hinzuhalten und den Feind zu heilen. Du hast dich in diesen Bastard verliebt, der er zweifellos ist.«

»O, Ihr irrt Euch«, versicherte sie ihm gleichmütig. »Sehr sogar. Wenn Ihr mir jetzt sagen würdet, dass Ihr vorhabt, mich in die Abtei zurückzubringen, dann würde ich … ich würde …« Sie biss sich auf die Lippen.

»Du würdet was?« Roger starrte sie an, sein Gesicht war angespannt. Als sie nicht antwortete, schüttelte er den Kopf und wandte sich zur Tür. Er fluchte leise, als er die Kammer verließ. Hope starrte die geschlossene Tür an, unbewusst nahm sie die Musik und das Lachen wahr, das von draußen schwach hereinklang. Natürlich irrte Roger sich. Sie mochte Roland nicht einmal, und schon gar nicht liebte sie ihn.

Sie fand ihn *nicht* anziehend. Und sie billigte weder sein primitives Benehmen noch seinen Kriegsdurst.

Seine Küsse hatten ihr *nicht* den Atem stocken lassen.

Seine Berührungen hatte ihre Haut *nicht* in Feuer verwandelt.

Sie hatte *nicht* wie ein hilfloses schwaches Lamm gezittert, als er ihre Brüste liebkost hatte.

Sie wachte *nicht* des Nachts auf, weil sie wieder das Gefühl durchlebte, das seine Hand zwischen ihren Beinen geweckt hatte. Oder weil sie sich danach sehnte, diese verbotene Berührung noch einmal zu spüren.

Und ganz gewiss empfand sie nicht die Spur von Eifersucht, wenn sie sich vorstellte, dass er jetzt, in diesem Augenblick, bei Rosamunde lag. Dass er sie küsste, sie berührte, ihre Brüste mit der Zunge liebkoste, mit seinen warmen starken Händen ihre Schenkel strich, sie höher gleiten ließ …

Unruhig ging Hope auf und ab. Schließlich setzte sie sich auf den Fenstersims und wandte das Gesicht in den kühlen Nachtwind, der ihr sanft über die geschlossenen Augen strich. Sie bemühte sich, nicht daran zu denken, wie schön Rosamunde heute Abend ausgesehen hatte – für Roland, ohne Zweifel. Rosamunde wusste, wie man ihm gefiel: ihn zum Lächeln brachte, zum Seufzen … dass er vor Verlangen zitterte.

Als die Nacht hereinbrach, drehten sich fast alle Gespräche um den bevorstehenden Marsch nach Chinon, und es wurden mancherlei Spekulationen darüber laut, was Rolands Armee dort erwartete.

Gerüchte über den schlechten Gesundheitszustand König Heinrichs machten die Runde. Man sprach darüber, dass der König jetzt gezwungen war, sich auf seinen illegitimen Sohn Geoffrey zu verlassen, der während der letzten

Jahre Kanzler von England gewesen war. Es lag nun an Geoffrey, dafür zu sorgen, dass die Befehle seines Vaters befolgt wurden. Heinrich war so weit gegangen anzuordnen, dass alle Burgen in der Normandie an seinen Sohn John zu übergeben waren und dass eine Truppe von walisischen Söldnern aus England herübergebracht wurde, weil er hoffte, so die schrumpfenden Kräfte in den französischen Besitzungen stärken zu können.

Wie immer sprachen die Männer auch über Hope. Nach wie vor herrschten zwei Meinungen darüber, ob sie nun gut oder böse war. Viele von ihnen glaubten, dass sie Roland mit einem Zauber belegt hatte – denn seit die Armee in der Abtei gerastet hatte, war er nicht mehr der Alte gewesen. Andere waren schnell mit dem Hinweis zur Hand, dass Roland vom Tag seiner Geburt an verflucht gewesen sei und dass es seine bloße Existenz gewesen war, die den großen Godfrey um den Verstand gebracht hatte.

Roland war damit beschäftigt, die Pferde zu inspizieren und fand sie gut gepflegt und gesund. Die Kohlen im Feuer des Hufschmieds glühten rot in der Dunkelheit, und Roland schloss daraus, dass der Mann bald zurückkehren würde, um mit dem Beschlagen der Kriegsrösser fortzufahren. Roland hielt nach seinem Pferd Ausschau und fand es inmitten der anderen Tiere. Er ging hin und strich dem Rappen über den breiten Widerrist. Er dachte dabei an den Tag zurück, an dem König Heinrich ihm dieses herrliche Ross geschenkt hatte. Roland war nur ein wenig älter gewesen als Daniel. Jung. Frech. Arrogant. Wie Daniel. Unwissend über das Leben und den Tod … und die Liebe.

Wie Roland trug auch das Pferd die Spuren geschlagener Schlachten. Das Feuer, das einst in den Augen des Tieres gefunkelt hatte, war zu Glutasche geworden. Zahlreiche Narben bedeckten dessen schönes glattes Fell. Sie alle waren verheilt, aber dennoch sichtbar. Als Roland an der Mähne des Tieres zupfte und es hinter den Ohren kraulte, drückte es das Maul gegen Rolands Brust und wieherte leise. Roland lächelte, presste das Gesicht gegen den Hals des Pferdes und atmete dessen Geruch ein. Die Wärme des Tieres übertrug sich auf Roland und verscheuchte das Frösteln, das ihm in die Knochen gekrochen war.

Lieber Gott, aber er war so müde. Der Schlaf, der ihn so lange gemieden hatte, drückte schwer auf seine Augenlider.

Roland dachte an Hope, die jetzt allein in ihrer stillen Kammer saß, sich vielleicht über ihren geheimnisvollen Dreifuß beugte und in dessen seltsam glühendes Licht schaute. Ein Teil von ihm wünschte sich, ihr die Hände um den Hals zu legen und sie zu erwürgen – ein für alle Mal das Bild ihrer faszinierenden Augen und ihres wunderschönen Mundes aus seinem Bewusstsein zu tilgen. Vielleicht würde dann auch das Verlangen zurückkehren, nach Schwert und Schild zu greifen und gegen Philip zu ziehen.

Doch dann gab es noch dieses andere Gefühl: Heiß und quälend hielt es sein Herz umklammert und machte ihm in letzter Zeit mehr zu schaffen als jede physische Wunde. Er sehnte sich danach, sich an Hopes Nähe zu wärmen, das goldene Leuchten in sich aufzunehmen, das von ihrer Gegenwart ausging. Welch süße Leichtigkeit erfüllte ihn, wenn sie ihm nah war! Er fühlte sich wieder wie ein Junge, den der warme Sonnenschein schläfrig gemacht hatte. Er wollte nichts anderes mehr, als vom Liebreiz ihres so seltenen Lächelns davongetragen zu werden.

Ein Aufschrei der Menge ließ Roland herumfahren. Nicht weit von ihm entfernt hatte sich ein Kreis johlender Zuschauer um eine Frau gebildet. Offensichtlich war es den betrunkenen Männern gelungen, irgendeines der Frauenzimmer mit viel Wein und Bier dazu zu bringen, ihre Hemmungen zu überwinden und sich vor aller Augen auszuziehen.

Mit einem letzten Klaps auf den Hals seines Pferdes ging Roland zu den begeisterten Männern, die unisono einen anerkennenden Schrei ausstießen, als Roger, von seinen Kameraden angestachelt, in den Kreis stolperte und die Frau in seine Arme riss. Das Paar tanzte zur Musik und dem rhythmischen Klatschen der Zuschauer, bis beide ins Taumeln kamen und hinfielen. Es gab ein Durcheinander von Armen und Beinen, die Röcke der Frau waren bis zu den Achseln hochgerutscht und bauschten sich wie Blütenblätter um ihren Oberkörper.

»Bist du blind, de Ferres?«, brüllte einer der Männer. »Siehst du nicht, dass die Kleine scharf auf dich ist?«

Roland hatte zunächst nicht bemerkt, dass Matilda sich ihm genähert hatte – als sie neben ihm stand, stieg ihm der Geruch der Kräuter und der Gestank ihres alten, ungewaschenen Körpers und ihrer faulenden Zähne in die Nase. »Die Männer sind heute Nacht besonders unruhig, findet Ihr nicht auch, Roland?«

»Bleib mir vom Leibe, Alte. Hätte ich deine Meinung gewünscht, hätte ich dich darum gebeten.«

»Wundert Ihr Euch über das Benehmen Eures Ersten Offiziers?«

»Warum sollte ich?«

»Die Männer reden über Roger de Ferres und Hope von Châteauroux. Darüber, welch großes Vergnügen Roger daran findet, sie zu begleiten. Sie sagen, dass er überhaupt nicht mehr von seiner Familie spricht. Dass er die Seherin keine Minute mehr aus den Augen lässt. Die Männer machen sich darum Sorgen, dass das Mädchen ihn verhext haben könnte. Seht Ihn Euch an, de Gallienne. Euer Freund und Erster Offizier ist nicht mehr er selbst.«

Roland warf der alten Frau einen finsteren Blick zu.

»Wann habt Ihr das letzte Mal erlebt, dass Roger seine Sinne so wenig beieinander hatte, dass er wie ein Karpfen im Trockenen herumgezappelt hätte?«, stichelte sie weiter. »Und das auch noch vor seinen Männern!«

Roland schleuderte seinen leeren Becher auf den Boden. Matilda drückte ihm einen anderen, bis zum Rand gefüllten in die Hand. Die Flüssigkeit brannte ihm in Mund und Kehle und traf seinen Magen wie ein heißer Stein. Roland taumelte und hielt sich nur mühsam auf den Beinen.

»Hexe«, murmelte er und mühte sich, der Alten in die Augen zu sehen. »Was hast du uns angetan? Welch übles Kraut hast du in diesen Trunk gemixt?«

»Das ist nicht mein Werk. *Sie* war es, *sie* hat euch alle …«, drang Matildas Stimme dumpf an sein Ohr, verschmolz mit dem Lärm, er sie umgab. »Bald wird sie euch alle dort haben, wo sie euch haben will.«

Er wischte sich mit dem Handrücken über den Mund. »Und wo ist das?«

»Tot und begraben in einem Massengrab, mein guter Ritter. Wo sonst? Es ist ganz einfach, de Gallienne. Die Männer erkennen Euch nicht länger als ihren Kommandanten und Beschützer an, sondern sehen in ihr die Rettung. Statt sich um Heinrich zu sammeln, werden sie ihr wie dumme Schafe zum Schlachten folgen. Schaut Euch um, wenn Ihr mir nicht glaubt. Sind diese Soldaten die tapferen und großartigen Ritter, die so viele Jahre lang mit Euch gekämpft haben? Nein, sie sind wie hirnlose blinde Aale. Muss ich Euch daran erinnern, dass sie bereits einem Eurer besten Soldaten den Tod gebracht hat?«

Roland trank den Rest des abgekühlten Mets und hielt Matilda den leeren Becher hin. Sie sagte etwas, die Worte schwirrten an seinen Ohren vorbei, er verstand es nicht. Jenseits der Lagerfeuer waren die Zelte und Karren in mitternächtliche Dunkelheit gehüllt. Dazwischen bewegten sich hier und dort Gestalten, deren Stimmen ebenso verschwommen waren wie ihre verborgenen Gesichter.

Ein Gefühl der Beklemmung stieg in Roland auf, wand sich um ihn wie ein Strick, der immer fester gezogen wurde. Das Hämmern in seinem Kopf wurde unerträglich, seine Haut fühlte sich an wie glühendes Feuer.

»Jeden von euch wird sie in ihren Bann schlagen, jeden

von euch«, hörte er die Stimme der Alten hinter sich sagen. »Merkt Euch meine Worte, Roland. Bald werdet Ihr nicht einmal mehr Eurem engsten Freund trauen. Sie wird ihren Liebreiz einsetzen, um sie alle zu verführen. Und wenn Ihr schwach geworden sein, wird sie Euch Eure Seele herausschneiden und sie verschlingen …«

»Verschwinde«, fauchte Roland verächtlich und schob die Alte zur Seite. Er nahm keine Notiz davon, dass sie stürzte. Er hielt den Blick starr auf Roger gerichtet, der sich gerade wieder aufgerappelt hatte und den Po seiner Partnerin mit beiden Händen umfasste. Die Frau kreischte und schlug ihm auf die Hände. Dann begegnete Rogers Blick dem Rolands, und sein Lachen erstarb. In dem vergeblichen Versuch aufrecht zu stehen, wankte er unsicher auf Roland zu. Bei ihm angekommen, grinste er unsicher und stemmte die Hände in die Hüften.

»Na, wenn das nicht unser furchtloser Kommandant ist«, begrüßte Roger ihn. »Bist du gekommen, um den Soldaten deiner weinberauschten Armee Gesellschaft zu leisten, Sir Roland? Hast du nichts Besseres zu tun … Heilige und Witwen verführen oder geile Dirnen, die dich für ein Geschenk Gottes an die Frauen halten?«

»Dasselbe wollte ich dich fragen«, erwiderte Roland unsicher. »Aber dann habe ich mich daran erinnert, dass du ein verheirateter Mann bist. Und deshalb dürfte jede Spur von Eifersucht, die ich in deinen Worten erkennen könnte, wohl nur meiner Einbildung entspringen.«

Roger stellte sich dicht vor Roland hin, legte ihm die Hand auf die Schulter und drückte sie fest. »Es ist gut, dass wir so miteinander reden können – wie Freunde.«

»Ich bin mir keiner Probleme bewusst, bis auf jenes, dass meine Soldaten vergessen zu haben scheinen, dass ihre Betrunkenheit sie verletzlich wie ein mutterloses Kitz macht. Hast du vergessen, dass es in den Wäldern Wölfe gibt, die nichts lieber täten, als uns die Kehlen aufzureißen?«

»Werden wir denn nicht beschützt, Roland? Du lieber Gott, in unserer Mitte befindet sich eine Heilige. Eine, die offensichtlich eine gewisse Zuneigung für uns entwickelt hat. Und wenn sie uns nicht vor einem Überfall beschützen kann, dann kann sie zumindest unsere Wunden heilen, wenn nicht sogar unsere Herzen. Muss ich dich daran erinnern, dass sie ein stattliches Lösegeld wert ist? Oder gefällt der Schwarzen Flamme der Gedanke nicht mehr, dass wir reicher werden können als Heinrich?«

Roland schob Rogers Hand beiseite. »Du musst mich an gar nichts erinnern.«

»Da wäre ich mir nicht so sicher«, murmelte Roger und verzog die Lippen zu einem schiefen Grinsen. »Ich glaube, du weißt gar nicht, wie kostbar unsere kleine Heilige für Philip ist … oder für den Papst.«

»Sie ist keine Heilige«, erklärte Roland und wollte sich abwenden, doch Roger packte ihn an der Tunika und hielt ihn fest. Er kam mit dem Gesicht dicht an Roland heran, als er ihm zuflüsterte:

»Heilige oder Hexe, das kümmert mich wenig, Roland. Ich weiß nur, dass du dank ihr noch am Leben bist. Ja, die Gerüchte, die du gehört hast, sind wahr. Sie hat eine Wunde in deiner Seite geheilt, die so groß war wie meine Faust. Ein Lanzenstich – verabreicht von Lacurne persönlich. Hope hat dir die Erinnerung daran genommen, zusammen mit dem Schmerz, dem Blut und der Narbe. Sie hat mehr Macht in ihrer hübschen kleinen Hand als alle Armeen Englands und Frankreichs zusammen. Wir könnten uns unser eigenes verdammtes Land mit der Belohnung kaufen, die Philip und der Papst überglücklich zahlen würden, um sie zurückzubekommen.«

Roland schaute auf Rogers Hand, mit der Roger ihn noch immer an der Tunika festhielt, dann sah er seinem Ersten Offizier direkt in die Augen. »Wärst du nicht mein Freund, Roger, ich würde dich dafür töten, dass du es wagst, mich anzufassen. Aber weil du mein Freund bist, erlaube ich dir, deinen Kopf zu behalten … wenn du mich loslässt … sofort.«

Nur langsam lockerte Roger seinen Griff, sein Mund war vor Wut zusammengepresst, als er einen Schritt zurücktrat.

»Geh wieder zu deinem Bier und zu deinen Huren«, sagte Roland leise. »Morgen früh werden wir beide in besserer Stimmung sein, dann werden wir über deine offensichtliche Unzufriedenheit mit meinen Entscheidungen reden. Und darüber, was wir tun können, um den Riss in unserer Beziehung zu kitten.«

»Meinst du unsere Beziehung als Freunde oder als Kameraden?«, spöttelte Roger.

»Beides.«

»Willst du mich degradieren, Captain? Bin ich als Erster Offizier zu nutzlos für dich? Aber so, wie du in diesen Tagen gekämpft hast, wäre sogar Daniel in der Lage, dir den Rücken freizuhalten.«

Roland hatte sein Messer gezogen, ehe Roger auch nur hatte blinzeln können, und hielt es ihm an die Kehle.

»Wenn du etwas über meine Fähigkeiten diese Armee zu führen zu sagen hast, dann sag es. Wenn nicht, solltest du so klug sein, deine Meinung für dich zu behalten.«

Roger starrte in Rolands Gesicht, Schweißperlen traten auf seine Stirn, als die Spitze des Messers seine Haut ritzte und ein Blutstropfen hervorquoll. Schließlich zog sich Roger zurück und zuckte mit den Schultern.

»Ich fürchte, du hast Recht, Roland. Scheint, ich habe zu viel getrunken. Aber das wird mich nicht davon abhalten, noch ein oder zwei Becher mehr zu trinken, ehe ich in mein Zelt krieche.« Mit einer angedeuteten Verbeugung und einem Lächeln, das seine Augen nicht erreichte, wandte Roger sich ab und ging mit unsicheren Schritten auf die Gruppe von Männern zu, die sich zu einem Würfelspiel zusammengesetzt hatte.

Die Erde bebt, Bäume bersten, Gebäude stürzen zusammen.

Die Nachtschatten umschweben Hope – verschwommene Gestalten, schwarz gegen den gespenstisch flammenrot leuchtenden Himmel. Ein Brüllen zieht heran, überspült das geschundene Land, rollt darüber hinweg wie eine unsichtbare Flutwelle.

Die Reiter kommen, ihre erhobenen Schwerter sind blutbefleckt, ihre Banner brennende Fackeln.

Lauf. Lauf! Bleib nicht stehen. Sieh dich nicht um.

Roland!

Aus der Asche erhebt sich Matilda, steht inmitten der gefallenen Männer, ihr Lächeln ist vor Bosheit verzerrt, ihr schreckliches Lachen so gellend und schrill wie das Krächzen von Krähen. Sie zeigt auf Hope, und in ihren bösartigen Augen spiegeln sich die Bilder des grauenhaften Gemetzels wider.

Nach Atem ringend, richtete sich Hope auf. Ihr Gesicht war schweißüberströmt, und sie zitterte am ganzen Körper.

Sie hielt sich den Kopf, betete, dass der Schmerz nachlassen würde, der mit der grauenhaften Vision gekommen war. Doch er blieb, pochte in ihren Schläfen, als wollte ihr der Schädel jeden Augenblick bersten.

Wo war Estelle?

Sie kroch auf allen vieren zu dem schlafenden Mädchen. »Estelle, wach auf! Estelle!« Nichts. Das Mädchen lag schlaff da, wie tot, sie aufzuwecken würde nicht gelingen.

Hope presste die Hände vor die Augen. Träumte sie denn noch immer? War dies jetzt eine Vision, aus der sie nicht mehr aufwachen konnte?

Hope lief zum Fenster.

Flammen tanzen vor ihren Augen.

Körper liegen verstreut auf der Erde, verstümmelte, blutige Körper.

Hope taumelte zurück, schlug die Hände vor das Gesicht. Keine Hitze, ihre Stirn war kühl.

Nur Stimmen. Lachen. Nur Lagerfeuer – entfernt, gedämpft … alles war gut.

Warum konnte sie nicht aufwachen?

Blut lief an den Wänden herunter.

Sie musste sie warnen.

Aber sie waren der Feind.

Zieh dich an. Schnell. Die Zeit drängt.

Hope warf sich hastig die Kleider über, stieß den noch halb vollen Becher mit Honigwein um, aus dem sie zum Essen getrunken hatte … verschwommene Erinnerungen kehrten zurück –

… sie trinkt den Honigwein, irgendeine merkwürdige kleine Frau hat ihn mit dem Abendessen gebracht, sie lauscht auf die Stimmen, deren Klang von Zeit zu Zeit durch das Fenster …

Wo ist Roland?, *fragt sie sich.*

Hält er Rosamunde in seinen Armen?

Küsst er sie?

Der Honigwein schmeckt seltsam. Bitter. Das Zimmer dreht sich um sie, und sie fühlt sich so unbeschreiblich müde …

Sie musste sie warnen!

Roland würde ihr nicht glauben, würde ihre Vision anzweifeln. Er würde ihr nicht vertrauen, würde ihr nicht glauben, dass sie seinen Soldaten helfen wollte.

Roger würde ihr glauben. Er würde Roland dazu bringen, die Soldaten zu warnen, ehe es zu spät wäre, ehe die flammenden Reiter unter der Führung Lacurnes über Rolands Armee herfallen und sie bis auf den letzten Mann vernichten würden.

Als Hope ins Freie trat, packte sie augenblicklich die Angst, als sie die Körper sah, die reglos dalagen. Die Luft war seltsam rauchverhangen, und Hope fühlte sich matt und schwindelig. Die Bilder der schrecklichen Vision, die sie in ihrer Kammer überfallen hatte, standen ihr wieder vor Augen. Hope begann zu zittern.

Roger lag ausgestreckt auf dem Rücken, seine Augen starrten blicklos in den Himmel, als Hope ihn schüttelte und ihm auf die Wangen schlug. »Wacht auf, Roger. Ich fürchte, es ist nur noch wenig Zeit. Etwas Schreckliches wird geschehen und …«

»Gwyneth, bist du das?« Er grinste und berührte Hopes Gesicht. »Du bist viel hübscher, als ich dich in Erinnerung habe.«

»Steht auf.« Hope mühte sich ab, Roger aufzurichten. Sein Kopf pendelte vor und zurück, er rülpste. »Roger, wo ist Roland? Ihr müsst Roland finden und ihn warnen.«

Roger runzelte die Stirn. »Ihn warnen? Vor was denn warnen?«

Hope legte die Hände um sein Gesicht. »Ich hatte eine Vision, Roger. Eine schreckliche Vision. Ich sah diese Armee … vernichtet …«

Er packte sie am Handgelenk, und seine Gesichtszüge spannten sich an, als er sich umsah. Die Lagerfeuer waren bis auf ein paar glühende Scheite heruntergebrannt, die Männer lagen auf der Erde, als seien sie auf dem Schlachtfeld gefallen. »Dies ist kaum der Ort, um über deine Visionen zu sprechen, Hope. Hilf mir auf. Am Fluss werden wir ungestört sein … wenn ich es bis dahin schaffe. Komm her und stütz mich. Grundgütiger, ich kann mich nicht erinnern, wann ich das letzte Mal so die Kontrolle über mich verloren habe. Kein Wunder, dass Roland gedroht hat, mir die Kehle durchzuschneiden.«

Den Arm um Rogers Taille geschlungen, seinen Arm um ihre Schultern gelegt, führte Hope Roger zum Fluss – kein leichtes Unterfangen in der Dunkelheit. Sie stolperten über knorrige Baumwurzeln, gerieten dreimal von dem in das Unterholz geschlagenen Weg ab und verfingen sich in dichtem Dornengestrüpp. Als Hope Roger endlich über die steinige Sandbank führte und ihn in das flache Wasser fallen ließ, war sie am Ende ihrer Geduld. Sie kniete sich neben ihn, das Wasser war erschreckend kalt, aber es belebte ihren Verstand und machte ihren Kopf klar.

Hope schöpfte mit den Händen Wasser und ließ es Roger über den Nacken rieseln. Schließlich hob er den Kopf und lächelte sie an.

»Das Mondlicht steht dir, Mädchen.«

»Ich habe Euch nicht hierher gebracht, um über das Mondlicht zu reden, Roger.«

Er schaute zum Himmel hinauf, zum Mond, der sein sanftes Licht über den sich kräuselnden Fluss warf. »Das ist ein Jammer. Es gibt nichts, was ich jetzt lieber tun würde, als dir zu sagen, dass du wunderschön bist und den verlockendsten Körper hast, den ich je gesehen habe. Ist es ein Wunder, dass die meisten Männer glauben, du seiest ein Engel, wenn sie dich ansehen?«

»Hört mir zu, Roger.« Sie setzte sich in das Wasser. »Ich hatte eine Vision.«

»Du *bist* eine Vision.«

»Wir müssen Roland finden und ihn warnen.«

»Ihn vor was warnen? Dass du dich in ihn verliebt hast?« Er lachte. »Du musst gar nicht so schockiert aussehen. Du wirst jedes Mal ganz blass, wenn du ihn mit Rosamunde zusammen siehst. Außerdem …« Er fuhr sich mit einer nassen Hand über die Augen. »… hätte dir nicht weitaus mehr an ihm gelegen, als du vorgegeben hast, hättest du kaum dein Leben riskiert, um die Wunde in seinem Leib zu heilen. Das war nicht besonders klug, Hope. Weißt du denn nicht, dass es hier gierige Bastarde gibt, die dieses Wissen zu ihrem eigenen Vorteil nutzen würden?«

»Ich vertraue Euch, und Roland würde nicht zulassen, dass das geschieht«, erwiderte sie und hielt ihm die Hand hin.

Roger betrachtete ihre ausgestreckte Hand, sein Kinn spannte sich an. »Würdest du deinem Feind so leichtfertig vertrauen, Hope? Sollten *wir dir* vertrauen?«

»Läge mir etwas daran, euch vernichtet zu sehen, wäre ich jetzt nicht hier. Ich würde es geschehen lassen, dass euer Feind diese Armee vernichtet, sodass mein Bruder und ich frei sein könnten.«

»Hast du schon mit Roland gesprochen?«

»Nein. Ich fürchte, er wird mir nicht glauben.«

Roger nahm Hopes Hand und erhob sich. »Also gut, Hope von Châteauroux, erzähl mir von deiner Vision.«

Estelle kauerte in der Ecke, als Roland in der Kammer auf und ab ging. »Wo ist Hope, und warum bist du nicht mit ihr gegangen?«, verlangte er zu wissen. »Mach um Gottes willen endlich den Mund auf! Warum zitterst du jedes Mal wie eine Maus, wenn ich in dieses verdammte Zimmer komme?«

»Ihr jagt mir Angst ein, Mylord.«

»Offensichtlich.« Die Hände in die Hüften gestemmt, starrte er das verschüchterte Mädchen an. »Wo ist Hope?«

»Ich weiß es nicht, Mylord. Ich habe von dem Honigwein dort getrunken … seitdem kann ich mich an nichts erinnern.«

Roland zwang sich tief durchzuatmen, als er für einen Moment die Augen schloss.

»Vielleicht ist sie spazieren gegangen«, meinte Estelle. »Sie hat sich vorhin ein wenig allein gefühlt … als ob sie keine Lust mehr hatte, in dieser langweiligen Kammer zu sitzen.«

Roland fluchte, als er die Kammer verließ. Einen Augenblick lang blieb er auf dem dunklen Gang davor stehen und versuchte, seine Gedanken zu ordnen. Er würde die alte Matilda finden und sie dafür umbringen, dass sie ihm so infame Verdächtigungen über Hope und Roger eingeflüstert hatte. Dass sie gesagt hatte, Hope wünschte sich nichts mehr als seine Armee zu zerstören, und dass er seinem Untergang und dem seiner Männer Tür und Tor öffnete, weil er Hope nicht gehen ließ. Dass sie behauptet hatte, Hope und Roger seien sich irgendwie … näher gekommen. Er hatte schon zugelassen, dass diese unhaltbaren Mutmaßungen seinen Verstand vernebelten, wie sonst hätte er so mit seinem Freund und Ersten Offizier aneinander geraten können? Roger war in all den Jahren wie ein Bruder für ihn gewesen. Nie war ein einziges böses Wort zwischen ihnen gefallen – bis auf die vergangenen Tagen, in denen sich eine Spannung zwischen ihnen aufgebaut hatte, die sofort aufloderte, wenn Hopes Name fiel.

Hope.

Warum konnte er an nichts anderes denken als an den Geruch ihrer Haut und den Geschmack ihrer Lippen? Warum brachte die Erinnerung an ihren biegsamen Körper, der sich an ihn schmiegte, sein Blut zum Kochen? Warum erfüllte der Gedanke an sie und Roger ihn mit einer solchen Wut, dass er dem Freund mit Wonne die Kehle durchschneiden würde, würde dieser Hope auch nur berühren?

Vielleicht hatte die Alte doch Recht. Vielleicht hatte die heilige Seherin ihn mit einem Zauber verhext, hatte ihm die Fähigkeit geraubt, logisch zu denken – und sich gegen die Gefühle zu wehren, die Hope von Châteauroux in ihm wachrief.

Als Roland in das Lager zurückkehrte, lagen die, die zuvor so ausgelassen gefeiert hatten, wie tot auf dem Boden. In der Luft hing ein Geruch, der Roland vertraut vorkam.

Einer der am Boden Liegenden begann zu stöhnen. Er schlug wild um sich und schrie, als wäre er in einer Schlangengrube gefangen. Dann, ebenso unvermittelt, war er wieder ruhig und hatte die Augen fest geschlossen. Sein Körper zuckte im Schlaf; dann lag er wieder wie tot da.

Roland runzelte die Stirn, als ihm ein Verdacht kam.

Matilda tauchte aus der Dunkelheit auf, ihre gelben Augen funkelten.

»Was hast du meinen Männern angetan?«, fragte er barsch und zog sein Schwert. »Sag die Wahrheit, Matilda, oder ich werde dich auf der Stelle töten, das schwöre ich bei allen Heiligen im Himmel. Ich kenne den Geruch deines Betäubungstranks. Ich war oft genug dabei, wenn du es meinen verwundeten Männern gegeben hast. Ich weiß um die Bewusstlosigkeit, die er verursacht.«

»Aber sie bekommen es nur, um ihnen die Schmerzen zu nehmen, Roland. Welchen Grund sollte ich haben, diese Armee unschädlich zu machen? Was würde ich außer Ungnade dadurch gewinnen? Denkt nach! Wer von uns hätte wohl mehr Grund, den Verstand dieser Männer außer Gefecht zu setzen?«

»Sag einmal in deinem jämmerlichen Leben klar und deutlich, was du meinst.«

»Hope von Châteauroux, natürlich.« Sie lächelte. »Wie könnte sie ihr Schicksal besser beeinflussen? Wie Eure Männer besser kontrollieren? Ihr werdet sie am Fluss finden. *Mit* Roger. Ich würde mich beeilen, de Gallienne, ehe Euer Erster Offizier auf immer verloren sein wird.«

Seine Beine fühlten sich wie Holz an, als Roland auf den Wald zuging. Seine Gedanken wirbelten durcheinander, als er über die flach hingestreckten Leiber seiner stöhnenden Männer stolperte. Er tastete sich durch die Finsternis zwischen den knorrigen Stämmen uralter Bäume und den Vorhang der Dunkelheit, der ihm den Weg verwehrte. Endlich, nach einer Zeit, die ihm wie die Ewigkeit vorgekommen war, stand Roland am Ufer des Flusses, dessen Wasser sanft seine Knöchel umspülten. Das Mondlicht schimmerte so hell in seine Augen, dass er schützend den Arm darüber legen musste.

Er hörte Wasser plätschern. Als er sich schwerfällig umwandt, glitt er auf den moosbedeckten Steinen aus und wäre fast gefallen. Er sah zwei Menschen vor sich stehen – einen Mann und eine Frau. Sie standen im knietiefen Wasser, der Oberkörper des Mannes war nackt, die Frau legte die Hände an sein Gesicht und berührte es sanft. Das Mondlicht fiel auf ihr langes helles Haar und ließ es golden schimmern.

Keuchend watete Roland tiefer in das Wasser. Verwirrt schaute Hope sich um, ihre Lippen öffneten sich, als wollte sie etwas sagen.

Roland schlug mit solcher Kraft zu, dass Roger rücklings in den Fluss fiel.

»Halt!«, schrie Hope und versuchte, Roland am Arm zu packen. »Euer Zorn auf Roger ist fehl am Platze. Ich bin zu ihm gegangen, weil ich befürchtete, Ihr würdet mir nicht zuhören. Roland, ich hatte eine Vision. Ich sah Eure Armee – diese Männer, verloren ...«

»Ich habe sie auch gesehen. Besinnungslos von dem Betäubungsmittel, das du ihnen in ihren Wein und ihr Bier getan hast.«

Hope taumelte zurück, schüttelte ungläubig den Kopf. »Warum sollte ich so etwas tun? Was würde ich damit erreichen wollen?«

»Genau das habe ich vor, herauszufinden«, stieß er hervor.

»Roland, bitte, Ihr müsst mich anhören ...«

Er stieß sie zur Seite. Sie fiel in die am Ufer wachsenden Binsen und rappelte sich wieder auf. Kniend, das Kleid tropfnass von Wasser und Schlamm, starrte Hope Roland an und schüttelte den Kopf. »Ihr seid ein arroganter Kerl. Ich hätte es besser wissen sollen, statt Euch helfen zu wollen. Seht, wie weit Euch das Vertrauen in Matildas Lügen gebracht haben. Euer Untergang durch Lacurnes Armee wird nicht mehr als das sein, was Ihr verdient.«

Roger stürzte sich auf Roland. Sie rangen miteinander, fielen in das schlammige Wasser, dann gelang es Roland, Roger wegzustoßen und sein Schwert zu ziehen.

Rogers Augen weiteten sich, und er taumelte zurück. Als er im Schlamm ausrutschte, hob er schützend die Arme vor das Gesicht. »Willst du die Waffe gegen einen Freund richten, Roland? Willst du mich umbringen, ohne mir zu erlauben, mich zu rechtfertigen?«

»Für das, was ich gesehen habe, gibt es keine Rechtfertigung.«

»Ihr habt gar nichts gesehen, außer dass ich ihm behilflich war«, schrie Hope hinter ihm. »Roger ist krank, Roland …«

»Und wem hat er das zu verdanken?«, rief Roland zurück. Er wandte sich zu Hope um, die versuchte, auf dem schlüpfrigen Boden Halt zu finden.

»Warum sollte ich ein Interesse daran haben, Roger zu schaden? Er ist mein Freund!«

»Freund?« Roland lachte bitter. Er hob langsam das Schwert, drückte dessen Spitze in den dünnen Stoff des Hemdes, das Hope trug, und schob es von ihrer Schulter. »Ist das alles, was er für dich ist, Hope? Nur ein Freund?«

»Ja«, erwiderte sie leise und nickte.

»Du musst mich nicht verteidigen, Hope«, erklärte Roger, dem es endlich gelungen war, aufrecht zu stehen. »Roland hat Recht – natürlich, und er hat jeden Grund, mich herauszufordern. Als dein Beschützer hätte ich meinen Verstand benutzen und dich nicht hierher bringen sollen.«

»Schweig«, fauchte Roland ihn an und richtete die Schwertspitze jetzt auf Rogers Kehle, dann stellte er sich dicht vor ihn und sagte leise: »Wenn unsere Köpfe wieder klar sind von diesem widerlichen Gebräu und unsere Gedanken wieder uns selbst gehören, werden wir uns wie zwei

Soldaten hinsetzen und über diesen unschönen Zwischenfall reden. Bis dahin gehst du mir besser aus dem Weg. Denn falls du mir noch einmal unter die Augen kommst, solange dieser Zorn in mir kocht, könnte es gut sein, dass ich dich töte.«

Roger zog sich ein Stück weit zurück. Er hatte die Fäuste geballt. »Wären wir nicht Freunde, Mylord, könnte ich denken, dass du mich gerade herausgefordert hast.«

»Denk, was du willst«, knurrte Roland und hob drohend sein Schwert.

Roger unterließ jede weitere Bemerkung. Er wandte sich um und watete ans Ufer. Ohne sich noch einmal umzusehen, verschwand er im dunklen Unterholz. Roland stand schenkeltief im Wasser des Flusses, so scharf wie die Spitze seines Schwertes bohrte der Zorn in ihm.

Was zum Teufel war über ihn gekommen?

Welcher Wahnsinn hatte ihn in dem Augenblick gepackt, als er seinen besten Freund und Hope miteinander gesehen hatte?

Er wollte Hope zur Rede stellen und wandte sich um.

Sie war fort.

11

Hope konnte Daniel unter den wie tot daliegenden Soldaten nicht finden. Nachdem sie eine Stunde lang nach ihm gesucht hatte, gab sie schließlich auf und beschloss, in die Burg zurückzukehren.

Irgendwie musste sie einen Weg finden, mit Roland zu sprechen – ihn zu warnen, dass sein Leben und das seiner Soldaten in Gefahr war, dass Matildas Gerede, mit dem sie alle fortwährend gefüttert hatte, falsch war – tödlich falsch. Roger war ihre einzige Hoffnung gewesen; er hätte ihr geglaubt, aber sie wagte es nicht, ihn noch einmal aufzusuchen – nicht, solange sich Roland wie toll gebärdete.

Als Hope den dunklen Weg zur Burg entlangging, sann sie über Rolands verwirrendes Verhalten und seinen schrecklichen Zorn auf Roger nach. Matilda trat aus dem Schatten und verstellte Hope, die einen überraschten Laut ausstieß, den Weg.

»Du dummes Kind«, schnaufte die Alte. »Glaubst du, es kümmert sie, was du gesehen hast? Glaubst du etwa, sie würden dir vertrauen? Unter den Männern gibt es viele, die dich für ein paar Münzen an den Teufel verkaufen würden, nur um dich endlich los zu sein.«

»Ich bin nicht diejenige, die diese verzweifelten Männer mit falschen Hoffnungen und Versprechungen täuscht«, erwiderte Hope. »Warum führt Ihr sie in die Irre? Wie könnt

Ihr ihnen den Sieg versprechen, wenn Ihr so gut wie ich wisst, dass sie von den Händen Lacurnes außer Zerstörung und Tod nichts zu erwarten haben?«

»Sollen wir etwa unserem Feind vertrauen? Sollen wir einer glauben, die versucht hat, Roland im Schlaf zu ermorden? Sieh dir diese betäubten Soldaten an. Wenn sie am Morgen erwachen, werden sie dich für die Urheberin ihrer üblen Verfassung halten. Wer sonst hätte eine Veranlassung gehabt, ihnen ein Betäubungsmittel in den Wein und ins Bier zu tun?«

Hope versuchte, an Matilda vorbeizugehen. Die Alte packte sie am Arm, ihre knochigen Finger gruben sich tief in Hopes Fleisch.

»Du fragst dich, warum Roland dich hier festhält. Warum wohl riskiert er den Unmut seiner Männer und behält dich hier? Du dumme kleine Närrin. Für die Schwarze Flamme und Roger de Ferres zählt nur eines, und das ist der Wohlstand, den du ihnen bald schon bringen wirst. Ich werde dir die Wahrheit sagen, Hope von Châteauroux. Roland hat vor, dich gegen ein Lösegeld an König Philip auszuliefern. Du wirst ihm genug einbringen, dass er nach England zurückkehren und dieses Leben voll Tod und Zerstörung aufgeben kann.«

»Ich glaube Euch nicht. Warum sollte ich auch, wenn ich doch weiß, dass Ihr sogar Roland anlügt.«

Matilda legte den Kopf schräg und kniff die Augen zusammen. Sie kicherte leise. »Vielleicht bildest du dir ja ein, er hätte Gefallen an dir gefunden, eh? Dass der Grund, dich in jene Kammer einzuschließen und dich wie eine Königin zu behandeln, der ist, dass er in seinem Herzen Zuneigung für dich hegt.«

Hope machte sich von ihr los. »Hexe! Es kümmert mich nicht, was Roland für mich fühlt oder über mich denkt. Warum auch? Er ist mein Feind.«

»Wenn wir das glauben, dann müssen wir annehmen,

dass deine Prophezeiungen nicht für den Freund, sondern für den Feind gedacht sind.«

Hope wich zurück und rieb sich den Arm, wo die Fingernägel der Alten Spuren auf ihrer Haut hinterlassen hatten. Sie versuchte zu atmen, die Flut von Gefühlen aufzuhalten, die ihre Haut wie ein Fieber zum Glühen brachte. Sie wollte die Worte der Alten ignorieren, doch sie stachen wie scharfe Dornen in ihr Bewusstsein.

Warum sonst sollte Roland sie hier festhalten und den Untergang seiner Armee riskieren, wenn nicht wegen der verlockenden Aussicht auf den unglaublichen Reichtum, der ihm zufallen könnte, wenn er sie gegen ein Lösegeld an König Philip auslieferte? Ja, ja, jetzt machte alles Sinn.

Sie war nicht mehr als ein kostbarer Besitz – eine Kriegsbeute.

»Sobald Roland wieder bei Verstand ist, wird er erkennen, dass meine Prophezeiungen wahr sind. Du hast einen Zauber über diese Armee und seinen Freund Roger geworfen. Du hast Freunde zu Feinden gemacht, und Soldaten zu blinden, rückgratlosen Aalen. Es wird keinen Ritter, keinen Soldaten mehr geben, der in dir nicht das Böse sehen wird, das dazu fähig ist, ihre Herzen und ihre Seelen zu verderben.«

Mit einer unerwartet raschen Drehung hob Matilda die zur Faust geballten Hand, öffnete sie und schleuderte Hope ein Pulver ins Gesicht. Hope hustete und keuchte. Sie schwankte, als die Welt um sie herum zu beben begann, bevor das Universum schwarz und berstend auf sie niederstürzte.

Dämmerung. Langsam und zögernd kehrte die Wirklichkeit wie eine schwere Decke aus grauem Schweigen zurück. Sie fühlte sich auf Hopes kalter Haut feucht und klamm an. Hope nahm den bitteren Geschmack in ihrem Mund wahr –

kaltem Metall ähnlich. Sie klapperte mit den Zähnen, und ihr Magen begann zu rebellieren.

Wo war Estelle? Warum war die schüchterne Kleine nicht hier, um ihr die Bettdecke hochzuziehen, ihr Wasser zu holen, um diesen widerlichen Geschmack aus ihrem Mund zu vertreiben und das seltsame Feuer zu löschen, das in ihr brannte.

Hope reckte die Arme und Beine. Sie öffnete die Augen und versuchte, sich auf ihre Umgebung zu konzentrieren.

Ein graues Kaninchen kauerte nahebei im Gras und knabberte an einem taubedeckten Grashalm. Über ihr rief ein Vogel – es war keine liebliche Melodie, sondern ein langer schriller Schrei, der das tiefe Schweigen des Waldes zerriss.

Hope stöhnte. Ihr Körper schmerzte. Ihre Schläfen pochten.

Wo war sie? Wie lange hatte sie geschlafen?

Minuten? Stunden? Tage …?

Sie fühlte sich schwach vor Hunger, ihre Kehle brannte vor Durst.

Versuche nachzudenken.

Ja, die Erinnerung kam zurück. Matilda hatte sie mit der Wahrheit konfrontiert, hatte gesagt, dass Roland vorhatte, sie gegen ein Lösegeld an Philip auszuliefern. Mit messerscharfem Entsetzen hatte sie begriffen, dass das, was die Alte ihr erzählte, wahr sein musste. Dass Rolands Gründe dafür, sie hier zu behalten, nichts mit irgendwelchen Gefühlen zu tun hatten, die er für sie haben könnte.

O Gott, sich einzugestehen, wie tief diese Enthüllung sie erschüttert hatte, verursachte ihr Schwindel, ließ ihr Herz hart und dumpf schlagen. Schmerz und Enttäuschung zwangen Hope auch dazu, sich ihren erwachenden Gefühlen für Roland zu stellen – das Entzücken, das sein Kuss und seine Berührung in ihr ausgelöst hatte. In der vergangenen Nacht hatte sie einen Augenblick lang das wütende Bedürfnis verspürt, Matilda das Gesicht zu zerkratzen … doch dann hatte die Alte ihr mit einer schnellen Bewegung ihrer klauenartigen Hand dieses widerliche Pulver in die Augen geworfen.

Bilder tauchten in Hopes benommenem Kopf auf.

Bilder, wie sie durch den dichten dunklen Wald floh, angetrieben von dem Gedanken, dass sie Roland und seiner Armee entkommen musste.

Sie würde nicht zulassen, dass Roland sie auf irgendeine Weise benutzte.

Sie würde nicht zulassen, dass ihr Herz in Rolands Gegenwart schneller schlug, würde die Aufregung und die Freude nicht zulassen, die sein Lächeln und seine Berührung sie fühlen ließen.

Und niemals wieder würde sie Eifersucht bei dem Gedanken empfinden, dass er mit einer anderen Frau zusammen war.

Andere Erinnerungen tauchten auf, so verschwommen wie Traumbilder, die spät des Nachts, im tiefen Schlaf kommen. Zu fern, um sie zu greifen und festzuhalten, dem Bewusstsein entschwindend und sich verwirrend, wenn man versuchte, sie zurückzurufen …

Roland auf seinem Schlachtross, mit dem Schwert hieb er sich seinen Weg durch Sträucher und Gebüsch, er schrie ihren Namen, als sie zwischen den Bäumen auftauchte, still und stumm.

Erschöpft ließ Hope sich wieder von der Schwärze gefangen nehmen, die nach ihrem Bewusstsein griff. Sie zog die Knie an die Brust und schloss die Augen.

Nebel steigt von der blutgetränkten Erde auf, nimmt die Gestalt von Soldaten an, deren Gesichter in Schmerz erstarrt sind. Masken des Todes.

Ein Junge kommt heran, seine Augenhöhlen sind leer und schwarz, Tränen quellen daraus hervor. Er streckt die Hand nach Hope aus, und sein Mund öffnet sich zu einem schrecklichen Wimmern.

Daniel?

Hinter ihm taucht ein Ritter auf – eine gespensterhafte Gestalt zu Pferde, mit hoch erhobenem Schwert, dessen Funkeln und Strahlen so hell wie das der Sonne ist. Wie der Falke sich auf das Kaninchen herabstößt, stürzt er sich auf den Jungen und trennt ihm mit einem einzigen Schwertstreich den Kopf vom Rumpf.

Hope riss die Augen auf. Sie keuchte, schrie laut auf. O Gott, sie hatte die Vision vergessen, diese schreckliche Vision.

Gnadenreicher Gott, sie war zu spät gekommen!

Der dichte Rauch, der über der blutgetränkten Erde lag und sich langsam verzog, enthüllte Hope das Ausmaß des Entsetzens. Überall lagen die Leichen von Männern und Pferden. Schmerzensschreie gellten durch die Luft, und der Geruch des Todes drehte ihr den Magen um. Um sich herum sah sie die vertrauten Gesichter der Soldaten, die sie in den vergangenen Wochen kennen gelernt hatte. Jetzt starrten sie sie aus weitaufgerissenen blicklosen Augen an, ihre Gesichter spiegelten das Entsetzen und die Angst wider, als der Tod sie ereilt hatte, auf den sie so schlecht vorbereitet gewesen waren. Hope presste die Hand vor den Mund, als sie über die Leichen stolperte, nur noch unbewusst nahm sie Schreie des Schmerzes und der Wut wahr, die die Lebenden herausbrüllten.

»Daniel!« Sie schrie seinen Namen, rieb sich die brennenden Augen, die vom beißenden, dichten Rauch angeschwollen waren.

Sie strauchelte und fiel, prallte bäuchlings so hart auf den Boden, dass ihr der Atem stockte.

Nach und nach nahm sie das Gesicht des Toten neben sich wahr – der offene Mund, erstarrt in einem stummen Schrei der Angst und des Schmerzes. Seine Augen schienen sie anklagend anzusehen.

O Gott! Albert.

Hope erhob sich taumelnd, sah sich um, das Grauen stürzte wie eine erbarmungslose Flutwelle über ihr zusammen.

»Daniel, Daniel«, ihr Rufen klang nur noch wie ein hilfloser Singsang … war sie es noch, die rief, oder war es die Stimme in ihrem Kopf? War es der Schrei, den sie nicht mehr herausschreien konnte? »Roland? Roger? Gott, o Gott, bitte … warum antwortet mir niemand?«

Wo waren die Visionen?

Warum wollten sie nicht kommen?

Konzentriere dich!

Sie würden ihr zeigen, welches Schicksal ihrem Bruder und Roland widerfahren war – mochten sie am Leben sein … oder tot.

Die fürchterlichen Visionen waren eine Warnung gewesen, hatten Hope gezeigt, welch entsetzliches Gemetzel die Männer erwartete, und sie hatte es geschehen lassen. Sie hatte es geschehen lassen, weil ihr dummer Stolz verletzt worden war. Statt die Männer zu warnen, hatte sie sich ihrem Zorn über Rolands Absicht hingegeben, sie König Philip zu übergeben.

Dieser Albtraum war das Kreuz, das sie tragen musste.

Hope wollte sich umdrehen, als sie die Bewegung hinter sich spürte. Ein Sack wurde ihr über den Kopf gezogen, und eine gedämpfte Stimme murmelte: »Wehr dich nicht, Hope. Es würde dir nichts nützen.«

Hope konnte sich nicht bewegen und nichts sehen, als sie zu sich kam. Man hatte ihre Arme gefesselt und ihr die Augen verbunden. Erst nach und nach gelang es ihr, ihre Verwirrung abzuschütteln und einen klaren Gedanken zu fassen. Und jetzt nahm sie auch die Stimmen wahr … jemand unterhielt sich vor dem Zelt, in dem sie zusammengekrümmt auf dem feuchten Boden lag. Von draußen drang jetzt lautes Lachen an ihr Ohr.

»Ich gebe wenig auf so genannte Heilige, oder habt Ihr den vielen Gerüchten nicht genügend Beachtung geschenkt, die über mich kursieren? Ich bin ein Söldner – ein Soldat, für dessen Dienst man bezahlt. Ich töte aus Liebe zum Geld, nicht für Grundsätze oder aus Achtung vor der Religion. Von mir aus könnt Ihr Euren Glauben und Eure frommen Absichten nehmen und sie ins Meer werfen. Eine Heilige? Ha! Seht sie Euch doch an! Sie ist kaum älter als ein Kind. Noch dazu ein ausgesprochen dürres. Selbst wenn ich geneigt wäre, an Wunder und Prophezeiungen und all dieses Zeug zu glauben, würde ich etwas Handfesteres erwarten als diese jämmerliche, heruntergekommen aussehende Kreatur. Aber abgesehen davon, sagt man von Heiligen nicht, dass sie von einer Art Glanz umgeben sind oder sonst irgendsolchen Unsinn? Holt sie her, damit sie für mich ein Wunder geschehen lassen kann. Danach werde ich Euch glauben.«

»Dieses magere Kind wird Euch zum reichsten Lord in Philips Reich machen. Ich habe mit eigenen Augen gesehen, über welche Gaben sie verfügt. Sie kann durch das Auflegen ihrer Hand heilen. Sie kann die Zukunft so klar voraussehen wie Ihr mich in diesem Augenblick vor Euch seht. Sie hat Euren Angriff vorausgesagt.«

Die Stimme einer Frau.

Aber welcher Frau?

»Falls das so ist, warum war Rolands Armee dann so schlecht auf diese Attacke vorbereitet?«

»Es gibt … gab viele in Rolands Armee, die nicht an sie geglaubt haben. So wie Ihr.«

»Einschließlich Roland, wie es scheint.«

Die Frau lachte – kehlig und einschmeichelnd.

»Ihr mögt wohl spotten, aber muss ich Euch daran erinnern, dass Ihr Roland beim letzten Mal, als Ihr aufeinander getroffen seid, mit Eurer Lanze verletzt habt? Eine tiefe Wunde … hier. Er wäre jetzt tot, aber Hope von Châteauroux hat ihn geheilt.«

»Das klingt für mich wie Gewäsch. Wenn sie diese Gabe hat, warum sollte Roland dann auch nur erwägen, sie dem König gegen ein Lösegeld zu überlassen? Warum sollte er sie nicht für sich behalten?«

»Ich werde Euch sagen, warum«, antwortete daraufhin eine vertraute Stimme. Hope schlug das Herz bis zum Hals.

Roger?

»Roland ist weich geworden. Sein Verlangen nach Frauen ist größer als sein Verlangen zu kämpfen. Ich fürchte, er ist zu sehr wie Heinrich, nämlich nicht bereit einzugestehen, dass seine Zeit gekommen und endgültig vorbei ist. Keiner von beiden sieht eine Veranlassung, die Auseinandersetzung mit dem Feind zu suchen, aber sie sind beide viel zu starrsinnig und mit ihrem Stolz behaftet, um freiwillig ihre Waffen zu strecken.«

»Nehmt dem Mädchen die Augenbinde ab und löst ihre Handfesseln. Ich werde selbst sehen, ob wahr ist, was Ihr sagt.«

»Ich würde mich in Acht nehmen«, sagte die Frau. »Sie ist sehr geschickt im Umgang mit Messern. Sie hat dreimal versucht, Roland zu töten.«

»Seit wann wetzen Heilige das Messer und ermorden Ritter?« Wieder lautes Lachen. »Außerdem … was hätte ich zu befürchten, falls sie wirklich auf Philips Seite steht? Würde es ihr nicht gefallen, ihrem König und ihren Landsleuten zurückgegeben zu werden?«

Hände packten Hope und richteten sie auf, ihre Fesseln wurden entfernt, und man nahm ihr die Augenbinde ab.

Sie blinzelte und versuchte, sich auf das Bild vor sich zu konzentrieren. Die Gesichter vor ihr wurden klarer. Eines davon, das Gesicht eines Mannes, war über und über von Narben gezeichnet und in den Augen zeigte sich kalter Spott. Aber es waren die Gesichter hinter seinem, bei deren Anblick sich ihr das Herz zusammenkrampfte.

Roger sah sie emotionslos an.

Rosamunde lächelte mit einer Selbstgefälligkeit, die Hope das Blut in den Adern gefrieren ließ.

Die Stimme spröde vor Angst wisperte Hope: »Mein Bruder. Ist er tot?«

»Ich weiß es nicht«, erwiderte Roger.

Hope musste schlucken, als sie zu Rosamunde schaute. Fassungslos schüttelte sie den Kopf. »Ihr wart es also. Ihr habt Roland in Euren Armen gehalten, habt seine Geheimnisse angehört, habt vorgegeben, nicht sprechen zu können … und habt ihn dann auch noch verraten. Warum?«

»Aus Habgier«, antwortete Roger an Rosamundes Statt, die ihn mit einem kalten Lächeln ansah. »Ich fürchte, die Lust auf Gold übersteigt bei weitem ihre Lust auf den Körper eines Mannes. Was mich angeht, so bin ich im Gegensatz zu Roland klug genug, um zu erkennen und zu akzeptieren, dass Heinrichs Zeit als Herrscher vorbei ist. Genau jetzt treffen sich Heinrich und Philip, um über eine mögliche Kapitulation Englands zu verhandeln. Ich vermute, dass Heinrich mehr als bereit dazu sein wird, wenn er erfährt, dass seine beiden Söhne, Richard und John, sich auf Philips Seite geschlagen haben.«

»Ist Roland tot?«

Roger verschränkte die Arme vor der Brust und zuckte mit den Schultern. »Ich weiß es nicht, Hope.«

Hopes Stimme zitterte vor Abscheu und Unglauben: »Und kümmert es Euch denn nicht, Roger?«

Der narbengesichtige Fremde trat vor. »Ich spüre bei dir nur wenig Erleichterung darüber, dass du dich wieder in der

Gesellschaft deiner Landsleute befindest. Könnte es sein, dass du nicht allzu erfreut darüber bist, aus den Klauen des Feindes gerettet worden zu sein?«

Stirnrunzelnd sah Hope den Mann von oben bis unten an. »Wer seid Ihr?«

Der Mann zog seine Augenbrauen hoch und warf den Kopf in den Nacken. Er stieß ein brüllendes Lachen aus, ehe er sich vor ihr verbeugte. »Lacurne … zu Eurer Rettung, Mademoiselle.« Ein mokantes Lächeln lag um seinen Mund.

Hope keuchte.

Sein Lächeln wurde breiter. »Es scheint, dass mein Ruf mir vorausgeeilt ist. Darf ich hoffen, dass dein Keuchen von deiner Bewunderung herrührt und nicht von deinem Abscheu? Bitte sag es uns, du Heilige: Bist du eine Anhängerin Frankreichs … oder Englands?«

Hope schaute zu Roger und Rosamunde. Ihr Gesicht fühlte sich eisig kalt an, und die Kehle war ihr wie zugeschnürt. Sie antwortete nicht, sondern fixierte Roger mit einem Blick, der ihn zu Boden schauen ließ.

»Wie viel?«, flüsterte Hope schließlich. »Wie viel bin ich Euch wert, Roger? Mehr als Euer Land? Mehr als die Familie, die Ihr in England zurückgelassen habt? Mehr als die Liebe Eures Freundes Roland, der sein Leben hingegeben hätte, um Euch zu beschützen?«

Lacurne wandte sich an Roger und Rosamunde. »Ich will mit eurer Heiligen allein sprechen.«

Während Roger und Rosamunde das Zelt verließen, ging Lacurne vor Hope auf und ab. Er trug ein Kettenhemd und enge Beinkleider. Hin und wieder sah er Hope an und musterte sie dabei aus seinen kleinen grauen Augen von Kopf bis Fuß. Dann richtete er das Wort an sie: »Du willst also wissen, ob Roland tot ist. Könnte es sein, dass du für diesen englischen Widerling eine gewisse … Zuneigung entwickelt hast?«

Hope schwieg und betrachtete Lacurne mit einer Vorsicht, die ihr wie eine kalte Hand das Rückgrat entlangstrich.

»Warum siehst du mich so an?«, verlangte er zu wissen.

»Ich habe schreckliche Dinge über Euch gehört.«

»Wie zum Beispiel …?«

»Von Grausamkeit und Folter. Von der Vergewaltigung und Vernichtung von unschuldigen Frauen und Kindern. Dass man Euch nachsagt, Ihr würdet Eure Feinde kochen und essen.«

»Es gibt kaum etwas so Befriedigendes wie die geschmorten Eingeweide eines Türken zu verspeisen. Am besten ist ihre Leber, geröstet und mit Rosmarin gewürzt und dazu weiße Rüben. Einer englischen Leber wiederum schmeicheln Kohl und Zwiebeln … und eine Spur von Pfefferminze. Die Pfefferminze, musst du wissen, überdeckt den bitteren Geschmack der Galle.«

Hope zuckte schaudernd zusammen. Lacurne lächelte und begann, langsam um sie herumzugehen. Jeder seiner Schritte brachte ihn näher an sie heran, bis er ihr so nah war, dass sie seinen sauren Schweiß riechen konnte. »Du siehst also, Hope de Châteauroux, dass mich das Gerede über Heiligkeit und Wunder nicht sonderlich beeindruckt. Mich interessiert nur, welche Belohnung mich für die pflichtgetreue Erfüllung meiner Aufgabe in diesem schmerzlichen Krieg gegen Heinrich erwartet. Es schert mich wenig, was Philip von mir denkt, solange er mich für meine Bemühungen entlohnt.«

Er strich mit dem Finger über ihre Schläfe. Hope zuckte zusammen und wich vor ihm zurück.

»Vielleicht verlangt es dich mehr nach Rolands Berührung, habe ich Recht?«

»Roland quält niemanden. Er fügt Frauen und Kindern kein Leid zu.«

»Roland ist weich, er wird immer weicher, je älter er wird.

Kein respektabler Ritter sieht in Roland noch eine Bedrohung.« Er fasste in ihr Haar und zwang ihren Kopf herum, sodass ihr keine andere Wahl blieb als ihn anzusehen. »Um deine Frage zu beantworten: Roland ist nicht unter den Toten seiner Armee gefunden worden. Und weißt du, warum nicht? Weil er zur Zeit meines Angriffs gar nicht bei seinen Soldaten gewesen ist. Eine Schande für ihn und eine Enttäuschung für mich. Ich hatte die feste Absicht, mit seinem Kopf auf meinem Schwert in mein Lager zurückzukehren. Hast du überhaupt eine Vorstellung davon, wie viel sein Kopf Philip wert ist? Nein? Dann werde ich es dir sagen: Ein Schloss in Boulogne und ein Weingut in Ponthieu. Diese Besitzungen würden meine Ländereien großartig ergänzen.«

»Welch ein Jammer.« Hope verzog den Mund, als sie ihn ansah. »Es scheint, dass der große Lacurne bis zum nächsten Mal damit warten muss, die Früchte seiner Plünderungen einzubringen.«

»Vielleicht«, erwiderte er sanft und griff im nächsten Augenblick gröber in ihr Haar. »Aber vielleicht auch nicht. Denn wenn es wahr ist, was Roger de Ferres mir erzählt, dann würde Philip Eure Rückgabe mit einem großen Gunstbeweis belohnen. Und dann könntest ebenso gut *du* dazu beitragen, dass ich diese Ländereien bekomme.« Seine Stimme wurde leiser, er sprach mehr zu sich selbst als zu Hope. »Da wäre dann nur noch das kleine Problem mit de Ferres und dieser Schlampe Rosamunde. Sie werden einen Anteil von meiner Belohnung verlangen. Das könnte meine Chancen beeinträchtigen, Philips ungeteilte Wertschätzung zu gewinnen. Er könnte sich sogar geneigt zeigen, ihre Bemühungen in dieser Angelegenheit höher zu schätzen als meine.«

Er stapfte mit dem Fuß auf, seine Hand zog so fest an Hopes Haaren, dass ihr die Tränen in die Augen schossen.

Lacurne stieß Hope zur Seite, ging mit großen Schritten

zum Zelteingang und rief seinen Wachen den Befehl zu, Roger und Rosamunde zu ihm zu bringen. Gedämpft hörte man die Antwortrufe, das Geräusch eiliger Schritte und klirrender Rüstungen. Hope sah sich verzweifelt nach einer Möglichkeit zur Flucht um, ihr Verstand überschlug sich bei dem Gedanken, dass Roland noch am Leben war. Und wenn Roland lebte, würde auch Daniel noch leben – vielleicht. Die Erleichterung und die Hoffnung machten Hope so schwach, dass ihr die Knie zitterten.

Mehrere Soldaten betraten das Zelt und führten Roger und Rosamunde herein. Rosamunde hing das Haar wirr ins zorngerötete Gesicht. Sie versuchte, sich dem Griff der Soldaten zu entwinden und spie ihnen Obszönitäten entgegen, über die Lacurnes Männer vor Lachen brüllten.

»Was soll das bedeuten?«, verlangte Roger zu wissen und machte sich von dem Soldaten los, der ihn am Arm gepackt hatte.

Spöttisch grinsend verschränkte Lacurne die Arme vor der Brust und zog eine Augenbraue hoch. »Ich habe Euren Vorschlag noch einmal überdacht. Der Gedanke, dass Philip uns für die Rückgabe des Mädchens großzügig belohnen wird, gefällt mir außerordentlich. Aber wir haben ein Problem.«

Roger runzelte die Stirn. »Was sollte das sein?«

Lacurne wies mit dem Kopf auf Roger und Rosamunde und sagte einfach: »Ihr beide.«

Die Farbe wich aus Rogers Gesicht, er sah Hope wachsam an.

»Ihr seht, de Ferres, so großzügig die Belohnung für die Rückkehr des Mädchens auch sein mag, durch drei geteilt erscheint sie mir meiner Mühe kaum wert.«

»Muss ich Euch daran erinnern, Lacurne, dass ich ein guter Freund Richards bin, der in diesem Krieg gegen seinen Vater auf Seiten Philips steht?«

»Glaubt Ihr, ich schere mich um Richard Löwenherz? Er

ist ein Verräter. Er würde Heinrich hinterrücks ein Messer in den Rücken jagen, wenn er glaubt, sich dadurch Philips Wohlwollens versichern zu können. Glaubt Ihr allen Ernstes, ein solcher Mann wäre über den Tod eines Ritters betrübt, den nicht einmal Heinrich selbst sonderlich hoch schätzt?«

Rosamunde warf sich Lacurne zu Füßen und umklammerte seine Beine. Ihre Augen schwammen in Tränen, als sie zu ihm aufschaute. »Bedeuten Euch die Nächte, die wir zusammen verbracht haben, denn gar nichts? Habt Ihr vergessen, wie oft ich Euch in den letzten Monaten Informationen gebracht habe?«

Lacurne schüttelte den Kopf und grinste. »Ich denke, du hast es zu sehr genossen, deine Beine für Roland breitzumachen, um deine Aufgabe ernst nehmen zu können.«

»Aber warum uns töten?«, schrie sie.

Er zuckte mit den Schultern. »Warum nicht? Glaubst du, ich würde dir vertrauen, so leichtherzig, wie du dich von Roland abwendest, ganz zu schweigen von unserem König? Würdest du nicht dasselbe mit mir tun, wenn die Belohnung nur hoch genug wäre?«

»Wir haben nicht Verrat geübt, um dafür belohnt zu werden. Es geschah aus Liebe zu Philip und zu Frankreich.«

Lacurne lachte schrill, als er Rosamunde mit einem Fußtritt zur Seite stieß. Sie blieb vor Rogers Füßen liegen. Roger sah emotionslos zu ihr herunter, ehe er den Blick Hope zuwandte und sie traurig anlächelte. »Vermutlich bekomme ich jetzt genau das, was ich verdiene. Solltest du Roland wieder sehen, und ich bin sicher, dass das geschehen wird, wüsste ich es zu schätzen, du würdest ihm etwas von mir ausrichten. Sag ihm, dass es nichts Persönliches gewesen ist, dass ich nur das getan habe, wozu er nicht den Mut hatte – aufzugeben.«

»Er war Euer Freund«, entgegnete Hope leise. »Er hat Euch geliebt.«

Lacurne gab den Wachen ein Zeichen, die Roger daraufhin an den Armen packten und Rosamunde auf die Füße rissen. Ehe die Soldaten Roger aus dem Zelt zerrten, gelang es ihm, noch einmal zu Hope zurückzuschauen. Seine Wangen waren bleich, seine Augen von Angst und Resignation umschattet, als er versuchte, ein Lächeln zustande zu bringen. »Wenn es dir nichts ausmacht, noch ein Wunder zu vollbringen, dann könntest du vielleicht einen deiner Blitzschläge beschwören und mich vor diesem ungnädigen Schicksal bewahren.«

»Ich würde es tun, wenn ich könnte.« Hope sprach leise, die Stimme gehorchte ihr nicht mehr.

»Sag Roland, dass die Belohnung mir nichts bedeutet hat. Dass ich einfach nur des Krieges müde war.«

»Ich werde ihm sagen, dass es Euch Leid tut und dass Ihr alles anders gemacht hättet, wenn Ihr eine Chance dazu bekommen hättet.«

Roger wandte den Blick ab und straffte die Schultern. Er verließ das Zelt in der stolzen Haltung des Ersten Offiziers Rolands. Rosamunde jedoch wehrte sich mit Händen und Füßen, als die Soldaten sie an Armen und Haaren vor das Zelt zogen. Erst jetzt sah Hope Lacurne an, der sie interessiert beobachtete. Sein vernarbtes Gesicht drückte Selbstgefälligkeit aus.

»So … du bist eine Heilerin. Eine Wunderwirkerin. Eine Seherin – und eine Heilige.«

»Nein.« Sie schüttelte den Kopf. »Ich bin keine Heilige. Und ich kann auch keine Wunder vollbringen.«

»Wenn das so ist, dann wirst du mir ja kaum etwas einbringen, nicht wahr?« Auf Lacurnes Fingerschnippen hin betrat eine Dienerin das Zelt, ein Mädchen mit schwarzem Haar und dunklen Rehaugen. Sie war jünger als Hope. »Wasch sie«, befahl Lacurne dem Mädchen. »Richte sie her. Sie wird mir Gesellschaft leisten … wenn ich den Wunsch danach habe.«

Hope schloss die Augen, als das heiße Wasser über ihre Schultern floss. Sie versuchte sich zu entspannen, während das Mädchen ihr mit einem Tuch aus rauem Sackleinen den Rücken wusch. Doch sie empfand dieses Bad, das so angenehm hätte sein können, wie eine Tortur. Ihre Gefühle lagen im Widerstreit miteinander. Hope fühlte sich innerlich wie zerrissen.

Zumindest war sie jetzt frei, frei von Roland, der Schwarzen Flamme. Sie dachte daran, dass er jetzt vermutlich seine toten Soldaten begrub. Er würde sich fürchterlich grämen, so wie er sich auch zuvor gegrämt hatte, er würde sich die Schuld an deren Tod geben und sein übles Schicksal verfluchen.

Das Mädchen mit den schwarzen Haaren und den großen, runden Augen hieß Jeanne. Es beobachtete Hope insgeheim, als es nach Rosen duftendes Öl über deren nackten Rücken rieseln ließ. »Warum weinst du?«, fragte Jeanne. »Gefällt es dir nicht, wieder bei deinen Landsleuten zu sein?«

»Ich gräme mich um die, die gestorben sind.«

»Deine Tränen werden sie nicht zurückbringen.« Jeanne fuhr mit der Hand leicht über Hopes Rücken. »Ich sehe, dass die Gerüchte, die ich über Roland gehört habe, wahr sind. Er peitscht Frauen nicht aus … so wie Lacurne es tut.«

Hope wandte sich halb zu dem jungen Mädchen um. »Lacurne schlägt dich?«

Jeanne streifte sich das Hemd von den Schultern und enthüllte die rosafarbenen Narben darauf. Dann lächelte sie. »Erzähl mir von Roland de Gallienne. Stimmt es, dass er Frauen und Kindern gegenüber ungewöhnlich freundlich ist? Isst er die gleiche schmale Kost wie seine Soldaten? Stimmt es, dass er sich weigert, sein Zelt mit Beutestücken zu schmücken? Dass er seinen Feinden Zuflucht bietet, wenn sie Philip abschwören und ihre Waffen vor Heinrich strecken?« Jeanne ließ sich neben den Holzzuber sinken und stützte sich mit den Ellbogen auf den schmalen Rand. Sie seufzte laut. »Ich habe ihn schon einmal gesehen. Er trug ein Kind auf seinen Schultern. Sein Haar war schwarz und schimmernd wie die Flügel eines Raben, sein Lächeln so strahlend wie Sommerwolken. Hunderte Nächte lang habe ich davon geträumt, er würde mich küssen. Sag mir ehrlich, hast du ihn geküsst?«

Hope glitt tiefer in das heiße Wasser hinein, bis der Dampf ihr direkt in die Nase stieg. Sie fand es seltsam, über solche Dinge wie das Küssen offen zu sprechen. Unterhielten sich alle jungen Frauen darüber? War sie in den vergangenen Jahren von der Wirklichkeit so abgeschieden gewesen, dass sie keine prickelnde Freude darüber empfinden konnte, ein solches Geheimnis mit einer so neugierigen Vertrauten wie Jeanne zu teilen?

Hope biss sich auf die Lippen und versuchte, nicht zu lächeln. Dann nickte sie.

Jeannes Augen wurden riesengroß. »O du Glückliche. Sag mir: wie war es? Hat er weiche Lippen? War er sanft? Roch sein Atem schlecht oder gut?«

»Seine Lippen waren weich … und fordernd. Er war rau … und sanft. Sein Atem roch nach … Pfefferminze.«

Jeanne seufzte wieder und starrte traumverloren in den aufsteigenden Dampf.

12

Keine Visionen. Kein Ahnen. Kein Schmerz. Nur die dumpfe Qual, nichts über das Schicksal ihres Bruders und Rolands zu wissen … und die noch stärkere Pein, die jedes Mal in ihr aufstieg, wenn sie sich vorstellte, diese beiden nie wieder zu sehen.

Welch eine Ironie, dass sie sich um den möglichen Tod des Mannes grämte, den sie zu töten versucht hatte.

Aber *war* Roland tot? Und wenn … warum sollte ihr das etwas ausmachen? Seine Absicht, sie gegen ein Lösegeld an Philip zu übergeben, hatte man wohl kaum heldenhaft nennen können. Sollte sie Lacurne glauben, wenn er behauptete, dass Roland zur Zeit der Schlacht nicht bei seinen Soldaten gewesen war? Roger hatte bemerkt, dass ihre Gefühle für Roland gewachsen waren, und er war offensichtlich des Betruges fähig. Wäre es denkbar, dass er und Lacurne ihr einfach das gesagt hatten, was sie so offensichtlich hatte hören wollen, um dadurch ihr Vertrauen zu gewinnen?

Die Luft in Lacurnes Zelt war heiß und stickig. Hope blieb im Eingang stehen und versuchte, etwas zu erkennen. Ein dünner, buckliger Mann mit verkrümmten Händen beugte sich über ein Becken, in dem rot glühende Kohlen aufgehäuft lagen, und goss eine ockerfarbene Flüssigkeit auf die Glut. Sofort erhob sich zischend und speiend eine Wolke aus beißendem Rauch, der das Zeltinnere in einen gelben Dunst hüllte.

Der Rauch brannte Hope in Augen und Nase, und es dauerte eine Zeit, bis sie Lacurne erkannte, der ihr gegenüber auf einem Bett lag. Er war völlig nackt.

»Komm her«, befahl er ihr.

»Erst, wenn Ihr Euch bedeckt habt«, erwiderte sie scharf.

Er stieß einen grunzenden Laut aus, ehe er nach einer Pelzdecke griff, um sie sich über die Lenden zu werfen. Hope ging zu ihm, blieb jedoch mehr als eine Armlänge weit entfernt stehen. Er kniff die Augen zusammen, als er sie von Kopf bis Fuß prüfend ansah.

»Nun, Hope de Châteauroux … was zeigen dir deine Visionen über meine Zukunft?«

»Ich brauche keine Visionen, um festzustellen, dass Ihr unpässlich seid, Sir. Das scheußliche Gebräu, das Euer Heiler ins Feuer gegossen hat, riecht wie Lungenkraut, und Ihr schwitzt, als hättet Ihr vor kurzem Zitronenmelisse zu Euch genommen.«

Lacurne hustete Schleim ab und spie ihn auf den Boden. »Die verfluchten faulenden Lungen sind das geringste meiner Probleme. Was mich am ärgsten plagt, ist das hier.« Er warf die Pelzdecke zur Seite und enthüllte seinen grotesk aufgeblähten Bauch. »Dieses verdammte Gären in meinen Eingeweiden macht mir zu schaffen. Meine Kleider passen mir kaum noch, und wenn ich rittlings auf meinem Pferd sitze, ist das mit schrecklichen Schmerzen verbunden. In der letzten Schlacht ist es mir deswegen auch versagt geblieben, mindestens ein Dutzend Engländer zu töten.«

»Was für ein Jammer für Euch«, erwiderte Hope mit unüberhörbarer Schärfe und veranlasste Lacurne damit, die Augenbrauen hochzuziehen und sie höhnisch anzugrinsen.

»Mir scheint, du hast zu viele Sympathien für unsere Feinde entwickelt.«

»Ich habe herausgefunden, dass sie Menschen sind wie Ihr und ich. Vielleicht sogar menschlicher.«

»Menschlich vielleicht, aber krank vor Habgier, wie Roger de Ferres es uns bewiesen hat. Aber andererseits … wer von uns ist schon gefeit gegen eine Spur von Gier von Zeit zu Zeit?« Aufstöhnend griff er sich an den Bauch, spannte sich an und hielt den Atem an, bis der Schmerz abebbte. Erst dann sah er Hope wieder an. »Sag mir die Wahrheit. Hast du die Wunde geheilt, die ich Roland beigebracht habe?«

Hope schwieg, auch als Lacurne wieder seinen Leib umfasste und sich in Schmerzen wand. »Warum hilfst du mir nicht?«, schrie er. »Oder ist es dir lieber, ich rufe meine Männer und lasse dich neben Roger und Rosamunde aufspießen?«

»Ihr werdet mich nicht aufspießen, Sir. Nicht so lange Ihr die Hoffnung hegt, durch mich Philips Gunst zu gewinnen.«

»Mich kümmert nicht, was Philip von mir denkt. Mich kümmert nur, was ich mir von Philips Geld werde leisten können. Und abgesehen davon wirst du einen wohl schmeckenden Köder abgeben, mit dem ich Roland aus seinem Versteck locken werde. Wenn Roger mit seiner Vermutung Recht hat, dass Roland an dir interessiert ist, dann wird es vermutlich nicht lange dauern, bis wir etwas von der Schwarzen Flamme hören werden.«

»Philips Belohnung wird Euch nichts nützen, wenn Ihr tot seid.«

Der Heilkundige, der unterdessen noch mehr von der üblen Mixtur auf die Glut gegeben hatte, ging zu Lacurne.

»Weg mit dir«, rief Lacurne und schob den zierlich gebauten Mann zur Seite. »Idiot. Wenn du noch einmal versuchst, mich zur Ader zu lassen, werde ich dir dein verdammtes Messer in deinen dürren Hals stechen und deinen Magen mit Gemüsesuppe und Lauch verspeisen.«

Der Mann wich zurück und ergriff die Flucht. Hope blieb allein mit Lacurne zurück, der sich erneut vor Schmerzen wand und derbe Flüche ausstieß. Erst als die Schmerzen nachließen und Lacurne schlaff und erschöpft dalag, ging sie näher zu ihm und legte die Hand auf seinen Bauch, der von offenen, schwärenden Wunden bedeckt war. Ihre Berührung schien ihn so unerwartet und quälend zu durchzucken wie die wütenden Krämpfe in seinen Gedärmen. Sein Körper wurde starr, seine Augen groß. Er stierte Hope an, als erwartete er, dass sie ihm jeden Augenblick ein Messer in die Brust stieß.

Bis zum Äußersten aufgetrieben, fühlte sich Lacurnes Leib stramm und prall an. Durch seine fast durchsichtige Haut schimmerten die geschwollenen Venen wie blaue Spinnennetze. Hope spürte eine Bewegung unter ihrer Hand. Die Eingeweide wanden sich, als lebten sie, und Hope riss die Hand zurück. Lacurne packte sie am Handgelenk, so brutal, dass sie aufschrie und neben seinem Bett in die Knie sackte.

Sein Gesicht nah an ihrem, knurrte er: »Sag es mir, Heilige, und wenn dir dein Leben lieb ist, wirst du mir ehrlich antworten: Welcher üble Dämon hat mich befallen? Kannst du, der man Heilkräfte nachsagt, mich von diesem Ungeheuer befreien, oder muss ich nach einem Priester schicken, der das austreibt, was sich wie die Brut des Teufels in meinen Eingeweiden windet?«

»Kein Priester und keine Heilige kann das heilen, was Euch auffrisst«, brachte Hope heraus. »Euch hat kein Dämon befallen. Es sind Würmer. Euer Darm wimmelt von ihnen, Lacurne.«

Ein Ausdruck des Entsetzens und des Ekels überzog sein schweißnasses Gesicht. Er zog Hope zu sich heran, und sein widerlicher, nach faulendem Fleisch stinkender Atem ließ heiße Übelkeit in ihr aufsteigen als er zischte: »Würmer? Du meinst … *Würmer*?«

»Vielleicht auch Maden. Vermutlich habt Ihr verdorbenes Fleisch gegessen.«

Er öffnete den Mund, schloss ihn wieder, während seine Finger sich tiefer in Hopes Haut bohrten. »Verdammte Türken«, stieß er zwischen seinen faulenden Zähnen hervor. »Ich hatte gleich das Gefühl, dass die Bastarde nach Verwesung geschmeckt haben.«

»Sagt dem alten Mann, dass er eine Mischung aus Wermut und Weidenblättern bereiten und mit Essig aufgießen soll. Der Trank sollte helfen, diese Kreaturen zu vernichten. Aber ich muss Euch warnen: Es gibt keine Gewissheit, dass die Verletzungen, die bereits in Euch angerichtet wurden, nicht weiterhin eitern werden.«

Endlich ließ Lacurne sie los und fiel zurück auf sein Bett. Als er die Augen schloss, wich Hope zitternd zurück und versuchte, den Ekel herunterzuschlucken, der in ihrer Kehle aufstieg.

Fluchtartig verließ sie das Zelt und blieb vor dem Eingang stehen, um gierig die frische Luft einzuatmen. Sie schaute zu der Baumkrone über sich hinauf und sah in das durch die Zweige flirrende Sonnenlicht. In diesem Augenblick kam die Vision mit der Wucht eines Rammbockes zu ihr und trieb den Schmerz wie einen Nagel in ihre Schläfen.

Donner und Blitz zerreißen den schwarzen Himmel.

Durch den Riss in den Wolken dringt blendendes Licht hervor, und aus dem Licht kommt eine Flamme, die die Erde versengt und sie zu Asche werden lässt.

Wie gelähmt durch den unerwarteten und unbändigen Schmerz hielt Hope sich den Kopf, erlitt die Qualen, die auf sie einstürmten, und die dann, so rasch wie sie gekommen waren, wieder verschwanden – wie eine Welle, die von der schäumenden Strömung hinaus ins Meer gezogen wurde.

Ein überwältigendes Gefühl grenzenloser Freude erfüllte Hope, als sie dachte: Roland lebt … und er wird bald zu mir kommen!

Die Tage vergingen, ohne dass ihre Vision sich bewahrheitete, ohne dass Roland kam. Er trat nicht aus einem blendenden Blitz oder einem flammenden Feuer heraus, um Hope zu retten. Er kam nicht, um seinen Feind zu bezwingen und sie als seine Belohnung dafür mitzunehmen. Ebenso wenig hörte sie irgendetwas, das ihr Gewissheit gegeben hätte, dass er und Daniel wirklich am Leben waren. Sie war verzweifelt und wollte noch einmal mit Roger sprechen – sich versichern, dass ihre Angst um Daniel und Roland unberechtigt, dass die Geschichte von Rolands Abwesenheit während des Angriffs falsch war.

Doch ein letztes Treffen mit Roger sollte nicht sein. Am dritten Tag wurden er und Rosamunde durch Hängen hingerichet. Ihre Leichen ließ man am Galgen baumeln und verwesen – nicht ein einziges Gebet wurde gesprochen, als sie starben. Nur das, das Hope sich im Stillen selbst zuwisperte.

Lacurne hatte dafür gesorgt, dass jeder Schritt, jedes Tun Hopes von seinen Soldaten überwacht wurde. Er machte ihr gegenüber keinen Hehl aus seinem Argwohn, sie würde bei der erstbesten Gelegenheit zu fliehen versuchen, um zu Roland zurückzukehren. Lacurne schwor, dass es denjenigen, der ihre Flucht zuließ, den Kopf kosten würde. Hope de Châteauroux war für Lacurne ein doppelter Trumpf. Nicht allein, dass er von Philip eine stattliche Belohnung für sie bekommen würde, darüber hinaus gäbe die Extrabelohnung, die ihm für Rolands Gefangennahme vom König winkte, ihm die Mittel in die Hand, genügend Land erwerben zu können. Dann wäre er ebenso reich wie Philip. Und obendrein würde Heinrich mit Freuden ein hohes Lösegeld zahlen, um Rolands Freiheit zu erkaufen.

Anfangs war Hope der Gedanke, zu Roland zurückzukehren, noch absurd vorgekommen, aber nun war das anders. Als die Tage vergingen, ohne dass sie etwas über Rolands oder Daniels Wohlergehen erfuhr, verdüsterte sich ihre Stimmung, und sie begann, an ihrem Glauben zu zweifeln und die Hoffnung aufzugeben, auch nur einen von beiden je wieder zu sehen.

Ihre einzige Gesellschaft war Jeanne, die jede Laune Hopes ertrug. Sie füllte die endlos scheinenden Stunden und Tage mit ihrer leichtzüngigen Unterhaltung, die sich meistens um Roland drehte. Das Mädchen lenkte Hope vom Grübeln und von der bitteren Wahrheit ab, dass Roland noch immer nicht gekommen war, um sie von Lacurne fortzuholen, dessen Verhalten von Tag zu Tag unberechenbarer wurde.

Hope vermutete, dass die Würmer, die seinen Darm infiziert hatten, mittlerweile auch sein Gehirn befallen hatten. Sie hatte die Folgen eines solchen Wurmbefalls schon zuvor gesehen, und das Ausmaß von Lacurnes Leiden wurde jeden Tag Furcht erregender. Nach der Art und Weise zu urteilen, wie er beim Gehen taumelte, konfuse Selbstgespräche führte, und jedem mit irrationaler Wut begegnete, den er für seinen Feind hielt, kam Hope zu dem Schluss, dass er schon bald jeden Bezug zur Realität einbüßen und vollends den Verstand verlieren würde.

Eine Woche endlos scheinender Tage und Nächte verstrich. Die Nächte waren am schlimmsten, denn es schien, dass Lacurnes Wahnsinn sich verstärkte, wenn die Sonne unterging. Wie ein Raubtier durchstreifte er das Lager, seine Augen blickten glasig, und er fletschte die Zähne, während er Laute ausstieß, die kaum noch etwas Menschliches an sich hatten.

Und dann begannen Gerüchte zu kursieren: dass Lacurnes Gesundheit sich erst seit Hopes Ankunft im Lager verschlechtert hätte. Und dass Lacurnes Wahnsinn vielleicht Gottes Strafe dafür war, dass er Hope auf solche Weise behandelte. Wenn aber Gott Lacurne auf so entsetzliche Art strafte, welches Übel würde Er dann über Lacurnes Männer ausschütten?

Man munkelte, dass vielleicht Hope Lacurne diese schreckliche Krankheit angehext hatte. Wenn sie es getan hatte, war ihre Magie dann gut oder böse?

Am Abend ihres siebenten Tages in Lacurnes Lager lag Hope in unruhigem Schlaf auf ihrem Bett und schreckte aus einem Traum auf, dessen Bilder sich so oft wiederholt hatten, dass ihr Herz vor Angst raste und eine bange Vorahnung sie packte.

Sie sah Daniel, wieder und wieder. Er trug ein Kettenhemd und Beinlinge und hielt ein blutiges Schwert in der Hand … und hinter ihm stand Roland, seine Augen so schwarz wie Kohle. Daniel trat auf sie zu und hob die Hand: »Flieh, liebe Schwester. Roland ist deine einzige Hoffnung auf Freiheit.«

Hope erwachte mit einem Ruck, als jemand sie schüttelte. Es war Jeanne, deren Gesicht vor Angst verzerrt war. »Lacurne geht es sehr schlecht. Er will dich sofort sehen. Schnell! Wirf dir dein Kleid über! Rasch, die Zeit drängt!«

Schlaftrunken folgte Hope dem Mädchen. Die Nacht war dunkel, und es herrschte eine seltsame Stille. Lacurnes Soldaten standen dicht gedrängt, ihre Blicke folgten Hope, als sie neben Jeanne her zu Lacurnes Zelt lief.

Lacurne lag auf dem Rücken, sein verfallender Leib schwitzte und stank nach Verwesung. Neben dem Bett stand der Heilkundige mit einem schmutzigen Messer in der Hand, mit der anderen hielt er Lacurnes nackten Arm fest.

»Halt ihn auf«, schrie Lacurne. »Ich habe keinen einzigen Tropfen Blut mehr in mir, und dieser verdammte Bastard will mich zur Ader zu lassen.«

»Ich habe so viele Männer durch Aderlass geheilt wie Ihr Soldaten auf dem Schlachtfeld getötet habt. Es ist nicht einmal ein Jahr her, dass ich einen Mann vom Aussatz geheilt habe, und wisst Ihr wie, Mylord? Ich habe ihn hinter dem Ohr zur Ader gelassen. Ungefähr hier.«

»Du hast mein Ohr angezapft! Du hast meinen Zeh angezapft! Du hast mir in jeden einzelnen meiner Finger gestochen! Und wenn ich dich lasse, wirst du als Nächstes auch noch meine verdammten Hoden anstechen! Und was bringt mir das alles? Es windet sich durch mein Gehirn, sage ich dir! Ich kann es in meinen Ohren hören! Raus! Raus, sage ich! Bringt mir dieses verdammte Mädchen von einer Heiligen. Ich werde dafür sorgen, dass sie mich von diesem Gebrechen heilt, oder ich werde sie auf den gleichen Weg wie Roger de Ferres schicken.«

»Höre ich richtig?«, zischte der Heiler und hielt drohend die Faust vor Lacurnes aufgedunsenes Gesicht. »Ihr weist meine Dienste zurück, Mylord?«

»Ja, ich weise deine Dienste zurück, du stotternder Schwachkopf. Ich weise deinen Namen zurück. Ich weise deinen schmutzigen, schleimigen Körper zurück.«

Dem Heiler traten vor Zorn die Augen aus den Höhlen, und er wich zurück. Er stieß mit Hope und Jeanne zusammen, die gerade das Zelt betreten wollten, und schrie Lacurne an: »Ihr schwachsinniger, närrischer Esel. Weist mich zurück und Ihr werdet keinen weiteren Sonnenaufgang mehr erleben, das schwöre ich. Euer hässlicher Kopf wird wie eine überreife Melone platzen, und Eure Halsschlagader wie ein Geysir sprudeln.«

Lacurne bleckte die Zähne und heulte. Er versuchte, sich zu erheben, doch es gelang ihm nicht, keuchend fiel er auf sein Lager zurück, der Schleim in seiner Kehle brachte ihn zum Würgen.

»Ihr werdet mich noch anflehen, Euch zur Ader zu lassen«, höhnte der Heiler. »Aber ich werde es nicht tun. Ich werde dastehen und jubeln, wenn das Übel noch schlimmer wird und Euren Bauch wie ein Schraubstock abschnürt, wenn Euer stinkendes Erbrochenes in Eurem Gehirn brennt und Eure Gedanken nur noch wie Brei sind. Und dann die Krämpfe – ha! Wie ein kopfloser Adler werdet Ihr ausgestreckt daliegen, bis alles Leben aus Euch weicht und Ihr wie ein Stein tot umfallt. Und dann – dann werde ich Luzifer mein aufrichtiges Mitgefühl dafür aussprechen, dass er Eure Gesellschaft für alle Ewigkeit ertragen muss.«

»Hinaus! Hinaus, sage ich! Schafft ihn raus! Schneidet ihm seinen verdammten Kopf ab und nehmt mein Messer dazu. Ich will ihn auf der Spitze meiner Lanze sehen, bevor ich sterbe.«

Soldaten erschienen an der Zelttür und stellten sich dem Heiler in den Weg, der zu fliehen versuchte. Als sie ihn an den Armen packten, wandte er sein knochiges Gesicht zu Lacurne und zischte: »Seht auf Eure Sünden und Missetaten, dann kennt Ihr die Ursache für Euren Wahnsinn.«

»Ich werde deine Eier zum Frühstück verspeisen«, höhnte Lacurne und sah in boshafter Befriedigung zu, wie der Heiler aus dem Zelt gezerrt wurde.

Lacurne schloss die Augen und holte einige Male mühsam Luft, ehe er langsam den Kopf hob und ihn den beiden Frauen zuwandte. »Wer ist da?«, fragte er. »Tretet vor und gebt Euch zu erkennen.«

Hope trat zögernd auf ihn zu.

Er blinzelte sie blöde an, aus seinen Mundwinkeln tropfte Speichel. »Ah, die Heilige von Châteauroux, nicht wahr? Bist du gekommen, um mich zu heilen, oder willst du etwa vorschlagen, dass ich noch mehr Wermut und Essig trinken soll?«

»Ich nehme an, die Mixtur hat Euch nicht geholfen.«

»Ich scheiße mir seit drei Tagen das Hirn aus dem Leib. Sieh dir an, was das aus mir gemacht hat, es ist jetzt schlimmer als vorher. Wärst du keine Französin und würde man dich nicht für heilig halten, dann könnte ich glauben, dass du versuchst, mich zu vergiften. Schließlich … welchen Beweis habe ich denn, dass du diese angeblichen Heilkräfte von Gott dem Allmächtigen hast? Du könntest ebenso gut nur ein hübscher kleiner Köder sein, den Roland hier eingeschleust hat, um mich zu töten.« Seine Augen weiteten sich, und er begann am ganzen Leib zu zittern. »Das ist es! Was für ein Narr bin ich gewesen! Natürlich. Warum habe ich das nicht gleich erkannt? Mir hätte klar sein müssen, dass de Ferres sich niemals gegen Roland gewandt hätte. Er hat dich hierher geschickt, um mich zu verhexen!«

Jeanne packte Hopes Arm und flüsterte drängend: »Er ist verrückt geworden. Komm fort, ehe ...«

»Was für ein verfluchtes Ding hast du mir ins Hirn gesetzt?«, brüllte Lacurne, als er sich von seinem Lager rollte.

»Komm weg«, schrie Jeanne. Sie zerrte heftig an Hopes Arm.

»Ich habe von deiner Magie flüstern hören. Roland hast du auch verhext, hast gemacht, dass sein Hirn so weich wie Schweinebauch geworden ist. Und jetzt hast du mir dieses Geschmeiß angehext und hast vor, meine Armee zu vernichten. Wachen!«

Hope wandte sich um, als zwei Soldaten das Zelt betraten.

»Verbrennt sie!«, schrie Lacurne.

Die Soldaten zögerten. Ihre Hände begannen zu zittern Schweiß trat ihnen auf die Stirn, als Hope sie fest ansah, das Kinn reckte und die Schultern straffte – ihre Haltung nahm ihnen den Mut näher zu kommen.

»Verdammte Feiglinge«, höhnte Lacurne und packte Hope hinterrücks am Hals. Seine schweißnassen Hände schlossen sich wie Zangen um ihre Kehle, als er sie aus dem Zelt schob. Die Schaulustigen wichen zurück, als befürchteten sie, dass Hope sie jeden Augenblick verhexen und tot umfallen lassen könnte.

»Bereitet den Scheiterhaufen vor«, befahl Lacurne und stieß Hope zu Boden. »Der erste Mann, der meinen Befehl verweigert, wird mit ihr brennen.«

Hope war an Händen und Füßen gefesselt, als sie allein in ihrem Zelt hockte und auf den wachsenden Tumult draußen lauschte. Immer wieder hörte sie Lacurnes unverständliches Geschrei, das sich über den Lärm erhob. Jeanne trat ein, sie war kalkweiß im Gesicht, ihre Augen spiegelten Entsetzen wider. Sie fiel neben Hope auf die Knie und legte die Hände um deren Gesicht.

»Gute Hope. Meine liebe Freundin. Willst du hier sitzen und nichts tun, um dich selbst zu retten?«

»Nur Mut, Jeanne. Wenn ich auf diese Weise sterben soll, dann soll es so sein.« Hope lächelte. »Erwartest du, dass ich irgendeinen Zauber heraufbeschwöre und mich in Luft auflöse? Glaubst du, dass Gott die Hand vom Himmel herunterstrecken wird, um mich vor diesem Schicksal zu bewahren – falls dieses Schicksal wirklich meine Bestimmung ist?«

»Hast du keine Angst?«

Hope schüttelte den Kopf. »Es ist seltsam, aber ich fühle keine Angst. Noch nicht.«

Jeanne ging zum Zelteingang und sah hinaus. Hope holte tief Luft und stieß sie langsam aus, als sie die Augen schloss und sich über die seltsame Ruhe wunderte, die sie in einer fast heiteren Gelassenheit wiegte, die sie noch nie zuvor empfunden hatte. Sie hielt sie wie eine tröstende Hand, auch als Rolands Bild vor Hopes geistigem Auge auftauchte, und mit ihm die Vision, die in den vergangenen Nächten immer wieder in ihren Träumen herumgespukt hatte – Roland, der sich aus lodernden Flammen erhebt und seinen Feind mit einem Schlag der Streitaxt niederstreckt.

Jeannes Schrei riss Hope aus ihren Gedanken. Zwei Soldaten hatten das Zelt betreten und kamen zu ihr. Ihre Hände zitterten, als sie Hope sanft bei den Armen nahmen und hinstellten. Der Jüngere der beiden, er mochte nicht älter als Albert sein, sah seinen Kameraden an und sagte:

»Wir sind verdammt, wenn wir dies tun, das sage ich dir.

Lacurne ist verrückt. Was immer ihn quält … er war schon krank, ehe sie hierher gekommen ist.«

»Er wird uns töten, wenn wir es nicht tun.«

»Mir behagt der Gedanke nicht, eine Frau zu verbrennen. Was, wenn sie eine Heilige ist? Heilige Mutter Maria, unsere Seelen werden für alle Ewigkeit in der Hölle schmoren.«

Ihre Gesichter waren grau wie Asche, als sie Hope ansahen. Hopes Gleichmut begann langsam zu schwinden und wich einem dumpfen Druck in ihrer Magengrube. Angst stieg in ihr auf, umklammerte ihr Herz. Ihre Knie wurden schwach. Ihre Sinne schärften sich, und das Schreien der Menschen draußen vor dem Zelt ertönte laut wie Donner in ihren Ohren.

Der Soldat zu ihrer Rechten neigte sich zu ihr und flüsterte: »Rette dich. Sprich einen Zauber über Lacurne, und er wird dich verschonen.«

»Kein Zauber, den ich bewirken könnte, würde seinen Wahnsinn heilen«, erwiderte Hope. »Und er würde auch das Geschmeiß nicht vernichten, das sich in seinem Hirn windet.«

Die Menge draußen verfiel in Schweigen, als Hope aus dem Zelt trat. Lacurne stand dort, unruhig und kaum fähig, den Kopf hochzuhalten, als er den Finger hob und direkt auf sie zeigte.

»Hope de Châteauroux, ich verurteile dich wegen Verrats und Hexerei zum Tod durch das Feuer. Möge deine Seele für die schreckliche Heimsuchung, die du mir auferlegt hast, in der Hölle brennen!«

13

Vom Ende des zerfransten Strickes starrte Rogers aufgedunsenes Gesicht auf Roland herunter, so wie das Rosamundes, das zum Teil von dem dunkelroten Haar verdeckt wurde, das über ihre weit aufgerissenen Augen gefallen war. Wie oft hatte er in diese Augen gesehen … und vertraut? Wie viele Male hatte er jenen Körper in den Armen gehalten und für einen Augenblick das Aufflackern von Zuneigung gespürt? Und Roger … sein Freund. Was war Ruhm wert, wenn er das Leben so vieler Menschen kostete?

Rolands Pferd tänzelte nervös auf der Stelle, als Roland sich zu Daniel umwandte, der aus einem Gebüsch herauskam und auf ihn zulief.

Daniel beugte den Oberkörper weit nach vorn und versuchte zu Atem zu kommen, während er hervorstieß: »Lacurne hat eben befohlen, Hope zu verbrennen. Der Teufel soll Euch holen, Roland. Wie lange wollt Ihr Euch hier noch verstecken und nichts für meine Schwester tun?« Als er sich aufrichtete, hatte er die Fäuste geballt. »Immer noch macht Ihr sie für die Vernichtung Eurer Armee verantwortlich, dabei baumelt die Wahrheit direkt vor Eurer Nase.« Er zeigte auf Roger. »Der da ist Euer Verräter. Nicht Hope. Er war es, der Euch verkauft hat.«

Roland wandte den Blick ab.

Daniel stellte sich dicht vor ihn hin und verzog den Mund. »Warum gebt Ihr nicht zu, dass Ihr Hope nur aus einem einzigen Grund die Schuld gebt – weil Ihr in Eurem eifersüchtigen Zorn durch das Unterholz gestrichen seid um sie zu finden, als Lacurne in das Lager eingefallen ist. Ihr fühlt Euch schuldig, weil Ihr nicht da wart für Eure Männer. Ihr wollt diese Schuld auf Hope abwälzen. Ihr wollt, dass sie so leidet, wie Ihr leidet.«

»Vorsicht«, warnte Roland.

»Wie könnt Ihr noch immer glauben, dass sie und Roger in all dies verwickelt gewesen sind, wenn die Wahrheit dort zu sehen ist.« Er ging auf Rosamundes Leiche zu. »Es waren Roger und Rosamunde. Nicht Roger und Hope. *Sie* sind – waren – Eure Feinde. Nicht meine gute Schwester, die begonnen hatte, viel zu viel für Euch zu empfinden. Die erkannt hatte, dass Ihr nicht die Art von Mann seid, die unser Zuhause und unsere Familie zerstört hätte. Die bedauert hat, Euch verletzt und Eure Ehre angezweifelt zu haben.«

Roland wendete sein Pferd und ritt davon.

Das stachelte Daniels Zorn an, und er rief ihm nach: »Seid Ihr ein Feigling, Roland?«

Roland hielt das Pferd an, wandte sich aber nicht um.

»Ein Ritter, der sein Schild wert ist, würde Lacurne jetzt herausfordern.«

Schweigen. Roland schaute zu seinen Soldaten, die das Geschehen aufmerksam verfolgten.

Daniel stellte sich neben Rolands Pferd. »Diese tapferen Soldaten haben auch Freunde und Familienangehörige verloren, Roland. Schon um ihretwillen solltet Ihr Vergeltung üben und endlich den Zerstörungen ein Ende machen, die dieser Teufel Lacurne unter Heinrichs Armeen anrichtet. Wenn Ihr ihn jetzt nicht aufhaltet, wird er letztlich Euch vernichten.« Etwas ruhiger fügte Daniel hinzu: »Sicherlich habt Ihr genug Herz für diesen einen letzten Kampf. Und wenn nicht für mich oder Eure Männer, dann für Heinrich, Euren König.«

Roland holte erschöpft Atem. Dann richtete er den Blick

wieder auf seine Soldaten, die ihn abwartend ansahen. Mit ausdrucksloser Stimme verkündete er: »Unser König Heinrich ist tot.«

Die Männer stießen ungläubige Rufe aus, sie starrten Roland an, als sei er verrückt.

»Die Kunde wurde mir vor drei Tagen gebracht. Es ist wahr – Heinrich ist tot. Dieser Krieg mit Philip ist zu Ende. Richard ist jetzt König, und Richard ist Philips Freund. Es gibt keinen Grund mehr, unsere Schwerter gegen Lacurne zu erheben. Und auch keine Veranlassung mehr, das Leben meiner Männer aus einem Anlass zu opfern, der … persönlich ist.« Roland richtete sich im Sattel auf und schaute jedem seiner Männer ins Gesicht. Er sah die Erleichterung, die in ihren schlachtmüden Augen stand. »Dieser Feldzug ist beendet«, rief er und fügte mit festerer Stimme hinzu: »Geht heim nach England, zu Euren Frauen und Kindern. Um meinetwillen wird weder heute noch an sonst irgendeinem Tag noch ein Eheweib zur Witwe gemacht werden.«

Die Männer sahen sich an, überrascht und verunsichert von dieser unerwarteten Wendung der Ereignisse. Viele von ihnen wandten sich um und machten sich sogleich auf den Weg. Andere fielen auf die Knie und begannen zu beten.

Daniel wandte sich langsam ab, sein Gesicht war schneeweiß. Roland sah die hängenden Schultern des jungen Mannes, sein heftiges Zittern. Er ritt zu ihm. Daniel hatte sich gegen einen Baum gelehnt und die Hände vor das Gesicht geschlagen.

»Daniel«, sagte er.

Daniel schluchzte.

»Es ist eine Schwäche zu weinen«, sagte Roland. »Tränen werden deiner Schwester nicht helfen.«

»Und Ihr offensichtlich auch nicht«, höhnte Daniel.

»Fasse dich und kehre ins Lager zurück.«

»Eher will ich in der Hölle schmoren.«

»Hast du vor, Lacurne allein anzugreifen? Glaubst du,

dass es einem Kind gelingen kann, eine ganze Armee zu überrumpeln? Willst du, dass Hope mit ansieht, wie du vor ihren Augen getötet wirst?« Seine Stimme wurde weicher. »Ihr wäre es lieber, du bliebest am Leben, damit du eines Tages solche Menschenverächter wie Lacurne vernichten und damit Tausende von Leben retten kannst.«

Roland legte die Hand an sein Schwert und zog die blutbefleckte Waffe. Sein Pferd schnaubte und bog den Hals, tänzelte auf der Stelle, als wartete es auf Rolands nächste Bewegung. Daniel richtete den Blick auf Roland, und seine Augenbrauen zogen sich zusammen.

Roland lächelte. »Hör mir gut zu, Daniel. Es gibt einen großen Unterschied zwischen einem Narren und einem Helden. Ein Narr schert sich wenig um die Folgen seiner Handlungen für andere.«

Das Schwert ruhte auf seinen Oberschenkeln, als Roland seinem Pferd die Sporen gab und in den Wald hineinritt. Das leise Klappern der Hufe auf dem weichen Boden und das Klirren von Rolands Kettenhemd waren die einzigen Laute in der weiten Stille des Waldes.

Als er den Rand der Wiese erreicht hatte, schaute er auf das Heerlager herunter, das sich so weit ausbreitete, wie er sehen konnte. Die taufeuchten Zelte und bunten Banner funkelten in der aufgehenden Sonne. Lacurnes Zelt war leicht herauszufinden, denn es bot im Licht der aufziehenden Morgenröte einen prächtigen Anblick. Es war aus einem Seidenstoff, der in geradezu frivoler Auffälligkeit in den Farben von Pfauenfedern schimmerte. Die höchste Zeltstange wurde von einer goldenen Kugel geziert, auf der ein Adler saß.

Lacurnes Männer bildeten einen Kreis um den Scheiterhaufen, in dessen Mitte der Pfosten stand, an den man Hope gebunden hatte. Aus den Zweigen begann der Rauch aufzusteigen – sie waren noch zu nass von der Feuchtigkeit der Nacht, um leicht Feuer zu fangen. Wie gefasst und stolz sie dastand – so stolz und würdevoll wie ein Ritter an der Schwelle des Todes stehen würde – den Kopf erhoben, den Blick in die Ferne gerichtet, eine Haltung größten Mutes im Angesicht dessen, was selbst den tapfersten Ritter vor Angst würde zittern lassen.

Roland wandte den Blick zum Himmel und betete laut: »Sieh zum Himmel hinauf und vertraue darauf, dass Gott dir Heerscharen von Engeln senden wird, so, wie er es zuvor getan hat. Fürchte den Tod nicht, sondern suche ihn zur Ehre dessen, der für dich gelitten hat. Sollte ich überleben, werde ich nie mehr sündigen. Noch werde ich je wieder das Schwert erheben, um einer anderen Seele den Tod zu bringen. Doch sollte das Schwert meines Feindes mir den tödlichen Schlag versetzen, lasst meinen Feind die Inschrift auf mein Grab setzen: ›*Ce fu li mieudres qui sor destrier sist.*‹ *Amen.*«

Roland gab seinem Pferd die Sporen und trieb es vorwärts. Er hielt sein Schwert bereit.

Aus dem Reisig zu Hopes Füßen begannen die Flammen emporzuzüngeln. Sie sprangen von einem Zweig zum anderen, wurden höher und heller, fraßen sich windend wie hungrige Schlangen durch das Holz. Lacurnes Männer sahen schweigend zu, in ihren Gesichtern stand die Angst geschrieben. Lacurne sprang vor dem Scheiterhaufen hin und her, der eine immer stärkere Hitze ausstrahlte. Er stieß die Fäuste in die Luft, redete wirr, hielt sich den Kopf, rollte wild mit den Augen und stieß Verwünschungen gegen Hope aus, weil sie ihm Hirn und Körper vergiftet hätte.

Der Rauch biss Hope in die Augen, die Flammen leckten an ihren Füßen und versengten ihre Haut. Hope schaute durch den Rauch und das Feuer, richtete den Blick auf die grünen Hügel in der Ferne und betete laut – oder versuchte es. Angst stieg auf. Ihr Glaube zerfiel mit jedem Funken, der wie ein Staubkorn in die Luft gewirbelt wurde. Wie lange konnte sie noch mutig sein? Wie lange könnte sie noch darauf vertrauen, dass Gott sie vor diesem schrecklichen Feuertod bewahren würde?

Der heiße Rauch stieg ihr mit erstickender Entschlossenheit durch die Nase in den Mund. Sie keuchte und würgte. Ihre Augen schwollen an und tränten, bis die lodernde Welt um sie herum sie in einen heißen roten Nebel hüllte, der ihr Bewusstsein trübte.

Das Bild kam auf sie zu. Die letzte Vision, die sie sehen würde, ehe sie dem flammenden Tod erliegen würde. Es war die Vision, die sie in den vergangenen Tagen immer und immer wieder in ihrem Herzen bewegt hatte. Die Vision, die sie in falscher Hoffnung und Erwartung gewiegt hatte.

Durch die Flammen und den Rauch kommt Roland hoch zu Ross auf sie zu, mit erhobenem Schwert, das Gesicht entschlossen, der Blick grimmig. Er hält seinen Schild vor sich – die Schwarze Flamme –, doch er braucht ihn nicht. Die Menge der französischen Soldaten teilt sich vor ihm wie die Fluten des Roten Meeres. Sein Pferd kantert unruhig auf der Stelle, es bläht die Nüstern, die Hufe scharren, es wartet auf den Befehl des Reiters.

Hinter Roland beginnen die Bäume und Hügel sich zu bewegen. Wie Ameisen kriechen schwarze Gestalten über den Boden, sie nehmen menschliche Form an, als sie Lacurnes ahnungslose Armee umzingeln. Ihre Schwerter und Lanzen funkeln im Sonnenlicht, Banner wehen auf deren Spitzen.

Ein junger Mann kommt herangeritten, sein blondes Haar fliegt im Wind.

Daniel?

Lacurne hebt seine Fäuste und schreit: »Tötet ihn! Schlagt ihn nieder! Macht ihm ein Ende, ich befehle es euch!«

Doch niemand rührt sich. Sie wenden die Augen von ihrem tobenden Anführer ab und weichen zurück.

Durch die Flammen und den Rauch sieht sie, dass Roland sein Pferd auf Lacurne zutreibt. Er schwingt sein golden schimmerndes, juwelenbesetztes Schwert. Seine Soldaten jubeln ihm zu. Lacurnes Männer fallen auf die Knie. Inmitten der aufsteigenden Flammen sieht sie Roland, er hebt sein Schwert und lässt es auf Lacurne niedersausen. Lacurnes Augen sind weit aufgerissen, sein Mund klafft auf zu einem stummen erstarrten Schrei.

Dann ist da Licht. Hell und blendend. Durch die Flammen kommt das Pferd. Das schwarze, schaumbedeckte Fell glänzt im Feuerschein, der Schild der Schwarzen Flamme schimmert vor ihr auf. Sie hebt den Kopf, ihre fast blinden Augen sehen in seine … und um sie herum steigt Dunkelheit auf.

Hope bewegte sich und stöhnte. Der Schmerz in ihrem Kopf und in ihrer Brust war quälend. Ihre Kehle fühlte sich rau und kratzig an. Und ihre Augen – lieber Gott, war sie blind?

Sie berührte die geschwollenen Augenlider und schaffte es kaum, sie weit genug zu öffnen, um verschwommen die vertraute Umgebung von Rolands Kammer zu erkennen. Da war eine Bewegung. Jemand kniete an ihrer Seite und nahm ihre Hand, strich ihr das zersauste Haar zurück aus der Stirn. »Gute und mutige Freundin, du bist am Leben, und dafür danken wir Gott.«

»Wer ist da?«, flüsterte Hope.

»Ich bin es, Jeanne.«

Furcht und Verwirrung packten sie. »Lacurne …«

»Er ist tot, Hope. Roland hat ihn getötet.«

»Aber warum bist du …?»

»Es war mein Wunsch, hierher zu kommen. Dein Bruder hat es erlaubt, nachdem ich ihm versichert habe, dass ich deine Freundin bin und dir während dieser schrecklichen Zeit beistehen wollte.«

»Daniel?«

»Ja«, erwiderte Jeanne mit derselben Verträumtheit, die einst in ihrer Stimme lag, wenn sie über Roland sprach. »Dein Bruder ist sehr mutig. Er ist in das Lager geritten, obgleich er nur sein Messer als Waffe hatte.«

Hope lächelte. »Ich habe Daniels Verstand oft angezweifelt.«

»Er sieht so gut aus, wie er tapfer ist.«

Hope versuchte den Kopf zu heben, aber der stechende Schmerz hielt sie zurück. Sie keuchte und umklammerte das Bett, auf dem sie lag. Es dauerte einige Sekunden, ehe sie wieder zu Atem kam. »Wo ist Roland?«, fragte sie schließlich.

»Bei seinen Männern. Sie bereiten sich darauf vor, nach England zurückzukehren.«

Hope zuckte zusammen, als ein Schmerz wie von einem Lanzenstoß durch ihren Kopf fuhr, dem eine Vision folgte, die so rasch aufflackerte und erlosch wie das Licht eines Glühwürmchens:

Ein Grab taucht aus dem Nebel auf. Ein Grabstein mit einer Inschrift:

ROLAND

»König Heinrich ist tot«, berichtete Jeanne. »Richard ist jetzt König. Der Krieg ist vorerst vorbei.«

»Nein. Nein, er darf nicht nach England zurückkehren.« Hope packte Jeanne und versuchte sich aufzusetzen. »Ich habe sie wieder gesehen, die Vision. Wenn Roland nach England zurückkehrt, wird er sterben.«

»Aber England ist seine Heimat …«

»Ich muss Roland sehen. Ich muss ihn überzeugen!«

»Überzeugen von was?«, kam Rolands Stimme von der Tür her.

Hope versuchte, sich aufzurichten und ihn anzusehen.

Roland war an der Tür stehen geblieben, er hatte die Daumen in den Gürtel geschoben und betrachtete Hope mit unverhülltem Argwohn in den Augen. Trotz des Schmerzes, den ihr seine Haltung bereitete, brachte Hope ein Lächeln zustande. »Roland«, brachte sie hervor. »Ich hatte fast die Hoffnung verloren, dass Ihr zu mir kommen würdet.«

Roland schaute Jeanne an, die daraufhin eilig die Kammer verließ und die Tür hinter sich schloss.

Hope studierte seine finstere Miene. »Warum seht Ihr mich so böse an?«

»Dein Bruder hat mich noch nicht völlig davon überzeugt, dass du nichts mit Roger und dem Tod von dreihundert meiner Männer zu tun hast.«

»Haltet Ihr mich für fähig, ein solches Blutbad anzurichten?«

»Wie erklärst du, dass ich euch beide zusammen am Fluss gefunden habe und dass du kurz vor dem Überfall verschwunden bist?«

Hope stützte sich mühsam auf. Alles um sie herum drehte sich, als sie auf die Füße taumelte. In ihren Augen brannten Tränen, als sie schrie: »Lieber Gott, Ihr haltet mich einer solchen Schlächterei für fähig!«

Roland durchmaß die Kammer mit drei großen Schritten. Er packte Hope an den Armen und schüttelte sie grob. »Warum sonst solltest du dich heimlich mit Roger getroffen und danach aus dem Staub gemacht haben?«

»Weil ich erfahren hatte, was Ihr mit mir vorhattet«, schrie sie. »Weil ich es zugelassen hatte, allzu sehr einen Mann zu mögen, der nichts anderes von mir wollte als den Vorteil, für meine Übergabe an Philip ein Lösegeld einzustecken.« Sie wehrte sich, doch Roland hielt sie noch fester, so fest, dass ihr der Atem wegblieb. Hope warf den Kopf zurück und starrte in seine schwarzen Augen. Sie bemühte sich, den Aufruhr in ihr zu beherrschen, doch ihre Stimme zitterte vor Zorn. »Ich war so dumm zu glauben, ich könnte

Euch etwas bedeuten. Nun denn, ich werde nicht zulassen, dass Ihr mir die Schuld für das gebt, was an Eurem Gewissen nagt, Herr Ritter. Wäret Ihr nicht so besorgt um den Nutzen gewesen, den Euch meine Übergabe an Philip eingebracht hätte, dann wäret Ihr bei Eurer Armee gewesen, als sie angegriffen wurde.«

Er packte sie mit einer Hand an der Kehle und drückte ihren Kopf so weit zurück, dass es ihr die Luft abschnitt. Hope umklammerte verzweifelt seine Finger, als er das Gesicht ganz nah zu ihr herunterbeugte. »Ist es das, was du glaubst, Hope? Dass ich wie ein Irrsinniger um mich schlagend durch den Wald gelaufen bin, um dich zu suchen? Wegen irgendeines Lösegeldes, das du mir hättest einbringen können?« Er lachte kalt. »Wäre es so einfach, dann könnte ich nachts besser schlafen. Stattdessen plagt mich der Gedanke, dass ich es zugelassen habe, meine Handlungen von meinen Gefühlen für dich bestimmen zu lassen. Ich beging den unverzeihlichsten Fehler, den ein Mann in meiner Position begehen kann. Ich habe meine Wünsche über das Wohlergehen meiner Armee gestellt.«

Er drängte sie rückwärts auf ihr Bett. »Ich hätte dich mir schon vor langer Zeit vom Hals schaffen müssen – in dem Augenblick, in dem mir klar wurde, dass mein Verlangen, Lacurne zu stellen, winzig war im Vergleich zu meinem Verlangen, mit dir zusammen zu sein. Als ich wie ein liebeskranker Jüngling im Verborgenen gelauert und zugesehen habe, wie du mit deinem Zauber meine Männer betörst. Jedes Mal, wenn ich dich und Roger zusammen gesehen habe, hätte ich ihn umbringen können. Jedes Mal, wenn du ihn angelächelt hast. Ihn berührt hast. Auch jetzt noch empfinde ich diese wahnsinnige Besessenheit töten zu wollen, wenn ich daran denke, wie ich euch beide am Fluss gesehen habe. Niemals zuvor habe ich das empfunden, nicht einmal für meine ärgsten Feinde. Hätte Lacurne Roger nicht seiner Machtgier wegen getötet, dann hätte sicherlich ich das getan.«

Roland ließ sie los und strich mit dem Daumen über die roten Schwellungen auf ihrem Hals. Er zeichnete die Linie ihres Kinns nach, berührte ihre ausgedörrten Lippen, die sich unter seiner Berührung leicht öffneten. »Manchmal fühle ich dich in mir«, flüsterte er. Er nahm ihre Hände und legte sie auf seinen Leib, dorthin, wo Hope seine Wunde geheilt hatte.

»Was bist du, Hope? Bist du wirklich? Bist du aus Fleisch und Blut? Oder bist du nur eine unwiderstehlich schöne Versuchung, die Gott mir gesandt hat, um mich zu prüfen? Oder um mich zu beschützen? Bist du eine Heilige, Hope von Châteauroux? Was bedeuten deine Weissagungen? Bist du fähig, eine Sünde zu begehen? Könnte ein menschliches Wesen so mutig an diesem Opferpfahl gestanden und dem Flammentod ins Auge gesehen haben?«

»Ich wusste, dass ... du kommen würdest«, wisperte sie wie benommen, der Ausdruck seiner Augen hielt sie in ihrem Bann, der Klang seiner tiefen, sanften Stimme hüllte sie ein.

»Noch mehr Visionen?« Er lächelte. »Sag mir, Engel, welche Visionen hast du jetzt?«

Hope schüttelte den Kopf. »Ich habe keine Visionen, wenn ich bei dir bin, Roland. Es ist dann unmöglich für mich, sie zu sehen.« Sie legte die Fingerspitzen an seine Wange. »Die Unbeschwertheit, die deine Nähe mir gibt, ist für mich wie eine Wiedergeburt. In diesem Augenblick spüre ich eine grenzenlose Freiheit, fühle mich wie ein Vogel, der sich in die Lüfte schwingt. Ich bin ... so schwerelos wie ein Geist. So frei wie der Wind. Ich fühle mich zum ersten Mal in meinem Leben wahrhaft ... menschlich – fast schon zu menschlich, fürchte ich, denn ich habe Träume und Wünsche, die viel zu sündig sind, um heilig zu sein.«

Hope lehnte sich gegen Roland und spürte, wie er sich anspannte. Sie sah, wie seine Augen sich verengten, wie seine Lippen ihr stumm etwas sagten, was sie vor Seligkeit zittern ließ.

»Roland, du kannst meinen Schmerz für immer beenden. Du kannst die Visionen von mir nehmen, du kannst die Ketten dieser schrecklichen Verantwortung zerreißen, die sie mir aufbürden. Befreie mich, Roland. Du bist der Einzige, der das kann.« Hope stellte sich auf die Zehenspitzen und küsste ihn. Roland stöhnte auf und zog sie an sich. Ihre Lippen öffneten sich seiner Zunge, die wie eine weiche heiße Flamme in ihren Mund glitt und die Innenseiten ihrer Lippen streichelte.

Hope trat zurück, sie spürte kaum, dass sie schwankte, spürte kaum die Schmerzen in ihrer versengten Haut, das Brennen ihrer Augen. Sie streifte sich das Nachtgewand ab und ließ es auf den Boden gleiten. Sie lächelte, als sie nackt vor ihm stand: »Willst du mich besitzen, Roland?«

Ihr betörender Anblick machte ihn stumm, die Vollkommenheit ihres Körpers raubte ihm jeden Gedanken. Ihre Brüste schimmerten wie elfenbeinerne Kugeln, auf denen die kleinen rosigen Brustwarzen saßen, die hart wurden, als er sie ansah, und sich in der Erwartung seiner Berührung aufrichteten. Ihre Taille war so schmal, dass er sie leicht mit seinen Händen umspannen konnte, und das Nest blass seidener Haare zwischen ihren schlanken Schenkeln bedeckte kaum ihr Geschlecht.

»Stimmt etwas nicht?«, fragte sie. »Gefalle ich dir nicht?«

Den Blick unverwandt auf sie gerichtet, schüttelte Roland den Kopf. »Hope, ich …« Er schluckte und versuchte, den wachsenden Druck in seinen Lenden zu ignorieren und das überwältigende Verlangen zu zügeln, sie auf das Bett zu werfen und wie eine der Frauen zu nehmen, die sonst seine Lust befriedigten.

»Es wäre nicht … richtig. Ich will damit sagen, dass du … du bist nicht wie die anderen. Ein Mann meines Ranges hat geschworen, Unschuld zu beschützen, und ich … Jesus helfe mir, du *bist* schön. Viel zu schön, um aus Fleisch und Blut zu sein. Ich habe mir oft vorgestellt, dich zu besitzen. Davon geträumt. Habe bei dem Gedanken daran gezittert. Selbst wenn eine andere in meinen Armen lag, waren es deine Lippen, die ich geküsst habe. Deine Haut, die ich gerochen habe. Deine Beine, die sich um mich schlangen. Immer warst du es, an die ich gedacht habe.«

»Empfindest du etwas für mich, Roland?«

Er seufzte und legte leicht die Hand auf ihre Brust. »Ja«, murmelte er. »Ich fürchte, ich verliere den Verstand, so viel empfinde ich für dich.«

»Liebst du mich, Roland?«

Sein Kinn zuckte, als er die Zähne zusammenbiss. Seine Hand glitt zu ihrer schmalen Taille, ruhte sekundenlang auf ihrem Bauchnabel, berührte das flaumige Haar ihrer Scham.

»Liebst du mich, Roland?«, wisperte sie drängender.

Seine Finger teilten die warmen Falten, tauchten in die feuchte Spalte ein, die auf seine Berührung heiß und verlangend reagierte.

Mit einem leisen Fluch packte er Hope an den Schultern und drückte sie auf das Bett, dessen weiche Felle ihren zierlichen Leib umschmeichelten, Roland riss sich die Beinkleider herunter, zerrte sich das Hemd über den Kopf und schleuderte es auf den Boden.

Wie silberne Mondstrahlen schimmerte ihr ausgebreitetes Haar auf den dunklen Fellen, als Hope Rolands nackten Körper mit einer Atemlosigkeit ansah, die ihr Herz stocken machte: Die Muskeln seiner breiten Brust, die bei jeder noch so kleinen Bewegung unter der Haut spielten, die dunkle Haarlinie auf seinem flachen Bauch, die wie ein Pfeil auf sein großes geschwollenes Glied wies, das wie eine Lanze aufgerichtet zwischen seinen Beinen stand.

Roland beugte sich zu Hope herunter und legte sich auf sie. Sanft küsste er ihre zarten Augenlider, reizte ihre rosigen Brustwarzen mit seiner Zunge. Er fuhr mit dem Mund über ihren Bauch, berührte ihr Geschlecht, berauschte seine Sinne an ihrem femininen Duft.

Hope stöhnte. Sie wand sich. Sie drängte Roland entgegen und öffnete in schamloser Einladung die Beine, und noch immer nahm er sie nicht, erregte sie stattdessen mit seinen Händen, seinen Lippen, seiner Zunge. Und als sie glaubte, es nicht länger aushalten zu können, erhob er sich auf die Knie, sah sie aus dunklen Augen an und flüsterte: »Vergib mir, Hope. Der Schmerz wird nur kurz und dann für immer vorbei sein.«

Er nahm sie.

Ihr Mund öffnete sich zu einem lautlosen Schrei. Sie packte seine Arme, grub ihre Nägel in seine Haut, als er wieder zustieß und wieder, fordernd, seine Haut schimmernd von Schweiß, seine Muskeln bis zum Zerreißen angespannt, um das Verlangen zu beherrschen, das ihn dazu treiben wollte, hart und verlangend in sie einzudringen.

Endlich. Endlich spürte er das Hindernis nachgeben. Er sank tief in sie hinein, wie berauscht von der Hitze und Enge ihres Körpers, der sich um ihn schloss. Er ließ sich auf sie fallen, vergrub das Gesicht in ihrem duftenden Haar und verlor sich in ihrer Weiblichkeit.

Hope schlang die Arme um seinen Nacken und krallte die Hände fest in sein Haar. Der Schmerz war vorüber. Sie spürte Roland in sich, fühlte heißes Verlangen in sich aufsteigen, als seine sanften Bewegungen sie erregten. Es steigerte sich, als er erst behutsam, dann drängender in sie stieß, bis Hope nach der Steigerung dieser Erregung hungerte, die sie nicht verstand, die sie hilflos machte.

Wie ein Sturmwind kam es über sie, hob sie weit hinauf, wirbelte sie herum, raubte ihr alle Beherrschtheit und alles Denken und trug sie zu einem Gipfel empor, der den Himmel berührte, dessen Licht strahlend und hell war. Dann kamen die Worte, Worte wie vom Sturm getriebene Blätter und so unfassbar wie das Sonnenlicht.

»Ich liebe dich, Hope. Gott helfe uns beiden. Ich liebe dich.«

14

Glücklich und zufrieden, den nackten Körper eingehüllt in einen Kokon aus weichen Pelzen, erwachte Hope. Wiedergeboren.

Die grenzenlose Leichtigkeit ihrer Seele trieb ihr die Tränen in die Augen. Sie strömte über von Glück. Die Gabe des Prophezeiens und die Visionen, die ständig nach ihrem Bewusstsein gegriffen hatten – Stunde für Stunde, Tag für Tag ihr Leben bestimmt und gefangen gehalten hatten –, waren jetzt nur noch Erinnerung, waren von der helleren, strahlenderen Flamme der Liebe ausgelöscht worden.

Hope glitt aus dem Bett und warf sich die Felldecke wie einen Umhang über die Schultern, sie tanzte auf Zehenspitzen durch die Kammer und lachte laut. Ihr Verhalten überraschte sie, der Klang ihres Lachens klang seltsam in dieser engen, dunklen Kammer, die sie in den letzten Wochen mit ihrem Feind geteilt hatte.

Nein, nicht mit ihrem Feind. Jetzt nicht mehr.

Ihr Geliebter. Ihr Erretter. Ihre Zukunft.

Von diesem Tag an würde sie ein normales Leben führen, würde Angst und Schmerz so empfinden, wie andere Menschen sie auch empfanden. Sie würde in die Augen ihrer Mitmenschen schauen können und darin nur sehen, wer diese Menschen waren, und nicht, was ihnen einst widerfahren würde. Es würde keine marternden Kopfschmerzen mehr geben. Keine Furcht einflößenden Prophezeiungen mehr.

Hope drückte die Augen fest zu und versuchte, ob sie vielleicht einen kleinen Funken ihrer Gabe heraufbeschwören konnte.

Nichts.

Sie lief zu Rolands Kriegstruhe, klappte den Deckel auf und holte hastig den Dreifuß heraus, stellte ihn auf den Boden und entzündete die Flamme. Einige Minuten lang starrte sie in den öligen Rauch, suchte das dämmrige, flackernde Licht und sah … nichts. Keine Furcht erregenden Visionen von Kriegen oder Plagen oder Katastrophen.

Die Tür öffnete sich und Daniel trat ein.

Hope sprang auf. »Daniel! Daniel, es ist wahr! Die Gabe ist verschwunden. Sie ist fort! Ich bin endlich frei von den Visionen.«

Als Daniel die Augen weit aufriss, fiel Hope ein, dass sie noch immer nackt war. Mit einem mädchenhaften »Oje«, griff sie nach ihrem Kleid und zog es sich über den Kopf. Dann flog sie wie von Flügeln getragen auf den verwirrt dastehenden Daniel zu und fiel ihm um den Hals.

»Du hattest Recht, Daniel. Ich fühle mich … jung. Ich fühle mich … lebendig. Ich möchte laut singen und der ganzen Welt sagen, dass ich endlich frei bin, dass ich wieder ein Mensch bin.«

Daniel trat zurück, und seine Augen verengten sich. »Hast du Fieber, Hope? Soll ich dir etwas Zitronenmelisse holen? Oder soll dich der Barbier zur Ader lassen?«

Sie tanzte wieder auf den Zehenspitzen und drehte sich um sich selbst. »Ich bin verliebt, Daniel. Du hattest Recht. Die Liebe hat mich befreit. Wenn ich Flügel hätte, würde ich zu jenem Fenster dort hinausfliegen und mich bis über die Wolken erheben. Ich fühle mich, als würde ich schweben.« Sie hüpfte und sprang wie eine Elfe, das Kleid umflatterte ihre Knie wie Schmetterlingsflügel.

»Ich glaube, ich sollte Jeanne holen«, sagte Daniel ausdruckslos und ging rückwärts zur Tür.

»Mir ist schwindelig.« Sie kicherte. »Ich fühle mich ... wie berauscht.« Sie tanzte im Wiegeschritt auf der Stelle.

»Also schön«, murmelte Daniel. »Ich werde Jeanne holen.«

Hope lief zum Fenster und erklomm den breiten Sims. Auf Händen und Knien kauernd, schaute sie suchend auf die Männer herunter, die sich anschickten, das Lager abzubrechen. Als sie Roland nicht unter ihnen entdecken konnte, schloss sie die Augen und konzentrierte sich auf die Geräusche, die der Wind herantrug. Vielleicht würde sie Rolands Stimme erkennen können. Doch das morgendliche Vogelkonzert in den Bäumen übertönte den Klang der Stimmen, die aus dieser Entfernung ohnehin eher wie das Summen von Insekten klangen.

Hope wandte sich um, nachdem sie vom Sims heruntergestiegen war ... und stieß einen keuchenden Laut aus.

Matilda stand in der Kammer und starrte sie mit gelben, feindseligen Augen an, in denen außer Bosheit eine Schadenfreude zu glimmen schien, die Hope eine Gänsehaut verursachte. »Nun, nun«, schnarrte die Alte. »Es scheint, als würden wir unser Unglück nicht so schnell loswerden sollen.« Sie schaute auf das Bett. Die Schultern nach vorn gebeugt, schlurfte Matilda zum Bett hinüber, auf dem Hope und Roland sich die ganze Nacht über geliebt hatten. Sie strich mit dem Finger über die Felldecke und hielt ihn dann hoch. Es klebte Blut daran.

»Das Blut einer Jungfrau, nicht wahr?« Sie kicherte und legte den Kopf schief. »Hat die Heilige ihr Herz und ihre Magie für die Liebe der Schwarzen Flamme geopfert? Was hat er dir versprochen, mein Engel? Glück? Ewige Treue?«

»Kommt mir nicht zu nahe«, sagte Hope und wich zurück zur Tür. »Roland hat mir seine Liebe geschworen. Mehr erwarte ich nicht.«

Die Alte kicherte wieder und fuchtelte mit dem erhobenen Zeigefinger in der Luft. »Sicherlich gibt es da noch etwas anderes. Die Hingabe deiner Unschuld und deiner Magie verlangt als Gegenleistung eine ansehnliche Belohnung. Was ist es, Hope von Châteauroux? Ein Landbesitz in England? Juwelen? Pelze? Was wird es ihn kosten, dich über die Jahre bei Laune zu halten?«

Mit stolz erhobenem Kopf erwiderte Hope: »Nicht mehr als seinen Namen, Hexe.«

Matildas Augenbrauen schossen in die Höhe. »Seinen Namen? Sagtest du … seinen Namen?«

Hope runzelte die Stirn.

»Hat er dir tatsächlich versprochen, das Aufgebot zu bestellen?«

»Er hat geschworen, dass er mich liebt …«

»Seit wann gestattet es unsere Kirche, zwei Frauen zu haben?«

Hope schloss sekundenlang die Augen und versuchte, ruhig zu atmen, auch noch, als Matilda näher kam – so nah, dass Hope die ranzige Modrigkeit ihrer faltigen Haut riechen konnte. Matildas Worte waren kaum zu verstehen, als sie flüsterte:

»Er ist verlobt. Seit Jahren schon. Der Vertrag ist von Heinrich persönlich unterzeichnet und besiegelt worden.«

»Lügnerin«, brachte Hope heraus. In ihrem Kopf schien wie in einem Wasserstrudel alles durcheinander zu wirbeln, und ihr wurde schwindelig. Sie versuchte, sich zu bewegen, doch es ging nicht. Wie versteinert stand sie da, während sich die Erinnerungen überschlugen: Roland, wie er sie in der Nacht geliebt, ihr Liebesworte zugeflüstert hatte. Sie versuchte, sich an irgendetwas etwas zu erinnern, an irgendeine Kleinigkeit, an die sie sich klammern könnte und die ihr die Gewissheit gab, dass Matilda log – doch da war nichts. Kein Versprechen für ein Morgen. Kein Treueschwur für die Ewigkeit.

»Sie heißt Hildegard und ist die Tochter Arnolds von Cheswyck, des mächtigsten Widersachers von Rolands Vater. Arnold und Godfrev haben jahrelang Krieg gegeneinander geführt – um Land, um Macht und um Einfluss. Erst mit dem Vertrag über die Eheschließung zwischen Roland und Hildegard hörten die Auseinandersetzungen auf, und es kehrte wieder Frieden in das Land ein. Es war Heinrichs Wunsch, dass die beiden heiraten, um das Ende der Kämpfe zu besiegeln. Und so wird es geschehen, sobald Roland nach Wytham zurückkehrt.«

Matilda schlurfte noch einen Schritt näher auf Hope zu. Sie lächelte. »An deiner Miene sehe ich, dass du meine Worte anzweifelst. Hast du dich nicht über die feinen Kleider und kostbaren Juwelen gewundert, die Roland während seiner Unternehmungen angesammelt hat? Es sind die Geschenke für seine Verlobte. Für die Hochzeitsnacht.«

Hope wandte sich ab. Eine Welle von Übelkeit überrollte sie und verstärkte das Drehen in ihrem Kopf. »Ich werde Roland danach fragen«, erklärte sie mit einer überraschend fest klingenden Stimme. Als sie sich wieder umdrehte, war die Alte gegangen.

Unter den Soldaten herrschte eine ausgelassene Stimmung, als sie sich auf die Heimreise vorbereiteten. Roland saß auf der Kuppe eines Hügels und beobachtete seine Männer, während die Sonne langsam aufging. Er hatte in den letzten Tagen wenig Schlaf bekommen, und er fühlte sich benommen von zu viel Bier und zu wenig Essen. Die Morgensonne schien ihm warm ins Gesicht, als seine bierberauschten Gedanken zu Heinrich wanderten – seinem Freund. Der König war einsam gestorben. Am Ende seines Lebens hatte er begreifen müssen, dass seine beiden Söhne Richard und John sich gegen ihn gestellt hatten. Und jetzt segelte Richard nach England, um sich vor den Untertanen seines Vaters zum neuen König zu erklären. Viele Eltern warteten daheim voller Vorfreude auf die Rückkehr ihrer Söhne aus dem Krieg. Und die meisten von ihnen würden auf ewig darauf warten müssen. Roland würde Gwyneth persönlich die Nachricht von Rogers Tod überbringen, aber wie sollte er ihr erklären, dass ihr Ehemann und der Vater ihrer Kinder den Tod eines Verräters gestorben war? Die Narbe dieser Schande würde die Söhne und Töchter dieser Familie für Generationen zeichnen.

Wenn er ehrlich wahr, dann musste er zugeben, dass er nicht Zeuge des Schmerzes und der Enttäuschung auf den Gesichtern der vielen Mütter und Witwen sein wollte. Jesus, aber ihm graute davor, nach Wytham zurückzukehren – und das aus mehr Gründen, als zu nennen ihm im Augenblick lieb war. Doch er konnte das Unvermeidliche nur hinauszögern, nicht verhindern. Er konnte bis zur Bewusstlosigkeit schales Bier und sauren Wein trinken, aber diese Idiotie würde nichts an der Tatsache ändern, dass er nach England zurückkehren musste. Dass er gezwungen sein würde, sich seinen gefürchteten Verpflichtungen zu stellen, soweit es um seinen Vater ging. Heilige Mutter Gottes, er würde sich lieber mit tausend wurmverseuchten Lacurnes herumschlagen, als dem Wahnsinn in Godfreys Augen gegenüberzutreten – ganz zu schweigen Arnold von Cheswycks hässlicher Tochter. Allein der Gedanke an diese drohende Heimsuchung versetzte ihn in Rage.

Roland schüttelte sich, trank den Rest seines Bieres in großen Schlucken und schleuderte den Becher auf den Boden.

Er dachte an Hope, an ihren Körper, daran, wie sie sich an ihn geklammert hatte, an den Duft ihrer Haut und ihrer Haare, der ihn in der Nacht so erregt hatte. Roland erhob sich schwankend und wankte auf unsicheren Beinen zur Burg zurück, er schaffte es kaum, die steile, gewundene Treppe hinaufzukommen, die zu seiner Kammer führte. Oben angekommen, musste er sich gegen die Wand lehnen, um Halt zu finden. Er atmete tief durch, riss sich zusammen und ging zu seiner Kammer.

Die Tür ging nicht auf.

Er warf sich mit der Schulter dagegen … sie rührte sich kaum.

Mit einem geknurrten Fluch trat er mit dem Fuß dagegen. Die Tür schwang weit auf und krachte gegen die Wand. Roland stolperte in die Kammer.

Hope stand vor seiner geöffneten Truhe, zu ihren Füßen verstreut lagen Seide, Leinen und kostbare Samtstoffe. Sie hatte sich eine Bahn smaragdgrünen Seidenstoffes um den Körper geschlungen, der sie wie eine zweite Haut umhüllte. Ihre Schultern und Arme waren nackt, nur bedeckt von den weichen blonden Haaren, die ihr über den Rücken bis auf die Hüften fielen. Ihre Augen waren groß und schimmerten wie Glas. Bis auf ihre leuchtend roten Wangen war ihr Gesicht kreideweiß.

»Mademoiselle«, nuschelte Roland und setzte ein gewinnendes Grinsen auf, als er sich vor ihr verbeugte. »Ich bin sicher, Ihr habt mich vermisst.«

Sie hob das Kinn und zog eine Augenbraue hoch.

»Die Farbe steht dir«, sagte er. »Genau wie die Seide. Ich finde, du solltest nichts anderes tragen.«

»Überhäuft Ihr Eure Geliebten immer mit solchen Schmeicheleien, Sir?«

»Nur, wenn sie solche Schmeicheleien verdienen, Lady.«

Anmutig, in fast königlicher Haltung kam Hope auf ihn zu, die Seide raschelte um ihre nackten Füße. Eine Handbreit vor ihm blieb sie stehen und straffte die Schultern. »Ich hatte den Eindruck, dass diese Seide und dieser Samt für Eure Verlobte bestimmt wären … Sir. Ein Hochzeitsgeschenk? Ihr Name ist Hildegard, nicht wahr? Tochter Arnolds von Cheswyck, des meistgefürchteten Widersachers Eures Vaters.«

Rolands Gesicht rötete sich vor Zorn. Matilda. Sollte die Alte in ewiger Verdammnis brennen! Er würde sie doch noch erwürgen.

»Wann genau wolltet Ihr mir sagen, dass ich für Euch

nicht mehr war als ein Ersatz für Rosamunde in Eurem Bett?«, fragte Hope mit tödlich ruhiger Stimme.

»Wenn ich den geeigneten Zeitpunkt für gekommen gehalten hätte«, erwiderte er ebenso ruhig.

»Ich vermute, diese Neuigkeit zwischen das Flüstern von Liebesworten und den Raub meiner Jungfräulichkeit einzuflechten hätte sich für Euch als gar zu störend erwiesen ... Sir.«

»Ich habe dich deiner Jungfräulichkeit beraubt? Ich bitte zu unterscheiden ... Lady. Soweit ich mich erinnere, habt Ihr mich angefleht, Euch zu nehmen –«

Hope schlug ihm ins Gesicht.

Sein Kopf flog zurück, und er biss die Zähne zusammen. »Es ist die Pflicht eines Ritters, gefällig zu ...«

Sie schlug noch einmal zu.

Er packte ihr Handgelenk. »Wenn du mich noch einmal schlägst, werde ich die Beherrschung verlieren.«

Ihre Augen füllten sich mit Tränen, und ihr Kinn begann zu zittern. »Du hast gesagt, dass du mich liebst, Roland.«

»Das tue ich auch.«

»Aber mit der Liebe kommt die Bindung.«

»Ich fühle mich mit meinem Herzen und mit meiner Seele an dich gebunden, Hope. Zurzeit ist das alles, was ich dir geben kann.«

»Herz und Seele sind nicht genug. Ich will deinen Namen. Ich will deine Kinder.«

»Du wirst meine Kinder haben.«

»Nicht ohne deinen Namen«, fauchte sie und riss sich los.

Roland spürte das Bier in seinem Bauch rumoren und atmete tief durch.

Hope wandte sich ab und ging ans Fenster. Sie schaute auf Rolands Armee herunter. Das sanfte Licht der Morgensonne umhüllte sie mit seinem goldenen Glanz und ließ die Tränenspuren auf ihren Wangen glitzern. »Ich habe mir immer ausgemalt, wie es sein würde zu lieben. Wie das Hingeben meines Herzens und meiner Seele mich endlich befreien und ich wie ein Mensch fühlen würde. Ich habe mir einfach nicht vorgestellt, dass Liebe so wehtun würde. Es ist weit schmerzvoller als meine Visionen. Ich weiß nicht, warum die Menschen sich so sehr danach sehnen.«

»Sie bedeutet mir nichts«, sagte er leise.

»Wie überaus traurig für dich.« Hope schluckte und wischte sich die Tränen aus den Augen. »Jemanden zu heiraten, den du nicht liebst, muss dir das Herz brechen.«

»Nicht so sehr wie das Wissen, nicht denjenigen heiraten zu können, den man liebt.«

Sie sah ihn mit großen blauen Augen an, Trauer war darin zu lesen und ein Hauch ihres früheren Zorns.

»Diese Verbindung ist vor Jahren beschlossen und besiegelt worden, Hope. Es war die einzige Möglichkeit, den Krieg zwischen ihrer und meiner Familie beizulegen. Heinrich hat mich darum gebeten.«

»Und für Heinrich würdest du alles opfern, weil er wie ein Vater für dich war.« Sie wandte den Blick ab und fügte zornig hinzu: »Heinrich ist tot. Hast du die Absicht, deine Verpflichtungen auch einem Toten gegenüber zu erfüllen?«

»Es gibt Verträge …«

»Oder hast du Angst vor deinem Vater?«, platzte sie heraus.

Rolands Gesicht verfinsterte sich, und er ballte die Fäuste.

Hope ging wieder auf ihn zu, sah ihn wütend an. »Nun? Sag es mir, du tapferer Ritter – du, der du tötest ohne mit der Wimper zu zucken. Du, der du die Köpfe von Männern als Kriegstrophäe auf deiner Schwertspitze trägst. Dessen Name Männer, Frauen und Kinder vor Respekt und Furcht zittern lässt. Hast du Angst vor deinem Vater? Oder bist du einfach nur so erpicht auf seine Zuneigung, dass du dein Leben und dein Glück in der Hoffnung opfern würdest, dass diese Heirat dir letztlich seine Wertschätzung und seine Liebe einbringen wird?«

»Sei vorsichtig«, flüsterte er in einem so unheilvollen Ton, dass Hope einen Schritt zurückwich.

Etwas zurückhaltender sagte sie: »Du hast Jahre damit vergeudet, für Heinrich zu kämpfen – und für was? Willst du nun den Rest deines Lebens damit vergeuden zu versuchen, etwas zu bekommen, was dir gar nicht gegeben werden kann, weil es nicht vorhanden ist?«

»Das zu entscheiden liegt allein bei mir«, erwiderte er scharf.

»Und du hast deine Entscheidung bereits getroffen, nicht wahr? Du wirst nach England zurückkehren und diese Frau heiraten ... Nun gut, ich wünsche Euch viel Glück, Sir. Ich bete für Euch, dass die Kinder, die sie Euch schenken wird, ihrem Vater und ihrem König einmal so verdammt ergeben sein werden, wie Ihr es gewesen seid. Aber den Kindern wünsche ich nur eines: dass sie zu Menschen heranwachsen, die glücklich sein werden – was ihr Vater nicht gewesen ist.«

Sie wandte ihm abrupt den Rücken zu und ging zur Tür.

»Wohin zum Teufel willst du?«

»Ich gehe fort. Du hast mich genug gedemütigt. Ich kann das nicht länger ertragen.«

»Das werden wir ja sehen«, knurrte er.

Mit drei Schritten war er bei ihr, packte den Stoff, den sie um sich gewickelt hatte, und zog heftig daran. Hope schwang herum wie ein Kreisel, der Stoff löste sich und glitt zu Boden.

Sie stand nackt vor ihm, ihr zersaustes Haar bedeckte ihre Brüste und ihre Hüften. Als Hope zu Roland aufstarrte, hingen Tränen an ihren Wimpern. »Ich werde es nicht zulassen, dass du mich zu einer Hure machst, so wie du es mit Rosamunde getan hast«, weinte sie. »Kein Wunder, dass sie sich Lacurne zugewandt hat. Du hast sie benutzt wie irgendeine billige Dirne. Ich hätte dich doch töten sollen. Ich werde es, wenn ich die Gelegenheit dazu habe!«

Er verzog spöttisch den Mund. »Das denke ich nicht, Mylady. Nicht, wenn du nicht willst, dass meine Männer das zu Ende bringen, was Lacurne begonnen hat.«

»Bleib weg von mir. Fass mich nicht an oder ich …«

Roland griff in ihr Haar.

Sie schrie auf, zerkratzte ihm die Hand, trat gegen seine Schienbeine.

An den Haaren zog er sie in die dunkle Ecke der Kammer, in der er sie gefangen gehalten und in Ketten gelegt hatte. Die Ketten waren noch da, die schweren Glieder klirrten und rasselten, als Roland die Fesseln um Hopes Fuß- und Handgelenke schloss. Sie schlug ihm mit der Faust gegen das Kinn und verfehlte. Er stieß ihre Faust zur Seite, als sei sie nicht mehr als ein lästiges Insekt – und legte seine große dunkle Hand zwischen ihre Brüste. Er hielt sie damit auf den Boden gedrückt, während er mit der anderen sein Messer aus dem Gürtel zog. Die Klinge funkelte in dem Licht, das durch das Fenster hereinschien, als er die scharfe Spitze an Hopes Kehle drückte. Er lächelte mokant.

»Ich bin kein Mann, der es gewöhnt ist, Befehle entgegenzunehmen«, stieß er hervor. »Und ich bin es auch nicht gewöhnt, Drohungen hinzunehmen, schon gar nicht von jemandem, der dreimal versucht hat, mich umzubringen – obendrein noch im Schlaf. Um ehrlich zu sein, Liebste, mir gefällt deine Gesellschaft, ganz zu schweigen von deinem Körper. Und als der Schuft, der ich bin, wäre es dumm von mir, dich jetzt gehen zu lassen. Ich habe ja gerade erst damit begonnen, von dieser süßen, saftigen Frucht zwischen deinen Beinen zu kosten. Sie ist höchst berauschend. Und schmeckt viel besser als Bier und warmer Honigwein.«

Ihre Augen wurden groß; ihr Atem beschleunigte sich.

Roland berührte mit der Messerspitze ihre aufgerichtete Brustwarze, führte die Klinge um die Spitze herum. »Du wirst mit mir nach England kommen«, flüsterte er und berührte die Brustwarze mit dem Mund, nahm sie sanft zwischen seine Zähne, streichelte sie mit der Zunge.

»Das werde ich nicht tun.« Hope schüttelte den Kopf. Sie bog sich ihm entgegen, als ein Blitz des Verlangens von ihrer Brust zu der Stelle zwischen ihren Beinen ausstrahlte, und ihre Wachsamkeit außer Kraft setzte.

Roland lachte – ein dunkler Ton, der wie Donner in seiner Brust klang. Er spreizte ihr die Beine und zerrte seine Hose herunter, sein aufgerichtetes Glied drängte sich Hope entgegen.

Sie versuchte, ihn zu treten. Es war ein vergebliches Unterfangen, die Eisen um ihre Knöchel hielten sie am Boden. Hope schlug mit den Fäusten gegen Rolands Brust, er packte ihre Handgelenke, streckte ihre Arme und hielt sie fest. Ihr Atem wurde schneller und ungleichmäßiger. Ihre Haut wurde feucht, ihre Augen schimmerten wie Quecksilber.

»Ich werde dich auf ewig verdammen, wenn du das tust«, murmelte sie atemlos.

»Wenn ich was tue, Liebste?« Er drang in sie ein, bewegte sich in ihr, zog sich zurück und glitt wieder in sie hinein, bis sich ein Stöhnen ihrer Kehle entrang.

»Mich gegen meinen Willen nehmen«, brachte sie schließlich heraus. Sie hob die Hüften und empfing seine Stöße, die als Antwort darauf drängender und härter wurden.

»Tue ich das denn, Hope?« Er kniete sich hin, legte ihre Beine um seine Taille und hob sie empor. Er stieß in sie, bis ihr Hunger nach der Erfüllung ihren großen Zorn über seine rohe Arroganz verdrängte – und sie für den Augenblick vergaß, dass sie einen Mann liebte, der entschlossen war, sie für eine andere zu verlassen.

Der Höhepunkt riss sie in sinnüberwältigender Endgültigkeit mit sich, und sie verlor ihre Beherrschung. Den Mund zu einem stummen Schrei geöffnet, krallte Hope die Finger in seine Brust und zerkratzte ihm die Haut. Erschöpft ließ Hope sich zurücksinken und sah in das dunkle, so faszinierend gut aussehende Gesicht über sich – das Gesicht ihres geliebten Feindes. Hilflos sagte sie leise:

»Ich hasse dich. Küss mich jetzt, wenn du es willst … und berühre mich nie wieder.«

15

England, Wytham Castle

Royce Goodman hatte Haare so schwarz wie Kohle, seine Schultern waren breit wie der Nacken eines Stiers und seine Fäuste hatten den Umfang von Pferdefesseln – gerade richtig, um glühendes Eisen zu Hufeisen zu formen oder die tödlich scharfen Waffen seines Lehnsherren Godfrey de Gallienne zu schmieden. Und Godfrey brauchte viele Waffen, um Wytham Castle vor der wachsenden Zahl von Feinden zu schützen, die nichts lieber täten, als den Wahnsinnigen im Schlaf zu töten. Royces Stimme grollte laut wie Donner, dennoch war sein Ton sanft wie der eines Priesters. Er überragte seine Frau Mary um mehr als Haupteslänge. Sie waren jetzt dreißig Jahre verheiratet, aber wenn Mary ihren Ehemann mit ihren dunklen, wie Onyx glänzenden Augen ansah, lagen noch immer Liebe und Anbetung darin.

Mary saß ın der Nähe des Feuers, das ihr kleines Haus mit den zwei Zimmern wärmte, und betrachtete Roland mit der Fürsorge und Zuneigung, die ihm all die Jahre hindurch Trost gegeben hatte, die Jahre, in denen er unter der Grausamkeit seines Vaters Godfrey zu leiden gehabt hatte.

Roland ging zur Tür der Schlafkammer und warf einen Blick hinein. In tiefem Schlaf, erschöpft von der wochenlangen, kräftezehrenden Reise nach Wytham lag Hope von Wolldecken eingehüllt auf dem Bett. Die Schatten im Zimmer ließen ihre Wangen noch eingesunkener aussehen, die Ringe unter ihren Augen noch dunkler. Sie schien nur noch der Schatten jener Frau zu sein, die sie in Frankreich gewesen war, in den Tagen vor dem Aufbruch.

»Lass sie nicht aus den Augen, Mary«, sagte Roland. »Ich weiß nicht, was ich tun werde, sollte ich sie verlieren.«

»Du liebst diese Frau sehr«, erwiderte Mary leise.

»Ja.« Er nickte.

»Und sie? Liebt sie dich auch?«

»Sie hat mich geliebt.« Roland wandte sich zu seinen Pateneltern um und schüttelte den Kopf. »Aber jetzt nicht mehr, denke ich.«

»Sie wie ein Tier in Ketten zu legen wird da auch nicht helfen, Sir«, erklärte Royce. Er klang verwirrt. »Ich bin überrascht, Roland. Du bist doch nie ein Mann gewesen, der sich einer Frau gegenüber grausam gezeigt hat.«

»Ich bin auch noch nie einer Frau begegnet, die mich so zur Weißglut bringen kann. Der es solches Vergnügen bereitet, mich durch ihr Verhalten bis über die Grenzen meiner Geduld zu treiben. Ich schwöre dir, ihr einziger Lebenszweck ist es, auch den kleinsten meiner Versuche zu verhindern, die Situation zu verbessern.«

»Und wie ist diese Situation?«, fragte Mary.

Roland ging auf und ab.

Royce und Mary tauschten einen Blick.

Mary verließ ihren Platz am Feuer und ging auf Zehenspitzen zur Tür der Kammer. Sie spähte hinein und betrachtete Hope eine Zeit lang schweigend, ehe sie sich wieder Roland zuwandte. »Erwartet sie ein Kind, Roland?«

Er senkte die Augen. »Ich kann diese Möglichkeit nicht ausschließen.«

Royce stieß einen ärgerlichen Laut aus und presste die Lippen aufeinander. »Du hast dich offenbar in vielem verändert, seit du vor Jahren von hier fortgezogen bist. Habe ich dich neben vielen anderen Dingen nicht gelehrt, die Keuschheit einer Frau zu achten?«

»Das hast du, und bis ich Hope begegnet bin, habe ich

deine Lektionen immer beherzigt. Aber von dem Augenblick an, als ich sie gesehen habe, konnte ich an nichts anderes mehr denken, als sie zu besitzen. Es ist alles, woran ich auch jetzt denke.«

»Ich nehme an, sie fühlt nicht dasselbe wie du, da du sie wie eine widerspenstige Ziege an der Kette hältst«, sagte Mary

»Und solange sie mir damit droht, mich zu verlassen, werde ich sie auch weiterhin anketten.« Roland trat mit dem Fuß gegen das Tischbein und veranlasste Royce damit, eine Augenbraue hochzuziehen. »Es muss aus diesem verfluchten Dilemma mit Hildegard einen Ausweg geben. Ich würde lieber eine Ziege heiraten, als auch nur eine Minute zwischen ihren dicken Schenkeln liegen zu müssen.« Er schaute Mary entschuldigend an, die ihn mit einem strengen Blick bedachte.

Royce verschränkte die Arme vor der Brust und hob das Kinn. »Du könntest zu König Richard gehen ...«

»Eher würde ich in die Hölle gehen, als Richard um einen Gefallen bitten, egal worum es geht.«

»Ihr seid miteinander aufgewachsen, ihr wart wie Brüder.«

»Er hat Heinrich das Herz gebrochen, als er sich mit Philip gegen Englands Armeen verbündet hat. Wie kannst du von mir erwarten, vor solch einem Verräter auf die Knie zu fallen und ihn um die Erlaubnis zu bitten, mein Verlöbnis mit Hildegard lösen zu dürfen?«

»Du warst schon immer stolzer, als es gut für dich war«, warf Mary ein. »Und auch viel zu dickköpfig, könnte ich noch hinzufügen.«

Roland stellte sich an das offene Fenster und schaute über das Dorf, das sich innerhalb der schützenden Burgwälle ausbreitete. Von irgendwoher war brüllendes Gelächter zu hören. Eine Frau schrie. »Dieses Dorf verfällt«, sagte er. »Wytham stirbt.«

»Ja, es wird sterben«, erwiderte Royce. »Es sei denn, du hältst diesen Tod auf.«

»Und was schlägst du vor sollte ich tun? Mein Vater verachtet mich. Was lässt dich glauben, er würde mir erlauben, diesem Albtraum ein Ende zu machen?«

»Er wird eines Tages sterben«, sagte Mary hart. »Und je eher das sein wird, desto besser.«

Royce sah seine Frau an. »Genug, Frau! Du vergisst dich. Du vergisst, mit wem du sprichst.«

»Nein, das vergesse ich nicht!« In Mary flammte Zorn auf, ihre Wangen überzogen sich mit dunkler Röte, als sie die Schultern straffte und Royce streitsüchtig ansah. »Ich kann doch sehen, dass Godfreys Verstand immer weiter verfällt, und damit auch seine Achtung vor Roland. Er behandelt den Jungen wie …«

»Schweig!« Royce sprang auf.

Mary senkte die Stimme, ließ sich aber nicht das Wort nehmen. »Als Godfreys erstgeborener Sohn ist es Rolands Recht, das Land und den Besitz seines Vaters bei dessen Tod zu erben. Ich sage, jemand sollte Godfrey töten. Ehe er dieses Land und diese Menschen endgültig zugrunde richtet. Aber vor allem, ehe er Rolands Zukunft zerstört.«

Roland starrte Mary ungläubig an, und seine Stimme bebte vor Zorn. »Schlägst du etwa vor, dass ich meinen Vater töten soll?«

Royce trat zwischen die beiden. »Sie spricht mit dem Herzen und nicht mit dem Verstand, Roland. Wir haben Wytham schon gekannt, als es eine der mächtigsten Festungen Heinrichs war. Wir haben Godfrey gekannt, als er gefürchtet und geachtet war und als ehrenhafter Freund und Ritter des Königs und des Königreichs galt wie kein anderer sonst in diesem oder einem anderen Land. Aber wir haben auch miterlebt, wie sein Besitz immer weiter zerfiel, ganz zu schweigen von seinem Verstand. Wir haben gesehen, dass er sich in den vergangenen Jahren immer stärker deinem Bruder Harold zugewandt und ihm mehr und mehr die Herrschaft über dieses Land und seine Menschen überlassen hat. Wir haben gesehen, dass Harold bösartig all das zerstört, was eigentlich dir gehören sollte. Er belegt uns mit hohen Abgaben und wird auf Kosten des Schweißes und des Blutes der Dörfler dick. Wenn er unsere Vorräte völlig ausgeplündert hat, dann wird er uns unser Korn und unser Vieh wegnehmen – beim Allmächtigen, aber es gibt Kinder in Wytham, die hungern. Unsere Frauen und Töchter leben in Furcht vor den schändlichen Verbrechen, die seine Männer gegen sie verüben.«

Royce schloss die Augen, seine breiten Schultern sackten in sich zusammen. »Jene, die sich Harold verpflichten, die bereit sind, sich gegen ihre Nachbarn zu stellen, werden belohnt; ihre Abgaben sind niedriger als unsere, und ihr Korn bleibt unangetastet. Jene, die sich weigern und sich nicht von seinem Rauben und Stehlen einschüchtern lassen, geben irgendwann doch auf und verlassen Wytham. Wäre ich Godfrey nicht so treu ergeben, würde ich Harold eigenhändig umbringen.« Er lächelte seine Frau an und berührte sanft ihr Gesicht. »Als deine Pateneltern, Roland, haben wir geschworen, dich aufzuziehen und zu beschützen wie unseren eigenen Sohn. Und deshalb darf man uns jetzt gewiss nicht vorwerfen, dass wir uns über Gebühr um dein Wohlergehen sorgen, um deine Zukunft. Du bist Godfreys erstgeborener Sohn, und nach dem Recht erbst du als Erstgeborener das, was deinem Vater bei dessen Tod gehörte. Aber ich fürchte, Harold wird dafür sorgen, dass kaum etwas davon übrig bleibt.«

»Harold wird nicht besonders erfreut darüber sein, dass du zurückgekommen bist«, sagte Mary und zog besorgt die Stirn kraus. »Er springt mit uns um, wie es ihm beliebt, und das mit Godfreys Segen. Bösartigkeit und Grausamkeit sind jetzt ein Teil des Lebens in Wytham. Die wenigen von uns, die so stur waren, hier zu bleiben, die sich geweigert haben, ihre Heimat aufzugeben, leben in der Angst, dass Harold einen Grund finden wird, sich gegen uns zu wenden. So wie er auch einen Anlass gefunden hat, über die Lords der Umgegend herzufallen. Es ist nur unsere tief verwurzelte Verbundenheit mit Godfrey, die uns hier zurzeit eine gewisse Sicherheit gewährt. Wenn Harold nach Godfreys Tod Wytham erst einmal völlig in der Hand hat, dann ...«

Mary wandte sich ab und ging zu dem kleinen Herd, über dessen Feuer ein Kessel hing, in dem eine Gemüsesuppe kochte. Sie schüttelte sich plötzlich, und ihre Augen füllten sich mit Tränen.

Roland ging zu ihr, nahm sie schweigend in die Arme und hielt sie sanft an sich gedrückt. Erinnerungen wurden in ihm wach, die Erinnerungen an all die Jahre, in denen Mary ihn in den Armen gehalten, ihn getröstet und ermutigt hatte, seine Ängste vertrieben und ihm sein Herzweh über Godfreys unerklärlich abweisendes Verhalten genommen hatte. Zahllose Tränen hatte er an ihrer Brust geweint, und sie hatte ihm geschworen niemals zuzulassen, dass Godfrey oder irgendjemand sonst ihm Schaden zufügte. Dass sie ihr Leben hingeben würde, um ihn zu beschützen.

»Ruhig«, flüsterte er, als der Strom stiller Tränen nicht versiegen wollte. »Ich bin wieder zu Hause, Mary. Du musst dich nicht länger vor Harold oder Godfrey fürchten.«

Sie begann heftiger zu weinen, krallte die Hände in sein Hemd und schüttelte den Kopf. »Gott vergib mir. Vergib uns, dass wir dir das angetan haben. Hätte ich es gewusst ... hätte ich es nur gewusst.«

Royce zog sie von Roland fort, legte seine kräftigen Arme um sie und barg ihr Gesicht an seiner Schulter. »Still, Mary. Süße Mary. Was geschehen ist, ist geschehen. Bitte ... hör auf damit, ehe alles zerstört wird.«

Wütend machte sie sich von ihm los. »Was liegt Gutes darin, so wie bisher weiterzumachen, Mann? Der Traum ist ausgeträumt. Hier gibt es nichts mehr, was es wert wäre, geerbt zu werden. Sieh dich doch um. Die Felder liegen brach, und die Menschen leiden Hunger und Not. Tag für Tag leben sie in Angst. Aber es ist nicht die Angst hungers zu sterben, sondern die Angst, einem der Verbrechen zum Opfer zu fallen, die Harolds Männer begehen. Mord und Vergewaltigung sind in Wytham so alltäglich wie der Sonnenaufgang.«

Royce sah Roland an. »Deine Patin ist etwas durcheinander. Die letzten Jahre haben von uns allen ihren Tribut gefordert. Aber jetzt, da du zurückgekehrt bist, Roland, sagt mir mein Herz, dass diese zermürbende Zeit des Unglücks ein Ende haben wird. Du, und nur du kannst Wytham wieder zu dem machen, was es einmal war.«

Roland strich sich durchs Haar und ging noch einmal zur Schlafkammer. Er lehnte sich gegen die Tür, als er in den schummrigen Raum hineinsah. Hope schlief noch immer. »Verfluchtes Schicksal«, flüsterte Roland.

Harold hatte sich in den großen Stuhl seines Vaters gelümmelt. Er war gut einen Kopf kleiner als Roland, und sein Körper war in den vergangenen Jahren unförmig geworden. Das blonde, ungepflegte Haar fiel ihm bis in die Augen, als er Roland jetzt von Kopf bis Fuß musterte. »Er kehrt zurück in all seiner Pracht. Die Schwarze Flamme. Tapferer Ritter und Erretter verlorener Königreiche. Ich habe gehört, du wärst von Lacurnes Lanze aufgespießt worden.«

»Offensichtlich hast du falsch gehört«, erwiderte Roland.

»Offensichtlich.« Harold tat so, als ob er gähnte, während seine blauen Augen unablässig auf Roland gerichtet waren. »Du siehst nicht besonders mitgenommen aus, wenn man bedenkt, dass du die letzten Jahre damit verbracht hast, aussichtslose Kriege zu führen.«

»Ich bin älter und klüger geworden. Und nicht mehr annähernd so geduldig.«

»Deine Rückkehr nach Wytham hat einen ziemlichen

Wirbel verursacht. Die Dorftrottel klatschen darüber, dass du vorhast, meinen Platz einzunehmen und sie aus ihrem schrecklichen, bedrückten Dasein zu erlösen.«

Roland kniff die Augen zusammen und lächelte Harold ausdruckslos an. »Die Dorftrottel könnten Recht haben.«

Harold trommelte mit den Fingern auf die Armlehne. Sein Kopf arbeitete.

Roland schaute sich in der großen Halle um. Das Stroh, das den Boden bedeckte, stank nach Fäulnis und Urin. Die kostbaren Wandbehänge, die einst die dicken Mauern so prächtig geschmückt hatten, waren zerrissen und befleckt. Ein halbes Dutzend Hunde hatte sich in einer Ecke niedergelassen und nagte die Knochen ab, die nach dem Essen fortgeworfen worden waren.

Schließlich erhob sich Harold und stieg von der Estrade, um sich vor Roland aufzubauen. »Vater wird nicht glücklich darüber sein, dass du zurückgekommen bist. Ich glaube, er hat gehofft, du würdest ihm den Gefallen tun, in der Schlacht zu fallen.«

»Wann habe ich die Erwartungen Vaters je erfüllt?«

»Du bleibst nur deshalb am Leben, um dich an ihm zu rächen. Vaters Worte, nicht meine.«

Roland holte tief Luft und atmete langsam aus, um den aufflackernden Zorn über Harolds Sticheleien zu verdrängen, ehe er Wurzeln schlagen konnte und sein Denken trüben würde. »Wo ist unser Vater?«, fragte er schließlich.

»Wo er immer ist – in seiner Kammer. Er kommt nur selten heraus, eigentlich nur, um Mutters Grab aufzusuchen. Er ist völlig verrückt, musst du wissen. Durchgedreht. Verblödet. Ein Idiot. Er brabbelt mit irgendwelchen Geistern. Den ganzen Tag lang liegt er auf den Knien und betet zu Gott. Er soll ihm irgendein geheimnisvolles Verbrechen vergeben, das er angeblich vor ewigen Zeiten begangen haben will. Der Priester ist keine Hilfe, weil Vater sich weigert, ihn zu sehen. Er schwafelt von Exkommunizierung und vom

Schmoren in der Hölle als Vergeltung für seine Sünden. Er hat seit Jahren keinen Fuß mehr in die Kapelle gesetzt. Wenn du mich fragst, dann würde man ihm einen Gefallen tun, indem man ihn tötete.«

»Und womit hast du die Jahre zugebracht, Harold? Außer damit, Wytham und seine Nachbarn auszuplündern und die Frauen zu vergewaltigen?«

Harold grinste. »Ah, mir scheint, ich höre da das Flüstern von Royce und Mary Goodman. Eines Tages werde ich ihr bösartiges Getratsche leid sein und sie im Käfig aufhängen lassen, damit sich die Maden an ihren verwesenden Kadavern satt fressen können.«

»Nur über meine Leiche.«

»Das, lieber Bruder, kann leicht arrangiert werden.« Harold lächelte. »Für den Fall, dass du es nicht bemerkt haben solltest: In Wytham ist eine neue Zeit angebrochen. Die Zeiten von Güte und Nachsichtigkeit sind vorbei. Männer unseres Ranges sind dazu ausersehen, zu bestimmen und zu herrschen. Wir sind das Gesetz und die Macht. Wir sind Gott.«

»Du hast genauso den Verstand verloren wie Vater«, sagte Roland.

»Vielleicht.«

»Ich werde dir nicht erlauben, dieses Dorf und diese Menschen zugrunde zu richten.«

»Wie außerordentlich ritterlich von dir. Forderst du mich heraus? Sollte ich laufen und mein Schwert und meine Lanze holen? Meine Männer an die Waffen rufen?« Harold lachte. »Das bezweifle ich. Steht nicht irgendwo in deinem kostbaren Schwur geschrieben, dass ein Ritter, der seines Schildes wert sein will, niemals die Hand gegen Vater oder Bruder erhebt?«

Roland kehrte ihm den Rücken zu und ging auf die Treppe zu.

»Den Gerüchten zufolge sollst du eine Frau mit nach

Wytham gebracht haben«, rief Harold ihm hinterher. »Du sollst sie bei den Goodmans einquartiert haben. Hast du etwa die gute Hildegard vergessen? Das arme Mädchen ist dahingewelkt, während sie auf die Rückkehr ihres geliebten Roland gewartet hat. Ich persönlich kann es kaum erwarten, euch beide verheiratet zu sehen. Es wird ein Ehebund sein, der im Himmel geschlossen worden ist.«

Mit einem brüllenden Lachen ließ Harold sich in den Stuhl zurückfallen und rief einem Diener zu, ihm mehr Wein zu bringen. Roland stieg die Steinstufen hinauf, als Harolds Lachen von den Wänden widerhallte und ihm überlaut in den Ohren dröhnte. Der Zorn, der in seinem Bauch schwelte, kroch ihm bis in die Brust und ließ sein Herz schmerzhaft gegen seine Rippen schlagen. Doch er zwang sich dazu, sich nicht umzuschauen, nicht dem Verlangen nachzugeben, Harold sein Messer in den Leib zu stoßen – obwohl er in diesem Augenblick nichts lieber getan hätte. Wie einfach wäre es, diesem Bastard den Kopf abzuschlagen und dem Verdruss ein Ende zu machen. Aber schließlich war Harold sein Bruder. Kein Mann – kein Ritter – würde es wagen, die Waffe gegen den eigenen Bruder zu erheben. Keine Burg, kein Königreich war die Unehre wert, sein eigen Fleisch und Blut niederzustrecken.

Der obere Stock von Wytham Castle war ebenso verdreckt wie die große Halle, auch der Gestank war der gleiche. Roland tastete sich an den Wänden des dunklen Ganges entlang, der zur Kammer seines Vaters führte. Vor der Tür zögerte er, stand eine Zeit lang wie erstarrt und fürchtete sich davor, einzutreten. Er fürchtete sich vor dem, was ihn erwartete. Die Erinnerungen an die Jahre seiner Kindheit spülten wie eine Welle über ihn hinweg – sein Körper schüttelte sich, Schweißperlen traten ihm auf die Stirn. Ein Brechreiz würgte in seiner Kehle, und er hoffte – betete –, er möge ersticken, ehe er gezwungen sein würde, Godfrey wieder gegenüberzutreten.

Allmächtiger, er hatte tausend Männer auf dem Schlachtfeld getötet, hatte den grimmigsten von Philips Soldaten gegenübergestanden. Aber keiner hatte eine solche Angst in ihm ausgelöst wie die, die er in diesen Sekunden ausstand.

Roland legte die Hände gegen die Tür und drückte sie auf.

Hope saß kerzengerade im Bett. Ihr Herz raste, als sie sich an den seltsamen Traum zu erinnern versuchte, dessen Bilder nur noch vage und verschwommen waren. Sie wollte sie festhalten, um ihn deutlich sehen zu können, um ihn zu verstehen.

Ein Traum?

Oder eine Vision?

Nein. Keine Vision. Es würde keine Visionen mehr geben. Sie hatte sich in Roland verliebt, hatte ihm ihre Liebe eingestanden und damit ihre Gabe des Sehens aufgegeben. Jetzt gab es nur noch Träume. Verschwommen. Verwirrend. Bilder, die sich verzerrten und sich wanden, als schaute man in eine Schlangengrube.

Wie seltsam, dass sie Traurigkeit über den Verlust von etwas empfand, das sie so oft verflucht hatte. Wie viele Male hatte sie ihren Zorn gegen Gott gerichtet, hatte Antwort auf die Frage gefordert, warum ihr und ihren Vorfahrinnen eine solche Last aufgebürdet worden war … eine solche Gabe?

Wo war Roland?

Ein Schmerz fuhr durch ihre Schläfen und wurde heftiger, als Hope verzweifelt versuchte, sich noch einmal an ihren Traum zu erinnern. Während der vergangenen Wochen hatte er sie immer wieder beunruhigt, sie mit klopfendem Herzen und einem Gefühl des Erstickens aufwachen lassen. Doch in dem Augenblick, in dem sie die Augen aufschlug, verschwanden die Bilder. Und jedes Mal fühlte Hope sich, als stolperte sie durch eine Finsternis, von der sie wusste, dass irgendwo in ihr ein bodenloser Abgrund lauerte.

Sie stieg aus dem Bett und ging an das Fenster. Durch den schweren Holzladen drangen Geräusche herein: Hunde, die bellten, raues Lachen, weinende Kinder.

Aus dem anderen Zimmer hörte sie Stimmen. Vorsichtig bewegte Hope sich zur Tür und öffnete sie einen Spaltbreit. Sie nahm Essensduft wahr, als sie sich auf das Paar konzentrierte, das vor dem Feuer stand. Einen Augenblick lang blieb ihr das Herz stehen, als der hochgewachsene Mann, der ihr den Rücken zuwandte, die Arme um die Frau legte und sie an sich zog.

»Roland?«, wisperte Hope.

Der Mann drehte sich um. Ihre Augen trafen sich.

Einen Augenblick lang konnte Hope weder atmen noch sich bewegen. Die schwarzen Augen des Fremden zogen sie in einen Wirbel hinein, in dem die Realität wie in ihrem Traum in Lichtblitze und Bilderfetzen zersplitterte. Sie verschwanden, ehe sie sie festhalten konnte. Hope taumelte.

Die Frau schrie erschreckt auf, doch der Mann konnte Hope auffangen, ehe sie auf dem Boden aufschlug.

»Setz sie hier hin, vor das Feuer«, sagte die Frau.

»Sie ist so leicht wie eine Feder, Mary. Bring ihr eine Schale Gemüseeintopf und ein Stück Käse.« Er tätschelte sanft Hopes Wange. Nach einer Weile schaffte Hope es, die Augen zu öffnen. Wieder hielt sie den Atem an, wieder gelang es ihr nicht, den Blick von ihm zu wenden.

»Du bist völlig erschöpft, Mädchen«, sagte er und beim Klang seiner Stimme schien die Wirklichkeit in ihrem Kopf wie Wasser zu zerfließen. Sie schlug um sich, als drohte sie zu ertrinken. »Ruhig. Ruhig, Mädchen. Sei still. Hier will dir niemand etwas tun.«

»Roland«, keuchte Hope und klammerte sich an den Mann. »Roland.«

»Er wird bald zurückkommen«, sagte die Frau.

Sanfte Hände umschlossen Hopes Gesicht. Sie fühlten sich fast so an wie die Hände ihrer Mutter. Kühl und leicht lagen sie auf ihren heißen Wangen. Die Zartheit der Berührung beruhigte Hope, und sie schaffte es schließlich, ruhig zu atmen. Die Bruchstücke der Bilder, die in ihrem Bewusstsein umhergewirbelt waren und sie zutiefst verwirrt hatten, sanken nieder wie Schneeflocken an einem windstillen Tag.

»Kannst du sitzen?«, fragte die Frau.

Hope nickte. Der Mann half ihr, sich zurechtzusetzen, und legte ihr eine Decke über die Knie. Als er sich aufrichtete, schaute er seine Frau an. »Ich werde nach dem Vieh sehen, Mary.«

Die Frau nickte und lächelte Hope an. »Ich werde dafür sorgen, dass sie ordentlich isst. Und anschließend werde ich sie baden.«

Als der Mann ging, runzelte Hope die Stirn. Mary hatte inzwischen eine Schale mit dem Gemüseeintopf gefüllt und reichte sie Hope, zusammen mit einem Löffel aus Horn. »Mein Mann wirkt zuerst immer ein wenig einschüchternd. Aber er ist so freundlich und sanft wie kein anderer.«

»Wo bin ich?«, fragte Hope. »Wo ist Roland?«

»Ich bin Mary Goodman. Und der, der dich eben so aus der Fassung gebracht hat, ist mein Ehemann Royce. Du bist in Wytham, Rolands Zuhause.« Mary setzte sich neben Hope auf die Bank. »Iss jetzt. Du bist viel zu dünn. Wenn eine Frau gesund sein will, muss sie Fleisch auf den Knochen haben.«

»Ich habe in letzter Zeit kaum Hunger.« Hope schaute auf den breiigen Gemüseeintopf und fühlte, wie sich ihr der Magen umdrehte.

Mary nahm ihr die Schüssel aus der Hand und stellte sie zur Seite. Dann drückte sie Hope eine Scheibe warmes Brot in die Hand. »Warmes Brot ist gut für die Seele, ganz zu schweigen von den Hüften.«

Hope brach ein Stück davon ab und steckte es in den Mund. Ihre Kiefer schmerzten beim Kauen, und das Schlucken fiel ihr schwer.

Mary lächelte und betrachtete Hope eingehend. »Wir sind Rolands Pateneltern. Er hat dich zu uns gebracht, damit wir uns um dich kümmern.«

»Wenn Roland mein Wohlergehen schon vorher gekümmert hätte, dann hätte er mich nicht gefesselt durch die halbe Welt geschleppt. Frankreich ist meine Heimat. Nicht England.«

»Es zählt nicht, wo du lebst, solange du mit dem Mann zusammen bist, den du liebst.«

»Ich liebe Roland nicht!«, rief Hope und warf das Brot in das Feuer.

Mary lächelte. »Die Tränen in deinen Augen sagen mir etwas anderes.«

»Er ist ein Barbar. Ein Lügner. Er stiehlt Herzen. Es macht ihm Spaß, Frauen dazu zu bringen, sich in ihn zu verlieben.«

»Dann liebst du ihn doch?«

Hope schaute sich im Zimmer um, betrachtete die kleine hölzerne Salztruhe, die Töpfe, die nahe dem Herd an der Wand hingen. Sie seufzte. »Ich muss wohl. Obwohl mein Verstand nein sagt, sagen mein Herz und meine Seele etwas anderes.«

»Das, was das Herz fühlt, lässt sich nur schwer leugnen. Aber das ist es, was uns lebendig sein lässt.« Mary tätschelte Hopes Hand. »Falls es dir irgendein Trost ist – zufällig weiß ich, dass du Roland viel bedeutest.«

»Und was habe ich davon?« Hopes Stimme hatte einen harten Klang angenommen. »Alles was ich war, was ich bin, habe ich für einen Mann aufgegeben, der einer anderen gehören wird.«

»Was so Wichtiges hast du aufgegeben? Hat es dir mehr Freude gebracht, als das Glück zu erfahren, mit Roland zusammen zu sein? War dein Leben vorher erfüllt und glücklich?«

»Ich würde lieber alle Torturen der Verdammnis erleiden, als zuzusehen, wie eine andere ihm Kinder gebärt.«

Mary schaute ins Feuer, doch ihr Blick schien in die Ferne zu wandern. »Ja«, sagte sie. »Es ist schwer zuzusehen, dass eine andere Frau den Sohn oder die Tochter aufzieht, die dein Kind hätte sein sollen.«

Die traurige Verzweiflung in Marys Stimme veranlasste Hope, die Frau prüfend anzusehen. Der Feuerschein hob die Falten auf Marys Stirn hervor, und einen Augenblick lang glaubte Hope, Tränen in ihren Augen schimmern zu sehen. Ein aufmerksames Sichumschauen in der Kammer sagte ihr, warum. »Ihr habt keine Kinder, Mary?«

Mary zuckte zusammen. Sie erhob sich und ging durch das Zimmer, ihr Gesicht war so grau wie Asche geworden. »Es gab ein Kind – einen Jungen. Lieber Gott, wir hatten uns so sehr auf dieses Kind gefreut. Wir waren in jenen Tagen schrecklich arm, es gab nur wenig, was wir einem Kind außer Liebe zu bieten hatten. Aber wie alle Eltern hatten wir Träume, und wir wussten, dass wir es irgendwie schaffen würden, unser Kind großzuziehen, mochten unsere Mittel auch noch so bescheiden sein. Und schließlich glaubten wir, dass Glück und Gottvertrauen alles wären, was man brauchte, um erfüllt zu leben. Aber unser Sohn war zu schwach, die Nabelschnur hatte sich um seinen Hals gewickelt. Ich hielt ihn nur kurz in meinen Armen, ehe er … wir haben ihn William genannt, nach Royces Vater.«

»Er ist gestorben?« Hope fühlte, wie sich ihr Herz zusammenzog, als sie die Verzweiflung auf Marys Gesicht sah. Und sie empfand plötzlich das Gefühl, als würde sie von einem Strahl pulsierenden Lichts getroffen. Sie hielt sich an der Tischkante fest und schloss die Augen, damit das Drehen in ihrem Kopf aufhörte. Von weitem drang Marys Stimme zu ihr und mit ihr erhob sich ein verwirrender Sturm beängstigender Bilder, die augenblicklich alle Wirklichkeit auslöschten. War es einfach nur das Aufblitzen der fernen und beunruhigenden Träume, die sie in den letzten Wochen gequält hatten? Oder kehrten die Visionen zurück?

»Wir waren zuversichtlich, dass wir noch mehr Kinder haben würden. Zwei Jahre später bekamen wir ein Mädchen. Es starb am Fieber, als es gerade drei Monate alt war. Danach gab es keine Babys mehr.« Mary runzelte die Stirn, als Hope die Fingerspitzen an ihre Schläfe presste. »Du siehst mich so seltsam an, Hope.«

»Ihr scheint so … so vertraut für mich«, erwiderte Hope. »Es ist, als gäbe es da ein Band, als würde ich Euch schon lange kennen.«

»Vielleicht liegt es daran, dass wir beide Roland lieben.«

»Wie kam es, dass Ihr Rolands Pateneltern wurdet?«

Mary setzte sich wieder zu Hope. »Royce und Godfrey sind zusammen aufgewachsen … sie wurden enge Freunde. Sie standen sich näher als Brüder. Godfrey wusste, dass Royce sein Leben opfern würde, um ihn zu beschützen.«

»War es nicht ungewöhnlich für einen Mann von solchem Rang, das Wohlergehen seines erstgeborenen Sohnes einem einfachen Schmied anzuvertrauen, auch wenn sie durch eine enge Freundschaft miteinander verbunden waren?«, fragte Hope.

»Das hat viele überrascht. Zuerst hatte die Kirche es auch untersagt.« In Marys Augen lag ein harter Ausdruck, als sie leise weitersprach. »Aber sogar Priester sind dafür bekannt, über etwas hinwegzusehen, wenn es bedeuten kann, eine neue Kapelle oder eine großzügige Zuwendung für die Schatzkammer der Kirche zu bekommen.«

Die Erinnerung an Châteauroux und den hassenswerten Abt ließ Hope zittern.

»Was ist mit Rolands Mutter?«

Ein Schatten huschte über Marys Gesicht. »Alais, Tochter von Raoul de Cambrai. Sie war so zart und zerbrechlich wie die Schale des Eies einer Grasmücke. Godfrey hat sie angebetet. Er hätte alles getan, um sie zu beschützen, er hätte jeden mit den bloßen Händen getötet – auch sein eigen Fleisch und Blut –, der es gewagt hätte, ihr Wohlergehen und Glück zu bedrohen. Sie starb kurz nach Harolds Geburt. Es sollte wohl so sein. Es hätte ihr das Herz gebrochen zu sehen, was aus ihrem Mann und ihrem Sohn geworden ist.«

»Warum hasst Godfrey Roland so sehr?«, fragte Hope.

Mary griff nach dem Tuch, das neben der Tür an einem Nagel hing. Sie legte es sich um den Kopf und stopfte sorgsam die Haare darunter, ehe sie die Tür öffnete. Sie zögerte. Sie hatte Hope den Rücken zugewandt, ihr Blick war auf einen fernen Punkt in der Dunkelheit gerichtet. »Godfrey hasst Roland, weil er die ständige Mahnung an seine größte Sünde ist – das Kreuz, das er tragen muss, weil er seine Frau mehr geliebt hat als Gott.« Marys Stimme klang gleichmütig, doch sie machte Hope frösteln. Dann verließ sie das Haus und schloss die Tür hinter sich.

16

Der Wahnsinnige kauerte auf dem Boden vor einer kleinen Statue der Jungfrau Maria, die an der Wand hing. Er wiegte den nackten ausgemergelten Leib vor und zurück, während er die narbigen Hände gefaltet vor das Gesicht hielt und betete. In den letzten Jahren war sein Haar schlohweiß geworden, es hing ihm in wirren, dünnen Strähnen bis zur Rückenmitte. Sein Rücken war über und über von offenen eiternden Wunden bedeckt. Die Kammer, die einst den Wohlstand von Heinrichs am meisten geschätzten Ritter widergespiegelt hatte, war so verdreckt wie der Rest der Burg. Im Stroh, das den Boden bedeckte, krabbelte das Ungeziefer. Der Gestank menschlicher Ausscheidungen und verfaulender Essensreste verpestete die Luft und drehte Roland den Magen um.

Zögernd trat Roland hinter Godfrey. Er hatte sich einst danach gesehnt, seinen Vater zu berühren, hatte einst darauf gehofft, sein Vater würde ihn in die Arme schließen. Aber diese letzten Jahre hatten den Hunger nach Godfreys Liebe gedämpft. Das Einzige, was Roland in diesem Augenblick empfand, fühlte sich an wie unüberwindbare Abscheu. Der Gedanke, sein Messer zu ziehen und dem alten Mann die Kehle durchzuschneiden – und sei es aus keinem anderen Grund, als Godfreys Leiden zu beenden –, ließ Rolands Mund trocken werden.

»Vater«, sagte Roland.

Godfrey wiegte sich vor und zurück und betete laut.

Roland ging langsam um seinen Vater herum und stellte sich zwischen ihn und die Statue der Muttergottes. Augenblicke vergingen, ohne dass er in der Lage war, etwas zu sagen.

Langsam hob sich Godfreys Blick. Seine Augen lagen tief in den Höhlen und wirkten glasig. Aus seinen Mundwinkeln tropfte der Speichel in den ungepflegten zotteligen Bart, der wie ein feuchter schmutzigweißer Latz seine Brust bedeckte.

»Ich bin heimgekommen, Vater.«

Godfrey neigte den Kopf auf die Seite, dann auf die andere, während er Roland mit einem verständnislosen Ausdruck in den Augen betrachtete.

Roland kniete sich vor ihm hin, sodass sie sich von Angesicht zu Angesicht ansehen konnten. Noch immer starrte Godfrey ihn gleichmütig an, seelenlos.

»Es gab Zeiten, in denen ich darum gebetet habe, lange genug zu leben, um Euch für das leiden zu sehen, was Ihr mir angetan habt«, sagte Roland. »Es scheint, dass meine Gebete erhört worden sind.«

Godfrey runzelte die Stirn und verschränkte die Hände fester ineinander. Er begann wieder, sich vor- und zurückzuwiegen, wobei er Roland unverwandt ansah.

»Es ist seltsam, dass es mir keine Genugtuung bereitet«, fuhr Roland fort. »Ich könnte jetzt fortgehen und Euch hier zurücklassen, damit Ihr diesem zerstörerischen Wahnsinn erliegt, damit Eure Verrücktheit Euren Verstand auffrisst. Aber wie eine schwärende Krankheit nagt der Hunger in mir, dich zu begreifen.« Der alte Zorn wurde in Roland wach, und er packte Godfreys Gesicht mit beiden Händen, um das ständige Hin- und Herwiegen seines Vaters zu unterbrechen. »Warum, alter Mann? Warum hasst du mich? Warum hast du mir mein Leben zur Hölle gemacht, obwohl ich nie aufgehört habe, dich zu achten und zu lieben?«

Godfrey blinzelte, und sein Blick richtete sich in die Ferne. Er schien durch Roland hindurchzustarren und sich auf ein Bild zu konzentrieren, das nur er sehen konnte. »Alais?«, rief er mit mitleiderregend zittriger Stimme. »Süßes Weib, ich werde den verfluchten Sternen trotzen, um dein Wohlergehen und dein Glück zu beschützen. Ich würde selbst Heinrich vernichten, um dich vor Schaden zu bewahren.« Er packte Rolands Handgelenke, seine langen, schmutzigen Nägel gruben sich in dessen Haut. Plötzlich verzog Godfrey das Gesicht und begann zu wimmern. »Das Kind, es ist verflucht. Die Seherin hat mich gewarnt. Er wird dieses Haus vernichten und meiner geliebten Alais den Tod bringen. Das werde ich nicht zulassen, das sage ich dir!«

Wie ein wildes Tier sprang Godfrey auf die Füße, schlug mit den Armen um sich, rollte mit den Augen. »Die Seherin hat es vorausgesagt. Der Junge wird heranwachsen, um alles zu zerstören, was gut an Wytham ist. Seine Geburt wird meiner Lady den Untergang bringen.«

Roland fasste Godfrey an den knochigen Schultern und schüttelte ihn. »Fahr in die Hölle, alter Mann. Ich habe Alais nicht zerstört. Es war Harolds Geburt, die sie umgebracht hat. Sieh dich um – Harold hat Wythams Untergang heraufbeschworen. *Er* wütet in diesem Land und hat Misstrauen unter jene gebracht, die einst deine Freunde gewesen sind.«

Ein Ausdruck von Raserei trat in Godfreys Augen, die starr und groß geworden waren. Er stierte Roland an, als habe sich dieser in einen Dämon verwandelt. »Wie sollte ich das wissen? Verdammtes Schicksal. Heimtückische Hexe! Sie hat mich dazu verdammt, in den Feuern der Hölle zu brennen.« Sich losreißend taumelte Godfrey durch die Kammer, seine Hände spreizten sich wie Klauen. »Blut! An meinen Händen. Immer dieses Blut. Wird es denn nie mehr verschwinden?« Er hielt sich die Ohren zu und wiegte den Kopf von einer Seite zur anderen. »Still! Hör auf zu weinen.

Armes Kind. Armer verfluchter Säugling. Blut von meinem Blut und Leib von meinem Leib. Ich würde mir eher das Herz herausschneiden, als dir wehzutun. Aber ich kann nicht zulassen, dass du sie vernichtest – mein Leben – meine süße Alais. Hör auf zu weinen, o meine Seele. Du mein Eigen. Mein Sohn. Still, still, und schlaf ein, ehe mein Entschluss ins Wanken kommt.«

Als Godfrey verstummte, verließ ihn seine Kraft ebenso rasch, wie sie gekommen war. Er sank auf dem Boden zusammen, ein elendes Häufchen aus Haut und Knochen. Roland ging langsam zu ihm, kniete sich hin und nahm seinen Vater in seine Arme. Er drückte das Gesicht des alten Mannes an seine Schulter und strich ihm über das Haar.

Godfrey klammerte sich wie ein verzweifeltes Kind an Roland, seine Tränen durchnässten Rolands Hemd. Roland hielt ihn fest, bis das Schluchzen nachließ und Godfrey still und ruhig in seinen Armen lag. Schließlich hob Godfrey den Kopf. Seine blassen Augen trafen Rolands, und für einen winzigen Augenblick flackerte ein Ausdruck des Erkennens in deren Tiefen auf. Verschwunden war der Hass, mit dem er Roland immer angesehen hatte, war ersetzt worden von diesem Ausdruck trauriger Resignation und … Reue.

»Gott helfe dir. Gott helfe uns beiden«, flüsterte er und legte die Hand an Rolands Wange. »Du hättest sterben sollen, dann hätte ich dich in jenem Grab begraben können und alles wäre gut gewesen. Die schreckliche Tat verbannt aus meinem Bewusstsein, hätte ich mit der süßen Alais um deinen Tod getrauert. Aber du hast dich geweigert zu sterben, du verfluchter Junge. Es war Gottes Wille. Er wollte, dass ich an jedem Tag meines Lebens in deine Augen sehe und an meine Sünde erinnert werde.«

»Keine Sünde ist so schrecklich, dass Gott oder ich sie nicht vergeben könnten«, sagte Roland zu ihm. »Beichtet und bereut, Vater, und Ihr werdet frei sein. Lasst mich den Priester holen …«

»Keinen Priester, sei verflucht, du! Das ist meine Bürde, ich muss sie tragen. Ich habe die Hölle verdient und heiße deren ewige Verdammnis willkommen.« Erschöpft ließ Godfrey den Kopf auf die Brust sinken und begann wieder zu weinen. »Meine Zeit ist nah, Roland. Umarme mich. Rasch, denn so tapfer wie ich einmal war, so erfüllt mich jetzt die Furcht vor Satans Berührung mit Verzweiflung.«

Roland zog Godfreys Körper fest an sich. Die Haut des alten Mannes fühlte sich so kalt und brüchig an, als hätte der Tod ihm schon vor langer Zeit das Totenhemd übergeworfen.

»Sei auf der Hut«, kamen Godfreys leise Worte. »Ihre Sterne sind das Böse. Sie steht mit Satan im Bunde und wird dich auf den Weg des Untergangs führen, so wie er auch. Ich hätte ihn schon vor langer Zeit töten müssen – als ich zum ersten Mal meinen Irrtum erkannt habe.«

»Wer, Vater, wer? Um der Barmherzigkeit Gottes willen, was versuchst du mir zu sagen?«

Godfrey hob den Kopf und sah Roland an, als er hervorstieß: »Harold. Töte ihn, so wie ich es schon in der Nacht seiner Geburt hätte tun müssen.«

Verwirrt schüttelte Roland den Kopf. »Ich könnte meinen Bruder ebenso wenig töten, wie ich dich töten könnte.«

Godfreys Gesicht verzerrte sich, und sein Körper wurde von einem Krampf gepackt, der ihn zusammenzucken ließ, ihn aus Rolands Armen riss und zu Boden schleuderte, wo er sich in Schmerzen wand. Roland nahm seine Hände und hielt ihn fest, bis der Anfall vorüber war, bis Godfrey wieder still dalag. Er starrte Roland aus glasigen Augen an. Seine Lippen bewegten sich und Roland beugte sich herunter, um seine Worte verstehen zu können.

»Dann wirst du so verdammt sein wie ich«, sagte Godfrey.

Daniel betrat das Haus der Goodmans. »Bist du sicher, dass wir allein sind?«

Hope nickte. »Royce und Mary sind mit den anderen bei der Getreideernte. Sie kommen nicht vor Einbruch der Dunkelheit zurück.«

Daniel ging ans Fenster und schloss den Holzladen. In der Kammer herrschte Dämmerlicht. Erst jetzt wandte Daniel sich Hope ganz zu. Verschwunden war der Junge, der er in Châteauroux gewesen war – der Junge, der geduldig neben ihr gesessen und ihre Visionen niedergeschrieben hatte. An seine Stelle war ein junger Mann getreten, dessen Körper während der vergangenen Wochen gereift war, gestählt worden von den vielen Stunden auf dem Pferderücken und den nicht endenden Unterweisungen, denen ein Squire folgen musste. Eines Tages würde er, so Gott es wollte, ein Ritter sein, seines Schwertes, seines Schildes und seines Schlachtrosses würdig. Eine Spur von Bartstoppeln bedeckte Kinn und Wangen, und in seinen Augen brannte ein Ingrimm, der Hope zurückweichen ließ.

»Ich denke, du solltest Wytham verlassen«, sagte er. »Und das so bald wie möglich. Im Dorf kursieren die Gerüchte wie Lauffeuer. Unter Rolands Männern gibt es noch immer viele, die davon überzeugt sind, dass du Böses statt Gutes bringst. Und Matilda schürt die Unruhe auch noch. Wie es scheint, will sie die Dorfbewohner mit ihren Geschichten über den von dir herbeigerufenen Blitzdämon und deine Magie das Fürchten lehren.«

Er setzte sich neben Hope und nahm ihre Hand. Hope lächelte. »Das Problem, von dem du sprichst, ist kaum neu für mich, Daniel. Doch dich beschäftigt noch etwas anderes.«

»Sind deine Visionen etwa zurückgekehrt?« Er grinste.

»Ich habe nie Visionen gebraucht, um zu wissen, wann dir etwas im Kopf herumgeht oder wann du nicht ganz aufrichtig bist. Wenn dich etwas bedrückt, trägst du das wie ein Brandmal auf deiner Stirn.«

Deprimiert begann Daniel, hin und her zu gehen. »Wytham ist voll von Ausschweifungen, Lasterhaftigkeit und Missgunst.«

»Und?«

»Verderbtheit fault wie ein Geschwür.«

»Und?«

Daniel blieb stehen und sah Hope widerstrebend an. »Irgendwann in den nächsten zwei Wochen wird Rolands Verlobte hier eintreffen.« Er stieß mit dem Fuß nach der Salzkiste und brachte damit einen Stapel Schüsseln ins Schwanken, die klirrend auf dem Boden aufschlugen. »Dieser Bastard. Ich sollte ihn umbringen für das, was er dir antut. Und ich sollte es auf der Stelle tun.«

»Ich denke nicht, Daniel.«

»Wie kannst du nur so ruhig dasitzen, wenn er dich behandelt, als wärest du eine Leibeigene? An deinen Fußgelenken sieht man noch die Spuren der Ketten. Er hat dir das Herz gebrochen. Hope, um Gottes willen! Du solltest ihn verabscheuen.«

»Das sollte ich wohl. Und manchmal tue ich das auch, denke ich. Ich rede mir ein, dass ich es tue. Aber dann zittere ich vor Verlangen, ihn zu sehen. Ihn zu berühren. Ich denke, dass ich sogar seine Geliebte werden würde, um einen kleinen Anteil an seinem Leben haben zu können. Was sonst habe ich denn, Daniel? Wohin sollte ich gehen? Dadurch, dass ich mich in Roland verliebt habe, habe ich alles aufgegeben, was ich war. Ich habe meine Seele für etwas weitaus Stärkeres als meine Gabe des Sehens und des Heilens geopfert.«

»Bist du sicher, Hope? Vielleicht ... wenn du dir Mühe gibst, dich sehr anstrengst ...«

»Warum sollte ich mir diesen Schmerz zurückwünschen?«

»War jener Schmerz denn größer als das, was du jetzt fühlst? Bei der Heiligen Jungfrau, du bist nur noch ein

Schatten deiner selbst, du siehst aus, als würdest du dich langsam in Luft auflösen. Wenn du ihn so sehr liebst, warum kämpfst du dann nicht um ihn?«

»Unsere Zukunft ist vorherbestimmt, Daniel. Er ist verpflichtet, Hildegard zu heiraten. Es ist von Heinrich in einem Vertrag festgelegt worden.«

»Heinrich ist tot. Außerdem wissen wir, dass die wahre Bestimmung für gewöhnliche Seelen etwas sehr Trügerisches sein kann. Was wir für Schicksal halten, ist oftmals nichts anderes als ein verwirrender Kreuzweg. Das Leben besteht aus einer Vielzahl falscher Wege, die wir auf unserer Reise einschlagen, und wir entdecken unsere wahre Bestimmung nur dadurch, dass wir diese Wege gehen. Du hingegen warst von Gott damit gesegnet, unsere Schicksale zu sehen.«

»Roland ist ein zu ehrenhafter Mann, um sein Versprechen zu brechen.«

»So ehrenhaft wie mein Hintern, wenn du mich fragst. Oder würde ein ehrenhafter Mann mit einer Jungfrau schlafen?« Daniel verschränkte die Arme vor der Brust und runzelte die Stirn. »Und außerdem ... woher weißt du, dass es seine Bestimmung ist, Hildegard zu heiraten? Hast du es in einer Vision gesehen?«

»Ich habe es nicht sehen wollen. Ich hatte zu große ... Angst.«

»Es wäre ein Jammer, wenn er diese Eheschließung vollzöge und das letzten Endes gar nicht seine Bestimmung gewesen ist.« Daniel zog eine Augenbraue hoch, als er hinzufügte: »Vielleicht bist du deswegen hier, Hope. Um ihn davon abzuhalten, Hildegard zu heiraten.«

Sie schwiegen beide, als sie die Bedeutung von Daniels Worten begriffen. Seine Augen verengten sich, er runzelte die Stirn. Mit einem gemurmelten *Heilige Maria, Mutter Gottes*, fiel er auf die Knie und umklammerte Hopes Schultern.

»Genau das ist es, warum du hier bist«, sagte er atemlos. »Mir ist jetzt alles ganz klar, Hope. Warum die Visionen nur aufhören, wenn die Seherin die wahre Liebe gefunden hat. Weil sie ihr Schicksal dann kennt, weil ihre Zukunft dann klar vor ihr liegt. Weil für sie alles gut ist. Jesus, diese … Gabe, die du hast: Wir alle haben sie, Hope. Wir sind einfach nur zu blind, um es zu erkennen. Du warst mit der Fähigkeit gesegnet, die Dinge klarer zu sehen als wir anderen.«

»Aber meine Gabe zu heilen …«

»Glaube. Nächstenliebe. Güte. Du inspirierst die Kranken und Verzweifelten durch diese Dinge. Indem sie an deine Fähigkeiten glauben, können sie sich selbst heilen. Denn an dich zu glauben hieß, an Gottes Wunder zu glauben.« Er legte die Hände um Hopes Gesicht und sah sie eindringlich an. »In unserem Leben kommt eine Zeit, da müssen wir unser Schicksal annehmen. Es akzeptieren. Erst dann werden wir Frieden und wahre Zufriedenheit erfahren.«

Matilda hockte in einer Ecke ihrer schmutzigen Hütte, um sich herum unzählige geheimnisvolle Amulette und mit Pulvern und Kräutern gefüllte Säckchen. Ketten aus Vogelschnäbeln und Wolfszähnen hingen an den Wänden, der Schein des Herdfeuers tauchte alles in ein gespenstisches Licht.

Roland fixierte die Alte mit einem Blick, der ihr Angst machte, und sie lächelte ihn unterwürfig an. »Sir, ich bin geehrt, dass Ihr mich aufsucht, um …«

»Ich bin hergekommen, um dir den Hals umzudrehen, alte Frau, wenn du mir nicht die Wahrheit sagst.«

»Ich bin unfähig, jemanden anzulügen, der so edel und mächtig ist wie Ihr, Sir. Es wäre dumm von mir, eh?«

»Sehr dumm.«

Sie streckte demütig die Hände aus. »Ich werde Euch so

wahrheitsgemäß antworten, wie ich mich in diesen letzten Jahren stets bemüht habe, Euch zu beschützen.«

»Das ist kaum beruhigend, wenn ich an die vielen tapferen Männer denke, die in den letzten Jahren gestorben sind.«

Matilda zuckte mit den Schultern. »Aber Ihr, Sir, Ihr lebt. Es war Euer Schicksal, das ich gesehen habe, es waren Eure Sterne, die ich gedeutet habe.«

Roland ging in der kleinen Hütte hin und her. Der üble Geruch und die Hitze bereiteten ihm Übelkeit. »Ich hätte schon vor langer Zeit erkennen müssen, dass du der Schlüssel zu meinen Problemen bist. Vater hat nie etwas getan, ohne vorher deinen Rat einzuholen. Sag es mir, Alte, was hat meinen Vater in den Wahnsinn getrieben? Warum sieht er mich voller Angst und Hass an? Und vor allem anderen – warum hat er sich von Gott abgewandt?«

Matilda starrte ihn aus großen Augen an. Dann schaute sie an ihm vorbei zur Tür, als dächte sie daran zu fliehen.

Roland zog sein Messer. »Ich werde dir die Kehle durchschneiden, bevor du auch nur kreischen kannst.«

Matilda verkroch sich tiefer in ihre Ecke und kauerte sich zusammen. Aus den Augenwinkeln spähte sie zu Roland hoch. »Die Sterne haben den Untergang Wythams vorausgesagt. Und die Sterne lügen nie, Sir. Am Abend Eurer Geburt habe ich ihm gesagt, dass sein Sohn ihm Verderben bringen wird. Dass er das Land verwüsten und die Menschen wie Lämmer abschlachten wird … ich habe ihm gesagt, dass sein Sohn seine geliebte Alais töten wird.«

»Aber es ist Harold, der das Unglück über Wytham gebracht hat, nicht ich. Es war Harolds Geburt, bei der unsere Mutter gestorben ist.«

»Ich habe nur die Zukunft aus den Sternen gelesen, Sir. Harolds Name stand nicht in ihnen geschrieben. Wie sollte ich wissen, welcher Sohn Godfrey den Untergang bringen würde? Wie sollte Godfrey das wissen?«

Rolands Verwirrung war durch Matildas Worte nur noch größer geworden, und resigniert strich er sich durch das Haar. »Die Sterne haben Harolds Geburt vorausgesagt, nicht meine. Und doch standen in Vaters Augen Angst und Abscheu, wenn er mich angesehen hat. Und dieser Wahnsinn. Und das auch nach Harolds Geburt, die all das zerstört hat, was er liebte. Warum? Warum sehe ich sogar heute noch diese Qual in seinen Augen, wenn er mich ansieht? Solchen Schmerz und solche Traurigkeit? Warum verdrängt allein schon mein Anblick jeden klaren Gedanken aus seinem Bewusstsein?« Roland schlug die Hände vor das Gesicht. »Gnadenreicher Gott. Ich fürchte, ich werde so verrückt werden wie Godfrey, wenn ich nicht die Wahrheit erfahre.«

Wieder dieser Traum.

Hope erwachte mit einem Ruck. Ihr Herz raste, ihre Stirn war schweißbedeckt. Sie versuchte sich zu konzentrieren, das Bild festzuhalten, das so flüchtig war wie Rauch. Denk nach.

Ein Säugling, in Windeln gewickelt.
Ein Frau, die weint.
Ein Grabstein – ein kleines Kreuz – und darauf ein Name.

ROLAND

Das Bild löste sich auf. Hope fühlte sich erschöpft. Sie erhob sich aus dem Bett und sah, dass die Schatten in der Kammer dunkler geworden waren. Wie lange hatte sie geschlafen? Mary und Royce würden bald von der Getreideernte zurückkehren. Sie lächelte, als sie an die beiden dachte, die sie mit offenen Armen empfangen und in ihr Haus aufgenommen hatten – sie, eine Fremde. Rolands Pateneltern. Wie tragisch, dass keines ihrer Kinder mehr lebte. Sie wären wunderbare Eltern gewesen, ihre Ergebenheit und Fürsorge für Roland bewiesen das.

ROLAND

Hope schloss die Augen, als ein seltsames Gefühl der Angst und Verzweiflung ihr Herz zum Rasen brachte. Dann spürte sie in den Schläfen das erste Anzeichen des Schmerzes.

Dies war kein Traum. Die Visionen kehrten zurück, eroberten sich ihren Weg in ihr widerstrebendes Bewusstsein. War Roland in Gefahr? Bedeutete die rätselhafte Nachricht Rolands Tod? Denk nach! Es war das Grab eines Kindes, nicht das eines Mannes.

Hope lief zur Tür. Die Dämmerung hatte sich über das Dorf gesenkt und warf lange Schatten über die Straßen. Hope atmete tief durch, dann begann sie zu gehen. Ihr Instinkt führte sie aus dem Dorf hinaus und über die Zugbrücke, die einen Graben überspannte, in dessen trübem Wasser einige Kinder badeten, während ihre Mütter auf sie aufpassten. Zu ihrer Linken sah Hope eine Ansammlung von Hütten und Werkstätten, dahinter erstreckte sich die weitläufige Domäne, die Godfrey gehörte. Dort entdeckte sie auch die Bauern, die dabei waren, ihre mageren Felder abzuernten. Zu ihrer Rechten … Hope sah plötzlich die Kirchturmspitze, die sich dem Himmel entgegenstreckte.

Hope lief darauf zu, der Atem brannte ihr in den Lungen, und der kühle Abendwind biss ihr in die Wangen.

Die kleine Kirche stand inmitten von Grabsteinen, die zu Hunderten auf den umgebenden Hügeln verstreut zu sein schienen. Als Hope sich umschaute, begann die hereinbrechende Nacht gerade, die Grabkreuze in ihre Schatten zu hüllen, auf denen die Namen der Toten standen, die dort in der Erde ruhten.

Was hatte sie hierher geführt?

Was hatte sie gehofft, hier zu finden?

Hoffnungslosigkeit packte sie, als die zahllosen Kreuze langsam von der Dunkelheit verschluckt wurden. Sie wandte sich zum Gehen.

Noch nicht, wisperte die Stimme in ihrem Kopf. Wie von einer kalten Hand gepackt, verharrte Hope an der Stelle, an der sie stand. Sie schloss die Augen, so wie sie es in der Vergangenheit schon tausende Male getan hatte, und ließ den Schmerz zu, der in ihr Bewusstsein eindrang.

ROLAND

Das Grab eines Kindes.

Es ist offen.

Sie riecht die feuchte, modrige Erde.

Sie geht näher und schaut hinein. Ihr Körper bebt vor Angst.

Das Grab ist leer.

Oder doch nicht?

Sie geht noch näher.

Sie lässt sich auf Hände und Knie fallen, fühlt die kalte Erde auf ihrer Haut, als sie sich über das Grab beugt und versucht, durch die Dunkelheit zu sehen. Dort ist etwas. Eine Hand streckt sich ihr aus dem Dunkel entgegen. Die Hand eines Kindes, eines Säuglings. Unter dessen winzig kleinen blauen Fingernägeln ist Erde. Sie kann nicht atmen. Sich nicht bewegen. Das Entsetzen lähmt sie.

Hope öffnete die Augen.

Und dann hörte sie es: das leise, leiderfüllte Wimmern. Es kam von einem der Hügel. Ihre Füße bewegten sich wie von selbst, zuerst zögernd, dann schneller, der mitleiderregende Klang zog Hope durch die Finsternis. Auf der Kuppe eines flachen Hügels blieb sie stehen und schaute über die kleinen Gräber, die hier lagen. An einem der Kreuze blieb ihr Blick hängen. Obgleich Dunkelheit herrschte, schien es ein Licht zu reflektieren. Sie trat näher und las die Inschrift:

WILLIAM GOODMAN
GELIEBTER SOHN

Doch es war nicht der Name, der Hope vor Erschrecken das Herz stehen bleiben ließ. Es war die in einen dunklen Umhang gehüllte Gestalt, die am Grab kniete und weinend betete:

»Möge Gott meiner Seele gnädig sein.«

»Mary?«, rief Hope.

Die Gestalt sackte in sich zusammen.

Hope ließ sich neben ihr auf die Knie fallen und nahm die Trauernde in ihre Arme. Die Kapuze glitt ihr vom Kopf, und Hope schrie auf.

Der alte Mann starrte zu ihr auf, sein Gesicht vom nahenden Tod gezeichnet. »Es ist zu Ende«, flüsterte er. »Wytham ist so tot wie ich.«

»Godfrey?«

»Meine süße Alais. Meine geliebte Frau. Es war alles für dich. Bitte, vergib mir.«

Hope ließ ihn behutsam auf die Erde gleiten und deckte ihn mit seinem Umhang zu, dann lief sie zurück ins Dorf.

Sie begegnete Royce und Mary auf der Straße, die gerade vom Feld zurückkehrten. Als sie Hope aus der Dunkelheit auftauchen sahen, ließ Mary die Sichel fallen, und Royce stellte sich schützend vor seine Frau, bis er Hope erkannte.

Hope rang nach Atem. »Der Friedhof. Schnell! Er stirbt!«

»Wer stirbt?«, fragte Royce.

»Godfrey. Am Grab Eures Sohnes.«

Mary schloss die Tür zur Schlafkammer hinter sich und lehnte sich dagegen. Sie betrachtete Hope, die vor dem Feuer saß. »Warum bist du zu Williams Grab gegangen?«, fragte sie.

»Aus Neugier«, erwiderte Hope und vermied es, Mary anzusehen.

Mary durchquerte das Zimmer, ohne den Blick von Hope abzuwenden. »Es gibt Gerüchte über dich, Hope. Nicht alle davon sind … freundlich.«

»Ich bin nicht böse, Mary, auch wenn Matilda das behauptet.«

»Du bist eine Seherin. Du kannst die Zukunft sehen.«

»Ich habe manchmal Träume. Visionen. Das hat mich auch an das Grab Eures Sohnes geführt.«

Mary ging um sie herum, ihre Miene verriet, dass sie auf der Hut war.

»Seit ich Roland das erste Mal traf, quält mich ein Traum. Ich träume vom Grab eines Kindes und von einem Grabstein, auf dem Rolands Name steht.«

Mary blieb stehen. Ihre Augen wurden groß und rund.

»Ich befürchtete, dass Roland in Gefahr wäre. Ich fürchtete, die Vision wäre ein Omen für seinen Tod. Aber es machte keinen Sinn. Es ist das Grab eines Kindes, das ich sehe. Nicht das eines Mannes.«

Mary wandte Hope den Rücken zu und starrte in das Feuer. Sie schlang die Arme um sich und schluckte mühsam, damit ihre Gefühle sie nicht übermannten.

Hope stand auf und trat an Marys Seite. »Warum hat Godfrey am Grab Eures Sohnes getrauert?«, fragte sie leise.

»Er ist ein kranker, verrückter alter Mann. Ich wünschte, er würde sterben und uns alle in Frieden leben lassen. Vielleicht wird mein Mann dann zur Einsicht kommen. Vielleicht wird er dann von Godfreys Einfluss frei sein.«

»Warum am Grab Eures Sohnes?«, wiederholte Hope. »War er auf irgendeine Weise für Williams Tod verantwortlich?«

Mary hob abrupt den Kopf, sie zitterte, und ihre Augen füllten sich mit Tränen. »Hätten wir es nur gewusst«, flüsterte sie. »Aber sie standen sich so nah wie Brüder. Es schien richtig und gut, dass Royce einem solchen Plan zustimmte. Wir waren vor Schmerz wie betäubt und konnten nicht klar denken. Wir bereiteten uns auf das Unvermeidliche vor, stahlen uns diese wenigen kostbaren Augenblicke mit dem Säugling, solange wir es noch konnten. Aber das Unausweichliche geschah nicht und …«

»Genug!«, rief Royce mit donnernder Stimme. Mary und Hope fuhren erschreckt herum. Er stand in der Tür zur Schlafkammer, sein Gesicht war bleich wie Leinen. Royce starrte seine Frau schweigend an, ehe er Hope ansprach. »Such Roland und sag ihm, was passiert ist. Er soll so schnell wie möglich kommen, um Godfrey noch einmal zu sehen.«

Hope nickte.

Sie verließ das Haus der Goodmans und verharrte einen Augenblick lang in der Dunkelheit, den Rücken gegen die Tür gelehnt. Royces und Marys aufgebrachte Stimmen drangen an ihr Ohr.

»Du beschützt ihn immer noch, Royce. Warum?«

»Godfrey hat an dieser bösen Sache nicht mehr Anteil als wir. Er ist gezwungen gewesen, mit einer weitaus schlimmeren Schuld als wir zu leben. Um der Barmherzigkeit willen, seine Seele ist gemartert.«

»Sogar jetzt entschuldigst du ihn noch. Nach allem, was er Roland angetan hat. Nach dieser ganzen Hölle, durch die er Roland geschickt hat. Ich bin die Lügen leid, Royce. Ich sehne Godfreys Tod mit jeder Faser meines Seins herbei, damit die Wahrheit endlich ans Licht kommt.«

»Und was Gutes wird die Wahrheit bringen? Bist du so sicher, dass Roland alles verstehen und uns vergeben wird? Was wird dann noch für ihn übrig bleiben, Mary? Was wird für Wytham bleiben, wenn es an Harold fallen wird? Roland ist Wythams einzige Hoffnung.«

17

Gut eine Stunde verging, ehe Hope Roland fand. Den Rücken gegen eine der brüchigen Zinnen gelehnt, saß er auf der breiten Mauer des Wehrganges und schaute auf den Burghof von Wytham hinunter. Einst waren hier Turniere abgehalten worden, hatten sich hier an Sommertagen die Dorfbewohner mit Freunden und Verwandten getroffen, um gemeinsam ihre wenigen kostbaren Mußestunden zu verbringen. Roland schien nicht im Geringsten überrascht zu sein, als Hope zu ihm kam und sich vorsichtig neben ihn setzte. Er öffnete einfach die Arme und zog sie an sich, beschirmte sie vor dem kalten Wind.

Hope schwieg einen Augenblick und lauschte auf den Schlag seines Herzens an ihrem Ohr. »Godfrey geht es sehr schlecht, Roland. Royce meint, du solltest zu ihm gehen.«

»Wird er sterben?«

»Ja.« Sie nickte.

Ein Zittern durchlief Roland, und er umfasste Hope noch fester. »Als ich ein Kind war, habe ich oft an genau dieser Stelle gesessen und davon geträumt, der tapferste und am meisten bewunderte Ritter in Heinrichs Königreich zu werden, es wert zu sein, eine so prächtige Burg wie Wytham zu erben – es wert zu sein, Godfreys Nachfolger zu werden. Und jetzt? Sieh sie dir an, diese Burg. Was daran ist es noch wert, sie zu erben? Wo einmal Kinder gelacht und gespielt haben, schreien sie jetzt vor Hunger. Sie sind von Krankheiten gezeichnet, ihre Haut ist von Pusteln übersät. Ihre Väter zahlen Pacht an einen Mann, der sie ihrer Hoffnungen und ihrer Würde beraubt. Hätte ich diese Jahre nicht damit vergeudet, für Heinrich zu kämpfen, vielleicht hätte ich dieses Unglück verhindern können, das sie getroffen hat.«

Er hielt das Gesicht in den Wind. »Ich bin davongelaufen, Hope. Ich habe mich meiner Verantwortung für Wytham und für meinen Vater entzogen, indem ich mich in den Krieg eines anderen habe hineinziehen lassen.«

»Es ist noch nicht zu spät für Wytham. Es kann wieder groß und mächtig werden – unter deiner Führung.«

»Aber zu welchem Preis?« Er legte den Finger unter ihr Kinn und hob ihr Gesicht zu sich empor. Ihre Augen waren so dunkel und verhangen wie der Himmel über ihm. »Ist Wytham die Sünde wert, meinen Bruder zu töten?«

»Ich könnte versuchen dich zu überzeugen, Wytham zu verlassen, aber du könntest diesen Menschen nicht noch einmal den Rücken zukehren. Ebenso wenig wie du Godfrey töten könntest.«

Er küsste sie auf die Stirn. »Ich liebe dich«, flüsterte er.

»Du bist für diesen Augenblick bestimmt, Roland. Und für dieses Leben.«

»Und du?« Er küsste sie wieder. »Ist es unsere Bestimmung, zusammen zu sein, Hope?«

Sie schaute zum dunklen Himmel hinauf, zu den Wolken, die der Wind weitertrieb. »Da ist nur die kleine Sache mit Hildegard.«

Roland stöhnte.

Er schloss die Hände um ihr Gesicht und Hope sah ihm in die Augen. »Du lieber, ehrenhafter Mann. Wenn ich dich aufgeben müsste, damit die Menschen hier wieder in Frieden leben können, dann würde ich das ohne Bedauern für das Leben tun, das wir miteinander hätten teilen können, wenn das Schicksal auf diese Verbindung herabgelächelt hätte.«

»Du würdest mich so leicht für eine andere Frau aufgeben?«

»Solange ich dein Herz besitze, ja – denn was mehr könnte ich wollen?« Sie küsste Roland und sah ihn dann fragend an: »Willst du jetzt mitkommen und nach Godfrey sehen?«

Die Soldaten, die vor der offenen Tür von Royce Goodmans Haus standen, hatten versteinerte Gesichter und schwiegen, als wären sie stumm. Roland spürte den kommenden Ärger und trug Hope auf, sich im Schatten verborgen zu halten. Vorsichtig näherte er sich dem Haus.

Zwei kräftig gebaute Soldaten tauchten an der Tür auf und zerrten Mary aus dem Haus. Sie schlug und trat um sich, als sie den Kopf zurückwarf, sah Roland, dass ihr Gesicht blutete.

»Tiere!«, schrie sie. »Wenn ihr meinem Mann was antut, werde ich euch eigenhändig umbringen!«

Roland zog das Messer aus seinem Gürtel. »Halt!«, rief er. Die Soldaten blieben stehen. Mary versuchte, in der Dunkelheit etwas zu erkennen, und ihre tränengefüllten Augen weiteten sich vor Erleichterung, als sie Roland erkannte. Er drängte die Menschen zur Seite, die zusammengelaufen waren, und bahnte sich seinen Weg zu Mary, die sich bemühte, gerade und aufrecht zu stehen.

»Was zum Teufel geht hier vor?«, knurrte Roland. »Nehmt eure Hände von dieser Frau und tretet zurück.«

Die Soldaten wechselten einen Blick, weigerten sich aber, Rolands Befehl zu befolgen.

Mit gezogenem Schwert trat Harold aus dem Haus. »Roland! Wir haben dich erwartet. Scheint, dass unser Vater dabei ist, uns einen großen Gefallen zu tun und endlich zu sterben.«

»Was hast du den Goodmans angetan?«, verlangte Roland zu wissen.

»Nach sorgfältiger Prüfung unserer Aufzeichnungen

scheint Goodman uns hintergangen und zu niedrige Abgaben entrichtet zu haben. Ich kam lediglich hierher, um mir das zu holen, was mir zusteht. Und dabei habe ich entdeckt, dass er unseren geliebten Vater bei sich versteckt. Ohne Zweifel, um ihm seine Wünsche einzuflüstern, was dich betrifft. Royce hat sich Vater schon immer aufgedrängt und ihm damit in den Ohren gelegen, dass er sich dir gegenüber nicht richtig verhält. Als ich versucht habe, Vater von hier wegzubringen, hat Royce mir widersprochen. Ich bin Godfreys Sohn und somit sein Erbe – habe ich da nicht das Recht, diese letzten kostbaren Stunden mit meinem Vater zu verbringen?«

»Roland ist Godfreys Erbe!«, schrie Mary. »Wytham wird sich nur vor Roland verneigen und vor niemand anderem!«

Harold packte sie an den Haaren und riss ihren Kopf zurück. »Vorsichtig, Mary Goodman. Sollte ich zu der Überzeugung kommen, dass du nichts als Ärger machst und mir lästig bist, werde ich gezwungen sein, gröber mit dir zu verfahren, als es meiner Art entspricht.«

Roland schaute in die Gesichter der Soldaten. Er kannte keinen von ihnen, keiner von ihnen war Godfrey oder ihm zur Untertanentreue verpflichtet. Seine eigenen Soldaten waren zu ihren Familien zurückgekehrt und wie Stare in alle Himmelsrichtungen verstreut. Die Pächter würden ihm kaum eine Hilfe sein, zumal sie jetzt schon in Furcht vor Harold lebten. Sich an Rolands Seite offen gegen ihn zu wenden, würde ihre Existenz auf Wytham gefährden, ganz zu schweigen von ihrem Leben.

»Wo ist Royce?«, fragte Roland.

»Bei Godfrey«, erwiderte Mary, obwohl Harold sie noch immer an den Haaren gepackt hielt. »Er hat sich geweigert, von Godfreys Seite zu weichen, als sie ihn mitnehmen wollten.« Plötzlich begann sie, um sich zu schlagen und schrie: »Harold ist so wahnsinnig wie Godfrey, Roland. Er wird uns alle umbringen, um sich Wytham zu sichern!«

Harold schleuderte Mary zu Boden und versetzte ihr einen Fußtritt. Roland sprang auf Harold zu, die Soldaten stürzten sich auf ihn, packten ihn an den Armen und entwanden ihm das Messer. Harold ging zu ihm. Er lächelte Roland an, als er ihm die Faust in den Magen schlug.

Im Schutz des tiefen Schattens sank Hope gegen die Mauer und versuchte zu atmen, als Roland in die Knie ging. Ihr Körper zitterte. In ihrem Kopf überschlugen sich die Bilder, doch so sehr sie sich anstrengte, es gelang ihr nicht, auch nur den kleinsten klaren Gedanken zu fassen. Die Angst machte alles Denken unmöglich. Sie konnte sich nicht bewegen, auch wenn ihr Instinkt ihr sagte, dass sie fliehen musste.

Aber wohin?

Eine Bewegung hinter ihr.

Ihr Schrei wurde von der Hand gedämpft, die ihr den Mund zuhielt. Dann flüsterte ihr eine Stimme ins Ohr: »Sei ruhig. Wenn sie uns entdecken, sind wir verloren.«

Sie drückte die Augen zu und fühlte, wie ihr alle Kraft aus den Beinen wich.

Daniel!

Vorsichtig, den Arm um ihre Hüfte geschlungen, ging Daniel mit ihr auf die dunkle Allee zu. Als er sicher war, dass sie außer Sichtweite von Harolds Männern waren, nahm er Hope an die Hand und ging mit ihr auf die Zugbrücke zu, die man gleich zur Nacht hochziehen würde.

»Nein!« Hope blieb stehen. »Ich werde nicht mitgehen. Ich werde ihn nicht verlassen, Daniel.«

»Wir werden ihm nichts nützen, wenn wir gefangen sind. Ich brauche Zeit, um die Männer zu den Waffen …«

»Ich werde nicht gehen.«

»Streite nicht mit mir, Hope. Die Brücke wird gleich geschlossen. Dann sitzen wir in der Falle …«

»Dann geh. Sieh zu, was du draußen tun kannst. Ich habe Roland geschworen, dass ich ihn immer lieben werde.«

»Das heißt doch nicht, dass du für ihn sterben musst.«

»Daniel.« Sie berührte sein Gesicht und suchte seine Augen. »Erst vor wenigen Stunden hast du mit mir über unsere Bestimmung gesprochen, von unserer Fähigkeit, unser Schicksal zu erkennen und anzunehmen, wenn wir damit konfrontiert werden. Und jetzt bittest du mich, vor meinem eigenen Schicksal davonzulaufen? Ich brauche keine Visionen, die mir sagen, dass ich hierher gehöre, zu Roland. Wenn es unser Schicksal ist, zusammen zu sterben, dann soll es so sein.«

Daniel schaute zu der Zugbrücke hinüber, die man gleich schließen würde.

Hope lächelte. »Dort drüben liegt deine Bestimmung, Daniel. Du hast es gewusst, seit du zum ersten Mal die Schreibfeder des Abtes aufgehoben und damit wie mit einem Schwert in der Luft gefuchtelt hast. Du wusstest, dass du ein Ritter werden würdest, der die Schwachen und Hilflosen gegen solche Tyrannen wie Harold verteidigen wird. Geh! Bitte! Du bist unsere einzige Hoffnung.«

Er wich zurück, sein Gesicht schimmerte weiß in der Dunkelheit. »Gott sei mit dir, Hope, bis ich zurückkomme. Glaube!«

»Ich *bin* der Glaube. Deine Worte – erinnerst du dich?«

»Adieu.« Er hob die Hand, drehte sich auf dem Absatz um und verschwand in der Dunkelheit. Sekunden später sah Hope ihn durch das große Tor hinausschlüpfen, ehe es sich krachend hinter ihm schloss.

Die Schreie der verängstigten Frauen und weinenden Kinder erfüllten die Nacht und vermischten sich mit den barschen Befehlen der Soldaten, als diese von Haus zu Haus gingen, um die Familien daraus zu vertreiben, von denen Harold annahm, sie würden Godfrey – oder Roland – weiterhin die Treue halten. Hope hielt sich in den Schatten verborgen, als sie zum Haus der Goodmans huschte. Es war leer und verwüstet. Mit angsterfülltem Herzen kniete Hope sich hin, um die Blutspritzer auf der Türschwelle mit den Fingerspitzen zu berühren. Voller Entsetzen dachte sie daran, dass sie von Roland stammen könnten.

»Da ist sie!« Der Schrei klang schrill und laut. Hope sah sich um.

Matilda stand vor ihr und zeigte mit ihren knochigen Händen auf Hope. Einige von Harolds Soldaten tauchten aus der Dunkelheit auf. »Da ist die Hexe. Geht vorsichtig mit ihr um. Ich habe mit eigenen Augen gesehen, wie sie einen Blitz beschworen hat. Er ist aus heiterem Himmel auf hundert tapfere Soldaten niedergefahren und hat sie alle getötet.«

Die Soldaten zögerten und sahen Hope misstrauisch an.

Hope erhob sich und sah ihnen mit trotzigem Blick entgegen. Ihr Lächeln forderte sie heraus näher zu kommen.

»Packt sie!«, schrie Matilda. »So lautet Harolds Befehl!«

Die Soldaten schauten argwöhnisch zum Himmel hinauf, ehe sie sich unsicher ansahen.

Hope rannte davon und schlug die Richtung zur Allee ein, als die Männer ihre Verfolgung aufnahmen. Sie holten sie rasch ein und schlugen hinterrücks auf sie ein. Hope stürzte. Ein heftiger Schmerz durchfuhr ihre Brust, hinter ihren Augen explodierte Schwärze.

Als Hope erwachte, fühlte sie sich fiebrig, hungrig und durchnässt.

Wie lange war sie schon hier, an diesem schrecklichen Ort? Wie viele Tage und Nächte?

Wo war Roland?

War er tot?

Sie schloss die Augen und versuchte, die Visionen zu spüren.

Nichts als Finsternis.

Von oben fiel Licht durch einen schmalen Spalt in die Dunkelheit, das spärlich die Mauern der runden Grube erhellte, in der Hope die letzten Stunden verbracht hatte. Auf den feuchten Steinen hatte sich Moos gebildet, und hier und dort, weit oben über ihrem Kopf, wuchs Farnkraut aus den Felsspalten, ein weiterer Beweis dafür, dass das Loch, in das Harold sie hatte einsperren lassen, fast so etwas wie ein Grab war. Entlang der Wand, an der sie lehnte, fanden sich Vertiefungen in den Steinen. Sie stammten von den Füßen der vielen Menschen, die hier drinnen quälende Jahre der Gefangenschaft erlitten und immer wieder versucht hatten, sich an den Wänden festzuklammern und festzukrallen, um sie zu erklimmen. Es waren jämmerliche, zum Scheitern verurteile Versuche gewesen. In Abständen waren ringsum Worte in den Fels gemeißelt worden: *Jesus Maria. Gott helfe mir!*, und irgendeiner dieser Unglücklichen hatte den zaghaften Versucht gemacht, einen Altar aus dem Fels zu schlagen. Darüber war ein geschnitztes Kreuz zu erkennen.

Ein lautes Krachen riss Hope aus ihren Gedanken. Sie zuckte zusammen, als vor ihr eine Tür aufging. Das Licht, das in ihr Gefängnis flutete, war so hell, dass es sie blendete und sie die Hände vor die Augen legte. Im selben Augenblick wurde sie von Soldaten hochgezerrt und eine enge Treppenflucht hinaufgetrieben. Jeder Gedanke an Widerstand wurde von dem stechenden Schmerz verdrängt, der von ihren geprellten Rippen ausstrahlte. Sie betete, dass sie nicht wieder ohnmächtig werden würde.

Auf der Estrade in der großen Halle von Wytham saß Harold in einem Armstuhl und sah Hope entgegen. Auf dem Boden stand Hopes Dreifuß, um ihn herum verstreut lagen die Bücher, in die Daniel Hopes Visionen niedergeschrieben hatte. Harold sah schweigend zu, als die Soldaten sie vor ihn zerrten und zu Boden stießen.

»Sie sieht gar nicht so heimtückisch aus, finde ich. Eher kläglich, würde ich sagen. Ich bin überrascht über Roland. Ich hätte gedacht, er würde sich eine Kräftigere aussuchen, mit einer Spur mehr Feuer.«

Matilda schlurfte aus dem Schatten heraus, der sie bisher verborgen hatte. Sie achtete darauf, Hope nicht zu nah zu kommen. »Lest diese Schriften, Sir. Seht Euch den Dreifuß an, den sie für ihre Magie benutzt, um den Teufel aus den Abgründen der Hölle heraufzubeschwören.«

Harold nahm eines der Büchlein und blätterte darin. »Soll ich wirklich glauben, dass Pferde von mechanischen Maschinen auf Rädern ersetzt werden? Dass man im fünfzehnten Jahrhundert herausfinden wird, dass die Erde eine Kugel ist? Dass Menschen im zwanzigsten Jahrhundert zum Mond fliegen werden?« Er warf den Kopf in den Nacken und lachte laut. »Wenn sie so gut darin ist, das Schicksal der Menschheit vorherzusagen, wieso ist sie dann hier?« Er warf das Buch auf den Boden, ließ sich in seinen Armstuhl zurückfallen und schlug die Beine übereinander. Er betrachtete Hope durch die Haarsträhnen, die ihm in die Augen fielen. »Also wirklich, Matilda, ich fange an zu glauben, dass du genauso verrückt bist wie Godfrey.«

»Roland hat sie hierher gebracht«, erwiderte Matilda. »Seht Euch ihre Fußgelenke an. Er hat vor, ihre Magie zu benutzen, um Euch zu vernichten.«

»Lügnerin!«, fauchte Hope und veranlasste Matilda, erschreckt zur Seite zu springen.

Harold zog die Augenbrauen hoch. »So, so, die Kleine hat also doch eine Spur von Temperament. Sehr gut. Ich sage dir etwas, schöne Zauberin: Ich werde dir sofort die Freiheit schenken, wenn du Matilda zu einem Häufchen Asche verbrennen lässt.«

Matilda kreischte laut auf und kauerte sich hinter Harolds Stuhl.

Hope schaffte es, auf die Füße zu kommen. Ihr war schwindelig und sie taumelte, doch dann stand sie aufrecht da. »Ich habe keine magischen Kräfte in mir«, sagte sie schließlich. »Wäre ich der Magie fähig, hätte ich Euch schon längst vernichtet. Von Matilda ganz zu schweigen«, fügte sie so boshaft hinzu, dass die Alte vor Angst auf allen vieren davonkroch.

»Welch ein Jammer.« Harold erhob sich und verließ die Estrade, um Hope von Angesicht zu Angesicht gegenüberzustehen. »Denn wenn du keinen Wert für mich hast, warum sollte ich dann ein Interesse daran haben, dich am Leben zu lassen?« Er lächelte. »Aber da kommt mir ein Gedanke – beweise mir, dass du die Zukunft voraussehen kannst, und ich werde dir die Freiheit schenken.«

»Ist Roland tot?«, fragte Hope.

»Welchen Unterschied macht das?«

»Wenn Roland tot ist, bedeutet mir mein Leben nichts mehr. Dann könnt Ihr Euer Ultimatum nehmen und damit zur Hölle fahren.«

Er schlug sie so hart ins Gesicht, dass sie zu Boden fiel. Harold setzte den Fuß auf ihre Brust und grinste auf Hope herunter. »Ich nenne dir jetzt dein Ultimatum, Seherin. Wenn du mir meine Zukunft *nicht* voraussagst, werde ich Roland vor deinen Augen die Kehle durchschneiden.«

»Beweist mir, dass er lebt«, konterte sie.

»Also gut.« Er schnippte mit den Fingern, und eine Tür wurde aufgestoßen. Roland und Mary wurden in die Halle geführt. Mary taumelte erschöpft, als man sie auf einen Stuhl setzte. Roland, dessen Hände auf dem Rücken gebunden waren, wurde auf die Knie gezwungen. Hope versuchte sich aufzusetzen, als Harold auf Roland zuging, dem der Kopf auf die Brust gesunken war. Er griff nach Rolands Haaren und riss seinen Kopf nach hinten. Rolands Gesicht war blutig und angeschwollen.

»Nicht besonders hübsch, nicht wahr?«, sagte Harold. »Bei meinem Leben, aber ich kann mir nicht vorstellen, warum sein Name in den letzten Jahren solchen Schrecken bei diesen bänglichen französischen Memmen ausgelöst hat. Ich habe versucht, ihn zu etwas mehr Bosheit zu verleiten, aber er scheint mit Feigheit geschlagen zu sein.«

»Sich zu weigern, die Faust gegen seinen Bruder zu erheben, ist wohl kaum Feigheit«, sagte Hope. »Es ist weitaus edler, auch die andere Wange hinzuhalten …«

»Verschone mich mit diesem christlichen Gewäsch. Ich glaube nicht an Gott. Hab es nie getan.« Er ließ Roland los und ging zu dem Dreifuß.

Roland sank wieder in sich zusammen, doch zuvor warf er Hope einen raschen Blick zu, bei dem sie grenzenlose Erleichterung durchströmte. In seinen Augen sah sie Leben. Und Kraft. Obwohl seine Gesichtszüge bis zur Unkenntlichkeit angeschwollen waren, spiegelte sich in seiner Miene eine Ruhe und Gelassenheit wider, die Hopes Geist aufrüttelte. Ihr war, als würde sie seit einer Ewigkeit zum ersten Mal wieder Zuversicht und Hoffnung fühlen, und diese Erkenntnis gab ihr Kraft.

Harold schob ihr mit einem Fußtritt den Dreifuß zu. »Matilda hat mir gesagt, dass du in dieses Ding siehst und dass die Visionen mit dem Rauch herausströmen.« Er nickte einem Diener zu, der daraufhin ein Stundenglas herbeibrachte. »Du hast ein paar Minuten, ehe ich dich töte. Fang an. Wir warten.« Er ließ sich in den Stuhl fallen und gähnte.

Widerstrebend kniete Hope sich hin. Mit einer Kerzenflamme entzündete sie das Öl auf dem Grund des Dreifußes und sah zu, wie der erste graue Rauch aufstieg und sich in einem dünnen Faden emporwand.

Konzentriere dich.

Sammle deine Gedanken. Lass es zu, dass die Visionen kommen – die seltsamen und verwirrenden Bilder. Rätselhaft. Und manchmal so beunruhigend, dass sie mich zittern machen.

Nichts.

»Es ist unmöglich«, erklärte sie wütend. »Die Visionen kommen nicht immer.«

»Der Sand verrinnt.«

»Bitte versteht doch. Ich habe das alles aufgegeben – die

Gabe des Sehens –, als ich mich in Roland verliebt habe. Hier gibt es nichts mehr außer der Flamme und dem Rauch. Die Gabe ist auf eine andere übergegangen.«

»Wirklich? Sag mir, auf wen sie übergegangen ist, und ich werde sie finden.«

»Ich … ich weiß es nicht.«

»Du lügst.«

Mary schluchzte und schlug die Hände vor das Gesicht.

Wieder starrte Hope in die Flamme, von Zeit zu Zeit schaute sie auf das Stundenglas und den rinnenden Sand, der schnell den Boden bedeckte. Sie sah zu Harold, als sie zögernd sagte: »Godfrey ist noch am Leben.«

Harold kniff die Augen zusammen. »Der alte Narr klammert sich noch immer an sein elendes Leben. Ja. Aber das hat dich nicht zu kümmern. Deine Zeit ist fast abgelaufen.«

Ihre Stirn bedeckte sich mit Schweißperlen, als Hope den dünnen grauen Rauchfaden beobachtete, der sich in der Luft verteilte.

»Die Zeit ist um«, erklärte Harold. Seine Stimme klang, als käme sie aus einem tiefen Brunnen. Harold ging zu Roland und setzte ihm das Messer an die Kehle.

Mary schrie laut.

Hope sprang auf die Füße. »Also gut! Wie Ihr wollt!«, schrie sie, Angst und Wut ließen ihre Stimme brechen. »Nehmt das Messer von Rolands Kehle, und ich werde Euch sagen, welches Schicksal ich für Euch sehe.«

Grinsend trat Harold zur Seite. »Warte. Meine Männer sollen das auch hören. Damit es für sie keinen Zweifel gibt, wem sie ihre Loyalität schulden.« Auf seinen lauten Befehl hin wurden die Türen aufgestoßen, und seine Soldaten strömten in die große Halle. Sie alle hatten ihre Rüstung angelegt und trugen ihr Kurzschwert, ihren Schild und kegelförmige Helme, die nur die Augen freiließen.

»Fang an«, befahl Harold und breitete die Arme weit aus. »Du hast unsere ungeteilte Aufmerksamkeit.«

»Eure Zukunft ist diese«, erklärte Hope laut, sodass alle es hören konnten. »Ihr werdet bald sterben, Harold, niedergestreckt von einem, der bedeutender ist als Ihr. Ehrenhafter. Mächtiger.«

Das Lächeln schwand von seinem Gesicht.

Unter den Soldaten breitete sich ein Raunen aus, und sie sahen sich beunruhigt an.

»Alle Männer, die der Rechtschaffenheit den Rücken gekehrt haben und die um ihres Vorteils willen morden, werden mit Euch sterben.«

Das Gesicht kalkweiß, den Mund verzerrt, starrte Harold sie an. »Du niederträchtige kleine Hexe«, stieß er hervor. »Du lügst! Es gibt keinen Mann, der mich besiegen kann.«

»Doch. Dort ist er.« Hope zeigte auf Roland. »Der einzige Feigling in diesem Raum seid Ihr, Harold. Ihr haltet Roland gefesselt, weil Ihr ihn fürchtet. Ihr würdet eher einen gefesselten Mann ermorden, als ihm die Möglichkeit zu geben, sich zu verteidigen – genauso wie Ihr unschuldige Familien vernichtet, die Godfrey gewissenhaft ihre Treue geschworen haben.«

Harold sah auf seine Männer.

»Ihr habt mich aufgefordert, Euch Euer Schicksal zu verkünden, Harold. Und das habe ich getan.«

Harold wandte sich zu Roland um und zog seinen Dolch. Hope stieß einen Schrei aus, und sie bedeckte das Gesicht mit den Händen.

»Steh auf«, hörte sie Harold sagen. »Ein Schwert! Gebt ihm eine Waffe. Tu es, du Idiot, ehe ich dich absteche.«

Hope ließ die Hände sinken.

Roland stand aufrecht da, das durchschnittene Seil baumelte von seinen Handgelenken. Ein Soldat trat aus der Menge vor und reichte Roland ein Schwert. Roland schlug es zur Seite. »Du wirst mich nicht töten, Harold. Nicht hier. Nicht vor diesen Zeugen. Nicht, wenn ich weder Schwert noch Dolch habe, um mich zu verteidigen. Es gibt hier

Männer, die einen Mord nicht tolerieren werden, nicht einmal von dir. Das ist auch der Grund, warum Godfrey am Rande des Todes hinsiecht, nicht wahr? Du würdest ihn allzu gern umbringen, aber du traust dich nicht. Denn einen wie ihn zu töten würde unweigerlich Richard Löwenherz dazu veranlassen, nach Wytham zu kommen.«

»Du unterschätzt mich, Roland.«

Mary sprang auf, als Royce in die Halle gezerrt wurde, seine Hände zerquetscht und blutend, sein Gesicht von Schlägen grausam verunstaltet. Mary warf sich ihrem Mann entgegen und drückte sich an seine Brust.

Harold trat neben Roland und sagte sanft: »Mein Vergnügen liegt nicht im Töten, Sir Roland, sondern in der Folter. Er wird nie wieder seine Hände gebrauchen können – zumindest nicht, um Eisen zu schmieden. Einen nach dem anderen habe ich ihm seine Finger gebrochen. Sie haben geknackt wie Zunder.«

Roland zitterte vor Wut, als er die Fäuste ballte und sich langsam zu seinem Bruder umwandte. Harold lächelte. »Tötet sie!«, rief er seinen Männern zu und zeigte auf Mary und Royce. Einen Augenblick lang rührte sich niemand. Seine Augen schienen aus ihren Höhlen zu quellen, als Harold nach dem nächstbesten Schwert griff und schrie: »Dann werde ich es tun!«

In diesem Augenblick wurden die großen Flügeltüren weit aufgestoßen. Soldaten stürmten herein, angeführt von einem jungen blonden Mann zu Pferde, der den Männern seine Befehle zurief. Sie alle trugen Rolands Banner.

»Daniel!«, schrie Hope.

Daniel zügelte sein schwarzes Schlachtross, und mit den Worten »Euer Schwert, Sir!« warf er Roland die Waffe zu.

Roland fuhr zu Harold herum. »Du wolltest einen Kampf – jetzt wirst du ihn bekommen. *En garde*.«

»Bis zum Tod«, stieß Harold hervor.

Hope lief zu den Goodmans hinüber und half Mary dabei, Royce aus der Halle zu führen. Doch er weigerte sich und schob die beiden zur Seite. »Ich werde nicht wie ein Feigling davonrennen. In mir ist noch genügend Kraft übrig, um Roland zu helfen.«

Erst jetzt bemerkten sie, dass Harolds Männer ihre Waffen gestreckt hatten. Nur noch Roland und Harold kämpften weiter, Hieb auf Hieb klirrten ihre Schwerter laut in der Stille, Klingen durchschnitten die Luft, sausten nur einen Fingerbreit von ihren Gesichtern entfernt nieder.

Harold wehrte sich gegen die kraftvollen Schläge seines Bruders, wurde aber von ihnen auf das Podium hinaufgetrieben, wo er ausglitt und zu Boden stürzte. Mit einem gewaltigen Hieb schlug Roland Harold das Schwert aus der Hand, ehe er ihm die Spitze seiner Waffe an den Hals setzte.

Harold riss die Augen weit auf und hielt den Atem an, als die messerscharfe Schwertspitze seine Haut berührte. »Nun? Worauf wartest du, Roland? Mach dem Spiel ein Ende und töte mich.«

Roland schluckte. Er versuchte zu atmen. Schweißtropfen perlten ihm von der Stirn in die Augen.

»Du wirst mich nicht töten«, höhnte Harold. »Du bist zu edel. Zu ehrenhaft, die Kehle deines Bruders zu durchschneiden.«

Roland biss die Zähne zusammen. Seine Schwerthand zuckte, gerade so stark, um Harolds Haut mit der Klinge zu ritzen.

»Mach doch weiter«, forderte Harold ihn heraus. »Wenn du denkst, dass Vater dich bis jetzt verabscheut hat, dann stell dir vor, wie er darauf reagieren wird, dass du mich umgebracht hast. Sein letzter Gedanke wird sein, dass du seinen geliebten Sohn getötet hast. Mit seinem letzten Atemzug wird er dich verfluchen.«

Sekunden verstrichen, ehe Roland begriff, dass das dumpfe Pochen in seinem Kopf der dröhnende Widerhall seines Herzschlags war. Er nahm das Schwert von Harolds Kehle; dann trieb er es, mit all seiner Kraft, neben Harolds Kopf in den Boden des Podiums. »Es ist vorbei, Harold. Ich will an deinem Morden nicht teilhaben.«

Als er sich von seinem Bruder abwandte, machte Mary ein, zwei Schritte auf Roland zu. Royce versuchte sie mit seinen verkrüppelten Händen festzuhalten, doch der Schmerz verhinderte es.

Mary bahnte sich ihren Weg durch die Reihen der schweigenden Soldaten. Dann stand sie vor Roland und sah ihm in die Augen. »Töte ihn. Töte ihn jetzt, ehe er sich daran macht, uns alle zu vernichten. Mach dieser Grausamkeit ein Ende. Mach dem Leiden ein Ende, das er uns in diesen vergangenen Jahren gebracht hat. Er verdient es nicht zu leben!«

»Mary.« Sanft legte Roland die Hand an ihre Wange. »Ich kann meinen Bruder nicht töten. Ich werde es nicht tun.«

Ihre Augen füllten sich mit Tränen. »Er ist nicht dein Bruder, Roland.«

Royce drängte sich durch die Menge. »Mary! Nicht hier. Nicht jetzt. Nicht so.«

Mary nahm Rolands Hand und drückte sie an ihre Wange. »Könnte ich es, ich würde diese schmerzvollen Jahre ungeschehen machen, in denen du geglaubt hast, deine Eltern würden dich nicht lieben.«

»Was willst du damit sagen, Mary?«

»*Wir* sind deine Eltern, Roland. Royce und ich.«

Er schüttelte den Kopf. »Euer Kind ist gestorben, Mary …«

»Es ist Godfreys Sohn, den wir begraben haben. Er hat ihn getötet, Roland. Er hat ihn erstickt, weil die Seherin vorausgesagt hat, dass Godfreys Sohn Alais und das Haus Wytham vernichten würde.«

Roland wich vor ihr zurück.

Mary hielt ihn am Hemd fest und schüttelte ihn. »Du

wurdest wenige Minuten nach Godfreys Sohn geboren. Deine Entbindung war sehr schwer. Die Nabelschnur hatte sich um deinen Hals gewickelt. Dein Vater und ich, die Wehmutter, der Priester – wir alle dachten … du würdest sterben. Der Priester spendete dir die Sterbesakramente. Ich bereitete mich auf das Unausweichliche vor. Und dann kam Godfrey zu uns und sagte uns, was er von der Seherin erfahren hatte. Er war verzweifelt, in tiefster Not … er hat Royce und mich überzeugt, dass Wytham verdammt wäre – es sei denn, wir würden ihm helfen. Zu diesem Zeitpunkt hatte er seinen Sohn schon getötet. Alle wussten, dass du schwächlich warst, niemanden hätte es überrascht zu hören, dass unser Kind gestorben wäre. Godfrey nahm dich und legte dich Alais in die Arme – davon überzeugt, dass du sterben würdest. Ein unerklärlicher, tragischer Tod.«

Mary senkte die Augen. »Die Tage vergingen, und du wurdest kräftiger. Was konnten wir tun? Die Wahrheit zu sagen hätte Godfreys Verbrechen an den Tag gebracht. Als sein erstgeborener Sohn würdest du eines Tages Wytham mit all seinem Wohlstand erben. Was dagegen konnten so arme Leute wie wir dir geben?«

»Liebe«, sagte Roland leise.

»Glaubst du, wir hätten nicht gelitten, als wir gezwungen waren mit anzusehen, dass Godfrey vor Schuldgefühl jeden Tag verrückter wurde? Als Alais nach Harolds Geburt starb, erkannte er seinen Fehler – er begriff, dass es Harold war, der ihn vernichten würde, und nicht sein Erstgeborener. Doch du warst da, um ihn an seine schreckliche Sünde zu erinnern. Als deine Pateneltern haben wir unser Bestes getan, dir die Liebe zu geben, die Godfrey dir nicht geben konnte. Ich habe jeden Tag gebetet, dass ich irgendwie, irgendwann zu dir kommen und es dir sagen könnte, dich halten könnte, wie nur eine Mutter ihren Sohn halten kann.«

Harold stieß ein heulendes Lachen aus, der hässliche Ton hallte von den Wänden der großen Halle wider. Er stand langsam auf, packte Rolands Schwert und zog es aus dem Boden. »Es scheint, dass es einen Betrüger in unserer Mitte gibt. Ein Bauer. Nein, nicht einmal das. Nur ein Dörfler, noch weniger als ein Bauer. Er verdient wohl eher eine Mistgabel als einen Ritterschild. Was sagt ihr, Männer? Wollt ihr euch vor dem Sohn eines Hufschmieds verneigen oder vor Godfreys legitimem Erben?«

»Für jetzt und für immer werden sie sich vor niemandem außer ihrem rechtmäßigen Lehnsherrn verneigen«, erklang eine leise, aber entschlossene Stimme hinter Harold. Er wandte sich um, und das Lachen erstarb ihm in der Kehle, als Godfrey vortrat. Er wirkte dürr und schwach, aber er trug seine Rüstung. In seiner linken Hand hielt er ein blutiges Schwert. In seiner Rechten baumelte Matildas Kopf.

»Jesus Christus, du schwachsinniger alter Idiot«, keuchte Harold.

Godfrey holte mit dem Schwert aus und schlug Harold den Kopf von den Schultern. Dann sank er leblos zu Boden.

18

Eine Woche später traf der Brief Arnolds von Cheswyck ein, Hildegards Vater. Er tat sein Bedauern über Godfreys und Harolds unglückseligen Tod kund und erklärte dann höflich, dass eine Heirat zwischen Roland und Hildegard nicht mehr in Betracht käme. Aufgrund der Abstammung Rolands und der Tatsache, dass er ohne Land und Mittel nun arm wie ein Bettler dastünde, sei eine solche Verbindung ausgeschlossen. Weiterhin deutete er an, dass er Wytham in absehbarer Zeit einen Besuch abstatten würde … was nichts anderes bedeutete, als dass Arnold die Absicht hegte, Wythams Verletzlichkeit auszunutzen und es sich anzueignen.

Roland stand auf den Eingangsstufen zum Wohnturm und las das Schreiben den Dorfbewohnern und Soldaten vor. Sie alle hatten sich im Burghof versammelt, um über die Zukunft ihres Dorfes zu beratschlagen. Mary nahm Hope in ihre Arme.

»Was für wundervolle Nachrichten«, rief sie. »Du und Roland seid jetzt frei, um zu heiraten.«

Hope errötete, als sie aller Augen auf sich gerichtet sah. Dann lachte sie. »Sei still, Mary. Bis jetzt hat er mich noch nicht einmal gefragt.«

»Er wird dich fragen«, erklärte Daniel und zog die Augenbrauen hoch. »Oder er wird sich vor mir rechtfertigen müssen.«

Jeanne stieß ihm in die Rippen. »Du bist größenwahnsinnig geworden, mein lieber Daniel. Es ist die Schwarze Flamme, die du herausforderst – der beste Ritter in diesem und jedem anderen Land.«

Daniel legte den Arm um ihre Taille und kniff die Augen zusammen. »Ich denke, ich werde deiner ständigen Schwärmerei über Roland langsam müde. Habe ich Grund zur Eifersucht auf den zukünftigen Mann meiner Schwester?«

Jeanne sah ihn aus ihren dunklen Augen groß an. Atemlos fragte sie: »*Bist* du eifersüchtig, Daniel?«

Lachend schaute Hope sich um, als Roland durch die Menge auf sie zukam. Seine schwarzen Augen strahlten sie an, auf seinem Gesicht lag ein Lächeln.

»Er kommt«, flüsterte Mary und ließ Hope eilig allein.

Die Luft fühlte sich wärmer an. Ihr Herz schlug schneller. Sie brachte ein schwaches Lächeln zustande, als er vor ihr stehen blieb und ihre Hand ergriff. Roland sah Hope lange schweigend an, während die Dorfbewohner gespannt näher herandrängten.

Roland beugte das Knie vor Hope. »Mylady, ich besitze kein Land und keine Güter, außer meinem Pferd und meiner Rüstung gehört mir nichts. Aber wenn Ihr zustimmt, mich zu heiraten, werde ich der reichste Mann sein, der je auf dieser Erde gelebt hat.«

»Unser Reichtum wird unbeschreiblich groß sein, Sir. Denn Euer Name und Eure Ehre sind mir wertvoller als alle Schätze dieser Welt.«

Hope sank in Rolands Arme und die Dorfbewohner brachen in lauten Jubel aus. Sie küsste seine geschundenen Lippen und lachte, als er sie hochhob und herumwirbelte. Mary und Jeanne nahmen Hope an den Händen und zogen sie mit sich fort. »Dafür wird auch später noch Zeit genug sein. Jetzt gilt es, eine Hochzeit vorzubereiten.«

Hope warf Roland einen Kuss zu und sah, wie er von unzähligen Gratulanten umringt wurde.

Das Aufgebot war bestellt, und die Dorfbewohner waren damit beschäftigt, Wytham für Rolands und Hopes Hochzeitstag herzurichten. Sie machten keinen Hehl aus ihren Gefühlen für den Mann, der ihnen in den letzten Jahren durch den Kampf für König Heinrich Ehre eingebracht hatte und mit dem jetzt die Hoffnung in ihr Dorf zurückgekehrt war. Die Tatsache, dass Royce Goodman und nicht Godfrey Rolands Vater war, zählte dabei überhaupt nicht. Es war nicht der Name, den sie verehrten und respektierten, sondern der Mann.

Seit Godfreys und Harolds Tod war es, als hätte neues Leben in Wytham Einzug gehalten. Die verschmutzten Straßen waren gesäubert, Häuser und Werkstätten ausgebessert worden. Die Frauen machten sich ans Backen und Kochen und nähten unzählige leuchtend bunte Wimpel, während die Kinder Blumen sammelten und trockneten und zu Girlanden flochten, die zu Ehren von Rolands und Hopes Hochzeit überall aufgehängt wurden.

Jeden Morgen erhielt Hope ein Geschenk von Roland: einen funkelnden Edelstein, Spulen mit Goldfäden, eine Truhe voll kostbarer Stoffe aus Persien, Italien und Spanien – all die Schätze, die ihm auf dieser Welt gehörten. Mary war Tag und Nacht damit beschäftigt, Hopes Brautkleid zu nähen und es so prächtig wie möglich aussehen zu lassen. Roland verbrachte viele Stunden mit Royce, der ihm die Kunst des Schmiedens beibrachte, sodass er in den Jahren, die vor ihnen lagen, für seine junge Frau würde sorgen können.

Alles schien in Ordnung. Und doch konnte Hope das unbehagliche Gefühl nicht abschütteln, dass etwas Unerfreuliches bevorstand. Eines Tages sprach sie darüber mit Mary.

»Roland liebt dich über alles«, versicherte Mary ihr. »Entspanne dich, Hope. Es ist nur die Aufregung vor der Hochzeit, die dich quält.«

»Es gibt Zeiten, da wünsche ich mir, ich könnte noch immer in die Zukunft sehen, Mary. Dann könnte ich mich davon überzeugen, dass Roland und ich miteinander glücklich sein werden.«

»Sieh in seine Augen, Hope. Das sollte genug sein, um dich zu überzeugen.«

Hope lächelte. »Ich habe keinen Zweifel, dass er mich liebt, Mary. Aber ich habe ihn in den vergangenen Tagen beobachtet. Er hat so einen seltsamen Ausdruck in den Augen, wenn er über das Land schaut. Als ob ihn Sorgen bedrückten.«

»Vielleicht denkt er an die Jahre, die er fern von Wytham verbracht hat. An die Freunde, die er in Frankreich begraben musste.«

»Ich frage mich, ob ein Mann, der so frei gelebt hat wie er, dessen Leben so ausgerichtet gewesen ist auf Pflichterfüllung und Ehre, damit glücklich sein kann, sich an *einen* Ort zu binden … und an *eine* Frau.«

Die Hände im Schoß gefaltet, lächelte Mary traurig. »Und ich frage mich, wie glücklich er als Sohn eines einfachen Schmieds sein wird. Was geschieht, wenn ihm wirklich bewusst wird, dass er nicht mehr als einen mageren Acker besitzt und wenn er daran zurückdenkt, dass er einmal Wytham hätte erben können – und all das Ansehen, das es ihm gebracht hätte.«

Hope kniete sich vor Mary und ergriff ihre Hände. »Er liebt dich und Royce. Ihr beide seid die Mutter und der Vater, nach denen er sich sein ganzes Leben lang gesehnt hat. Die Liebe seiner Eltern zu besitzen ist ein weitaus größerer Schatz für ihn, als Wytham es je sein kann.«

»So wie du es auch für ihn bist«, sagte Mary. »Wir müssen einfach den Glauben haben, dass dieses Leben, dieses Schicksal das ist, was Gott für ihn bestimmt hat.«

Hope lächelte. »Ja. Wir müssen daran glauben.«

Und dann war der Tag der Hochzeit endlich gekommen. Die Sonne strahlte von einem klaren Septemberhimmel, als sich die Dorfbewohner, angetan mit ihren Sonntagskleidern, vor den Stufen des Turmes im Burghof versammelten, von wo aus sie Hope und Roland zur Kirche folgen würden.

Hopes Kleid bestand aus einem tiefroten Obergewand aus Seide über einem blassgelben Untergewand. Eine schmale Goldkante zierte die Säume ihrer Ärmel, die sich eng um ihre Handgelenke schlossen. Winzige Edelsteine schmückten den Saum und die Kanten des Überwurfs. Über diesem Kleid trug sie eine hellgrüne, mit Goldfäden bestickte Tunika. Rolands letztes Geschenk, das Hope an diesem Morgen bekommen hatte, war ein prachtvoller, mit Topas, Achat und Sardonyx-Stein besetzter Gürtel. Mary hatte Hope das Haar geflochten und ihr einen Blütenkranz aufs Haupt gesetzt, den sie wie einen Stirnreif trug. Sein zarter Gelbton verstärkte das Strahlen ihrer blauen Augen und der sanft geröteten Wangen.

Hope knickste scheu vor Roland, als sie ihm auf den Stufen des Turmes gegenübertrat. »Gefalle ich Euch so wie ich bin, Sir?«

»Ich bin … sprachlos«, erwiderte er und seine Augen funkelten dabei. »Deine Schönheit macht mich demütig. Ich bin ein viel zu armer Mann, als dass mir eine Frau die Ehre erweisen könnte, die so schön ist. Ich sollte keine Zeit mehr verlieren und dich heiraten, ehe du deine Meinung änderst.«

»Wie könnte ich einen Mann zurückweisen, der so gut aussieht wie du, Roland?«

»Dann gefalle ich dir also auch?« Er trat zurück und präsentierte sich ihr mit einer Verbeugung.

Wie prächtig er aussah! Die kräftigen Beine steckten in braunen Seidenhosen, um seine Schultern hing ein roter, goldgesäumter Mantel. Darüber trug er eine dunkelblaue Tunika, die sein schwarzes Haar noch dunkler, seine dunklen Augen schwärzer glänzen ließ.

Hope konnte nicht sprechen. Sie nickte nur stumm.

Roland ergriff ihre Hand und küsste sie. »Und jetzt lass uns zur Kirche gehen, meine Liebste.«

Mary und Royce gingen den Dorfbewohnern voran. Sie

folgten als Erste Roland und Hope, die den Hochzeitszug hoch zu Pferde anführten. Hope ritt auf einem friedfertigen grauen Zelter, Roland auf seinem Kriegsross, dessen schwarzes Fell in der Sonne glänzte. Als sie Hand in Hand die rosenbestreuten Stufen zur Kirche hinaufgingen, hüllte der Blumenduft sie ein wie kostbares Parfüm. Unter den Statuen des Erlösers und seiner zwölf Apostel nahmen sie ihre Plätze ein. Der Priester sprach ernst und ruhig und ließ dabei den Blick über die vielen Menschen schweifen, die das Mittelschiff füllten und bis an das Portal standen.

»Es gibt keine kirchengesetzlichen Einwände? Dieser Mann und diese Frau sind von angemessenem Alter? Sie sind nicht miteinander verwandt und sind beide Christen? Die Bekanntmachung ist erfolgt, und das Aufgebot wurde dreimal in dieser Kirche verkündet. Habt ihr Zeugen? Ja, ja, natürlich habt ihr die. Einige hundert, wie es aussieht. Wenn alle Bedingungen somit erfüllt sind, dann bleibt mir als Einziges nur noch, nach eurem Einverständnis mit dieser Heirat zu fragen. Ich frage dich jetzt, Roland Goodman, ob du wichtigere Pflichten zu erfüllen hast als jene eines treuen und lebenslangen Ehemanns für diese Frau.«

Hope schloss die Augen, als Roland schwieg. Ihr Herzschlag dröhnte ihr in den Ohren.

»Ich habe keine wichtigere Pflicht als die eines Ehemannes«, kam Rolands Antwort und Hope atmete aus. Erst jetzt wurde ihr bewusst, dass sie Rolands Hand wie eine Rettungsleine umklammert hielt. Sie sah ihn von der Seite an, sah das Lächeln auf seinem Gesicht, als er sie anschaute und ihr zublinzelte.

Der Priester räusperte sich. »Wenn niemand gegen diese Verbindung Einwände erhebt, dann …«

»Ich erhebe Einwände«, sagte jemand.

Hope und Roland und mit ihnen alle in der Kirche Versammelten wandten sich um – ihr überraschter Ausruf kam wie aus einem Mund.

König Richard Löwenherz stand unter dem Portal, sein harter Blick war auf Roland gerichtet.

Rolands Kinn verhärtete sich, und seine Augen wurden schmal. Hope packte seinen Arm und spürte, dass er zitterte. Royce sprang vor und legte seine bandagierte Hand auf Rolands Schulter. »Vergiss dich nicht«, flüsterte er seinem Sohn hastig ins Ohr. »Er ist der König, trotz allem.«

»Zum Teufel, ich weiß, wer er ist«, stieß Roland hervor und biss die Zähne zusammen.

Richard ließ den Blick über seine überraschten Untertanen gleiten. Eine nach der anderen, knicksten die Frauen vor ihm – wenn auch widerstrebend. Die Männer senkten den Blick, weil sie fürchteten, er würde ihnen ansehen, was sie für den Mann empfanden, der dabei geholfen hatte, Heinrich die Niederlage zu bringen.

»Wie es scheint, hat man vergessen, mich zu der Hochzeit einzuladen«, bemerkte Richard, als er gemessenen Schrittes auf Roland und Hope zuging. »Es ist doch ein wichtiges Ereignis, wenn einer meiner höchst feierlich eingeführten Ritter sich eine Frau nimmt, selbst wenn er nur der Sohn eines Schmieds ist.«

Richard schaute zu Hope und machte ein verdrießliches Gesicht.

Sie wollte einen Knicks machen.

Roland packte sie am Arm. »Verbeuge dich niemals vor Richard Löwenherz«, befahl er ihr. Seine Worte veranlassten den Priester, leise aufzustöhnen und sich zurückzuziehen.

Richard runzelte die Stirn. »Was soll das, Roland? Wir waren einmal Freunde.«

»Bevor Ihr Eurem Vater den Rücken zugewandt und die Waffe gegen Eure eigenen Landsleute erhoben habt.«

»Damit du es nicht vergisst: Ich bin der König. Heinrichs Tod hat mich dazu gemacht.«

»Warum seid Ihr hergekommen?«, verlangte Roland zu wissen.

»Um dich um deine Hilfe zu bitten. Ich will zu einem neuen Kreuzzug in das Heilige Land aufbrechen. Und dazu brauche ich die größte, beste und erfahrenste Armee, die ich je um mich versammelt habe. Es ist kein Geheimnis, dass du der beste Soldat bist, der je für meinen Vater in die Schlacht gezogen ist. Ich will dich bitten, meine Armeen zu befehligen.«

Hope wurden die Knie schwach, und in ihrem Kopf begann sich alles zu drehen. Hilfesuchend wandte sie sich zu Mary um. Mary legte die Arme um Hope und flüsterte: »Hab Vertrauen, liebe Hope, und sei dir sicher, dass er dich liebt.«

Roland schwieg, während er Richard unverwandt ansah.

»Wenn die Gerüchte stimmen, die mir zu Ohren gekommen sind, dann besitzt du kaum mehr als die Kleider, die du am Leibe trägst«, sagte Richard. »Von daher wird es dir vermutlich gefallen zu hören, dass eine solche Reise großzügig entlohnt wird. Führe meine Armeen an, und ich werde dafür sorgen, dass dir Land und Mittel zur Verfügung stehen werden, um dir ein hübsches Heim zu schaffen, wenn du nach England zurückkehrst.«

»Mit allem schuldigen Respekt für meinen Lehnsherren, aber ich würde eher hungern, als Eure Armeen anzuführen … Eure Majestät.«

Ein Funken von Zorn blitzte in Richards Augen auf, ehe er mit den Schultern zuckte. »Wenn es das ist, was du wünschst, Roland.« Er wandte sich ab und ging auf den Ausgang zu. Dabei schaute er nach rechts und links und nahm mit einem Hochziehen der Augenbrauen die Ablehnung und das Misstrauen zur Kenntnis, die sich auf den Gesichtern der Dorfbewohner zeigten.

»Es ist ein wahrer Jammer mit Wytham«, sagte er. »Jetzt, da Godfrey und Harold nicht mehr sind, fallen die Burg und die Ländereien an mich zurück. Und da ich vorhabe, England bald zu verlassen, weiß nur Gott, was die Meute der gierigen Barone tun wird, um ihre Hand darauf zu legen.«

Ein Diener eilte die Kirchenstufen hinauf und reichte Richard seine Handschuhe. Vor dem Portal blieb der König stehen. Das Sonnenlicht fiel hell auf seine Schultern, als er sich noch einmal zu Roland umwandte. »Vermutlich schulde ich dir und deiner schönen Braut ein Hochzeitsgeschenk. Würde Wytham genügen?«

Überraschte, ungläubige Ausrufe wurden laut.

Mary fiel in Royces Arme und begann zu weinen.

Roland schluckte und versuchte sich zu fassen. »Was sagt Ihr, Richard?«

»Dass Wytham dir gehört. Es ist wohl das Mindeste, was ich tun kann, um die Loyalität zu würdigen, die du meinem Vater stets erwiesen hast. Ein solches Lehen zu beaufsichtigen macht nur Mühe und Ärger, wenn es gilt, ganze Kontinente zu erobern. Und außerdem …« Seine Stimme wurde leiser und sein Blick wanderte in die Ferne. »Mein Vater liebte und bewunderte dich. Er hat sich oft gewünscht, dass seine eigenen Söhne ihm so treu ergeben gewesen wären wie du es warst. Ja, ja. Heinrich wäre damit einverstanden gewesen, dass du Wytham bekommst.«

»Danke«, sagte Roland. Er schloss Hope in seine Arme und hielt sie fest.

Richard lächelte. »Und ansonsten – falls einer deiner Männer doch Lust hat zu reisen und zu kämpfen – es gibt genügend Bedarf für seine Dienste.«

»*Ich* werde mit Euch gehen!«, rief Daniel und trat hervor.

»Nein! Daniel, was sagst du denn da?«, schrie Jeanne entsetzt.

Hope starrte ihren Bruder ungläubig an.

»Ich bin ein guter Kämpfer«, verkündete Daniel, »und ich würde gern die Gelegenheit nutzen, ins Heilige Land zu ziehen.«

Über Daniels Kopf hinweg sah Richard zu Roland. »Ist er ein fähiger Mann, Roland?«

»Ja. Das ist er«, erwiderte Roland, und diese Worte veranlassten Daniel, die Schultern zu straffen und das Kinn noch höher zu heben. »Er hat noch viel zu lernen, Sir. Aber er lernt schnell. Er erinnert mich an mich selbst.«

Daniel lächelte, und sein Gesicht rötete sich vor Stolz.

»Sehr gut«, sagte Richard Löwenherz. »Dann komm mit, Junge. Ich werde dir eine Chance geben, wenn du willst. Aber vergiss eines nicht, anders als mein Vater, der Roland in seine Dienste genommen hat, bin ich weder sonderlich geduldig noch besonders gnädig. Ich werde dir die Ohren lang ziehen, wenn du mir auch nur einmal Verdruss machst. Hast du mich verstanden?«

»Ja, Sir.«

Richard starrte ihn an. »Also, was ist? Worauf wartest du noch?«

Als Daniel sich zu Roland und Hope umwandte, sah es für einen Augenblick so aus, als wollte er in Tränen ausbrechen. »Ihr werdet auf sie aufpassen, Sir? Sie ist die einzige Familie, die ich habe.«

»Mit meinem Leben.«

»Ich werde zurückkommen, Hope.«

»Ja, Daniel, das wirst du.«

Er warf ihr eine Kusshand zu. »Es ist meine Bestimmung«, sagte er. Dann wandte er sich um und trat aus der Kirche in den hellen Sonnenschein hinaus.

Hope lag in den Armen ihres Mannes und lauschte auf das Lachen und Rufen, das vom fröhlichen Treiben auf dem Burghof herauf in ihre Kammer drang. Den Kopf an Rolands Schulter gelehnt, hatte sie eine Weile geschlummert. »Ich habe einen Ehemann bekommen und einen Bruder verloren«, sagte sie schläfrig.

Er küsste sie auf die Stirn. »Ich wünschte, ich könnte dir versprechen, dass er zurückkommt.«

»Ich weiß, dass er zurückkommen wird.«

Roland drehte Hope auf den Rücken und beugte sich über sie. »Hast du wieder Visionen?«

»Vielleicht.«

»Möchtest du mir davon erzählen?«

»Vielleicht.« Hope lächelte und schlang die Arme um seinen Hals.

»Welche Zukunft siehst du für uns, Seherin?«

»Ich sehe, dass wir zusammen alt werden. Dass unsere Liebe über die Jahre noch größer und tiefer wird. Dass du dazu bestimmt bist, ein geachteter Lord zu werden, ein toleranter und ergebener Ehemann, ein Vater, den unsere Kinder lieben werden und der ihnen ein Vorbild sein wird.«

Er küsste ihre Brüste, ihren Bauch, streichelte mit der Zunge ihren Bauchnabel, ehe er die Hand zwischen ihre Beine gleiten ließ. Hope hielt den Atem an und grub ihre Finger in sein Haar. »Erzähl weiter«, murmelte er. »Wie viele Kinder werden wir haben?«

»Viele.« Sie stöhnte leise.

»Söhne?«

Ihr Leib bog sich ihm entgegen. »Nur Söhne«, sagte sie atemlos.

»Und wann genau werden wir von diesem Ereignis gesegnet werden?«

Sie lächelte und schlang die Beine um seine Hüften. »Oh … in ungefähr sechs Monaten.«

Roland hob langsam den Kopf.

Hope zog einen Schmollmund. »Hör jetzt nicht auf, Roland. Ich habe gerade angefangen, es zu genießen.«

»Ein Kind? Bist du ganz sicher?« Er sah sie fragend an.

Hope legte die Hände um sein Gesicht und zog ihn an sich. Sie spürte sein Herz an ihrem schlagen, und ihr warmer Atem streifte zärtlich seine Lippen. »Hast du je erlebt, dass ich mir einer Sache nicht sicher war?«

Epilog

Montpellier, Frankreich

Behutsam legte Hope die Bücher und den Dreifuß in das Mauergewölbe. Dann nickte sie dem Mönch zu, der mit Rolands Hilfe die Steintür wieder in ihre alte Lage zurückschob. An diesem verborgenen Ort würde alles wohlverwahrt sein. Ohne ein Wort zu sagen wandte der Mönch sich ab und eilte über den von Fackeln nur spärlich erhellten Gang davon.

Roland nahm seine Frau in die Arme. »Bist du sicher, dass du es so machen sollst?«, fragte er. »Dass du es so machen *willst*?«

»In der Vision habe ich die Abtei von Montpellier gesehen. Ich habe genau dieses geheime Gewölbe gesehen. Und mir wurde aufgetragen, den Dreifuß und die Bücher hierher zu bringen.«

»Ich dachte, du hättest die Visionen aufgegeben, als du dich in mich verliebt hast«, neckte er sie. Er nahm den warmen, pelzgefütterten Umhang von den Schultern und hüllte Hope darin ein, die vor Kälte zitterte.

Sie nickte dankbar. »Das habe ich auch. Die Gabe der Prophezeiung geht auf jemand anderen über. Auf jemanden, der die Welt durch diese Gabe beschenken wird.« Das Kind in ihrem Bauch bewegte sich, und glücklich schlang Hope die Arme um sich. »Keine Visionen mehr, Sir. Ich schwöre es.«

Sie gingen auf die Tür zu.

Hope blieb stehen und wandte sich um.

»Was hast du?«, fragte Roland.

»Ich habe eine Stimme gehört.«

Er schaute sich um. »Ich habe nichts gehört. Hier ist niemand.«

»Vielleicht war es der nur Wind. Du hast Recht. Da war nichts. Ich dachte, ich hörte jemanden einen Namen rufen. *Michel de Nostradamus.*« Hope lächelte ihren Mann an. »Und jetzt darfst du mich nach Wytham zurückbringen – nach Hause.«

Tykota Silverhorn ist von Geburt an dazu bestimmt, Häuptling zu werden. Zu seinem eigenen Schutz wuchs er bei den Weißen auf. Nun kehrt er zu seinem Stamm zurück. Aber Tys Feinde warten auf ihn und greifen seine Postkutsche an.
Nur mit Mühe kann er sich und eine seiner Mitreisenden retten: die temperamentvolle Makinna Hillyard, der er helfen muss, in der Wildnis zu über-leben. Sie haben nichts gemein, doch auf der gefährlichen Flucht entwickeln sie plötzlich Gefühle füreinander, die sie nie für möglich gehalten hätten ...

3-404-18284-7

BASTEI LÜBBE